제 1 회
대한민국 소설문학상

여름휴가
전경린

손영목 김정례 이순원 김준웅 하성란
김종광 은미희 김도연 정지형 임정연

한국문인협회 · 도서출판 **청어**

대한민국 소설문학상

본심 심사평

한국문인협회가 새로이 제정한 『대한민국소설문학상』의 본심에는 예심을 통과한 11편의 작품이 올라왔다. 그 가운데는 중진 및 중견에 해당하는 작가의 작품이 있는가 하면, 이제 중견의 대열로 접어드는 작가의 작품도 있었다. 일정한 단계의 예심을 거친 작품들이라 대체로 동시대 소설의 수준을 가늠하게 하는 기량과 작품성이 엿보였다.

이 상은 한국문인협회의 소설분과위원회가 계간 『소설가』라는 문예지를 내놓으면서 의욕적으로 시작한 것이었으며, 여러 문예지의 편집장들로부터 추천을 받는 형식으로 작품을 모으고 그 중에서 추천 빈도가 높은 11편을 추려 본심에 올렸다.

본심 심사위원들은 문학 외적 환경을 고려하지 않고 작품의 미학적 가치 선별에 중점을 두기로 합의한 후, 각기 사전에 읽은 작품들 중 우수작을 중심으로 심도 있는 토론을 진행했다.

중진 작가들의 작품은 그 작가가 가진 문학적 형상력의 평균 수준을 크게 넘어서지 못했다는 것이, 또 중견 작가들의 경우에도 다른 작가와 크게 차별성이 돋보이는 대목이 없었다는 것이 중론이었다. 그러나 이 작품들이 동시대의 우리 사회를 드러내는 소설적 시각을 효율적으로 부각시키고 있는 점은 납득할 수 있었다.

　논의의 마지막까지 남은 작품은 하성란의 「그림자 아이」와 전경린의 「여름휴가」였다. 하성란은 세태의 세미한 관찰과 예리한 묘사로 정평이 있는 작가로, 이 작품 또한 그 장점이 잘 반영되고 있었다. 전경린도 그 부분에서는 크게 다르지 않으나, 다만 이 작품에서는 그 세계관이 자폐적 범주에 머무르지 않고 외향적으로 작용하는 역동성을 지녔으며 동시에 이야기의 서사성을 보다 잘 운용하고 있다는 데서 높은 평점을 받았다.

　수상자로 결정된 전경린 작가에게 뜨거운 축하를 보내며, 더욱 정진하여 우리 문학의 돌올한 봉우리를 형성하는 큰 작가로 대성하길 바라마지 않는다.

심사위원
임헌영 · 오양호 · 김종회 · 신세훈 · 백시종

수상소감

전경린

한때, 내 아이가 가진 나의 이미지는 얼음산과 사자입니다. 얼음산은 햇볕에 끊임없이 녹습니다. 삼엄한 사자는 햇볕을 쫓으며 얼음산을 빙빙 돕니다. 나는 얼음산을 지키는 사자이고 동시에 녹는 얼음산입니다. 햇볕과 사자 사이에서 얼음산은 녹아내리고 또 얼기를 계속합니다. 사자와 햇볕과 얼음산의 긴장과 고뇌와 화평의 상호작용에 따라 얼음의 퇴적층은 서서히 제 풍경을 만들어 갑니다.

이 기막힌 은유는 실은 생의 본질에 대한 은유이기도 합니다. 삶도 사랑도 문학도, 치열하게 그 극단까지 가 본 사람은 결국 불가해하고 불가능한 이 생의 심연과 마주섭니다. 그것과 오래 마주서서 의미가 무의미로 전환되는 지점을 겪어 본 사람은 이 세계와 타자와 자신에 대해 진정으로 관대할 수 있을 것입니다. 결국엔 물은 물로 흐르고 사자는 흐르는 물과 햇볕의 꿈속에서 마지막 잠이 들겠지요. 그러면 얼음 풍경의 기억도 헛것처럼 사라질 것입니다.

어릴 때부터 나는 삶을 살지 않고 문제시하는 사람들 중의 하나였습니다. 안일하게 살기에는 너무 위태롭고 가시적인 현실논리 속에서 살기에는 너무 모순적이고, 눈앞의 것에 충실하기에는 그 이면

이 너무 깊고 신비로운 것이었습니다.

1995년에 등단해 문학이라는 배에 훌쩍 올라선 지 10년이 되었습니다. 그 사이 태생적 한계를 부여한 고향으로부터, 나와 닮은 혈친들로부터, 지인들로부터 멀리 떠나왔고 홀로 더 홀로 흘러왔지요. 어느 곳에서나 시간은 흐르고 날씨는 하루하루 변하며 사람들은 왔다가 멀어져가고 풍경은 지나갑니다. 내성적인 나는 타자들에게 냉정해지는 방식으로 자유로워지려했지만, 그것은 나 자신에 대한 냉정이었고 개인적 삶에 대한 더 확고한 열정이기도 했습니다.

세계내에서 완전히 사적인 경험, 사적인 고통, 사적인 문제해결, 사적인 개인사는 없습니다. 나로부터 풀려나 타자에게로 이행하는 방식에는 여러 가지가 있을 것입니다. 나는 더 아래로 더 깊숙이 내려가 내가 남과 분별되지 않는 그곳에서 현재적 개인들의 실존을 문제 삼음으로써, 타자와 집단을 통합하는 방식을 추구합니다.

그리고 위로 더 위로 올라가 우주와 일체감을 느끼는 한편 지상의 유한하고 보잘것없는 한 존재로서의 긴장감을 유지하고 싶습니다.

문학이란 언어라는 허구적 구조로 세계와 인간 사이의 내적 의미를 드러내는 일이지만, 실제 세계는 언어와는 전혀 다른 물질로서, 도달할 방법 없는 무한으로 존재합니다. 그러므로 세계적 진실과 언어적 진실의 간극 사이에서 우리는 말을 잃고 방황하는 존재입니다. 그러나 언어적 알리바이 없이는 우리가 도달한 내적 세계의 한 지점에 꽂을 깃발도 없습니다. 그러므로 가난한 언어로서 오리무중적인 모색을 감행해 삶 속에서 새로운 지평으로 열리는 의식과 감각과 사고의 현 위치를 표현하는 지난한 작업을 이어가는 것입니다.

올 한 해 동안 나는 몇 년을 산 듯합니다. 먼 훗날에 나의 생애를 뒤돌아본다면 올해를 기점으로 그 전과 그 후를 나눌 것입니다. 그만큼 극적인 전환의 해로 여깁니다. 2004년이라는 개인적 연대기의 끝에 이러한 애정 어린 상을 수상하니 한 해의 의미가 더욱 강화되는 것을 느낍니다. 한국문인협회 회원님들과 심사위원 선생님들께 감사드리며 수상을 계기로 하여 문학적 책무를 다시 확인하고 차분한 집중력으로 눈을 닦아 새롭게 나아가겠습니다.

차례

전경린

대한민국소설문학상

여름휴가

함안 출생. 경남대 독문과 졸업.
1995년 중편소설 〈사막의 달〉 동아일보 신춘문예 당선.
소설집 〈염소를 모는 여자〉 〈바닷가 마지막 집〉 〈물의 정거장〉
장편소설 〈아무 곳에도 없는 남자〉 〈내 생에 꼭 하루뿐일 특별한 날〉
　　　　〈난 유리로 만든 배를 타고 낯선 바다를 떠도네〉 〈열정의 습관〉
　　　　〈검은 설탕이 녹는 동안〉 〈황진이〉 등.
에세이 〈그리고 삶은 나의 것이 되었다〉 〈나비〉
어른을 위한 동화 〈여자는 어디에서 오는가〉
한국일보문학상, 문학동네소설상, 이수문학상 수상.

고속도로 톨게이트를 빠져나와 T읍 방향으로 국도를 따라가다가 늙은 수양버들이 늘어서 있는 읍의 초입에서 좌회전 신호를 받고 철도 건널목을 지났다. 그리고 어둠 속에 물안개가 부옇게 피어오르는 하천 둑길을 따라가다가 좌회전해 시멘트 다리 위로 올라섰다. 모든 것이 Y가 일러준 그대로였다.

묘정은 다리 한가운데 차를 세우고 차창을 열었다. 참외 썩는 냄새와 더운 물비린내가 울컥 들어왔다. 다리 아래서 검은 하천 물이 쿨럭쿨럭 소리를 내며 흘렀다. 담과 처마 사이로 흐릿한 불빛이 새어나오는 마을 집들을 지나 숲길을 따라 들어가면 5층 아파트 몇 동이 숨어 있을 것이다.

아이들은 목이 꺾인 채 배를 내밀고 잠들어 있었다. 내려오는 사이사이 휴게소에서 먹은 음식이 아이들을 더 고단하게 만들었을 것이다. 묘정은 몸을 뒤로 기울여 피자롤과 감자튀김과 핫도그와 탄산음료가 장을 가득 채우고 있을 아이들의 배를 쓰다듬었다.

"다 왔어."

"아빠 집이야?"

작은아이가 덜 깬 얼굴로 잠꼬대처럼 중얼거렸다. 7시간 동안 달려 온 뒤였다. 들뜬 작은아이에 비해 큰 아이는 난감한 표정을 지었다.

묘정은 Y에게 전화를 걸었다. 통화는 간단했다. 그는 5층 계단을 내려올 것이다. 헤드라이트에 언뜻 비친 마을의 집들은 저마다 곰 팡내 나는 빈방들을 안고 있는 듯 캄캄하고 적막했다. Y는 지난 몇 년 동안 해마다 집을 옮겼다. 그때마다 변두리로 나가더니, 결국은 시골 소읍까지 밀려났다. 일을 하고는 있었지만, 그것이 늘 도모중 이기만 해서 막상 뚜껑을 열면 결과는 없었다. 8개월 도모해 시작하 면 한 달 만에 끝이 나는 식이었다. 마지막에 동업자에게 배반당하 다시피 사업을 실패한 후로는 크게 한번 터뜨려 만회할 생각뿐 차 근차근 일 할 줄을 모르게 되었다. 그러니 아이들 양육비를 보내주 겠다던 약속도 지키지 못했다. 3년 사이에 세 번 받은 게 다였다.

차를 세우자 아들은 냉큼 내려 아빠에게로 달려들었다. 부자 상봉 뒤에 좀 어색한 부녀 상봉이 이어지는 사이 묘정은 곁눈으로 Y를 흘깃 보았다. 이번에도 묘정은 허방을 딛는 듯 놀랐다. 얼굴은 표나 게 변하는 것 같지 않은데, 해마다 키가 줄어드는 것 같았다. 저렇게 작았었나…. 적어도 함께 살 때는 작다는 생각은 해 본 적이 없었다. 묘정과 세상 사이를 가로막고 선 가늠되지 않는 높이의 벽이었고, 조금 비켜 놓을 수도 없는 압도적인 무게로 버티던 태산이었고, 밖 으로 나갈 수 없었던 긴긴 울타리였고, 세상으로부터 바랄 수 있는 모든 것이 오직 그를 통해서만 오던 유일한 통로였고 희망이었다. 그렇기 때문에 한편으로는 여지없는 절망이기도 했다.

아이들 가방을 양손에 들고 계단을 올라가는 Y의 뒷모습을 묘정 은 유심히 보았다. 약간 휘어진 등과 허리와 엉덩이, 그 사이에 Y의 키를 접어 넣는 비밀 장소가 있을 것만 같았다. 그곳에서는 돌이킬 수 없는 슬픔이 푸른 독이 되어 척추의 연골들을 녹일 것이다.

묘정은 뒤돌아 떠나고 싶은 마음을 누르며 Y의 집으로 들어섰다. 실내의 공기엔 모기향과 칼칼한 곰팡이 냄새와 퀴퀴한 먼지 냄새 외에도 뭐라 말하기 힘든 상실과 슬픔과 원한의 냄새가 끈적하게 배어 있었다. 어딘가에 영원히 사라질 수 없는 수 천 필의 폐비닐이 차곡차곡 쌓인 채 허옇게 부식되고 있는 느낌…. 환기를 위해서인지 방문들을 활짝 열어놓았고 잡동사니를 쌓아놓은 베란다 문도 열려 있었다. 두 개의 사용하지 않는 방엔 여전히 옛날 살림살이들이 가득했다. 묘정이 버리고 갔던 장롱과 화장대와 서랍장, 카펫과 커튼, 아이들 책상과 책장, 봉제 인형들과 운동기구들과 장난감, 부엌 살림들과 등나무 의자들과 소파, 벽에서 내려진 거울과 액자들…. Y는 한 칸 방만 쓰지만, 늘 짐을 넣을 두 개의 방을 더 얻곤 했다. 그러느라 시골 읍으로까지 밀려나오면서도, 미련스러운 고집을 버리지 않는다.

묘정은 못 본 척했다. 묘정이 제 아픔에 급급해 미처 헤아리지 못했던 어떤 격렬한 아픔이 Y로 하여금 짐들을 끌고 다니게 할 것이다. 그게 다 삭아 없어졌을 때에야 짐들도 사라질 것이다. 그리고 짐들이 사라진 뒤엔 지금 Y가 받쳐주고 있던 아픔이 묘정의 몫으로 고스란히 돌아오고 말 것이다.

아이들은 여름방학 기간의 2주 동안 아빠와 함께 보내기로 했다. 아들은 즐거워하지만, 딸은 난감해한다. 이제 아빠를 어떻게 대해야 할지 모르겠어…. 떠나기 전에 딸아이는 그렇게 말했었다. 아마 내년 여름엔 아빠에게 오려하지 않을지도 모른다.

묘정은 Y가 내준 차를 마셨다. 그의 손등과 팔에 모기 물린 자국들이 나 있었다. 묘정은 차 한잔을 다 마시지 못하고 나섰다. 여동생에게 갈 길이 멀다는 핑계를 대고. 아이들이 작별 인사를 했다. 아들의 얼굴엔 어색한 슬픔이, 딸의 얼굴엔 막막한 저항감이 어려 있다. Y는 내다보지 않았다. Y는 묘정이 돌아서자 기다렸다는 듯 곁눈으로 묘정의 뒷모습을 쳐다보았다. Y의 눈에 놀라움이 어렸다. Y역시, 묘정이 그의 뒷모습에서 발견한 것을 보고 있었다.

다리 위에서 묘정은 차를 세우고 두 손으로 가슴을 눌렀다. 손바닥에 피가 흥건하게 고이는 듯했다. 장판도 다 여미지 못한 어둑한 방안에 주린 짐승처럼 놓여 있던 빈 장롱과 서랍장, 거울이 흐릿한 화장대, 둘둘 말린 채 세워진 카펫과 커튼들, 커다란 봉제 인형들과 빈 책상과 거꾸로 쟁여져 있던 등나무 의자들…. 하나하나, 묘정과 눈이 맞아 그녀의 집안에 들어선 것들이었다. 그녀의 계획 속에서 자리 잡고 질서를 유지하고, 그녀의 시선과 손길과 음성과 호흡을 흡수하며 빛을 내고 숨을 쉬고 무슨 생각이라도 하듯 저마다의 추억과 감정을 저장해온 사물들…. 버림받은 사물들은 묘정의 인기척 없이 천년도 더 고집을 부리며 존재할 수 있을 것 같았다.

시멘트 다리의 난간 사이사이마다 허연 실뭉치 같은 거미줄이 쳐져 있었다. 거미줄은 여기저기 찢어진 채 여름 바람에 조금씩 흔들렸다. 거미는 떠나고 없는 빈 거미집들이었다. 묘정은 버려진 것들을 힘껏 밀어 바다로 내밀어 보내듯 힘주어 차를 출발시켰다. 다리 위에서 차가 왈칵 튀었다. 현실을 과거로 만드는 결단, 그 외에는 삶을 바꿀 방법이 없었다.

교육 공무원인 여동생은 신도시에 아파트를 분양 받아 살고 있었다. 정리정돈과 청소에 강박증이 있는 여동생 집은 모든 내용물이 안으로 수납되어 호텔처럼 텅 비어 있었다. 살림을 깔끔하게 감출 수 있는 것이 자존심이라는 사실을 묘정은 새삼 깨달았다. 그녀는 취직하면서부터 독립해 서른두 살이 되도록 독신이었다. 이마와 볼이 동그랗고 눈이 커다란 여동생은 조용한 듯하지만 2년 전엔 유부남과 연애를 해 양쪽 집이 발칵 뒤집힌 적도 있었다. 다행이 간통 고소까지 당하지는 않아 직장은 잃지 않고 넘어갔었다. 부모를 대신해 장녀인 묘정이 남자를 만나러 갔었다. 남자는 동생에 비해 키가 작고 체구도 얇고 눈 코 입도 작고 날렵했다. 묘정은 그에게 엄마 아버지의 당부를 전했다. 그는 헤어지라는 청을 거절하며 몇 년이 걸리든, 꼭 이혼하고 동생과 결혼하겠다고 결심을 밝혔다.

샤워를 하고 몇 마디 안부를 서로 묻고 나니 벌써 자정이었다.
"작은언니, 내일 올 거 같아. 또 눈이 빠지게 맞았대."
굳이 자신의 침대를 내주고 선풍기에 예약 타이머를 누른 여동생은 지나가는 말처럼 툭 던지고 작은 방으로 건너갔다.
묘정은 화장대 서랍을 다시 열어보았다. 조금 전 거울로 쓰기 위해 뚜껑을 들어올렸을 때 본 콘돔 상자가 그대로 있었다. 상자를 열어 세어보니, 네 개가 비었다.

다음 날 여동생이 출근해버린 빈집에서 깨어난 묘정은 맞은 편 벽에 걸린 액자의 그림을 오래 바라보았다. 보나르의 '전원의 식당'. 그 그림은 처녀 시절 묘정의 침대머리에 걸려있었던 그림이었다.

붉은 벽과 활짝 열린 창문, 출입문 밖은 일년초들이 꽃을 피운 뜰이고 그 너머는 낮은 숲, 그 너머에는 강인지, 호수인지 푸른 물이 가득했다. 그리고 식탁 위엔 디저트가 담긴 접시 둘, 장식장 위엔 칸나 같은 붉은 꽃이 꽂힌 화병, 문 바깥을 향해 놓인 흔들의자엔 고양이 한 마리, 창틀엔 집 바깥에서 고양이에게 말을 거는 상냥한 보나르 부인…. 원하기만 한다면, 나중에 그런 식탁쯤은 가질 수 있으리라고 믿어 의심하지 않았던 시절이었다.

그 식탁에 날마다 음식을 차리고, 그 자리에 앉아 편지를 쓰고 전화를 받고 남편과 밤의 차를 마시고 가족의 기념일을 달력에 표시하고 선물을 포장하고 여행을 계획하리라고 꿈꾸었다. 그런 식탁을 중심에 둔 삶은 잘못될 리가 없다고 생각했었다.

무엇이 어디에서부터 어긋났을까…. 삶이 주무르는 대로 머리를 들이밀고 호락호락 반죽되지 못한 것이 잘못이었을 것이다. 삶에 대해 미리 상상하고 꿈꾸었던 것이 잘못이었을 것이다. 그러나 균열의 뿌리는 질기고 독하게 그들을 끌고 갔다. Y와의 첫 만남으로, 만남 이전 각각의 성장기로, 각각의 출생으로, 출생 이전으로…. 그리고 그들의 생이 끝날 때까지, 생이 끝난 뒤에도 얼마든지 끌고 갔다. 피할 수 없었던 일인 것이다. 운명의 내부에 씨앗처럼 박혀 있던 프로그램이었다.

마루와 부엌 사이를 서성이며 커피를 세 잔이나 마신 뒤 언젠가 본 적이 있는 근처 강가에 나가보기로 했다. 곧 비가 올 것 같이 흐린 날씨였다. 마분지로 만든 것 같이 얄팍하고 각진 신도시는 비를 맞으면 가만히 녹아버릴 것만 같았다. 묘정은 신도시를 빠져나가 외부순환도로를 타고 구도시 쪽으로 달렸다.

강 상류 쪽에 옛날엔 나루 집이었다는 조그만 찻집이 하나 있었다. 긴 진입로에 먼지와 거미줄을 잔뜩 뒤집어 쓴 희부연 측백나무들이 서 있고 근처 밭엔 배추와 시금치가 잔설에 발을 묻고 있었다. 3년 전 겨울 오후였다. 별사탕 모양의 녹색 열매가 다닥다닥 붙어있는 측백나무들을 지나가니 잔디 덮인 마당에 비치테이블과 의자들이 뒤집어져 있었다. 인적이라곤 없어 장사를 하는지 의심스러웠지만, 차가운 강바람에 쫓겨 묘정은 무거운 나무문을 밀었다.

테이블 세 개가 간신히 놓인 좁은 실내에도 의자들이 쓰러져 있기는 마찬가지였지만 공기는 따스했다. 스토브에서 김이 올라오고 오디오에서는 한영애의 노래가 흘러나왔다. 머리를 중학생 남자애처럼 골격에 바짝 붙여 자른 여자 하나가 강이 흘러가는 창가 자리에 오도카니 앉아 담배를 피우고 있었다. 눈자위와 볼이 붉게 부어올라 있었다.

쉰 살을 살짝 넘겼을 여자는 넘어진 일인용 소파 하나를 세우고는 묘정을 앉혔다. 묘정은 모과차를 주문했다. 차를 가져온 여자는 묘정이 앉은 소파를 창가 쪽으로 바짝 당겨주었다. 강의 얼음덩이 위에 청둥오리들이 앉은 채 둥둥 떠내려가는 게 보였다. 커다란 해오라기는 강 가장자리에 발을 담그고 물밑을 골똘히 내려다보고 있었다. 그 새 때문에 강은 더욱 깊은 정적에 잠겨있었다.

"애들 아버지가 왔다 갔어."

눈이 마주치자 찻집 여자가 이해하라는 의미를 던지며 실내를 눈으로 가리켰다. 마치 속을 트고 지내온 친구를 대하듯 했다. 여자와 앉아있는 동안 두 통의 전화가 왔고 한 명의 낚시꾼이 컵라면을 먹기 위해 끓인 물을 얻어갔다. 남편에게 얻어맞은 뺨이 다 식지도 않은 채 여자는 교태를 떨며 남자들의 전화를 받았고 낚시꾼에게 김치를 담아주며 눈웃음을 지었다.

여자는 쉰세 살이라고 했다. 한때 은행원이었던 남편은 뇌물수수로 걸려 계속 내리막길을 걷다가 마지막엔 곰탕집을 열었다가 완전히 끝장이 났다. 남편은 채권자에게 넘어가버린 집에 아직 살고 있고, 큰아들은 대학 근처에서 하숙을 하고, 작은아들은 군대에 가 있고 그녀는 강가의 오두막 찻집에서 살며 장사도 하고 낚시꾼들과 연애도 하며 세월을 보낸다고 했다. 주방 뒤에 침대 하나 겨우 들어가 있는 어두운 침실이 있었다.

이런 외딴 곳에서 자면 무섭지 않으냐고 물으니, 가진 것 하나 없으니 겁나는 게 없다고 대답했다. 차라리 망하고 나니, 걸리는 거 없어 좋다고⋯. 이왕 이 꼴이 되었으니 하는 말이지만, 전 재산 자진 헌납하고라도 사 볼만한 자유라고 했다. 천 원 한 장을 내줄 때도 계산기를 두드리는 좀팽이 남편에게 매여 세숫물에 익사해 죽을 인생인 줄 알았는데, 말년에 이렇게 남자들한테 사랑 받고 살 줄 상상이나 했겠느냐고, 부어오른 볼이 아프도록 깔깔깔 웃었다.

이제 쉰 살 중반도 넘었을 것이다. 마른 갈대가 솜털처럼 따스해 보일 강가를 걷다가 아직 오두막 찻집이 있으면, 불쑥 들어가 보아도 좋을 것이었다.

박물관에 들어선 건 뜻밖이었다. 구도시를 몇 바퀴나 빙빙 돌았으나 끝내 강으로 나가는 출구를 찾지 못한 채 그만 박물관 방향으로 들어오고만 것이었다. 묘정은 박물관 주차장에 차를 세우고 내렸다. 야외 스피커에서는 거문고 산조가 흘러나오고 있었다. 강이나 박물관이나, 시간만 좀 보내면 될 뿐 상관은 없었다.

날씨가 흐려서인지 인적이라고는 없었다. 거대한 적벽돌 건축물은 무덤처럼 공허해서 속이 빈 악기 같았다. 박물관 회랑의 정적 속으로 발을 딛자 새하얀 샌들이 바닥을 밟는 소리가 또각또각 울렸다. 울림이 밖으로 나가지 못하고 빙빙 돌며 공명현상을 일으켰다. 회랑 곁 야생 정원에 개망초 꽃이 새벽 같은 부연 밝음 속에서 꿈처럼 흔들리고 있었다. 저 멀리 회랑이 끝나는 어둠 속에 티켓을 파는 조그만 여자가 인형처럼 앉아있었다. 또각또각…. 두꺼운 벽 안에서 나선형으로 휘도는 샌들의 무거운 울림소리는 묘정을 다른 곳으로, 점점 더 다른 곳으로 이끌고 갔다.

아홉 살 무렵, 작은아이는 밤에 잠자는 동안 나무들이 다른 곳으로 갔다가 온다고 믿었었다. 가구들도 자리를 바꾸고 인형들도 외출한다고 상상했다. 낮 동안과 다른 일들이 밤에 일어나고 물건들도 낮과 밤에 각각 다른 역할을 한다고 상상했다. 그래야 나무들은 다른 나무들을 만날 수 있고, 가구들은 역할에서 벗어날 수 있고, 낮 동안 노동한 물건들도 밤의 유희를 통해 보상을 받을 수 있다고 했다. 작은아이는 아빠와 엄마도 자신이 잠든 밤엔 낮과는 퍽 다른 일을 할 거라고 추측하는 듯했다.

아이들이 잠든 뒤부터, 아이들이 잠 깨기 전, 밤이 가장 깊숙한 새벽 1시부터 4시까지…. 10개월여 동안 묘정은 뿌리를 뽑고 나가는 나무처럼 밤이면 다른 곳을 헤매었다. 묘정의 발소리는 밤의 계단을 울리고 골목을 울리고, 아스팔트길을 초조하게 울렸다. 사람들이 잠든 거리는 밤이라는 악기의 거대한 내부 같이 공명현상을 일으키며 다른 골목과 다른 계단들과 다른 거리로 가서 부딪치고 다시 울렸다. 집에서 가장 가까운 모텔은 비상문을 들어서서 한 층을 오르면 그때부터는 붉은 카펫이 깔려있었다. 그것을 밟는 순간 묘정의 두 발은 녹아 거품이 되는 듯했다.

마지막 날 밤에도 사랑을 나눈 남자는 깊은 잠에 빠졌다. 그와 함께 옆방에서는 뒤치는 소리가 나기 시작했다. 옆 방 젊은 여자는 머리카락이 뽑히는 듯한 얄팍하고 신경질적인 신음 소리를 냈다. 여자의 몸이 마구 밀리는 소리가 나고 끝이 나는 듯하더니, 뒤이어 옆방 남녀가 다투기 시작했다. 아직 응석이 남아있는 젊은 남자는 좀 다르게 해보자고 조르고 여자는 아파서 싫다고 거절하기를 계속했다. 그런 틈틈이 짧고 신경질적인 여자의 신음소리가 났다.

새벽 3시경이었다. 묘정은 잠든 남자의 가슴에 얼굴을 묻었다. 그날따라 남자는 유난히 연약해 보였다. 어깨도 좁고 가슴도 작고 살은 물렀다. 남자는 다음 날 또 고단한 하루를 보낼 것이고 묘정도 마찬가지였다. 늘 그랬듯이 완전히 이완되어 넋이 빠져나간 듯한 남자에게 묘정은 또 보자고 속삭이고 반쯤 벌어진 입에 입을 맞추어 작별했다. 복도로 나갔을 때 옆 방 남녀는 아직도 투닥거리고 있었다. 묘정이 붉은 카펫이 깔린 계단을 다 내려갔을 때 여자의 날카로운 비명이 새어나왔다.

모텔을 나오니 이슬이 맺히는 축축한 공기 속에 찔레꽃 내음이 새하얀 망사너울처럼 얹혀있었다. 5월이었다. 3시 45분의 깊은 어둠 속으로 묘정의 샌들 소리가 또각또각 울렸다. 산부인과와 수예점과 마트와 부동산중개소들과 화장품가게와 미장원, 비디오가게와 구두수선집과 중국집과 유리집들이 있는 상점 거리를 초조하게 걸었지만 무엇인가 뒤에서 당기기라도 하는 듯 나아가기가 힘겨웠다. 약국과 문구점과 사진관과 금은방과 PC방…. 어느 지점에서 리플레이라도 되는 것처럼 묘정은 상점거리를 벗어나지 못했다. 이상한 밤이었다. 샌들이 바닥에 닿을 때마다 거대한 악기를 타건 하듯 육중한 공명현상이 일어났다. 찔레꽃 내음은 더욱 짙어져 바로 머리 위에 꽃 너울을 이고 질질 끌며 가는 듯했다. 서두르느라 묘정의 걸음이 리듬을 잃고 허둥댔다. 요의가 엄습했다.

묘정이 간신히 피아노학원 근처에 왔을 때 남자 둘이 맞은편 건강원 가게 앞에 서 있는 것이 보였다. 묘정은 순간적으로 피아노학원 앞을 지나쳐 버렸다. 마을 피아노학원 선생이 밤이슬을 맞고 다니더라는 소문을 내고 싶지는 않았다. 묘정은 이제 쇳덩이처럼 무거워진 샌들을 끌고 산 쪽으로 올라 풀이 무성한 공터로 달려 들어갔다. 공터 끝 플라타너스 나무 뒤에 찔레꽃 덤불이 하얗게 형광 빛을 발하고 있었다. 풀은 이슬에 흠씬 젖어 묘정의 치마 단이 금세 다 젖었다. 묘정은 플라타너스 뒤에 몸을 숨기고 속옷을 내렸다. 찔레꽃 덤불 속에서 굴뚝새들이 후다닥 자리를 바꾸었고 그때마다 이슬이 머리 위로 후두둑 떨어졌다. 그리고 찔레꽃 내음이 붉은 젖내처럼 뭉클 흘러나왔다.

참았던 오줌이 새어나오자 묘정의 체온이 빠르게 하강했다. 이마에 이슬이 툭 툭 떨어질 때 하나의 예단이 몸 중심을 베듯이 서늘하게 지나갔다.

밤이슬을 맞는 외출은 그렇게 끝이 났다. 남자는 묘정이 오지 않는 모텔 방에서 전화를 해 묻고 또 물었다. 오지 못하는 이유를 설명해달라고. 어떻게든, 무슨 말로든 자신을 좀 납득시켜 달라고. 묘정은 도무지 대답할 수 없었다. 마을의 그 모든 벽에 부딪쳐 반향하던 샌들의 무거운 울림, 망사너울 같이 끌리던 찔레꽃 내음, 치마 단을 적시던 밤이슬, 풀잎들의 뿌리로 스며들어간 숲 속의 배뇨, 빠르게 하강하던 체온…. 그런 것들이 떠올랐다가 흩어져갔다. 묘정은 간신히 입을 열었다.

"발소리가 너무 무거워 갈 수가 없어요. 피아노 배우러 오는 아이들이, 내게 말했지요…. 내가 치는 피아노는, 건반 위에 빗방울이 떨어져 저절로 울리는 소리 같다구요. 내 발소리가 너무 무거워서, 그래서 그래요…."

박물관의 특별전시실엔 '선사시대부터 통일 신라까지'가 기획 전시되고 있었다. 그곳에서 묘정은 뜻하지 않게 고향과 마주섰다. 옛 아라가야 지역이었던 읍내 전경이 파노라마 기법으로 찍혀있고 넓은 들 한가운데에 솟은 머리산은 헬기로 위에서 찍어 특별히 확대해 놓았다. 아라가야의 시조가 이 머리산에서 등장했고, 역대 왕들이 이 산에 묻혔다. 거대한 봉분들마다 일련번호들이 붙어있었는데, 그 중 제34호 고분은 봉토 지름이 34.5m, 높이가 9.7m로 가장 큰 규모의 왕릉이었다.

무덤 속엔 미늘쇠와 덩이쇠 같은 풍부한 철기가 부장되어 있는데, 최근 고분군 끝자락에 있는 마갑총에서는 고구려 벽화에 그려진 것과 같은 말 갑옷이 출토되었고, 성산패총에서는 목관이, 제 8호 고분에서는 다섯 사람의 순장 유골이 확인되어 더욱 관심이 높아졌다고 소개되어 있었다.

글자들을 읽으면서도 묘정의 머릿속엔 읍사무소 전경만 선연했다. 고향은 이제 읍사무소와 그녀 사이의 긴장으로 함축되었다. 공자 모양의 굽다리 접시와 불꽃 모양의 창을 낸 굽다리 접시 앞에서 묘정은 걸음을 멈추었다. 어린 시절 마당가에 뒹굴던 그릇들이었다. 묘정은 토기들로 소꿉놀이를 했었고 엄마는 줄지어 놓아 화단 턱을 만들기도 했고 할머니는 재떨이로 썼으며 그 중 말짱한 것들은 장독이나 아버지 방 장식대 위에 놓여지기도 했다. 묘정은 뒷마당에 쪼그리고 앉아 공자 모양의 어둑한 굽다리 창에 눈을 붙이고 반대편 창과 프레임을 맞추며 그 너머의 봄과 여름과 가을과 겨울들을 보려 애썼었다. 1500여 년의 시간을 지나가는 창인 줄도 모른 채, 어린 묘정은 불꽃 무늬 창 너머로 현실이 아득히 함몰되는 시간의 마술을 즐겼었다.

박물관을 빠져나왔을 때, 빗방울이 떨어지고 있었다. 빗방울 사이로 거문고 산조가 여전히 울렸다. 묘정은 가슴이 뻐근해지는 가벼운 협심증 증세를 느꼈다. 머릿속에서 읍사무소 전경이 지워지지 않았다. 탱자나무 담과 가운데에 전형적인 관공서 정원을 조성한 자갈 깔린 마당과 늘 물걸레질이 되어있어 미끄러운 사무소 바닥과 허리 위까지 올라오던 차가운 시멘트 턱과 서류 냄새와 커다랗게 소리를 지르며 아는 사람을 맞이하는 쾌활한 공무원들과 울려대는 전화벨 소리, 그리고 친척이거나 아버지 동료이거나 이웃이거나, 엄마의 계원이게 마련인 네댓 명의 민원인들….

그 곳엔 아버지의 호적부가 있고 묘정은 불명예스럽게도 서류를 더럽히며 되돌아가 있었다. 읍사무소 직원의 삼촌인 이웃 사람으로부터 묘정의 이혼 소식을 듣게 된 아버지는 이혼한 딸은 친정에 발을 들이지 않겠다는 원칙을 밝혔다. 아버지는 딸의 이혼 소식을 부끄러워했고 자신의 호적이 더럽혀진 것을 용서하지 못했다.

"그 꼴로 운전을 해오다니, 앞이 보이기는 하니?"

"한 쪽으로 보는 거야."

여동생의 한 쪽 눈은 자주색 피멍이 든 채 흉하게 부어올라 있었다.

"어떻게…."

묘정은 말을 이을 수가 없었다. 가늘고 긴 목과 유난히 흰 팔과 다리, 곳곳에 피멍 얼룩이 들어있었다. 전체적으로 여리게 생긴 묘정과 달리 이목구비가 또렷해 처녀 시절엔 딸들 중 제일 예뻤는데, 자주 맞다보니 코뼈와 광대뼈가 솟아 인상을 사납게 만들어 놓았다. 어릴 때부터 짐승처럼 본능적이고 쾌활하고 다정하고 때로는 사나운 애였다.

"그 인간이 유리컵을 던졌는데, 피하지를 못하고 눈에 정통으로 맞아버렸지 뭐야. 이번엔 하도 더러워서 비는 시늉도 하지 않고 마음대로 해보라고 들이밀었더니, 진짜 잡아먹을 개 패듯 가리지 않고 차고 밟고 패더라…."

"신발 가게는 어떻게 했니?"

"닫아 두었어. 이 꼴로 어떻게 나가겠어. 가게 하지 말라더라. 아파트 분양 받은 중도금을 내가 애들 실내화 팔고 아줌마들 슬리퍼

팔아서 차곡차곡 넣는데도 고마운 줄을 몰라. 내 돈은 돈인 줄도 모른다구. 가게도 하지 말고, 술도 한잔 마시지 말고, 친구도 만나지 말고, 친정도 가지 말고, 죽은 듯이 집구석에만 들어앉아 있다가 퇴근해오면 제 시중이나 착착 들고, 시댁에나 잘하라는 거야. 겨우 입에 풀칠이나 하게 벌어다주는 주제에, 종을 부리는 왕처럼 살려고 해. 쪼들리면 아이들 학원도 보내지 말고 보험도 해약하고 집도 늘이지 말고 콧구멍 같은 집에서 평생 살재. 그냥 눈도 코도 생각도 없는 무뇌아처럼 살라는 거야."

묘정은 그 남자 뜻대로 사는 게 그리 어려우냐고 물을 수 없었다. 사랑만 있으면 되는 일이지만, 사랑이 없으면 결단코 안 되는 일이었다. 눈 맞아 히히덕 대던 젊은 한때는 가진 것 없이도 그렇게들 살았지만 젊음도 사랑도 통장의 돈처럼 탕진되고 만다. 잔액이 없는 통장처럼 소통불능, 지급불능이다.

"이번엔 왜 그랬어?"

"마시지 말라는 술 마셨다고. 딱 생맥주 500cc 두 잔 마시고 개 맞듯이 맞은 거야. 아들 데리고 재혼한 친구가 가게에 찾아와서 힘들다고 울지, 마침 잘 아는 사람이 생맥주 집을 개업해 인사라도 해야 했지…. 그렇게 되니, 조심해야지 하면서도 마시게 되었지 뭐야. 한잔 마시니, 또 한잔 마시게 되고 안 마시던 술이라 왈칵 취해버렸고…. 그런데, 그럴 수도 있는 거 아냐. 마누라 몸이 지 거야? 마누라라는 여자는 제 기분에 입각해서, 제 이유에 입각해서 술도 못 마시냐구? 이따금 취하면 안 되냐고? 다른 집들은 마흔 가까이 되면 좀 풀어준다는데, 이 인간은 나이가 들수록 더해. 마누라를 개 패듯 패고, 저는 밤이라고 침대에 뻗어져 코를 골고 자는데…, 정말 식칼 잘 갈아서 심장에 콱 찔러 넣고 싶더라."

여동생이 울기 시작했다. 폭력을 쓰는 남자들은 모를 것이다. 여자들이 그 한 대 한 대를 얼마나 잊을 수 없어 괴로워하는지를. 묘정도 몇 번인가, Y에게 돌아가려 한 적이 있었다. 그러나 묘정의 발목을 붙든 것은 폭력의 기억이었다. 몸이, 내장이, 골수가 용서하지 않았다. 마음이 돌아갈 수 없는 섬처럼 몸에 포위되어 있는 줄을 Y는 모를 것이다.

"이러고 산 게 10년이야. 이젠 그 인간 용서가 안돼. 내 몸이 그 인간에게 진저리를 친다구…. 이웃집 남자가 밤사이에 죽었어. 자다가 보니 죽어있더래. 그 소식 듣고 얼마나 부러웠는지…. 그 집은 부부지간에 좋아서 죽고 못 살았어. 그런데 저승사자가 덜컥 잡아간 거야. 보험도 잔뜩 들어 놓았다대. 나도 그 인간 앞으로 종신보험까지 넣어놓고 소식 없이 늦는 밤마다 제발 어디서 교통사고가 나 즉사하게 해달라고 촛불 켜놓고 비는데…. 죽으라는 놈은 안 죽고…. 이렇게는 못 살아. 언니, 나, 아버지가 심장마비로 넘어가더라도 이혼할 거야."

쏟아지던 말이 뚝 끊어졌다. 말이 끊어지자 여동생은 쇼핑 봉지를 풀어 맥주를 꺼냈다.

"이 놈에 술, 오늘밤엔 실컷 마시고 죽어버릴 거야."

막내 여동생은 시종일관 눈살을 찌푸린 채 작은언니를 쳐다보고만 있었다.

"뭘 쏘아보니? 그 난리를 겪고도 아직도 유부남이랑 놀아나면서, 누가 모를 줄 아니? 너도 잘 난 척하지만, 그 수렁에서 못 벗어나.

제발 너라도 그렇게 살지 말아라, 응?"

"내가 왜? 이렇게 사는 게 어때서? 난 즐기는 중이야. 그것도 아주 진지하게. 이건 내 삶의 스타일이야. 부도덕하다고? 그 사람 몇 달 전에 이혼했어. 이제 도덕적으로도 하자 없는 거지? 그런데 난 결혼할 마음이 없어. 그렇게 미개한 짓을 왜 하겠어. 적어도 난 결혼을 할 만큼 안정되고 현명한 사람이 아니란 걸 알아. 그리고 언니들처럼 이 생에 대해 욕구가 너무 강하거든. 언니들은 무엇보다 스스로 일을 저질렀다는 걸 인정해야 해. 지금 현재에 대해 피해자인 척하며 일방적으로 원한을 갖기엔 책임이 너무 막중하단 말이야."

막내 여동생은 토막토막 끊어지는 짧은 말들을 남기고 작은방으로 들어가 버렸다. 다음 날 출근해야 하니 자야 했다.

"독한 년, 누가 그걸 모르냐…. 그래도 이만큼 맞았으면 누가 흰 수건을 던져주고 엉겨 붙은 연놈을 좀 떼어줘야지. 잘못 시작해서 실패했다는데, 그걸 인정한다는데, 실패한 링에서 내려가 다시 시작해 볼 기회를 갖고 싶다는데, 그게 왜 이렇게 안 되냐, 왜 이렇게 안돼? 왜 그 인간은 도장을 안 찍어주고, 아버지는 딸과 인연을 끊겠다고 펄펄 뛰냐고? 이혼율 세계 3위라는 나라에서 왜 나만 안 되냐고…."

여동생은 맥주잔을 단번에 비우고 거푸 비웠다.

다음날 묘정은 눈가가 짓이긴 풀처럼 시퍼렇게 변한 여동생을 차에 태우고 고향으로 갔다. 고속도로 톨게이트를 빠져나가자 여동생이 몸을 뒤로 빼며 놀라 물었다.

"왜 이리로 가? 집에 가는 거야?"

"집에 간 지 3년이나 됐어."

"아버지가 오지 말랬잖아."

"알아."

오래된 환부가 새롭게 아파왔다.

"그런데?"

"그렇게 난리 치는데, 집에야 들어가겠니…."

군청과 문화원을 지나 호적이 돌아와 있을 읍사무소 앞을 지나고, 출입문 앞에 결핵환자들의 엑스레이 사진이 빨래처럼 널려있던 옛날 보건소 자리를 지나고…. 집으로 가는 길을 향할 때 묘정의 마음이 베어지는 나무둥치처럼 뻣뻣하게 무너졌다. 묘정은 오른쪽 길로 꺾어 왕릉들이 있는 산 입구의 공원 쪽으로 들어갔다.

"이걸 써."

여동생은 묘정이 넘겨준 선글라스를 꼈다.

차를 세우고 공원을 오르는데, 절 앞쯤에서 머리 위로 화살이 지나갔다. 현충탑 뒤쪽에 일장기가 그려진 과녁판이 보였다. 활터에 늙은 남자들 몇이 어른거렸다. 잠시 후엔 화살을 담은 통이 도르래에 감기며 머리위로 지나갔다. 활터와 과녁 사이의 거리가 어릴 때 느낌에 비해 한결 짧았다. 3·1운동 기념탑이 세워진 산 정상의 평평한 공원은 뒷마당처럼 좁고 플라타너스와 히말라야시다들도 키가 작아 당황스러울 정도였다. 보름마다 달집을 지어 불놀이를 했던 장소였다. 여전히 큰 것은 왕릉뿐이었다.

"눈 많이 왔을 때, 여기서 우리 눈사람 만들어놓고 시멘트 포대로 미끄럼 타며 종일 놀았잖아."

왕릉 앞에서 여동생이 옛일을 떠올렸다. 봄이면 봄대로 여름이면 여름대로 가을엔 또 가을대로 사계절 내내 찾아와 등을 문지르며 뒹굴던 곳이었다. 짐승처럼 천진스러웠던 시절이었다.

"그땐 삶이 무엇인줄로 알고 살았을까…. 웃고 울고 싸우고 소리 지르고, 난 못나서 그런지 삶은 어릴 때 다 살고 어른이 되어서는 벌만 받는 거 같아."

여동생이 늙은이처럼 중얼거렸다.

그녀들은 샌들을 벗어들고 산봉우리처럼 높은 봉분들이 차례차례 늘어선 평평하고 긴 능선을 따라 걸었다. 발밑에서 까칠한 짧은 풀들이 눕고 잔돌이 찔리고 흙이 발가락 사이로 끼였다. 여동생은 가끔 아픈 듯 깨금질을 했다. 묘정은 작은 상처를 느끼면서 지긋이 자신의 전체를 눌렀다. 작고 여윈 남자가 하나 지나갔고 저 멀리서 뚱뚱하고 물렁한 남자 하나가 봉분 사이로 보였다가 사라졌다가 보였다가 사라졌다가 하며 다가왔다.

넓적한 나무무늬 시멘트 탁자와 의자 두 세트가 놓여있는 왕릉 앞에서 두 자매는 멈추었다. 그리고 하나 둘 셋, 센 듯이 동시에 평평하고 긴 탁자를 하나씩 점유하고 몸을 쭉 펴고 누워버렸다. 긴 호흡을 내 쉴 때 커다란 새 한 마리가 날개를 치고 올라와 구름 한가운데로 지나갔다. 발가락 사이에 낀 흙가루가 마르며 떨어졌다. 그러자 몸이 옛 봉분 속에 부장되었다가 굴러 나온 귀퉁이 깨어진 토기같이 적막해졌다.

묘정은 불꽃무늬 창을 지나는 듯한 아득한 눈으로 애써 프레임을 맞추어 산 아래를 내려다보았다. 멀리 아버지의 집이 보였다. 기와 지붕과 담과 대문…. 종이 집 같이 얄팍했다. 아버지에 대한 차가운 혐오와 젖은 비스킷 같은 연민이 몰려와 마음이 뭉텅 부서졌다.

"여긴 꼭 닫힌 상자 속 같아. 여기 외에 다른 세상은 없는 듯이 살아. 다들 아버지 같이, 스스로 나가든 밀려서 나가든, 상자 밖의 일은 불행이라고 믿고 불행을 추문처럼 부끄러워하는 사람들이지…. 세상이 얼마나 변했는데, 그 영감쟁인 자기 환상 속에서 살며, 그렇게도 권위적이기만 할까…. 그렇게도 무섭게만 굴까…. 하루하루 사는 게 얼마나 끔찍하게 사실적인데, 행복이나 불행 따윈 이 절실한 삶에 비하면 아무 것도 아닌 것을…. 내가 원하는 건 진짜 삶이야."

"진짜 삶이 뭔데?"

"내가 살아있는 거지…."

"그게 뭐냐고? 그게 뭐냐니까…."

여동생은 잠꼬대처럼 물었다.

"…난, 살아있어. 그건 피부로 숨을 쉬고 있느냐의 문제야. 사람은 의외로 코와 입으로 숨을 쉬는 게 아니라, 피부로 숨 쉬고 눈으로 숨 쉬어야 사는 동물인지 몰라…. 다른 어느 때보다, 최근에 정말로, 난 살아있어. 난 피부로, 눈으로 숨을 쉬고 있어."

묘정은 발가락을 꼬물꼬물 움직여 틈새의 흙을 떼어내며 더듬더듬 요령부득의 대답을 했다.

"그래? 살아있다고? 언니가 삶에 삶아 데쳐지지도 않고 살아있는 몇 안 되는 사람 중의 하나라고? 대단하네…. 난 삶아 데쳐질 각오도 되어있어. 그런데, 난 그 새끼한테 데쳐지고 싶지는 않은 거야. 아, 너무 싫은 새끼야. 아버지도 싫고, 이곳도 싫어. 읍내에서 살고 있는 동창을 보면 사람이 바글거리다가 죽는 개미와 별다를 게 없다는 생각도 들어. 난, 멀리 가고 싶었는데, 정말 멀리 가버리고 싶었는데…. 죽더라도 말이야, 번쩍이는 새 칼에 찔려 죽고 싶어."

여동생은 고향 읍에서 겨우 10킬로미터 떨어진 시의 변두리에서 살고 있었다.

중얼거리던 여동생은 어느덧 숨소리조차 공허하게 멎어버렸다. 팔을 베고 동그랗게 몸을 만 여동생 역시 아득한 옛날의 봉분에서 굴러 나온 금간 토기 같았다. 묘정도 한 겹 한 겹 몸을 덮치는 수마에 눈을 감았다. 거대한 왕릉을 다진 수십 톤의 흙이 몸 위에 덮이는 듯, 죽음처럼 육중한 수마였다.

아이들이 건 전화 신호음이 흙더미를 뚫고 들려오는 듯했다. 간신히 잠을 헤치고 나와 보니 천지에 눅눅한 어스름이 내려 있었다.

"엄마 간밤 꿈에 남자들이 나에게 벌레를 먹으라는 거야. 붙잡고 마구 먹이는 거야. 그리고 자기들이 핥아먹던 아이스크림을 먹으라는 거야. 아, 더럽고 징그러워서 혼났어. 엄마 대체 무슨 꿈이야, 이게?"

딸아이가 성적인 상징성이 있는 꿈 이야기를 했다. 보지 않아도 어떤 표정을 짓고 있을지 알 것 같았다. 뭉크의 그림 '사춘기'의 웅크린 소녀와 같이 경악한 가운데 불쾌하고 무섭고 호기심 어린 표정을 짓고 있을 것이다. 여자들은 다 그렇게 자라는가 보다. 네게는 또 어떤 일들이 생기려고, 그런 꿈을 꾸었을까…. 삶은 얼마나 음험하고 찬란한가. 축제 뒤에는 형벌이 오고, 형벌 뒤에는 위로가 오고, 위로 뒤에는 권태가 오고, 권태 뒤에는 불감이 오고 불감 뒤에는 다시 파괴의 축제가 오지. 어디에서도 머물 수 없다. 묘정은 다른 엄마들이 할 듯한 내용으로 단호하게 꿈 풀이를 해주고 싶었다. 예컨대, 남자를 조심하라는 경고야. 이젠 남자를 조심하는 법을 배워야 하는 나이가 된 거야…. 그러나 묘정은 다른 대답을 했다.

"자랄 때, 여자애들 누구나 꾸는 꿈이란다. 자라느라고 그러는 거야."

그리고 누구나 겪는 일들이 준비되어 있지…. 네 속에서 자라는 욕망의 싹과 멀리서 촉수를 내뻗으며 더듬더듬 다가오는 욕망들, 그것들의 얽힘과 풀림이 어느 사이 물릴 수 없는 삶이 되어버리지. 삶에서는 달리 안전할 방법이 없어. 피신할 곳도 없어. 삶에 먹히지 않고 두 눈을 부릅뜨고 살아있겠다는 각오밖에는….

"아빠 집은 지낼 만하니?"

"우리 집보다 그리 못하지도 않아."

딸이 어차피 못마땅하다는 듯 조금 빈정대며 말했다. 아빠 집에 가는 동안, 몇 번이나 놀라지 말라고 당부했던 게 기억났다. 하긴 골목길 피아노학원 2층에 방을 얻어 쓰는 형편이니, 시골 아파트에 비해 썩 나을 것도 없었다. 그나마 학원마저도 벌써 두 달 전에 내놓았다.

다들 형편이 어렵다 어렵다했지만, 소문처럼 떠돌다가 실제로 불덩이가 발등에 딱 떨어진 건 올해 초부터였다. 아이들 회비가 이 집 저 집에서 밀리더니, 싼 맛에 가까운 곳에 보내던 엄마들이 급기야 학원을 끊기 시작했다. 생활이 쪼들리는데, 수학이나 영어도 아니고, 피아노 같은 교양이 무슨 대수겠는가. 태권도보다 먼저 끊는 것이 피아노였다. 스무 명 정도로는 집세 내고 나면 생활비는 적자로 이어졌다.

묘정은 저녁 먹은 빈 그릇들과 붉은 국물이 남아있는 찌개냄비와 반찬 그릇들과 수저들 사이에서 발작적으로 가계부와 통장을 펴고 계산기를 두드리며 지출 줄일 곳을 찾아 눈을 두리번거리곤 했다.

식비와 공과금을 찬찬히 훑어보고 은행 이자와 월세와 의류 구입비, 책, 신문과 우유, 학원 비로 넘어가면 그녀 역시 그 칸에 눈길이 오래 붙들렸다.

그녀의 가계부를 넘겨보면 삶이란 참으로 단순한 것이었다. 일요일엔 가까운 고궁에 가 한나절을 보내는 것으로 휴일을 메우고, 전달과 달리 사들인 것도 없었고 눈에 띌만한 별다른 것을 먹지도 않았다. 잠자고, 일어나서 일하고, 또 잠자고…, 돼지고기와 고등어와 두부와 계란, 콩나물 사이에서 묵묵히 살아가고 있었다.

묘정은 두 달 전부터 신문과 작은아이 영어학원을 끊었다. 그 다음엔 큰 아이 학원비를 줄일 수 있을 것이다. 그 다음에는 무엇을 줄일 수 있을까…. 그건 인생을 줄이고 호흡을 줄이는 짓이었다. 게다가 그녀로선 더 줄일 수 있는 인생도 호흡도 없었다.

그러지 말아야지 하면서도 저녁밥을 먹고 나면 찌개의 붉은 얼룩이 진 식탁에 멍하니 앉아 퍼져버렸다. 일어서려 해도 마음처럼 되지 않았다. 그런 때면 그녀의 발을 끌고 내려갈 검은 구멍이 발아래서 뭉텅 뭉텅 패이고 있는 듯했다. 이따금 발작적으로 수화기를 들고 싶을 때가 있었다.

Y의 번호를 누른다. 그리고 비명처럼 소리를 내지른다.

'아이들 중 하나는 데리고 가. 더는 나도 못해, 너도 아다시피 이건, 사랑의 문제도 윤리의 문제도 아니야.'

그리고 몸이 텅 빌 때까지 울부짖고 싶었다. 그러나 수화기를 들어올리지 못했다. 꼼짝 않고 식탁에 앉은 채로 밤 시간이 흘러갔다.

눈앞엔 부엌의 음식 쓰레기 봉지에서 만들어진 깨알처럼 작은 날벌레가 어지러이 날고 삶에 대해 유일하게 선명한 감정은 공포였다.

학원을 내놓고, 차라리 월급교사가 되기로 한 건 그런 공포 때문이었다. 하지만 낡을 만큼 낡은 피아노와 장소의 한계 때문에 쉽게 넘어가지 않았다. 어영부영 보내는 동안 학원사정은 더 악화되어갔다.

그날 밤 비가 억수같이 쏟아졌다. 하늘에서 북을 치는 것 같았다. 꿈속에서 묘정은 물 속에 무릎이 빠진 채 서 있었다. 물이 찬 곳은 피아노학원이었다. 물은 점점 차서 허리까지 올라왔다. 묘정은 검푸른 물 속으로 가만가만 들어갔다. 정강이와 무릎에 뭔가가 닿았다. 팔을 넣어 건져 보니 새하얀 건반이 커다란 이빨처럼 뽑혀 올라왔다. 발에 밟히는 흰 건반과 검은 건반들을 지나 피아노들이 있는 곳으로 다가갔다. 피아노들은 방마다 뚜껑이 열린 채 물에 잠겨있고 물 위로 흰 건반과 검은 건반들이 꽃처럼 둥둥 떠올랐다.

꿈에서 깨어 눈을 뜨니 두 여동생과 다리가 얽힌 채 한 침대에 잠들어 있었다. 여동생들이 묘정의 꿈 이야기를 듣고는, 물이 가득 들었으니 좋은 꿈이라고 장담했다. 학원이 잘 될 모양이라고. 묘정은 그대로 가방을 꾸리고 여동생들의 배웅을 받으며 억수같이 퍼붓는 빗속을 나섰다.

휴가가 얼마 남지 않았다. 당장 페인트칠을 새로 하고 방들의 이름을 바꾸고, 피아노도 전부 조율해야 했다. 새 단장하여 재 오픈 한다는 현수막을 걸어 눈길을 끌 필요도 있었다. 아이들이 좋아하는 메트로놈도 몇 개 더 구입하고 방음장치도 할 것이다. 엄마들에게 전화를 넣어 아이들의 재능에 대해 한마디씩 찔러주어 관심을 당겨야 하고 이런저런 경연대회에도 적극 참여해 좋은 성적을 내야 한다. 그리고 시끄럽다고 난리 치는 옆 부동산가게 영감들에게 빵이나 소주라도 사 넣어주고 가물치 따위를 끓이느라 늘 골치 아픈 냄새를 피우는 건강원 여자에게도 실없이 웃어주어야 할 것이다.

그리고…,

그리고 묵묵히 계단을 오르내리며 피아노를 두드리고 고등어와 두부로 식탁을 차리고 일요일엔 두 아이와 고궁에 가고 가끔 한 자리에서 세상이 달라 보일 때까지 오래 창을 내다보며 사는 것이다. 아이들은 묘정에게 말할 것이다.

엄마가 치는 피아노는 빗방울이 건반 위에 떨어져 저절로 울리는 소리 같아…. 사는 날은 흰 건반과 검은 건반의 레일에 실려 다른 날로, 또 다른 날로 그녀의 나룻배를 밀어줄 것이다. 그런 사이사이 계단 가운데 서서 안심한 여자처럼 잠시 웃기도 할 것이다. 피부로 숨 쉬고 있다는 것을 느끼며, 눈으로 숨 쉬고 있다는 것을 느끼며 글썽이기도 할 것이다.

묘정은 물에 잠기는 피아노를 구하러 가기라도 하듯 폭우 속에 액셀러레이터를 밟았다. 차가 휘청 미끄러졌다가 이내 균형을 잡고 내달렸다. 빙판 같이 미끄러운 길이었다.

전격린

장미십자가

일주일 전이었다.

정오경에 경비실과 연결된 폰을 받고 내려가니 초록색의 넓은 테이프로 봉인된 사과궤짝 크기의 소포가 와 있었다. 보낸 사람의 주소도 이름도 적혀있지 않았다. 단단하게 봉인된 하드보드 상자가 열리자 붉은 비단으로 싼 물건이 가장 먼저 눈에 띄었다. 미끄러운 천을 풀자 머더 테레사 얼굴이 두 개의 음화로 나란히 찍혀있는 손바닥만한 액자와 장미십자가 그림이 든 액자가 나왔다. Y시의 정연우가 보낸 것이었다.

상자 속에는 그 외에도 그가 쓰던 은제 담배 케이스와 금색의 지포라이터, 내가 흘리고 온 귀고리 한 짝, 그리고 길이 잘 든 청동 촛대와 책 몇 권이 들어 있었다. 『종교학 서설』『개에 관한 생태 연구』『솔로몬의 반지』『사양』『백경』.

펼치면 마른 나뭇잎 소리를 내며 바스러질 것 같은 낡은 책들을 조심스럽게 한 줄로 쌓은 후 곧바로 수첩을 찾아 펴고 전화기를 들었다. 오랫동안 벨이 울렸다. 전화벨 소리가 누구에게도 닿을 수 없도록 얄팍하고 무기력하게 흩어졌다. 그날부터 삼 일 동안 주로 오전과 한밤에 아홉 통 정도 계속 전화를 넣었다.

나흘이 지난 날 오전에야 저편에서 누군가가 전화기를 들었다.

"네."

그는 네라고만 말하고 기다렸다. 정연우가 아니었다.

"정연우씨 계신가요?"

저편에서는 멈추었던 숨을 길게 내쉬었다. 숨소리가 삭은 천처럼 갈라지는 듯싶었다. 그는 잠시 머뭇거린 뒤에 되물었다. 어쩔 수 없다는 듯이.

"누구십니까?"

누구라도 소용없다는 식의 냉소적이고 무례한 말투였다.

"김영인입니다."

나는 불쾌감을 누르며 대답했다.

"…출판사, …그 아가씨군요."

"……."

"저는 그날, 일식집에서 일하고 있던 정연우씨 조카입니다."

매화 꽃무늬가 선명하게 그려진 검은색 왜복이 떠올랐다. 그는 그 옷을 단정하게 입고 흡사 할복하려는 무사같이 꼿꼿한 자세로 앉아 삼촌과 그의 여자손님의 식사시중을 들었었다. 서울에서 몇 년 동안 사진 공부를 했지만 두 해 전, 서른 살 되던 해에 고향 도시로 돌아와 일식집 주방에 틀어박혔다고 했다.

"네. 안녕하세요?"

"……."

그는 뜻 없는 인사조차 할 생각이 없는 모양이었다. 빈 터널 같은 침묵뿐이었다.

"정연우씨는 거기 안 계신가요? 며칠째 전화를 받지 않는군요… 여행이라도 떠났나요?"

그가 역시 삭은 천이 갈라지는 듯한 숨을 내쉬었다. 나는 잠시 창 바깥 아파트 정원을 내려다보았다. 과자봉지들이 널려있는 놀이터 주변에 겨울 먼지에 덮인 더러운 곰 같은 히말라야시다들이 일정하게 서 있었다.

　"…죽었어요. 김영인씨가 왔다 간 다음날."

　두 문장은 서로 등을 돌린 채 납득하기 어려운 공동을 만들었다. 나는 그사이 벽에 걸어둔 장미십자가를 노려보았다. 다음 말을 하기 위해서 신중하게 숨을 골라야 했다.

　"어떻게 된 일이죠?"

　"이불을 감은 채 도루코 면도날로 동맥을 잘랐습니다. 전날 한밤중에 제게 전화를 했었어요. 내일 오후나 모레쯤에 들러주겠니, 라구요. 저는 삼촌이 전화 건 뒤 삼 일째 되던 날 여기 왔습니다."

　"……."

　"…이불에 스며든 피와 방바닥의 피가 딱딱하게 굳었더군요. 붉은 촛농처럼요."

　"……."

　"더 버틸 수 없을 거라는 거 알고 있었어요… 여기까지라는 그런 말 있잖습니까? 삼 년 전에도, 석 달 전에도 음독을 한 적이 있으니까요. 뼈는 금강 상류에 뿌렸습니다. 금강 아세요?"

　나는 고개를 끄덕였다. 금강의 한 지점을 나는 알고 있었다.

　"세상에 치울 사람은 나뿐인 거 알면서… 집주인 성화에 방바닥의 피는 칼로 긁어내야 했어요."

　나는 전화기를 내려놓았다.

*

오래 전의 일이었다.

한 남자와 자동차를 타고 여행을 하다가 금강변의 휴게소에 들렀었다. 실버들나무에 착시처럼 연둣빛이 어룽어룽 어리던 3월 초순이었다. 바람은 아직 차가운데 햇볕이 변덕스러운 고양이처럼 갑자기 다정하게 내리쬐었다. 요기를 한 뒤 바로 떠나려다가 강가를 걷는 사람들이 좋아 보여서 우리도 계단을 내려가 두 팔을 활짝 벌리고 강변의 백양나무숲을 끼고 걸었다.

카누 클럽의 회원인 듯한, 연배와 생김새와 덩치에 통일감이 전혀 없는 한 무리의 사람들이 허리에 끼운 듯 작은 배를 하나씩 타고 강물결을 저으며 빠르게 지나다녔다. 입을 꼭 다문 채 생선의 눈처럼 알 수 없는 것에 집중한 말간 눈을 뜨고 흘러다니는 사람들은 가슴이나 사타구니에 비늘이 돋고 있을 것만 같이 비릿했다.

가까이 가서 보니 강물을 따라 걷는 사람들은 대부분 자라를 잡는 사람들이었다. 그들은 표적을 찾는 사수들처럼 두 눈을 부릅뜨고 강의 밑바닥을 훑으며 천천히 걷다가 자라가 보이면 그물망으로 겨누었다. 자라잡이 남자들의 망 속엔 이미 일고여덟 마리의 자라들이 잡혀 있었다. 자라들은 장난감 방패 모양의 갑각 속에 얼굴과 다리들과 꼬리를 감추고 있었다.

유심히 보니 나의 눈에도 돌 사이에 웅크린 연둣빛 자라가 보였다. 그물망이 마침내 자라의 몸을 뒤적거릴 때도 달아나지 않고, 단지 물이끼색 갑옷 속에 죽은 듯 웅크리고만 있었다. 그런 식이니 자라들은 너무 쉽게 잡혔다. 삶과 죽음이 한 장의 등껍질을 가르며 무의미해지고 있었다.

　이른 봄볕과 연둣빛 예감에 둘러싸인 실버들 가지와 백양나무숲과 두더지들이 파헤치고 지나간 흙더미들과 카누를 탄 물고기 같은 얼굴의 사람들, 그리고 단단해 보이는 청색의 강물 사이에서 우리는 생각보다 오래 서 있었다. 나는 자라 잡는 사람들과 작은 갑각 속에 자신을 밀어 넣고 죽은 체하는 것이 전부인 자라를 증오했다.

　동시에 나 역시 악어의 입 속에 들어갈 때는 한 가지 방법밖에 없다는 것을 천천히 알아챘다. 이미 죽은 체하여 아득히 고통을 속이는 것. 자라에겐 언제부터인가 강물 전체가 악어의 입 속 같은 것이었는지도 모른다. 고통이 오래 지속되고 그 고통을 오래 속이다보면 어느 날 등이 휘어지며 갑각의 지붕이 되기도 하는지. 그래서 삶과 죽음을 함께 업고 다니기도 하는지.

　그는 나와 여행을 한 후 모스크바로 떠났다. 1991년이었다. 이마에 지도 모양의 붉은 얼룩이 새겨진 소련 공산당서기장 고르바초프의 매력이 서방 언론을 사로잡았고 소련에 아직 희망이 있었던 마지막 해였다. 그는 대학 3학년 때 국가보안법 위반으로 제적당했고 8개월 형을 치른 뒤 복학했었다. 그리고 졸업을 하자 은사가 권한 대학원 대신 모스크바국립대학 경제학과를 선택했다. 처음에 그는 모스크바 카피차 거리의 원룸아파트에 살았다. 그리고 1994년 마지막 편지가 온 주소는 모스크바가 아닌 상트페테르부르크였다. 그땐 더 이상 대학에 다니지 않았다. 독주 보드카와 남자가 곁에 머물러주는 것만으로 만족하는 소박하고 아름다운 러시아 여자들, 그리고 다른 남자에게 쉽게 아빠라고 부르는 러시아 아이들… 그는 그 속에서 쉽게 길을 잃었을 것이다.

　죽었어요. 김영인씨가 왔다 간 다음날. 나는 두 문장이 끝까지 등을 돌린 채 서로 다른 곳을 보며 버텨주기를 바란다. 어쩌란 말인가. 나는 꼭 한 번 그를 만났다. 그뿐이다.

＊

　서적 도매상의 연이은 부도에도 육 개월 여를 버텨왔지만 마침내 가장 큰 도매상까지 넘어가자 출판사는 경영 중단 선언을 하게 되었다. 출판사엔 편집부장과 진행중인 책 두어 권을 마무리 짓는 편집부의 여직원 두 명만 남았다. 나머지 열여덟 명의 직원이 무급의 재택근무라는 사실상의 실업상태로 들어갔다. 그날은 재택근무를 한 지 오 일째 날이었다.

　잠이 깨면 아직 감은 눈 속에, 신문의 굵은 헤드라인처럼 오늘도 출근하지 않는구나 하는 선명한 자각이 떠오르고 공포가 뒤따랐다.

　그런 나날이 오 일이나 이어진 것은 대학을 졸업하고 곧바로 취직하여 출근한 뒤로 칠 년여가 되도록 처음 겪는 일이었다. 무급의 재택 휴가란 여름휴가와는 분명 다르다. 여름휴가란 집에서 흐지부지 흘려보내지 않기 위해, 참을 수 없는 더위에 쫓기면서 자신에게 납득할 만한 바캉스를 선사하기 위해 그 나름대로 분주한 법이다.

　그날 아침에 눈을 뜬 채 천장을 바라보고 있으니 누추한 골목 끝에 갈 곳 없이 선 것처럼 막막했다. 나는 공포를 우울 정도로 바꾸기 위해 노력해야 했다. 최소한의 생활을 하면 삼 개월은 버틸 수 있다. 그 뒤에는 적금을 해약해야 할 것이다. 그 다음엔 아파트를 빼야 하겠지. 계약 만기일이 일 년이나 남았는데, 그때까지 버틸 수 있을까. 아니면 그전에 빼야 할까… 전셋값이 이천만원 가까이나 떨어졌다니 방을 빼기도 쉽지 않을 것이다. 주인이 그 차액을 돌려줄까…. 그런 유의 분규는 흔하디흔한 일이 되어 거의 사회현상이었다. 어쩌면 이 집에서 영영 못 나갈지도 모른다. 생각도 하기 싫은 일이었다.

　삶은 이미 기울어졌고 누구나 미끄럼을 타고 현기증을 일으키며 전락하고 있었다. 나는 자기 위무에 실패한 채 오디오 테크에 바흐의 '평균율'을 올렸다. 그리고 물을 끓이고 천천히 식혀 차를 우렸다. 베란다에 낯선 아침햇빛이 은은하게 배어들어왔다. 시계의 분침이 공적 업무가 일제히 시작되는 정각 아홉시에 섰을 때 그 날카로운 침에 몸 안의 점막이 예리하게 찔리는 것 같았다.

　나는 지긋하게 찻물을 삼켰다. 문득 눈시울이 젖었다. 평균율… 끊임없이 삼투하는 갈등의 떨림을 제압하며 허공 위의 한 금을 치밀하게 밟아가는 압도적 단순성… 누군가는 그것을 갈등률이라고 말했다.

　'긴 노동 뒤의 실업인데 거위 털 하나가 바닥에 내려앉는 듯 가볍게 받아들일 수도 있어야 하는 게 아닐까. 당분간 노동에서 해방된 휴식을 여유롭게 즐기면서 차차 새로운 일을 찾는 거야. 잠시 배회한다고 인생이 어떻게야 되겠어. 매일매일 쉼 없이 행군해오던 날짜들의 사슬은 풀렸어. 구슬처럼 흩어졌다구. 그러니 너를 괴롭힐 건 없어. 넌 자유를 선고받은 거야.'

　그러나 스스로 한 충고도 소용없이 밤이 오자 다시 불안해진 나는 불현듯 정연우를 생각해냈다. 그가 바로 내 업무의 키포인트였다. 그에게서 그림만 받으면 나는 그날로 출근을 하게 되는 것이다. 원고는 이미 최종 교정과 페이지 편집까지 마친 상태로 캐비닛 안에 들어있었다. 어쩌면 내가 만든 마지막 책이 될 수도 있지만 끝까지 해서 세상에 꺼내놓고 싶었다. 어떤 책이 행운을 가져올지는 아무도 장담할 수 없는 일이라지만 그 책에는 승산이 있었다. 출판사에서도 반가워할 것이었다. 더구나 나는 그 소설가에게 정연우의 삽화가 든 책을 만들어 안겨주고 싶었다.

지난 일년 육 개월 동안 내가 담당한 주된 작업은 '환상동화 시리즈'였다. 알레고리 성격의 판타지 소설 시리즈인데 단락과 행간이 넓고 삽화가 많이 들어가는 형태였다. 시리즈는 그다지 성공적이지 못했다. 하지만 다섯 번째 작가는 이미 문학성을 확보한 뒤 행복하게도 대중성까지 획득하게 된 삼십대 작가로 책의 성공은 보장된 것이나 마찬가지였다. 작가 역시 그것을 알기 때문인지 상업적 성공을 경계라도 하듯 까다롭게 굴었다.

원고 청탁부터가 어려웠는데, 간신히 계약을 해 팔 개월이나 지나 글을 받으니, 이번에는 삽화가를 자신이 정해 못박았다. 자신이 아끼는 책 중에 삼 년 전쯤에 나온 어느 시인의 『그림이 있는 산문집』이 있는데, 그 책의 삽화가 꼭 마음에 든다는 것이었다.

처음엔 그 일이 어려울 거라고는 전혀 예상하지 못했다. 하지만 그 책을 낸 출판사가 없어졌고 겨우 연락이 닿은 책의 저자는 삽화가가 Y시에 산다는 것 외엔 아는 것이 없었다. 몇몇 출판사의 편집부 직원들과 디자이너들에게 수소문을 해보았지만 헛수고였다. 그렇게 되자 정연우라는 이름만 가지고 그 삽화가를 수소문하는 일이 황당하기만 했다.

정연우가 살고 있다는 Y시의 문학지 편집자들에게도 수소문을 했지만 기껏 최근에 만들었다는 지역 문예지만 보내왔을 뿐 소득이 없었다. 며칠 동안 문예지를 책상 위에 쌓아놓은 채 최후의 방법으로 경찰서에 연락을 해야 할까 하고 궁리하던 중 뜻밖에도 정연우라는 이름 석 자가 성큼 눈에 들어왔다.

지역 문예지 뒤표지에 실린 일종의 광고였다. 육년 전에 작고한 한 시인의 시비를 건립하기 위해 모금운동을 한다는 내용이었다. 작고한 시인에 대한 소개와 시비 건립 취지가 적혀있고, 대하소설로 큰 성공을 거둔 소설가의 이름과 온라인 번호가 있었다. 그리고 그 아래에 성금을 낸 사람들의 명단이 적혀있었다. 대부분 이름이 알려진 시인들이었고 그 사이에 정연우라는 이름이 끼어있었다. 나는 즉시 모금운동본부로 연락해 그의 전화번호를 알아냈다.

전화 연결은 잘 되지 않았다. 사흘이나 뒤, 오전 열한시 무렵 어렵게 연결되었을 때 정연우는 간단하게 삽화 요청을 거절했다. 그림을 그린 지 오래되었다는 것이 이유였다. 지치고 허탈하게 느껴지는 음성이었다. 오전인데도 술을 마신 것 같았다. 그간 들인 정성이 아까웠지만 나는 가볍게 끊고 말았다. 그가 거절한 이상 소설가도 단념할 거라고 생각했기 때문이었다. 그러나 소설가는 단호했다. 책이 늦어져도 좋으니 반드시 그가 그리도록 해달라고 요구했다. 그 어투에는 성공한 작가가 스스로를 경계하는 싸늘한 오만이 배어 있었다.

별수 없이 다시 전화를 했다. 두 번째 전화는 밤 한시에 연결되었다. 사투리를 쓰는 것은 아니었지만 지역 특유의 발성법이 있어서 그의 어투는 이색적이었다. 그 지치고 공허한 음성이 처음과 똑같이 거절했다. 하지만 어쩐지, 나의 전화 자체를 거절하는 것 같지는 않은, 외로운 사람이 무의식적으로 갖게 되는 묘한 허점이 느껴졌다. 그가 두 번 다 홀로 술에 취해 있었기 때문인지도 모른다.

그로부터 삼 일 동안 오전 열한시와 밤 한시에 전화를 걸었다. 그리고 주소를 알아내자 나는 일방적으로 원고를 송고했다. 원고를 송고하고 일주일이 흐른 뒤, 무엇이 어떻게 작용했는지 정연우는 삽화 그리기를 승낙했다. 다만 시간을 넉넉히 잡아야 하며, 심지어 기간이 지나더라도 절대로 독촉하지 말라는 조건을 달았다.

나는 다른 일에 쫓기느라 거의 두 달 동안은 잊고 지냈다. 어느 날 두 달이나 지났다는 것을 깨닫고 연락을 취했을 때 그는 아직 작업에 들어가지 못했다고 말했다. 그리고 다시 두 달이 흐른 뒤에도 마찬가지였다.

재택근무 오 일째 되던 그날 밤, 밤 한시를 기다려 전화를 했다. 정연우는 역시 술을 마신 상태였다. 그는 다짜고짜 수화기에 대고 노래를 불렀다. '수선화'였다.

엉겁결에 노래를 들은 나도 단도직입적으로 말했다.

"내일 선생님을 뵈러 가겠습니다. 기차를 탈거예요. 역으로 나와주세요. 정확한 시간은… 오후 네 시로 하죠."

"난 이 노래만 알아요. 이 노래밖엔 모르죠."

"기차역에 꼭 나오셔야 해요. 오후 네 시예요. 선생님 아셨죠?"

정연우는 다시 노래를 시작했다.

다음날 간단한 여행 준비를 한 뒤 오래 전 우연찮게 얻게 된 중국

산 장미술병을 신문지에 싸서 가방에 넣었다. 3월의 햇살은 따사롭고 비단 스카프같이 부드러운 바람 속엔 아직 검은 나뭇가지 속에 숨어있는 꽃들의 향기가 예감처럼 실려 왔다. 그리고 아직 흙 속에 덮여 어린 싹을 틔우는 봄풀 냄새도 햇살 속에 금분처럼 떠돌았다. 피부가 열리고 그 틈으로 희망이 수혈되는 것 같았다. 무엇이라고도 할 수 없는, 단지 빛과 달콤한 미풍인 자연 자체의 희망…. 나는 상기되었고 아무 이유도 없는 행복감으로 인해 흔들리는 걸음에 당황했다.

하긴 집에서 칙칙한 무급의 재택근무를 한 지 육일 만이었다. 출근길의 궤도를 완전히 벗어나 낯선 기차역을 향해 가는 갑작스러운 여행…. 변두리 전철역에서 서울역까지 가는 동안 몇 번인가 옆 사람이 내리고 새로운 사람이 다가와 앉았다.

나의 맞은편 자리에 앉은 할아버지는 옆자리의 사람이 바뀔 때마다 나이를 물었다. 그는 일흔아홉 살이라고 자기를 몇 번이나 소개했다. 듣는 사람은 누구나 놀라는 시늉을 했다. 할아버지는 실제로 십 년은 더 젊어 보였다. 할아버지와 나이는 같은데 열 살 더 늙어 보이는 노인, 할아버지보다 다섯 살 많은 깨끗하고 정정한 스님, 그리고 아흔 살인데도 할아버지보다 더 젊어 보이는 할머니가 차례로 타고 내렸다. 그때마다 팔순을 일년 앞둔 할아버지는 뿌듯해하거나 난처해하거나 초조해하거나 즐거워했다.

그 할아버지 곁에서는 뚱뚱한 사팔뜨기 아가씨가 엄마인 듯한 노파와 계속 이야기를 나누고 있었다. 노파가 입을 비죽거리며 무어라고 하자 사팔뜨기 아가씨가 갑자기 소리를 꽥 질렀다. 그만, 좀 그만해! 그 사람들은 그럴만한 사정이 있었던 거야.

노파의 눈썹이 빠르게 일그러졌다. 그때 휠체어를 탄 남자가 바퀴를 탁탁 치면서 나타나 노파를 가로막았다. 그는 무릎 위에 놓인 가방 안에서 딱딱한 종이 인쇄물을 꺼내 맞은편 승객들의 무릎 위에 놓았다. 글자들을 직접 써서 복사를 한 것이었다.

저는 전에 이발사였습니다. 작은 이발관을 차렸기에 단란한 가정도 꾸렸습니다. 어느 날 뜻하지 않게 저는 연탄가스에 중독되어 뇌졸중이 와 전신마비가 되고 2급장애자 판정을 받고 말았습니다. 병원에서 돌아오니 집도 없어졌고 가족도 없어졌습니다. 모진 것이 목숨이라지만 이 자리에 있는 저 자신이 죽이고 싶도록 밉습니다….

어디선가 냄새가 났다. 어느 여자가 간밤에 묻힌 정액을 씻지도 않고 돌아다니는 듯도 하고, 어느 남자가 간밤에 게워낸 토사물을 옷자락 어딘가에 아직 묻히고 다니는 것 같기도 했다.

기차를 타기 전에 캔맥주와 시사주간지를 샀다. Y역으로 실려 가는 동안 두 개의 캔맥주를 마셨고 마치 조는 사람처럼 줄곧 주간지의 한 페이지에만 붙들려 있었다.

'노동은 종말을 맞을 것이고, 이제 대중 복지 시대는 지나갔다… 세계화의 결과로, 3분의 2 사회가 아니라 20대 80의 사회, 즉 20퍼센트는 유복해지고 80퍼센트는 불행해지는 5분의 1 사회가 올 것이다. 거부와 하류층이 있을 뿐, 중산층은 존재하지 않는다… 세계적인 빈곤과 실업… 우리의 후손들은, 아직도 세상이 온전하게 보였고 잘만 하면 세상을 제대로 바꾸어나갈 수 있다고 믿었던 황금 같은 1990년대를 몹시 그리워할지도 모른다.'

기차는 세시 오십분에 도착했다. 어두운 역사를 지나 광장으로 나가자 한 남자가 서 있었다. 내가 미처 상상해본 적 없는 남자였다. 그가 고드름같이 얼어붙은 눈빛으로 손을 내밀었다. 내려다보니 커다란 새의 발처럼 야윈 손이었다. 손가락의 신경과 혈관과 뼈들이 모두 밖으로 드러난 손, 어쩐지 피부도 한 겹 벗겨진 것 같은 얇팍하고 투명한 분홍빛이었다. 근육도 체온도 부피감도 없는 손. 그 손을 쥐자 손 안에 커다란 장미꽃잎을 한 장 쥔 것 같았다.

그가 광장을 질러 걷기 시작했다. 빠르게 걷는 편이었다. 큰 키에도 불구하고 짚으로 만든 사람처럼 무게가 느껴지지 않았다.

"어딘가에서 차를 마시겠어요?"

광장 끝에서 도로와 접한 횡단보도를 건널 때 그가 뒤돌아보며 물었다. 그 고드름같이 얼어붙은 눈빛이 한순간 풀리며 맑은 물방울을 똑 떨어뜨린 느낌이었다. 남과는 조금 다른 옷을 골라 입고, 정돈을 잘하고, 미식가이고, 색채를 화려하게 사용했을 것 같은, 젊은 한때는 아주 댄디했을 남자 같았다. 마치 바흐의 '평균율'처럼 단순성을 지향하며 갈등을 제압하는 능력을 키워 행복할 수도 있었을 것이었다. 바람이 윤기 없는 긴 머리카락을 날리고 지나갔다. 작은 구름 몇 점이 떠 있는 맑은 날이었다.

"실내보다는 바깥에서 바람을 쐬고 싶은데요."

그는 길을 걸으며 담배 케이스에서 얌전한 동작으로 담배를 꺼내 물고 금빛 지포라이터로 불을 붙였다.

"백제에는 바람이 많죠."

그는 한 손에 담배를 든 채 거리로 한 발 내려가 택시를 잡았다.

"미륵사지로 갑시다."

박물관을 그냥 지나쳐서 곧바로 미륵사지터로 갔다. 바람이 팔랑 불자 뼛가루 같은 흙먼지가 높이 떠올랐다. 유독 흙빛이 이상했다. 살비듬이 일어나는 늙은이의 피부처럼 희뿌옇게 노화된 흙. 오랫동안 독한 물에 부식되어 포함하고 있던 성분을 모두 상실한 흙 같았다.

"앞산의 흙은 피를 섞은 듯 붉은 황톳빛인데 이곳 흙은 바람 든 흙 같아요."

"우리가 딛고 있는 미륵사지 자리는 원래 늪이었어요. 『삼국유사』에는 이곳이 커다란 못이었다고 기록되어 있죠."

"못 위에 절을 지었다는 이야긴가요?"

"무왕의 부인이 미륵산 가는 길에 이곳을 지나다가 여기에 절을 짓고 싶다는 소원을 말했다지요. 그러자 한 법사가 도술로 산을 무너뜨려 못을 메웠답니다. 그 늪지 위에 절을 세운 거죠. 저쪽은 사라진 동탑을 복원한 것입니다. 컴퓨터로 치밀하게 복원했지만, 탑은 없고 과학이 이룬 탑의 박제만 싸늘하게 세워져 있는 꼴이죠. 이쪽은 형태가 남아 있는 서탑입니다."

나는 나무 곁에 시멘트를 이겨 바른, 시골 정미소 같기도 한 구조물을 어이없는 심정으로 바라보았다. 정연우를 따라 앞쪽으로 돌아가 보니 탑의 모습이 살아나기는 했다. 육층까지 흔적이 남아있는데 원래는 구층이었다니, 큰 규모의 석탑이었다. 그는 담배를 피워 물고 출입금지라는 팻말이 붙은 난간을 개의치 않고 넘었다. 탑 둘레는 작은 잔디 풀밭이었다. 그리고 푸른 철책으로 막힌 탑 내부는 어둑하고 깊었다.

"어릴 때는 집에서 두 시간씩 혼자 걸어와 해가 다 질 때까지 놀다 가곤 했어요."

정연우는 탑 둘레를 걸으며 자물쇠가 잠긴 푸른 철책들을 흔들었다. 입구를 찾는 듯했다.

"탑 속에서요?"

"예, 탑 속에서. 여름엔 아주 시원했거든요."

거의 한 바퀴를 빙 돌아 시멘트를 짓이겨 바른 탑의 후면에서 자물쇠가 채워지지 않은 입구를 찾아냈다. 정연우는 고개를 돌려 나를 힐긋 바라보더니 좁고 어두운 틈으로 사라져버렸다. 나는 어찌해야 할지 몰라 주변을 둘러보았다. 복원한 동탑과 자로 잰 듯 만들어진 박물관 건물 위로 컴퓨터로 복원한 듯한 공활한 하늘이 펼쳐져 있었다. 종이벽지로 붙인 것 같은 하늘… 이음새가 좋지 않은 하늘 언저리에서 감당하기 어려운 거대한 침묵이 몰려와 정수리를 가르고 차가운 물처럼 몸 안으로 쏟아져 들어왔다.

나는 떠밀리는 심정으로 좁고 검은 입구로 들어갔다. 탑의 안쪽 공간은 생각했던 것보다는 넉넉했다. 사방으로 열린 방들을 통해 회랑터와 목탑지, 복원된 동탑과 절터의 돌계단 장대석, 높이 솟은 당간지주와 차들이 한 줄에 꿰어진 목걸이처럼 일정하게 지나는 박물관 앞길과 뼛가루 같은 먼지에 뒤덮인 마을이 보였다. 초봄의 잔광은 아직 따사롭고 고왔다.

그는 남쪽 방에 앉아있었다. 베이지색 바바리코트 속에 퇴색한 진셔츠와 진바지를 입고 그 속엔 크림색 터틀 스웨터를 입고 있었다. 그 스웨터 속에도 뭔가를 더 입고 있을 것만 같았다. 피부 같은 것은 없이 옷들을 열면 갈비뼈들 사이로 척추와 등 저편이 숭숭 보일 것만 같았다.

"이 탑에 들어오면 어린 시절 풍경 하나가 떠올라요… 불과 네 살

때 문중의 일꾼으로 팔려갔던 아버지는 새 쫓는 일부터 시작해 죽을 때까지 흙을 판 진짜 농사꾼이지요. 우리 논은 김제평야 한가운데에 있었는데 추수를 하는 날이면 아버지와 형님들은 꼬박 밤을 새우며 말 달구지로 쌀과 볏짚을 실어 날라야 했어요. 어려서 짐을 싣고 내릴 때 힘을 쓰지 못했던 나는 평야에 남아서 볏짚을 지켜야 했어요. 그땐 볏짚도 무척 긴요해서 훔쳐가는 사람이 많았거든요. 달구지를 끌고 가는 말발굽 소리가 멀어지면, 어린 나에게 캄캄한 밤의 평야는 가뭇없이 광활하고 무서웠지요, 종말을 맞은 풀벌레들은 아귀처럼 울어대며 귓속을 찌르고 마른풀이 바람에 스치는 소리는 꼭 원귀들이 떼를 지어 치맛자락을 쓸고 오는 소리 같았습니다… 무서우려면 별조차 참을 수 없이 무섭지요."

나는 정연우의 맞은편에 무릎을 세우고 앉았다. 등에 닿는 석벽은 의외로 차가웠다.

"별들이 너무나 커서 머리 위에서 퍽퍽 터질 것만 같았어요. 마을의 불빛은 아득히 먼 김제평야 끝에서 혼불처럼 가물거리고… 그런데 이상한 것이… 어른이 된 후엔 평야에서의 더 넓은 밤이 그립더라구요. 이곳에 오면 볏짚 속에 숨어서 볏짚을 지켰던 어릴 때의 기분이 됩니다. 그해 여름 내내, 늦봄부터 추워서 더 이상은 잘 수 없었던 가을이 올 때까지 매일 이곳에 와서 잠을 잤어요. 그땐 이미 밤의 평야도 낯익은 골목길도, 대낮의 거리와 하늘과 사람들도 밤의 지붕 밑도 내게 참을 수 없는 것이 되어버렸으니까요. 오직 이곳에서만 잠을 잘 수 있었습니다."

"어느 해요?"

"… 내 나이 서른세 살이던 해였어요."

무표정하던 얼굴에 괴로움이 꿈틀 균열을 일으켰다.

벽 틈에서 날카롭고 차가운 바람이 새어나와 몸을 꿰뚫고 맞은편 벽 틈으로 사라졌다. 마치 열 개의 바늘이 등을 꿰고 지나가는 것 같았다. 나는 몸을 웅크렸다.

"보내준 원고의 첫 장을 읽는 사이에 이미 가슴이 쿵 하고 바닥에 떨어지는 것 같았어요. 들판에서 잠자며 여행하는 열네 살 동갑내기 어린 연인들… 사실은 사촌남매더군요. 작가가 들판에서 많이 자보았는지 묘사를 잘했어요. 누워서 보는 밤하늘, 검은 산 능선들, 들판 한가운데의 늙은 느티나무 한 그루, 살을 찌르는 단단한 여름풀, 싸한 농약 냄새, 모기와 나방들, 튀어 오르는 개구리, 들쥐들과 야생고양이… 생은 얼마나 많은 소곤거림으로 가득한지. 작가가 꼭 나와 함께 어린 시절의 캄캄한 들판에 있었던 것만 같았어요. 밤의 들판에서 무서움의 극을 지나고 나면 마침내 내가 무서운 것이 되어 평화를 얻게 된다는 구절… 남자애가 여자애를 벼랑에서 밀어버리고 자신은 담담하게 삶 속으로 걸어가는 마지막 부분이 위악적인데도 문장을 지배하는 정조가 너무 아름다워서 선악 분별이 안 되더군요. 하긴 산다는 게 늘 제 속의 저를 죽이면서 길을 버리고 또 다른 길을 딛고 가는 것이지요…."

그는 말하는 내내 나의 곁, 돌에 밴 물얼룩을 바라보았다. 돌에서 왜 물이 배어나오는지… 나는 손가락으로 석벽을 쓰다듬었다.

"여기 올 때마다 느끼는 건데 그 속엔 아무래도 무엇이 있는 것 같아요. 늘 그렇게 젖어 있거든요."

"예를 들면요?"

"무덤. 탑을 쌓던 석공이 아무도 모르게 한 여자를 벽 속에 가둔 것이지요."

"어떤 여자를요?"

"사랑했으나 가질 수 없었던 여자. 살아서는 자기 것이 될 수 없었던 여자."

그는 아픔이 승냥이처럼 휩쓸고 지나간 뒤에 아직도 그 자리에 쓰러져있는 사람이었다. 버려진 집의 먼지 낀 시계처럼 어느 날인가 멈추어버린 사람… 이마 위가 저릿했다. 대체 무엇이 한 남자를 이렇게 만들었을까?

"무슨 일이 있었군요."

그는 나를 보지 않았다. 여전히 물얼룩에 시선을 걸어두었다.

"나도 내게 일어난 일의 전말을 이해할 수가 없어요. 1982년 어느 날 학교 미술실에서 끌려간 뒤로 다시는 학교로 돌아가지 못했습니다. 고약하게도 간첩단 사건이었어요. 후에 사람들이 말하기를 광주 사건의 마지막 설거지였다고 하더군요. 이 년 동안 갇혀 있다가 나왔는데… 최악이었습니다. 전기고문까지 당했으니까. 이 년 살고 나오기는 했는데 그 뒤로 잠을 못 자 죽을 것만 같았어요. 관련되었던 다른 사람들은 합병증과 후유증으로 차례차례 죽어갔지요. 나를 보살펴준 건 어릴 때 그 김제평야의 밤과 이 탑입니다. 추억과 탑의 안쪽이 악어입 속 같은 세상으로부터 나를 떼어내어 재워주었어요."

바람은 점점 더 날카롭고 단단해져서 짤막한 칼처럼 몸을 파고들었다. 나는 가방에서 술병을 꺼내 마개를 열었다.

"장미술이군요."

그가 병째 마시고 내려놓은 술을 받아 나도 병째 마셨다. 불붙은 기름이 장을 타고 흐르는 듯했다.

"5월이 되면 해마다 거짓말을 했지요."

'5월'은 나를 긴장시켰다. 그러나 그는 다치지 않은 본래 의미의 무구한 5월을 말했다.

"선생님은 병에 걸렸단다. 장미꽃잎을 먹어야 나을 수 있는 병이야. 집에 장미나무가 있는 사람은 장미꽃잎을 따오거라… 아이들은 선생님 병을 낫게 하려고 장미꽃잎을 가득가득 따다주었어요. 흰색 꽃잎, 노란색 꽃잎, 분홍색 꽃잎, 검은자주색 꽃잎… 나는 꽃잎들을 잘 씻어서 술을 담갔지요. 소주를 넣고 보름 만에 꽃잎을 분리시키면 세상에 그보다 아름다운 붉은 빛은 없어요. 그렇게 만든 장미주를 일 년 내내 미술실에 숨겨두고 작업 틈틈이 조금씩 마셨습니다. 바깥엔 꽃이 피고, 바람이 불고, 사람들은 바다로 몰려가거나 고향으로 가는 줄을 서 있거나 무엇에 쫓기거나 떼로 죽거나 망년회를 하거나 했고, 비바람이 치고, 태풍이 집들을 날리고 눈이 내려 사태가 져도 까맣게 몰랐어요. 아이들과 수업하고 미술실에 박혀 작업하고 같은 학교 독일어 교사인 아내와 시장을 봐서 집에 돌아가 요리를 해먹고… 장미꽃잎을 엄지와 중지 사이에 끼워보면 세상에서 가장 아름다운 촉감이 무언지 알게 되죠. 난 그런 삶을 살았어요. 그땐 그런 삶이 영원히 계속될 줄로만 알았어요. 어려운 건 아무것도 없었어요. 그림을 그리고 아내를 사랑하는 건 나의 본능이었으니까요. 하긴 바깥에서 총성이 울리고 사람이 억울하게 떼로 죽었는데도, 내가 너무 행복하고 태만해서 그렇게 되었는지도 모르지요. 그래서 그런 일이 생겼는지도 모르지…."

"부인이 계셨군요."

"이제 소식조차 모릅니다. 이혼도 되지 않아서 호적이 거추장스러울 텐데…"

잔광도 스러지고 몸이 떨렸다. 그가 알아채고 코트를 벗어 어깨에 덮어주었다. 춥기는 그도 마찬가지일 것이었다. 탑에서 나와 동편의 복원된 탑을 한 바퀴 돌았다. 저녁바람에 풍경 소리가 낭랑하게 울려 목에 방울을 매단 나귀떼가 절터를 지나가는 것 같았다.

"원래 동탑은 흔적도 없이 사라졌다고 해요. 무너진 자국도, 흩어진 돌조각도 전혀 없었으니 사람들은 지금도 그게 어떻게 된 일일까 궁금해하지요. 하지만 나는 궁금하지 않습니다."

그가 팔을 쭉 뻗어 탑 모서리를 가리켰다.

"미륵사지석탑엔 날개가 있어요. 추녀의 끝, 하늘로 살짝 치켜 올라간 바로 저 곳이 탑 날개죠. 난 동탑이 멀리 날아갔다고 믿어요."

수긍할 수 있었다. 내 속에는 고통을 숭배하는 이상한 신앙심이 있었다.

당일로 돌아올 생각이었다. 서울행 고속버스는 늦게까지 삼십 분 간격으로 있었다. 그러나 어느 순간 그곳에서 밤을 지낼 각오를 하게 되었다. 그의 조카가 주방일을 배우고 있는 일식집에서였다. 조카는 매화 꽃무늬가 그려진 왜복을 입고 우리의 시중을 들고 있었다. 그는 빠르게 술에 취했다. 술이 더 취하기 전에 나는 그림 이야기를 꺼냈다.

"그림을 좀 보고 싶습니다."

"내가 그림을 가지고 있다고 생각해요? 그림이라…."

일체의 음식에는 젓가락도 대지 않은 채 맑은 소주만 연거푸 마신 그는 이미 발음이 정확치 않을 정도로 취해버린 상태였다.

"내가 생각하는 건 몇 가지 종류의 죽음뿐입니다. 누군가는 산낙지로 목구멍을 막고 죽었다고 하고, 누군가는 죽을 때까지 종이를 먹었다고도 하지… 개들을 데리고 산 속으로 들어가 한데 몸을 꽁꽁 묶고 죽은 후 주린 개로 하여금 내 몸을 발라먹어 장사 지내게 하는 건 어떨까요… 그도 아니면 도루코 면도날을 쓰는 것도 괜찮지…"

그때 조카가 나에게로 얼굴을 기울이며 속삭였다.

"그림 그렸어요. 아마 진작에 다 되었을 겁니다. 잘 달래서 받으세요."

나는 여섯 번째 잔의 술을 비웠다. 몸속에 물먹은 이불 한 채가 든 것처럼 눅눅하고 묵직했다. 그는 조카의 부축을 받아야 했다. 조카는 우리를 차에 태우고 흙먼지가 이는 소도시의 밤거리를 마구 달려가 변두리의 어두운 언덕배기 가겟집 앞에 내려주었다. 셔터가 올려진 가게 문 안에서 개 짖는 소리가 났다. 지나는 행인은 한 명도 보이지 않는 어두운 언덕길이었다. 조카가 자동차 키가 달린 열쇠꾸러미를 쩔렁거리며 불빛을 향해 서서 더듬더니 그중 하나로 문을 열었다.

문이 열리자 개똥 냄새와 털짐승의 누린내, 지린내와 물감 냄새가 한꺼번에 훅 덮쳤다. 조카는 콜택시 번호라며 명함을 한 장 주었다. 그리고 바빠서요, 라는 어색한 인사를 남기고 차를 몰고 떠나버렸다. 술 취한 삼촌에게 이력이 난 모습이었다.

안으로 먼저 들어간 정연우가 불을 켰다. 바닥이 개똥과 오줌으로 더럽혀져 있었지만 그곳이 작업실인 건 분명해 보였다. 그림도구들이 함부로 쟁여진 진열장이 벽 한쪽에 붙어있고, 그 곁에 이젤 몇 개와 의자들이 세워져 있었다. 그리고 두꺼운 먼지에 덮인 채 한쪽에 쌓여 있는 책과 부엌용품들과 선풍기, 난로 같은 가전제품들….

개들이 그에게 달려들어 손과 발 다리와 엉덩이 할 것 없이 게걸스럽게 핥아댔다. 늑대처럼 커다랗고 설탕처럼 흰 털과 숯처럼 검은 눈을 가진 개들이었다. 정연우는 개들을 뿌리치는 것도 아니고 쓰다듬는 것도 아닌 동시적인 동작을 하면서 개들의 이름을 불렀다.

"북한산 풍산개예요. 상당히 사나워요. 저희들끼리도 물어뜯고 피를 흘리며 싸워요."

방안의 스탠드 불을 켜면서 작업실이면서 개집인 홀의 불을 소등했다. 창문 하나 없이 창고처럼 크고 천장이 높은 휑뎅그렁한 방이었다. 물감과 팔레트 붓과 물통 따위가 널려있는 커다란 테이블과 방문 바로 옆에 놓인 삼인용의 붉은색 천소파, 낡은 목제 서랍장, 소형 냉장고, 두 개의 책장, 벽에 걸린 옷들과 선반 위의 조각상 몇 개, 세면실 문 곁에 놓인 간이침대… 침대 위 벽엔 화려한 장미십자가 액자가 걸려있었다. 그는 흡사 잠 속에서 움직이는 사람처럼 실내 슬리퍼를 끌며 가볍게 걸어가 코트를 벗어 옷걸이에 걸고는 간이침대에 누웠다. 개들이 서로 으르렁거리며 몸을 부딪치는 소리가 들렸다. 잠시 침묵이 흐르다가 한쪽이 다른 개의 목덜미라도 물었는지 날카롭고 긴 비명 소리가 들렸다. 그리고 금속성의 무언가가 굴러 떨어지는 소리… 그 소리를 신호로 개들은 다시 온순해져서 제자리로 돌아가는 듯했다. 바깥이 조용해지자 그의 코고는 소리가 낮게 들렸다.

밤 한시였다. 시계 곁에 손바닥만한 크기의 길쭉한 액자가 놓여있었다. 머더 테레사 수녀의 얼굴 판화였다. 두 장의 같은 얼굴이 나란히 들어있었다. 주십시오, 계속해서 주십시오. 상처받을 때까지 주십시오… 머더 테레사 어록이 떠올랐다.

*

　시베리아 북쪽에는 툰드라 지대가 펼쳐져. 봄과 여름과 가을을 다 합쳐 두어 달 동안 잠시 푸른 이끼가 낄 뿐, 열 달 내내 눈얼음이 덮여있는 영구 동토. 툰드라 남쪽 지대에는 타이가가 펼쳐진다. 자작나무와 소나무, 전나무 밀생지. 나무들이 겨우 머리 꼭대기에만 손바닥만한 푸른 잎을 쓰고 햇빛을 보기 위해 하늘로 하늘로 일제히 치솟은 끝없는 숲. 푸른 나무의 자존심 같은 건 없어. 생존만이 문제지. 타이가… 삶이란 그런 거란 생각이 들어. 놓인 그 자리에서 제 살을 깎아먹으면서라도 살아남는 것. 이곳에선 저절로 삶의 엄숙성, 성스러움, 잔혹성에 감동하게 돼. 그 맹렬한 생명의 의지는 발밑의 흙을 빠르게 노화시켜 죽음에 이르게 하지. 그래서 어느 날 몇 백 년 된 숲이 저절로 무너져 내리는 거야. 백 킬로미터씩 송두리째 타이가가 쓰러지면 그 지대의 흙은 풀씨 하나 틔울 수 없는 적멸의 죽음을 맞게 돼. 아마도 오랜 뒤에, 나무들이 흙이 되도록 세월이 흐른 뒤에야 다시 첫 씨앗이 자랄 거야. 그리고 몇 백 년이 흐르는 동안 다시 이십 미터 높이의 숲이 형성되는 거지.

　윤재였다. 윤재가 나의 맞은편 침대에 앉아 언젠가 나에게 보냈던 자신의 편지를 되읽었다. 방안은 어스름하다. 그의 얼굴이 잘 분간되지 않는다. 윤재가 일어서더니 내게로 다가왔다. 종이로 만든 사람처럼 가벼웠다. 그는 나를 보고 있지 않았다. 그대로 방문을 열고 나가려 했다. 그를 잡고 싶지만 소파에 누운 채 나는 꼼짝할 수가 없었다. 그가 나갈 때 나는 흠칫 놀라 아, 하고 가느다란 비명을 내지른다. 윤재의 얼굴 여기저기에 깊은 상처가 나 있었다. 방문이 닫히고 개들이 짖어댔다.

눈을 뜨니 소파 옆 테이블에 촛불이 켜져 있었다. 그가 누워있는 간이침대 곁에도 조도가 낮은 스탠드 불빛이 은은하게 켜져 있었다. 개들은 여전히 꿈속에서처럼 짖었다. 나는 눈만 뜬 그 자세로 건너편 간이침대를 바라보았다. 그곳엔 정연우가 비스듬히 누운 채로 방안을 건너 나를 보고 있었다. 등줄기를 따라 길게 진저리가 쳐지고 얼음을 깨문 듯 의식이 깨었다.

새벽 세시였다. 바깥에 바람이 많이 부는지 묵직한 쇠붙이가 유리문을 긁는 소리가 일정하게 들렸다. 셔터 문이 부딪히는 것 같았다. 짖기를 그친 개들이 한숨을 내쉬는 소리도 들렸다. 잠이 말끔하게 깨어버렸다. 나는 그대로 누워있기 위해 허리에 잔뜩 힘을 주었다. 정연우가 덮어주었는지 나는 촉감이 좋은 담요를 덮고 있었다.

"꿈을 꾸는 거 같던데… 이리로 와요."

그가 누운 채로 손짓했다. 나는 그의 머리 위에 걸린 장미십자가 액자를 바라보며 그대로 누워있었다.

"아마도 나쁜 꿈이겠죠."

"……."

윤재를 꿈에서 본 건 처음이었다. 왜 얼굴이 다친 모습일까. 왜 그렇게 가볍고 표정이 없었을까.

"마실 수 있는 물이 있나요?"

그는 냉장고에서 생수병을 꺼내 컵에 따라 가져왔다. 나는 두 잔을 잇달아 마셨다. 그는 가만히 내려다보더니 제자리로 돌아갔다.

"아름다워요. 저 장미십자가…."

"서양의 만다라죠. 아내 거예요. 아내의 것 중 유일하게 내가 가지고 나온 거죠."

"어떤 분이었어요?"

"머리를 아주 짧게 자르고 자세가 반듯하고 늘 바지만 입었던 날씬한 여자였어요. 목이 가느다랗고 얼굴도… 그래요, 이젠 희미하지만 예뻤어요. 내가 더 많이 원해서 결혼을 했지. 난 그 여자를 사랑하는 열정의 힘으로 삶을 살고 그림을 그리고 하찮은 것들도 모두 사랑할 자신이 있었어요. 그 여자만 있으면… 의미로 가득 찬 세상이었으니까. 그런데, 내 운명은 그녀를 배반해버렸어… 내 탓이에요. 내가 그녀를 더 사랑했다면 모든 것을 이겨낼 수 있었을 텐데… 난 졌어…."

그가 기침을 했다. 속이 컹컹 울리는 기침이 한참 동안 계속되었다. 폐가 상한 것 같기도 했다.

"아내 이후로 여자를 만나 한 방안에서 밤을 보내는 건 이번이 처음이에요. 십일 년 만이군."

"적어도 모델을 쓰지 않나요?"

나는 작업 테이블 곁에 세워진 푸른색의 누드 그림을 가리켰다.

"기억에 의지해서 그리지만… 이젠 다 잊어버릴 지경이에요."

"섹스도 전혀 하지 않는군요, 아니면 할 수 없나요?"

"요즘 여자들은 그렇게 분명하게 묻나보군. 아내는 끝까지 할 수 없냐고 묻지 않는데… 아내가 물었거나 내가 고백할 수 있었더라면 차라리 나았을걸."

"미안해요."

정연우는 나를 물끄러미 보았다.

"그후부터… 그러니까 출옥한 후 아내와 삼 년을 더 살았어요. 아내로서는 끔찍했던 기간이었지요. 무직자인데다 폐쇄공포증에 감기와 설사와 위궤양 등등 온갖 잡다한 병을 한꺼번에 두 가지씩 앓았고 불면증과 술통에 빠져 산 시간이었으니… 서른여섯 살에 집에서 나와 아내의 옆집에 방을 하나 얻어 살기 시작했어요. 처음엔 밥을 먹으러, 세탁을 하러 집으로 가기도 했지만… 차차 조금씩 더 먼 곳으로 허우적거리며 떠내려갔지요. 내가 스스로 그랬어요. 사랑하면서도 내 발로 점점 더 멀리 떠났어요. 사랑한다면서 숨통을 죌 수는 없는 일이니까."

나는 한동안 방바닥만 내려다보고 있었다. 가슴 한가운데서 시린 물이 솟는 것 같았다.

세시 삼십팔 분이었다. 시간은 거의 지나가지 않는 것 같았다. 나는 무심코 곁에 놓인 촛불을 들어올렸다. 그 순간 촛불 속에 괴어있던 뜨거운 촛농이 손등에 쏟아졌다. 그가 놀란 얼굴로 나를 쳐다보고 있었다. 나는 살갗을 에워싸는 뜨거움을 지긋하게 참았다. 묽은 촛농은 이내 굳어서 뱀의 허물처럼 손등을 뒤덮었다.

"제가 모델이 되어드릴게요."

손등을 덮은 촛농을 떼어내면서 내가 말했다. 그는 말을 알아듣지 못한 것처럼 우두커니 나를 보았다. 나는 검은색 터틀 스웨터의 소매에서 팔을 하나씩 빼고 목으로 천천히 뒤집어 올렸다. 그때, 스웨터 속에 얼굴이 갇혀있는 그 잠시 사이에 어떤 기억이 휙 다가와 미끄러운 바다생물처럼 가슴 안으로 뭉클 들어왔다.

윤재… 나에게도 스웨터를 바쁘게 벗어던지고 하나의 육체를 향해 뛰어들던 시절이 있었다. 한 남자가 나의 스웨터를 목까지 끌어올리고 뒤집힌 스웨터 속에 갇힌 얼굴을 안고 빙빙 돌리며 장난치던… 스웨터를 뒤집어쓴 채 장님처럼 더듬거리며 그를 찾아 방안을 더듬으며 술래놀이를 했던 기억… 스웨터에서 나던 겨울 냄새… 내 나이 스물 셋이던 1991년. 내 속에 윤재가 와 있었다.

나는 스웨터를 벗은 뒤 곧바로 위에 입은 속옷을 벗었다. 검은 진 바지와 브래지어가 남았다. 나는 소파에 앉아 그를 마주 보고 있었다. 브래지어 양쪽의 어깨끈을 내렸다. 윤재는 브래지어를 좋아했으나 어깨끈을 싫어했다. 그와 함께했던 시절엔 늘 어깨끈이 없는 브래지어를 샀었다. 윤재는 어깨끈이 없는 것으로 만족했고 섹스가 끝날 때까지 브래지어를 풀지 않았다.

처음 삼 년 동안 열 통의 편지가 왔었다. 그리고 그 후로 아무 소식 없이 사 년이 흘러가버렸다.

공기 속에 얼음이 떠 있어. 길을 걸어가면, 공중 높이 해파리처럼 투명하고 물렁하고 차가운 얼음이 지나가. 햇빛이 비치는 겨울아침에 그 얼음들이 햇빛에 반사되면 허공은 광휘에 휩싸이지. 바람은 전혀 없는데도 피부가 흡사 면도날로 찢는 듯이 고요히 죄어들어. 이제 막 들이쉰 몸 안의 공기가 응결되는 것 같아. 야릇한 느낌이야. 저항할 수 없이 목이 졸리는 느낌. 피부가 언 유리병처럼 터져버릴 것 같지. 그런 느낌 속에 숲속을 지나가. 일부러 학교 가는 코스를 그렇게 정한 거야. 여기 숲은 네가 아는 숲과는 달라. 여긴 산은 없어. 한없이 펼쳐진 평지의 숲을 상상해봐. 하늘을 향해 곧게 치솟은 울창한 전나무숲. 그 숲길을 지나가는데 약 사십 분이 걸려. 그런 숲을 매일매일 지나서 학교에 가고, 집으로 돌아와. 숲을 지나는 동안의 사색, 그게 요즘 내가 하는 진짜 공부야.

바지를 벗을 때 엉덩이가 작다고 놀리던 윤재의 웃음소리가 들렸다. 우리는 만나자마자 망설임 없이 서로의 육체를 공유했고, 육체의 추억을 쌓는 일에 몰두했다. 시간이 얼마 없다는 것을 안 것처럼. 오랫동안 만나지 못할 일을 앞두었을 때는 육체에 문신을 새기듯 서로의 목과 가슴과 엉덩이에 이빨 자국을 내기도 했다. 이빨 자국들은 까치밥 열매처럼 붉다가 보라색으로 변했다가 푸른빛이 되었다가 노랗게 지워지면서 천천히 하염없이 사라졌다.

오래 전의 일이다. 그 후 오랫동안, 거의 칠 년여 동안 내 육체에는 아무 일도 일어나지 않았다. 너무 깊이 잠들어버린 자폐적 육체….

나는 모스크바의 카피차 거리에 독신자 아파트를 얻었다. 값은 아주 싼 편이야. 월세 백 달러, 십만 원 정도의 돈이지. 모스크바에서 가장 번화한 거리는 트베르 스카야야. 그리고 스타르이 아르바트와 노브이 아르바트라는 젊은이들의 거리가 있지. 일종의 신주쿠 거리 같은 거야. 모스크바는 구 모스크바를 둘러싼 작은 환상도로를 중심으로 사드보에 칼초가 방사선으로 나 있는 구조를 가지고 있어. 사드보에 칼초란 말 그대로 하면 정원반지도로라는 뜻이야. 차도와 숲, 산책로와 차도가 하나의 세트로 만들어져있는 보석처럼 아름다운 거리지. 난 이 거리에 반해서 쏘다녀. 푸슈킨 동산에서 레닌 대로

로 걸어가 레닌 동산까지 가는 코스가 가장 마음에 들어. 러시아인
들의 국부는 역시 푸슈킨이야. 최고의 우상이지. 다음엔 마야코프
스키. 그들은 시인과 시를 너무나 사랑하는 사람들이야. 다음주엔
몇몇이 함께 여행을 하기로 했어. 시베리아 횡단철도를 달릴 거야.
철도는 얼음 땅을 피해 남쪽 국경을 따라 놓여있어. 바이칼 호수에
서 아무르 강까지. 그 철도를 '밤'이라고 부르지. 겨울이면 바이칼
호수 위로 자동차들이 달려간다고 해. 얼음도로가 생기는 거지. 여
행 다녀와서 자세한 편지 해줄게.

　　나는 팔을 뒤로 넘겨 브래지어 후크를 풀었다. 스물아홉 살이 되
도록 웅크리고만 있었던, 나는 소녀적 그대로 미숙한 가슴을 드러
낸 채 그에게로 한 걸음 한 걸음 다가갔다. 배를 타고 물결 위를 떠
가는 듯 방안이 울렁거렸다.

　　여기 자연은 장엄하고 사람들의 삶은 단순하고 천진하고 겸손해.
영원의 허공 속에 얼음처럼 한순간 빛을 받아 번쩍 떠올랐다가 사
라지는 것이 인생이라는 진실을 이 땅은 늘 일깨워주니까. 사람들
은 집착하지 않아. 삶은 자연스럽고 열정적이고 심지어는 문란해.
윤리는 중요하지 않아. 늘 전쟁을 하고 살아온 남자들은 여자를 쉽
게 사랑하고 쉽게 버리고 떠나. 여자들도 남자들이 떠나가는 설원
에서 단 한번 펑펑 울고 나면 그만이지. 대륙은 광활하고 남자들은
늘 떠돌고, 한 남자가 가면 다른 남자가 이내 오니까. 여자들은 양손
에 아이들을 줄줄이 데리고 다른 남자와 또다시 살림을 합치지…
이곳 아이들은 다른 남자를 쉽게 아빠라고 불러. 여자들은 소박하

고 힘차고 아름다워. 대학 학부 중에 이미 팔구십 퍼센트가 결혼을 해서 유부녀가 돼. 그들에겐 삶에 대한 두려움이 없어. 남자들은 기약 없는 대상일 뿐 그들이 믿는 건 광활한 대지니까. 이곳 여성은 곧 대지이고 삶이고 영원이야. 이곳을 한마디로 말하라면 난 마음이라고 하겠어. 마음… 그들은 그것을 위해서 살아.

방 한가운데 이르자 나는 마지막 속옷을 벗었다. 그의 표정엔 아무 변화도 없었다.

"당신은 베르나르 뷔페의 펜화 같은 몸을 가졌군. 육체에서 육체적인 것이 최고로 배제된 몸. 당신은 삶에 대해 너무 긴장해 있어요. 아니면 그토록 절망한 것인가. 흡사 감금된 몸 같아."

"소련에서 더 이상 소연방은 없다." 내가 이곳에 오자마자 고르바초프는 소련공산당 권력 상실을 선언해버렸어. 페레스트로이카에는 분명 사회주의 개혁의 희망이 있었어. 이곳은 우리에게 최후의 희망의 땅이었는데, 당의정에 불과한 미제의 지원과 일부 야욕파에 의해 이 거대한 대륙마저 끝장이 난 거야. 계획경제도 시장경제도 파탄이야. 나는 혼란스럽다. 이제 사회주의 경제학도로서의 나의 명분도 우습기만 해.

나는 그의 바로 앞까지 바짝 다가갔다. 그가 손을 뻗었다. 커다란 장미꽃잎 한 장이 내 배 위를 천천히 지나갔다.

"정말 가느다랗고 납작한 허리군."

장미꽃잎이 배꼽에 잠시 머물렀다. 그러자 어딘가에 담겨있던 아주 아득한 기억이 출렁 넘쳐 발등을 따뜻하게 적시는 듯했다. 태어나기 이전의 배꼽의 기억은 이렇게도 평화로운 것이었을까….

"어느 날 정오에… 누군가가 나의 생을 한꺼번에 걷어가 둘둘 말아 밖으로 내던져버렸지. 다시는 되찾을 수 없는 시간 바깥으로…."

커다란 장미꽃잎이 지도책 위의 길을 따라가듯, 가느다란 팔 안쪽에 비치는 푸른 실핏줄 가지들을 따라 올라갔다.

최근에 올랴를 만났어. 스무 살인데 세 살 된 아이가 있어. 어떤 사람의 주말집, 다차에서 생일파티가 있었는데 그곳에서 처음 봤어. 영화 '해바라기' 기억나? 그 영화의 러시아 여자와 꼭 닮았어. 아주아주 순수하고 착하고 가느다랗게 생겼어. 그 후로 두 번 더 보았을 뿐인데 그 여자의 애가 나를 아빠라고 부르기 시작했어. 황당한 일이지? 남자가 아이만 가지게 해놓고 도망쳐버렸고 혼인 신고도 하지 않아서 국가로부터 양육비 보조도 전혀 받지 못한 채 힘들게 아이를 키우고 있어. 안됐어.

그는 두 팔로 내 엉덩이를 두르고 배 위에 얼굴을 눌렀다. 몸속에 칸칸이 나누어진 빈방들이 마분지처럼 구겨지는 듯 아팠다. 그는 아직 태어나지 않은 내 속의 아이처럼, 너무나 미숙하고 연약하게 느껴졌다.

난 상트페테르부르크에 와 있어. 레닌그라드였던 차르 시대의 계획도시이고 인문학과 예술의 도시. 제2차 세계대전 때 히틀러가 이 도시의 아름다움에 반해 폭격 금지 명령을 내리고 레닌그라드를

봉쇄했지. 그러자 이곳 시민들은 이백 일 동안 갇혀 책을 삶아 먹어가며, 거의 모두가 굶어죽어가는데도 항복을 하지 않았어. 혁명 초기였기 때문에 그들의 정신은 더욱 열렬했지. 국가 이데올로기를 위해서라면 굶어죽을 수도 있다는 정신을 보여준 거지. 사회주의와 러시아 대륙의 긍지를 표명한 거야. 쇼스타코비치 '레볼루션 3번'의 작곡 배경이기도 해. 이곳에서 난 셀 수 없이 많은 보드카 병을 비웠어. 노래하고 여자와 자고 술에 취하고… 전쟁 이야기를 듣고… 영인아, 여기서 내가 무엇을 하고 있는지 이젠 모르겠다. 여기가 어딘지 모르게 되어버렸어. 대체 여기가 어디지, 왜 여기가 내가 온 거기가 아니지?

나는 그의 얼굴에서 몸을 떼어냈다. 그리고 그의 두 팔을 들어올렸다. 그는 그대로 있어주었다. 나는 그의 셔츠를 벗기고 양말을 벗기고 바지를 벗기고 스웨터와 속옷들을 벗겼다. 다 벗겨놓고 보니 그는 정말 병약한 노인 같은 몰골이었다.

…내가 이곳을 향해 떠날 때는 분명 소연방이었는데, 이제 이곳은 단지 러시아야. 이 대륙은 갈가리 분열되고 끊임없이 전쟁이 일어나고 있어 몹시 어수선하다. 공부는 형편없게 되었어. 길을 잃은 거야. 공중으로 붕 떠버린 기분… 학교는 언제 나갔는지 까마득해.
그런데도 이곳이 고향 같다는 생각이 들어. 한번 길을 잃은 뒤로 돌아갈 주소를 잃어버렸던 고향… 여자가 있어. 미안하다, 네게 말을 해주어야 할 거 같아. 그녀는 내가 거꾸러질 무덤이 될 거야. 이곳엔 그런 말이 있지. 최고의 순간에 여성이 있다. 이곳에선 여자만

있으면 끄떡없어. 여자들이 바로 삶이니까. 그리고 여자는 어디에
나 있어. 영인아. 잘 살아라, 난 돌아가지 못할 거 같다. 황폐한 인사
지만, 술에 절어서 사는 나로선 이 편지를 쓰는 데 사흘이 걸렸다.
그리고 초인적인 힘이 필요했다. 미안하다.

　나는 정연우를 넘어뜨리고 이불을 당겨 뒤집어썼다. 그리고 두 다
리를 들어올려 이불을 텐트처럼 올렸다. 이불 속으로 빛이 새어 들
어왔다. 한 발로 그의 무릎을 툭 건드리자 그도 다리를 들어올렸다.
네 개의 다리는 길쭉했으나 흡사 어린아이의 것처럼 연약했다. 그
렇게 가만히 있자니 꼴이 우스워서 나는 그의 발가락을 내 발가락
으로 간질였다. 가만히 있던 그가 갑자기 욱 하며 웃음을 터뜨렸다.
그가 웃으니 즐거워져서 나는 두 손으로 그의 몸 구석구석을 간질
였다. 그가 입을 벌리고 커다랗게 웃어댔다.
　내 벗은 몸이 다른 벗은 몸과 부딪히고 다른 맨살을 느끼고 다른
체온과 뒤섞인 것은 거의 일곱 해 만의 일이었다. 그는 훨씬 더 오래
되었을 것이다. 등과 얼굴에서 땀이 배어나왔다. 우리가 아무리 천
진하고 두려움이 없고 즐거운 척한다 해도 우리는 웃음소리보다 서
로의 아픔에 더욱 주의를 기울이고 있었다. 두 몸 사이에 흡사 얇은
비닐 주머니에 든 팽팽한 슬픔이 끼어있기라도 한 양, 그것이 눌려
서 왈칵 터지기라도 할까봐….

　여섯시가 되자 정연우는 담요로 몸을 감고 일어나 서랍장 맨 위
칸에서 그림이 든 봉투를 꺼내 나에게 건넸다. 나는 이불을 쓰고 일
어나 그 그림을 받았다. 그리고 그에게 콜택시회사의 명함을 건네

주었다. 그는 전화기를 들고 천천히 번호를 눌렀다. 그러면서 이제 옷을 입어야 하지 않느냐는 시늉을 했다. 나는 물을 한 잔 마신 뒤 빠르게 옷을 주워 입었다. 그는 옷을 입을 의사가 없는 모양이었다. 택시가 도착했을 때 담요를 둘둘 감은 채 간이의자에 걸터앉아 손을 들어 가볍게 흔들었다.

택시에서 내려 길을 건널 때, 서울로 가는 버스가 출발하는 것이 보였다. 버스는 삼십 분 후에 또 떠날 것이었다. 나는 천천히 대합실로 갔다. 표를 사고 대합실 거울 앞에 섰을 때 흠칫 놀랐다. 표백제에 담갔다가 말린 것같이 창백한 얼굴⋯ 화장이 아직 희끗희끗 묻어있었고 눈에 그린 검은 라인이 선명했다. 그런데도 왜 그렇게 투명하게 보였을까. 그때까지 그처럼 투명한 자신의 얼굴을 본 적이 없었다.

나는 가방에서 선글라스를 꺼내 썼다. 추웠기 때문에 얇은 새벽빛이 비치기 시작하는 대합실 바깥의 플라스틱 의자에 앉았다. 밤새 냉기와 어둠이 스며든 의자는 차가웠다. 새벽의 터미널은 한적했고 그 앞길로 이른 출근을 하는 젊은 남녀들이 나를 쳐다보곤 했다. 선글라스를 끼고 터미널 앞마당에 앉아있기에 너무 이른 시간이긴 했다.

시간이 다 되었는데도 버스 기사는 나타나지 않았고 버스 출입문도 꼭 닫혀있었다. 기웃거리는 승객도 나타나지 않았다. 차가운 플라스틱 의자에 앉아 버스를 기다리는 사람은 나 혼자뿐이었다. 이세상에서 오직 나 혼자만 버스를 기다리는 것 같았다. 무릎이 싸늘해졌다. 나는 두 손으로 무릎을 비비며 밝아오는 하늘을 향해 얼굴을 들었다. 이십대의 십 년이 거의 다 지나간 셈이었다. 세상은 변하는 것이라고 배워왔지만 세상이 변한다는 것을 깨달은 것은 그 순간이었다. 그리고 어디선가 다른 정류장에서 혼자 새벽버스를 기다리는 사람을 적어도 두 사람쯤은 알고 있다는 생각이 들었다.

*

십일층 베란다 문 바깥은 온통 안개다. 안개에 밀리느라 그러는지 유리문이 이따금 뻐근한 소리를 낸다. 유리문을 열고 아득한 안개 속에 얼굴을 내밀면 안개의 내부로부터 붉은 촛농처럼 굳은 피 냄새가 올라온다. 지혈제처럼 십일층 아래를 가득 메우고 천천히 부풀어 오르는 흰 안개. 오랫동안 내려다보고 있으면 신발을 신기 위해 마루 아래로 내려서듯 선뜻 한 발짝 내려설 수 있을 것 같다.

아직 나는 출근하지 못하고 있다. 글은 사무실 캐비닛 속에 그림은 내 책상 위에 놓인 채로 여러 날이 흘러갔다. 밤 한시가 되면 가끔 정연우의 번호를 누른다. 그리고 전화기 속에서 아무 소용도 없이 흩어지는 벨소리에 오래 귀를 기울인다. 그럴 때면 내 속의 무언가가 나뭇잎처럼, 아직 푸른 나뭇잎처럼 몸부림치며 안개 가득한 공중으로 떨어진다.

슬픈 인어

- 유년의 환상 2

거제 출생. 경남대 국어교육과 졸업.
1974년 단편소설 〈짠님〉 한국일보 신춘문예 당선.
1977년 단편소설 〈이향선〉 서울신문 신춘문예 당선.
소설집 〈침묵의 강〉 〈신의 나라 사람〉 〈산타클로스의 선물〉 〈유년의 환상〉 등.
장편소설 〈풍화〉 〈무지개는 내릴 곳을 찾는다〉 〈깊고 긴 겨울〉
　　　　〈집행인〉 〈친척〉 〈얼음꽃〉 등.
경향신문 장편소설 당선. 현대문학상, 한국소설가협회 장편문학상 수상.

'인생'의 광활한 대지를 숨가쁘게 달려와

종착점을 넘어서는 사람의 가슴속에는 절대비밀이 몇 가지나 숨겨져 있을까. 내 경우, 수명이 다하는 날 죽음의 신 앞에 가져가야 할, 가져갈 수 있는 절대비밀은 과연 몇 가지일까. 그렇다면 순이누나에 관한 비밀은 거기에 포함되는 것인가, 아니면 털어버려도 무방한 것인가.

내가 청소년기를 거쳐 성년에 이르기까지—아니, 사실은 그 훨씬 이후까지도—이따금 그녀를 기억할라치면 달콤한 부끄러움과 함께 가슴을 적시는 감정의 또 한 가지 색깔은 푸른 애처로움이었다. 그렇다. 그녀는 처음부터 가련한 모습으로 내 어린 영혼 앞에 나타났고, 결국 그런 모습으로 내 앞에서 사라져버린 것이다.

그녀의 집은 조금 가파른 언덕바지에 올라앉은 우리 집의 바로 아래 있었다. 대문간에서 내려다보면 키 낮은 대나무울타리에 반쯤 둘러싸인 채 살짝 돌아앉은, 그야말로 초가삼간인 초라한 집이 한눈에 들어왔다. 그녀는 홀어머니와 단 둘이 살았고, 사는 형편은 마을에서도 가장 빈곤한 축에 들었다. 또래들은 대부분 중학교 여학생반 학생이었지만, 그녀는 언제나 집에 있었다. 초등학교만으로 학업을 마쳤거나, 어쩌면 그나마 중퇴했는지도 모른다.

나보다 네 살이나 다섯 살 연상인 그녀에 관한 기억으로서 가장 첫 번째로 떠오르는 것은 물론 그 봄날 오후의 사건이었다. 그렇지만 그 전인지 후인지는 불분명한 채, 바다를 바라보려고 대문간에 다가섰다가 그 집 마당이나 손바닥만한 오래뜰에 얼찐거리는 그녀를 발견하고 제풀에 얼른 물러서는 나를, 기억의 갈피 속에 두어 컷 바랜 색깔로 살아 있다가 불쑥불쑥 튀어나오는 자신의 모습을 발견하는 것은 드문 일이 일이었다.

그렇다. 당시의 나는 매우 사색적인 소년이었고, 그래서 마을 앞에 펼쳐진 광활한 바다와 그 수평선 너머 미지의 세계를 이따금 시간가는 줄 모르고 동경하곤 했다. 큰배를 타고 그 바다를 건너가, 어느 크리스마스날 저녁 읍내 우리 초등학교 교정에서 미군이 상영해 준 영화 속의 다른 나라, 그 이국적인 풍경과 사람들 속에서 살아가는 내 모습을 꿈꾸며 가슴 설레는 것은 혼자만의 은밀한 즐거움이었다.

그런 꿈에 취하는 것은 주로 학교에서 혼자 돌아오다가 가파른 산고개턱에 막 올라서서 상쾌한 바닷바람을 가슴 가득 들이마실 때, 아니면 집에서 무료한 시간을 보내다가 뜬금없이 바다를 바라보고 싶어질 때였다. 그런데, 언제부터인지 모르지만 대문간에 설 때면 순이누나의 눈에 띌까 봐 공연히 신경을 쓰는 소심한 버릇이 들고만 것이다. 왜 그런지는 나 자신도 알 수 없었다.

이제 이만 그 봄날의 사건 속으로 들어가야 할 것 같다.

그날 아침 우리 식구들이 조반상 주위에 둘러앉았을 때 어머니가 불쑥 꺼낸 말은 참으로 뜻밖이었다.

"저 아래 순이네, 어제부턴가 굴뚝에서 연기가 나는 것 같지 않네. 모녀가 굶고 있나 봐."

숟가락을 입에 가져가던 아버지의 동작이 잠깐 멈칫하는 것 같았다.

"확실해?"

"그런 거 같아. 하긴 이맘때면 끼니가 간들간들한 집이 어디 한둘이우?"

"보리쌀이라도 두어 되 넌지시 갖다 주지 그래."

"이이 좀 봐. 우리 형편에 남 적선할 양식이 어딨어?"

어머니는 샐쭉해서 아버지한테 핀잔을 안겨주었다.

나는 못 들은 척 숟가락질만 했으나, 가슴속에서는 갑자기 매운바람이 일고 있었다. 순이누나가 굶고 있다니! 눈이 크고 피부가 하얀 그녀의 모습이 눈앞에 어른거리며, 갑자기 밥이 목구멍을 잘 넘어가지 않았다.

학교에 가려고 대문간을 나설 때 유심히 그 집을 살펴보았다. 어머니의 말대로 굴뚝에서 연기가 나지 않는 것은 밥 지을 시간이 지나서 그렇다손 치고, 사람도 보이지 않고 조용한 것이 꼭 빈집 같았다. 그 집의 그런 동정을 감지한 적이 처음이 아니건만, 그날따라 그 점이 유난히도 마음에 걸리는 것을 어쩔 수 없었다.

학교에 가서도 도무지 공부가 제대로 되지 않았다. 눈이 퀭해서 방 안에 드러누워 있는 그녀의 모습이 시도 때도 없이 떠올랐기 때문이다. 그녀가 굶고 있는데 나는 밥을 먹었다는 사실이 어쩐지 죄스럽게 느껴지고, 매몰찬 소리를 한 어머니가 놀부의 아내처럼 정나미 떨어지기도 했다.

오전수업을 마치고 집에 돌아와 보니 식구들이 다 나가고 텅 비어 있었다.

여느 때 같으면 책보를 풀어놓자마자 찬장에서 점심밥을 꺼내어 먹었겠지만, 그날은 갑자기 생각난 어떤 음모 때문에 밥 생각은 천 리만리 달아나고 없었다. 나는 아래채의 광을 열고 들어가 키가 내 가슴에 닿는 쌀독의 뚜껑을 열었다. 구수한 쌀 냄새가 얼굴에 확 풍겨왔다. 쌀은 반 조금 넘게 들어 있었다.

나는 어머니가 그 쌀을 얼마나 아끼는지 알고 있었다. 그것은 우리 식구들의 밥그릇을 봐도 알 수 있었다. 아버지와 어린 동생의 밥에는 쌀이 삼분의 일 정도 섞였고, 내 밥은 그보다 보리가 조금 더 많이 섞였으며, 어머니의 밥은 쌀알을 셀 수 있을 정도인 거의 보리밥이었다. 나는 그 밥그릇들 모양새의 차이에 담겨 있는 어머니의 애틋한 마음을 헤아릴 수 있을 정도는 철이 든 아이였다. 그렇지만 그날은 그런 지각(知覺)이 아무 소용도 없었고, 오히려 양심을 건드리는 바람에 귀찮을 정도였다.

나는 어두컴컴한 구석에서 작은 자루를 하나 찾아, 쌀독 속의 바가지로 쌀을 퍼서 자루에 쏟았다. 대여섯 번을 계속했다. 덜어낸 것이 아마 석 되 정도는 되었으리라. 쌀독의 뚜껑을 제대로 덮은 다음, 쌀자루를 끌고 광을 나왔다. 그 일련의 과정에 아버지나 어머니가 불쑥 들이닥칠 것 같아 얼마나 조마조마했는지 모른다.

나는 그 쌀자루를 들고 곧장 집은 나왔다. 고샅으로 통하는 돌계단을 내려오면서 혹시 지나가다가 쳐다보는 사람이라도 있는가, 마음 졸이며 두리번거리기도 했다.

순이누나네 집으로 들어서던 나는 우뚝 멈추고 말았다. 치마를 내리며 뒷간에서 나오던 그녀와 딱 맞닥뜨린 것이다. 미처 내리지 못한 치맛자락 밑으로 드러난 무릎이 내 눈을 아프게 찔렀다. 나는 왠지 숨이 탁 막히는 기분으로 얼른 시선을 거두었고, 그녀는 조금 당황한 듯 치맛자락을 내리면서도 아무렇지 않은 듯한 음성으로 물었다.

"어쩐 일이니?"

나는 대답 대신 자루를 내밀었다.

"이게 뭐야?"

그녀는 별 생각 없이 자루를 받아 속을 들여다보다 말고 눈이 둥그래졌다.

"쌀이구나! 엄마가 주시던?"

나는 고개를 저었다.

"아니, 애 좀 봐. 너 그럼 몰래 가져온 거야?"

그녀가 다그쳐 물을수록 나는 죄지은 사람처럼 얼굴만 더욱 붉혔다.

그녀는 나를 얼른 안으로 끌어들였다. 자루를 받아 마루에 놓고도 몹시 난감해서 어찌할 바를 모르는 것 같았다. 그 시간은 겨우 몇 초에 불과했다. 그렇지만 그 짧은 순간 그녀의 가슴속을 질풍처럼 통과하는 갈등을, 수치심과 물욕과 계산이 뒤범벅된 그 복잡하고 미묘한 감정의 색깔을, 나는 어렸으면서도 똑똑히 헤아릴 수 있었다. 그리고 그런 그녀를 충분히 이해했다. 뿐만 아니라, 그날 아침 내가 학교에 간 후 어머니가 보리쌀 몇 되를 그 집에 이미 전달한 사실을 나중에 알고 나서도 그녀에 대한 내 감정은 마찬가지였다.

이내 갈등에서 벗어난 그녀는 몸을 조금 숙여, 머뭇머뭇하고 있는

78

나를 지그시 끌어안았다.

"마음씨가 기특하구나. 하지만 이런 짓 하면 못써."

정작 꾸중인지 칭찬인지 헷갈리게 하는 상냥한 속삭임이었다.

나는 갑자기 가슴이 벌렁거리고 숨이 탁 막히며, 귓가에는 매미소리 같은 귀울음이 들렸다. 난생 처음 '이성'으로부터 받은 포옹의 폭풍 같은 감동에 압도되고 만 것이다. 나보다 큰 여자의 몸이 그토록 부드러운 탄력과 상큼한 체취로 이루어져 있다는 사실은 어린 나에게는 황홀한 경이(驚異) 그 자체였다.

그녀가 포옹을 풀었을 때, 나는 해방감과 함께 묘한 아쉬움을 동시에 느꼈다. 그러면서도 상대방이 내 그런 마음을 읽을까봐 제풀에 두려웠고, 여름날 뙤약볕에 데었을 때처럼 얼굴이 달아올라 시선을 어디에 보내야 할지 몰랐다. 그녀가 쌀자루를 들고 부엌에 들어간 것은 나에게는 구원이었다. 나는 팔딱팔딱 뛰는 가슴으로 비로소 심호흡을 했다.

잠시 후 부엌에서 나온 그녀는 빈 자루를 내밀며 말했다.

"있던 자리에 얼른 갖다 놔."

나는 그녀의 시선을 피한 채 자루를 받았다.

"이번만이야. 알았지? 다음에 또 이러면 너희 엄마한테 이를 테야. 알았지?"

나는 고개를 끄덕였다. 시선을 마주치는 것은 여전히 불가능했지만, 내 마음은 훨씬 안정을 되찾았다. 비록 경고이기는 해도 그녀의 밝은 음색에서 공범자만이 통할 수 있는 어떤 달콤함과 끈끈함 같은 것을 느꼈기 때문이었다.

나는 그날 이후 꽤 오래도록 포옹의 황홀한 여운에서 헤어나지 못했다. 의식이 깨어 있는 동안은 항상 그 생각이 머리에서 떠나지 않았고, 밤이면 순이누나의 품에 안겨 있는 꿈을 꾸기 일쑤였다. 내 어린 영혼은 이미 그녀의 포로가 되어 있었던 것이다.

그러나 그녀는 고샅이나 집 앞에서 어쩌다 만나도 평소처럼 해맑은 미소와 짧은 인사말만 던지고 지나칠 뿐, 나를 대하는 태도에서 전과 달라진 점이라곤 조금도 없었다.

순이누나는 아무렇지도 않은데, 나 혼자 괜히 마음을 졸인 거야. 그날의 사건 이후 얼굴 마주칠 일이 걱정이던 나는 다소 마음이 놓이는 한편으로 배신감 비슷한 아쉬움을 떨쳐버릴 수 없었다. 그녀의 그윽한 포옹이, 그 부드러운 탄력과 상큼한 체취가 못내 그리웠다. 또 쌀을 훔쳐 가지고 찾아가 볼까. 그렇지만 차마 그럴 용기까지는 없었다. 행위 자체의 두려움도 두려움이지만, 그녀의 반응이 어떨지도 의문이기 때문이었다.

그러던 어느 초여름날, 청소당번이어서 조금 늦게 학교를 출발한 나는 혼자 집으로 돌아오게 되었다. 평소 같으면 마을 친구들과 어울려 재잘거리고 장난도 치며 산을 넘었겠지만, 그처럼 외따로 오는 경우도 전혀 싫지 않았다. 호젓한 산길을 걸으며 이것저것 공상하고 꿈의 날개를 펼치는 나만의 행복한 즐거움이 있기 때문이었다.

그날도 나는 요란한 매미소리 속에 혼자 터벅터벅 걸으며 습관적으로 온갖 생각을 떠올렸는데, 가장 집요하게 나를 붙들고 놓아주지 않는 것은 역시 순이누나였다. 그 무렵 그녀의 존재는 내 의식을 거의 지배하고 있었고, 시시때때 사사건건 모든 상념의 끝자락은 어김없이 그녀한테 귀결되게 코드가 일정해져 있었다. 나는 도무지 그녀에게서 벗어날 수 없었을 뿐 아니라, 벗어나고 싶지도 않았다.

이윽고 고개턱에 다다른 나는 곧장 마을로 내려가지 않고 길에서 벗어나 가까운 숲 속에 들어갔다. 거기에는 작은 무덤 하나 조성할 만한 넓이의 풀밭이 있었다. 아는 사람이 또 있을지는 몰라도, 키 낮은 교목 숲에 둘러싸여 눈에 잘 띄지 않는 그 빈터의 주인은 나였다. 누가 뭐라고 하든 엄연히 내가 주인이었다.

책보를 맨 채 부드러운 풀밭에 드러누웠다. 마을 쪽으로 약간 기울어진 곳이어서 누운 채로 바다를 내려다볼 수 있었다. 바로 그렇기 때문에 내가 애착을 느끼는 장소이기도 했다.

점점이 떠 있는 섬들 너머의 수평선을 여느 때처럼 실눈으로 바라보며 그 저쪽 미지의 세계를 그려보려고 했으나, 그 희망은 금방 차단되고 말았다. 기다렸다는 듯, 순이누나가 내 의식의 공간을 점령해버렸기 때문이다. 나는 그녀의 횡포를 물리치기커녕 당연한 것으로 받아들였다. 눈꺼풀을 닫아 시각(視覺)의 영상을 차단하고 오로지 그녀에게 몰두하기로 작정하자, 어김없이 그 봄날의 포옹 장면이 되살아나면서 미세한 전율이 머리에서 발끝까지 내 전신을 훑고 지나갔다. 곧이어 뭔지 모를 달콤한 흥분에 휩싸이면서 내 의식은 점점 몽롱하게 탈색되어 갔다.

바로 그때, 누군가가 내 곁에 다가와 있는 것 같은 느낌이 들었다. 눈을 떠보니, 뜻밖에도 순이누나였다. 꾀죄죄하던 평소와 달리 감청빛 치마에 하얀 반소매 블라우스를 받쳐 입은 산뜻한 모습이었다. 영락없이 그것은 우리 학교와 이웃인 중학교 여학생들의 교복

차림이었다. 그러나 그 돌연한 출현도, 신분에 맞지 않는 복장도 전혀 이상하다고 생각되지 않았다.

"여기서 뭐하니?"

질문을 툭 던지며 곁에 앉은 그녀는 내가 상체를 일으키려고 하자 손으로 눌러 제지했고, 나는 얼떨결에 시키는 대로 도로 드러누워 가만히 눈을 감고 있었다. 그녀는 곁에 나란히 드러누우면서 한쪽 팔을 팔베개로 제공해 마주보는 자세로 나를 끌어안았다. 블라우스와 러닝셔츠, 살과 살을 통해 전해져 오는 그녀의 촉감은 내가 그토록 그리워하던 탄력을 그대로 지니고 있었다. 상큼한 체취는 풀냄새보다 진하고, 까까머리 정수리에 쏟아지는 숨결은 햇살보다 뜨거웠다. 나는 여전히 눈을 감은 채 그녀의 동작과 감정과 분위기에 얌전히 순응했다. 그럴 수밖에 없었다. 조금이라도 거북스러워하는 티를 보이는 순간 그녀가 떨쳐 일어나고, 모처럼의 행복은 그것으로 영원히 끝날까봐 두려웠기 때문이었다.

그럴 때, 그녀의 음성이 꿈결처럼 들려왔다.

"넌 내가 좋으니?"

나는 고개를 끄덕였다. 그렇게 긍정하면서도 전혀 부끄럽지 않았고, 가슴이 두근거리지도 않았다.

"나도 네가 좋아."

그 말은 자지러지는 듯한 매미소리와 혼합되면서 꿈결처럼 내 귓가에 울렸고, 그리하여 내 육체와 영혼에 스며들었다. 나도 누나가 좋아. 나는 말로서가 아니라 전신으로, 영혼의 소리로 그녀에게 답했다. 그래도 그녀가 알아들었을 것 같았다. 그것은 의심의 여지가 없었다.

시간이 얼마나 흘렀을까. 마침내 그녀가 포옹을 풀고 내 머리 밑에서 팔을 빼며 말했다.

"그대로 눈감고 가만히 있어."

나는 무의식적으로 따라 움직이려다 말고 동작을 멈추었다. 그 명령을 절대 거역하고 싶지 않았고, 거역할 수도 없었다. 오히려 그녀의 중량감, 그녀의 체취를 상실하지 않으려고 온 말초신경과 의식의 촉수를 집요하게 자신의 내부로 끌어들이고 또 끌어들였다. 멀어져 가는 그녀의 발소리로 거리를 재면서 죽은 듯 그렇게 누워 있었다.

이제 그 가을날의 사건 속으로 건너뛰어야 할 것 같다.

어느 일요일 아침, 계절상으로 조금 늦은 태풍이 남해안을 강타해 상당한 피해를 입히고 지나갔다. 그리고 그 다음날인 월요일, 우리 반 아이들은 신바람이 났다. 태풍에 집이 파손된 담임선생이 결근한 바람에 다른 선생이 짬짬이 들락거리는 자율학습을 2교시까지만 하는 둥 마는 둥하고 수업이 끝났기 때문이었다. 담임선생의 불행 따위는 아랑곳없이 아이들은 예정에도 없던 단축수업에 희희낙락이었고, 나 역시 즐거운 기분으로 마을의 다른 친구들보다 훨씬 먼저 집에 돌아올 수 있었다.

나는 책보를 풀자마자 대바구니를 하나 들고 바닷가에 내려갔다.

태풍이나 그에 버금가는 강풍으로 큰 파도가 한 차례 지나가고 나면, 바닷물이 뒤집히는 바람에 떠오른 각종 해산물과 인근 해상의 섬들에 설치된 정치망(定置網) 어장의 구조물 또는 그 파편들이 이삼 일에 걸쳐 차례로 떠밀려와 바닷가 자갈밭에 질펀하게 널리곤 했다. 그럴라치면 마을의 여자들이 나와서 미역, 다시마, 톳, 청각 같은 식용 해조류뿐 아니라 드물게는 기진맥진한 물고기를 줍기도 했고, 사내아이들은 유리 부이의 파편이나 쇠붙이 조각 따위 엿과 바꿀 수 있는 잡동사니를 줍느라 온 바닷가를 헤집고 다녔다.

태풍이 지나간 지 하루가 되었는데도 잔풍(殘風)이 제법 쌀쌀하고 하늘마저 우중충한 탓인지 바닷가에는 사람의 그림자도 없었다. 덕분에 횡재한 기분이 든 나는 길게 펼쳐진 자갈밭의 중간쯤에서 한쪽 코숭이를 향해 물가를 따라 걸어가며 엿장수가 좋아할 교환거리를 열심히 줍기 시작했다.

경쟁자가 없는 덕분에 수확은 제법 쏠쏠했다. 내가 훑고 난 찌꺼기를 나중에 멋모르고 똥개처럼 열심히 뒤지고 다닐 친구들을 생각하니 저절로 코웃음이 나왔다.

그렇게 한참동안 잡동사니로 바구니를 채우고 있을 때, 문득 자갈 밟는 발소리가 가까운 뒤쪽에서 들려왔다. 물결소리 때문에 미처 알아차리지 못한 모양이었다.

무심코 돌아보니, 뜻밖에도 순이누나였다. 나처럼 대바구니를 든 그녀는 치마를 무릎까지 깡똥하게 걷어 올려 묶은 차림새였다.

그녀를 본 순간, 갑자기 목덜미가 뻣뻣해지며 가슴이 두근거리기 시작했다. 어떤 막연한 기대감과 궁지에 몰린 듯한 두려움이 동시에 밀려왔기 때문이었다.

"그게 뭐니?"

가까이 다가온 그녀가 턱짓으로 내 바구니를 가리키며 물었다. 대답 대신 바구니를 기울어 보이자, 잠깐 들여다보고는 짐짓 내 머리에 가벼운 꿀밤을 먹였다.

"겨우 이딴 거 주우러 나왔어?"

나는 바보처럼 씩 웃었다.

"그런데 어떻게 학교에서 이렇게 빨리 왔지? 너 오늘 학교 안 갔구나?"

나는 고개를 젓고, 담임선생네 집이 태풍에 피해를 본 사실을 이야기했다.

"응, 그랬구나. 늬네 선생님 참 안됐다."

눈살을 살짝 찌푸리기까지 하며 우리 담임선생을 동정한 그녀는 따라오라며 앞장서서 코숭이 쪽으로 걷기 시작했다. 내가 미처 마음을 얼른 정하지 못해 머뭇거리자, 걸음을 멈추고 돌아보며 재촉까지 했다.

"따라오라니까. 저쪽엔 주울 게 더 많아."

내가 뒤를 따르기로 한 것은 그녀가 말한 습득물에 대한 기대 때문이 아니었다. 그녀가 오라고 하는데 응하지 않을 도리가 없었다. 단순히 그것이 이유의 전부였고, 또한 그것으로 충분했다.

마을 어귀 코숭이의 울퉁불퉁한 바위땅에 이르자 그녀의 말대로 주울 것이 제법 많았다. 그러나 나한테 소용되는 것은 찾아보기 어려웠고, 대체로 그녀의 바구니를 채우기에 적합한 것들이었다. 해조류뿐 아니라 거의 내 팔뚝만한 해삼도 서너 마리는 되었다. 그런데 그 중에서도 가장 이색적인 습득물은 큼직한 귤 하나였다. 지금이야 사시사철 흔해빠진 과일이지만, 당시 빈한한 어촌의 어린 소년이던 나는 귤이라는 과일이 있는지조차 몰랐다.

귤을 처음 보기는 그녀도 마찬가지인 것 같았다. 손바닥에 올려놓고 잠시 이리저리 살피던 그녀는 칼로 반쪽을 냈다. 두껍고 노란 껍질보다 좀더 주황에 가까운 과육의 단면이 드러났다. 의도적이었던 것은 아니지만 수평으로 자른 탓에 선명하게 드러난 방사형(放射型)의 과육 구조는 나에게 어떤 기하학적 아름다움마저 느끼게 했다.

"먹어도 되는 걸 거야."

그녀는 껍질을 조금 벗기고 한 조각을 찢어 조심스럽게 맛보더니, 눈을 반짝 치켜뜨며 나한테 반쪽을 내밀었다.

"먹어 봐. 아주 맛있어."

사실 나는 조금 불안했다. 아직 어린 나이였지만, 복어 알이나 광대버섯처럼 먹음직하거나 맛깔스럽게 생긴 것에 치명적인 독이 들어 있다는 상식 정도는 지니고 있었으므로, 무슨 과실인지 확실히 알지도 못하면서 선뜻 먹기가 뭣했다. 그렇지만 나는 주저하지 않고 귤 조각을 찢어 입에 넣었다. 미지의 맛에 대한 기대감이나 호기심 때문은 아니었다. 거역함으로써 그녀의 심기를 상하게 하고 싶지 않았던 것이다. 다만 그것이 이유였다. 먹어도 죽지만 않는다면, 가령 그것이 배탈을 유발할 뿐 아니라 그 사실을 미리 알았더라도 나는 틀림없이 그것을 먹었으리라.

말랑말랑한 과육은 약간 찝찔하기는 해도 상큼한 단맛이 독특했다. 포장된 것처럼 먹기 좋게 한 조각씩 간단히 떨어지는 것도 색다른 재미였다. 나는 귤 반쪽을 금방 먹어치웠다.

"거 봐. 누나 따라오니까 이런 것도 먹게 되잖아."

그녀는 빈 껍질을 바다에 던지며 득의에 차서 말했다.

"내가 시키는 대로만 하면 절대 나쁘지 않아. 알겠니?"

나는 어린 나이에도 그만한 일에 그녀가 그처럼 자기 영향력을 강조하는 것이 조금 이상하다는 느낌이 들었다. 그러면서도 순순히 고개를 끄덕이자, 그녀는 재미있다는 듯 내 뺨을 살짝 꼬집었다. 나는 그녀가 그런 식으로 어린아이 취급을 하는 것이 내심 불만이었다. 그렇지만 싫은 내색을 보일 수는 없었다.

"이만 돌아가자."

그녀가 말했고, 나는 순순히 응했다.

언제부터인지도 모르게 먼지 같은 가랑비가 흩날리고 있었고, 시간이 지날수록 물알갱이가 아주 약간씩 굵어지는 것 같았다.

우리는 사이좋은 오누이처럼 나란히 집으로 돌아가기 시작했다. 걸을 때마다 발밑에서 자갈들이 왈강거리고, 바닷물은 자꾸 밀려왔다 빠져나갔다 하며 매끈한 자갈들을 부질없이 씻고 또 씻었다. 물기를 잔뜩 머금은 찬 바닷바람이 끊임없이 불어와, 이미 옷이 촉촉이 젖은 나를 부르르 진저리치게 만들었다.

"춥니?"

용케도 알아차린 그녀가 물었다. 내가 고개를 끄덕이자, 그녀는 한쪽 팔로 나를 감싸 안았다.

그녀의 갑작스러운 포옹은 내 진저리를 부들부들 떠는 오한으로 갑자기 발전시켰다. 나 자신도 모르게 그런 연극을 부리고 있었다. 그렇지만 그런 과잉반응은 의식적이기 보다 본능적인 것에 가까웠다.

"너 이러다 감기 걸리겠구나."

그녀는 자못 걱정스러운 듯 말하며, 나를 안은 팔에 더욱 힘을 주었다. 그녀의 탄력, 그녀의 체취가 미흡한 대로 내 살갗과 코에 전해져 왔다. 분명히 느낄 수 있었다. 나는 그 뜻밖의 소중한 행운이 금방 떠나가지 않기를 속으로 빌었다.

자드락에서 이어진 갯기슭이 끝나는 곳에 지붕과 벽을 온통 양철로 덮은 낡은 창고가 있었다. 마을 부자가 경영하는 정치망어장의 그물을 비롯한 각종 어구들을 보관하는 창고였다. 열려 있을 때보다 닫혀 있을 때가 훨씬 많았지만, 언제 봐도 문에는 자물통이 달려 있지 않았다.

그 근처에 다다랐을 때였다.

"안 되겠어, 얘. 이리 와 봐."

그녀는 나를 껴안은 채 갑자기 방향을 틀어 창고 쪽으로 향했다.

"저기서 몸 좀 녹여 가지고 가자. 응?"

집도 멀지 않고 비도 더 쏟아지지 않는데 천만뜻밖의 제의였다. 나는 그녀의 의도가 의아스러웠지만, 그래도 아무 군말 없이 순응했다.

미닫이식으로 된 창고 문은 간단히 열렸고, 나는 그녀에게 이끌려 들어갔다. 꽤 어두컴컴한 창고 안에는 가운데의 통로 양쪽으로 그물이 산더미처럼 높다랗게 쌓여 있고, 문 옆에는 닻과 밧줄과 빈 상자 같은 잡다한 어구들이 어지럽게 널려 있었다.

무엇보다 나를 질리게 한 것은 뭔가 썩는 듯한, 소금기 배인 찌든 냄새였다. 벽의 군데군데 못대가리에서 벗겨진 양철 귀퉁이가 너덜거리거나 부식으로 생긴 구멍이 숭숭해 통풍에 별 무리가 없을 듯한데도 창고 안의 공기는 탁하기 그지없어 숨쉬기가 거북할 지경이었다. 그런데도 그녀는 문을 닫았고, 컴컴한 어둠이 우리를 삼켜버렸다.

그녀는 자기 바구니는 물론 내 바구니까지 빼앗아 한쪽에 놓더니 그물 위에 기어올라가며 한손으로 나를 끌어당겼다.

나는 발밑의 그물이 흘러내리는 바람에 자꾸 미끄러지곤 하면서
도 그녀의 도움을 받아 마침내 제법 편편한 장소까지 올라갈 수 있
었다.

　"춥지? 안 춥게 누나가 몸으로 덮어 줄께."

　그녀는 나를 그물 위에 눕히며 말하고 내 위에 엎드렸다.

　나는 그녀가 창고로 이끌 때부터 다음 상황이 뭔지 모르지만 예사
롭지 않게 전개되리라고 예측했기에 놀라거나 당황하지 않았다. 오
히려 그녀의 말대로 나를 덮은 몸에서 전달되는 체온과 그물의 쿠
션 효과에서 안온한 행복감마저 느끼고 있었다. 약간 갑갑하기는
할망정 그녀의 체중은 하나도 무겁지 않았다. 밀착된 촉감과 체취
를 통해 너무나 가깝게, 너무나 생생히 다가온 그녀의 실체는 나를
참으로 황홀하게 했고, 어둠은 내 부끄러움을 거두어 가는 대신에
대담성을 선물해 주었다.

　갑자기 그녀의 손이 내 샅 쪽에 뻗어왔을 때, 내가 속으로 깜짝
놀란 것은 그 행동의 의외성보다도 자신이 발기한 사실 때문이었
다. 그것은 평상시 오줌이 마렵거나 아침에 잠이 깼을 때하고는 분
명히 다른 신체변화였다. 말초신경과 연결된 그 미묘한 차이를 막
연하나마 인식할 수 있었다. 그러나 그녀가 마치 뱀이 포획한 먹이
를 죽이듯 팔과 다리로 내 몸을 조이며 뜨거운 숨결을 얼굴과 목덜
미에 마구 쏟아 붓는 바람에, 하나의 충격을 미처 감당해 내기 전에
새로운 충격에 직면한 나는 그만 얼어버리고 말았다. 그녀가 흥분
해서 거칠게 들볶을수록 더욱 당혹하고 위축될 뿐이었다. 그렇지만
밀치고 일어나거나 울거나 하지도 않고 수동적으로 몸을 맡기고 있
었다. 그 분위기에서 그녀를 거스르는 것은 어쩐지 매우 잘못된 짓

이고, 그러고 나면 그녀와의 관계는 끝장이라는 생각에 주눅이 들었기 때문이었다.

순이누나가 흥분해서 나한테 요구한 것이 무엇이었는지 제대로 납득하기까지 얼마나 긴 성숙의 세월이 필요했던가. 그러나 그 시간적 공간은 가늠하기도 어렵거니와 중요하지도 않다.

어쨌든 그날 나는 그녀에게 뭔가 불만을 안겨준 그 단순한 이유만으로 몹시 부끄럽고 미안한 나머지 창고에서 같이 나와 집에 올 때까지 시선을 마주치기커녕 얼굴을 들 수도 없었다. 상대가 화를 내거나 꾸짖지 않고, 언제 그런 일이 있었더냐 하는 듯 천연스럽게 평상시의 분위기로 돌아와 준 것만 고맙고 다행스러울 따름이었다.

그녀가 나더러 비밀을 강요한 기억은 없다. 그러나 그때 어린 마음에도 그 일에 관해서는 아무한테든 입도 벙긋하면 안 된다는 것을 스스로 알고 있었다. 또한 남녀간에는 뭔가 신비하면서도 은밀한 관계가 성립되게 되어 있고, 그 관계에는 영혼의 아름다운 교감이 전제된 어떤 행위가 수반된다는 것도 어렴풋이 깨달았던 것이다.

그 사건이 있고 나서도 나와 그녀의 관계는—적어도 대면하는 태도나 분위기에서—전과 조금도 달라지지 않았다. 고샅에서 마주치면 그녀는 미소를 지으며 간단한 인사말을 건넸고, 나는 대꾸를 하는 둥 마는 둥하고 얼굴이 붉어지기 전에 얼른 지나치기 일쑤였다. 그렇지만 나는 그 짧은 만남에서도 부득이 지난 그날의 사건을 어김없이 떠올리게 되고, 세상 아무도 모르지만 우리의 관계는 아주 특별하고 애틋하다는 자부심에 가슴 설레곤 했다.

그러던 어느 날—아마도 이듬해 봄이었을 것이다—그녀가 갑자기 마을에서 종적을 감추었다.

사람들 대부분은 단순한 가출로 결론짓고 그녀를 입길에 올려 쑥 덕거렸으나, 일주일인지 열흘쯤 지나 변사체로 가까운 바다에서 발견됨으로써 온 마을이 발칵 뒤집히고 말았다. 발견자는 하필 한마을 어부였는데, 시신이 풍선처럼 부푼 데다 이미 상당히 훼손된 상태여서 꼭 그녀라고 단정할 수 없는 상황이었다. 그렇지만 딸을 누구보다 잘 아는 어머니가 우기는 바람에 모두 믿을 수밖에 없었고, 덕분에 경찰도 공연히 사건화해서 골치 썩을 필요 없이 투신자살로 간단히 종결해버렸다.

"그렇게 안 봤더니, 고것 아주 독한 데가 있었네. 하긴 끝도 없는 가난이 지겹기도 했을 거야. 불쌍한 것!"

옷소매로 눈물을 닦는 어머니의 푸념을 들으며, 나는 마음속으로 고개를 저었다. 꿀밤을 맞아가며 어른들 틈새로 잠깐 훔쳐본 그 흉측한 시신이 그녀라고는 도저히 믿을 수 없었고, 믿고 싶지도 않았다. 처음의 충격은 상당히 컸지만, 스스로 생각해도 의아할 정도로 나는 그 충격에서 쉽사리 벗어나고 있었다. 그게 어째서 순이누나야. 그건 딴사람의 시체야. 나는 속으로 강하게 부정했다. 누난 어느 땐가 돌아올걸. 꼭 돌아올 거야. 다른 사람은 몰라도 나만은 그녀를 다시 만날 기회가 있을 것 같았다. 어쩐지 막연히 그런 믿음이 생겼다. 그리고 그 기대는 틀린 것이 아니었다.

이듬해 여름—아, 어린 시절의 여름날을 생각만 해도 행복하고 가슴이 설렌다—이 찾아왔다.

여름은 뭐니뭐니해도 아이들의 계절이었다. 방학을 맞이한 어촌의 아이들에게 바다는 놀이터고 낙원이었다. 날마다 뙤약볕 아래 온몸이 발갛게 익도록 몇 시간이고 물놀이를 했고, 식물섬유로 꼰 가느다란 시울에 낚싯바늘과 작은 돌멩이를 낚싯봉으로 매단 원시적인 도구로 고기를 낚기도 했다.

물놀이는 낮에만 하는 것이 아니었다. 저녁이면 밝은 대낮에는 차마 옷 벗고 물에 들어갈 수 없었던 다 큰 여자아이들과 처녀들, 심지어 젊은 아낙들까지 바다에 들어가 깔깔대며 물장난하거나 헤엄을 쳤다. 따라서, 밤바다는 주로 여자들의 차지가 되지만, 남자아이들이라고 해서 밤에 물놀이하지 말라는 법은 없었다. 수온이 미적지근한 낮하고는 다르게 차가운 물 속의 밤헤엄은 색다른 재미였으며, 어쩌다 간혹 여자들의 옷가지 하나쯤 슬쩍해 약올리는 즐거움은 덤이라고 할 수 있었다.

그날 저녁에도 나는 호롱불 아래서 늦은 식사를 하고 숟가락을 놓자마자 바닷가에 내려갔다.

자갈해변에는 소위 열대야(熱帶夜)의 후터분한 더위를 식히려고 나온 사람들이 수런수런 이야기를 하고 있었고, 얕은 바다에서는 벌써부터 물놀이하는 사람들의 웃음소리와 장난스런 기성이 단속적으로 들려왔다. 저녁 물놀이에서 남자아이들이 옷을 벗어 모아두는 장소는 으레 정해져 있었으므로, 나는 곧장 그곳으로 향했다.

여느 날 같으면 물결이 일으키는 포말의 은빛 불꽃같은 인광(燐光)이 하늘에 총총한 별보다도 더 현란하련만, 마침 상현달이 중천에 떠 있는 탓에 바다는 그저 고즈넉하게 여름밤을 맞이하고 있을 뿐이었다.

나는 아스라한 수면 위에 비치는 파란 달빛을 유독 좋아했다. 뭔지 모르게 신비스러운 느낌이 드는 그 분위기가 괜히 좋았고, 그런 감성적 기호(嗜好)는 조금은 부끄러운 나의 한 비밀이기도 했다. 밤바다의 시꺼먼 물빛깔이 항상 꺼림칙하던 내가 함께 헤엄치는 아이들의 바깥쪽으로 그날따라 조금 벗어난 것도 아마 그 탓이었을 것이다.

갑자기 누군가가 곁으로 다가와 내 팔을 잡았을 때, 나는 상대방이 순이누나인 줄 금방 알아차렸다. 그러면 그렇지! 그녀가 죽었다고 생각하지 않았기 때문에 돌연한 출현에도 전혀 놀라지 않았고, 오히려 당연한 일처럼 예사롭게 받아들이고 있었다.

"그동안 잘 있었어?"

그녀는 반가운 듯이 물으며, 물 속에서 나를 부둥켜안았다. 밀착되는 맨살의 감촉이 그렇게 매끄럽고 황홀할 수 없었다. 몸의 자유를 상실함으로써 자칫하면 익사할지 모른다는 생각이 순간적으로 엄습했으나, 이내 그 불안감을 털어버렸다. 나 하나의 무게쯤 감당하는 것은 아무것도 아닐 정도로 그녀의 수영실력은 너무나 뛰어나고 유연했다. 나는 진심으로 감탄해 마지않았다. 그와 동시에 짜릿한 흥분이 온몸을 통과하며, 불안에서 해방됨에 따른 반작용으로 그 흥분의 밀도(密度)는 한결 더해 갔다. 이미 그 무렵의 나는 지난날 어장창고에서 그녀가 원한 것이 무엇이었는지 어렴풋이 알만큼 훨씬 철이 들어 있었던 것이다.

그러나 내가 정작 깜짝 놀란 것은 그 다음 순간이었다. 그녀의 하체가 뭔가 딱딱한 껍질 같은 것으로 덮여 있지 않은가! 옷을 입은 것도 아니었다. 상체는 알몸 그대로이면서 하체만 거추장스럽게 옷을 입었을 리가 없었다.

"놀랄 것 없어. 네가 느낀 그대로야. 난 인어야."

나의 충격을 알아차린 그녀가 말했다.

아하, 그랬구나! 나는 비로소 깨닫는 동시에 상황을 이해했다. 누나는 죽어서 인어가 된 거야. 인어가 되어 날 만나러 온 거야. 그러나 무섭다는 생각은 전혀 없었다. 그녀가 몹시 측은하고, 그래서 슬플 뿐이었다.

"난 네가 무슨 생각을 하는지 알고 있었단다. 넌 내가 죽었다고 믿지 않았지? 그리고 언젠가는 만나게 되리라고 기대했지? 그래서 이렇게 널 만나러 온 거야. 나도 널 좋아하니까."

그녀는 그렇게 말하며 나를 껴안고 애무했다. 그 바람에 머리가 잠깐 물에 잠기고 짠물을 한 모금 삼키기도 했으나, 나는 그것이 고통스럽지도 싫지도 않았다. 그녀의 하체가 미끄러운 비늘로 싸여 있어서 전신을 통한 사랑의 교감이 불가능한 것이 아쉽고 안타까울 뿐이었다. 그렇지만 그런 대로 황홀하고 행복했다.

얼마나 시간이 흘렀을까.

그녀가 불현듯 내 몸을 떼어내며, 이만 헤어져야 한다고 말했다.

"이젠 더 이상 날 만날 생각 마. 응? 그럴 일은 없을 테니까. 이번 한 번인 거야. 무슨 말인지 알겠지?"

나는 동의하기를 단호히 거부했으나, 그녀의 태도는 차분하고 말에는 설득력이 있었다.

"이러면 안돼. 모르겠니? 우린 서로 다른 세상에 떨어져 있고, 다시 만나서도 안 되는 거야. 넌 더 자라서 이다음에 어른이 되고, 예쁜 색시한테 장가를 가고, 그래서 아이도 낳아 기르게 될 거야. 사람은 다 그렇게 살아가게 되어 있단다. 그렇더라도 날 잊지는 마. 마음 속에 묻어두고 생각만 해. 나도 그럴 테니까. 그렇게 하면 우린 서로 만나는 것이나 다름없단다. 무슨 뜻인지 알아듣겠지?"

나는 그 말뜻을 알 것도 같고 모를 것도 같았다. 그렇지만 그것은 아무래도 좋았다. 그녀와 헤어짐이, 그 한 번만으로 영영 다시 못 만나게 된다는 사실이 견딜 수 없이 안타깝고 슬펐다. 그래서 도로 그녀에게 다가가려고 허우적거렸으나, 이상하게도 보이지 않는 무엇에 걸린 듯 내 몸은 앞으로 나아가지 않았다.

그녀는 내가 잘 알아들을 수 없는 말들을 간절히 외치면서 수평선 쪽으로 점점 멀어져 갔다. 그러더니 아스라한 달빛 아래서 손을 흔들어 보이고는 물속으로 사라져버렸다.

나는 그제야 냉정을 되찾고 자신으로 돌아왔다. 자신이 울고 있음을 깨닫고 그 울음부터 멈추었다. 그런 다음 주위를 돌아보다가 소스라쳐 놀라고 말았다. 어둠 속의 가늠이기는 하지만, 바다 쪽으로 너무 멀리 나와 있다는 사실을 비로소 알았기 때문이다. 나는 그때까지 그처럼 멀리 헤엄쳐 나와 본 적이 없었다. 형언할 수 없는 공포가 불현듯 엄습해 왔다. 바보같이! 이러면 안돼. 나는 자신을 꾸짖었다. 이 정도는 얼마든지 헤엄쳐 갈 수 있어. 충분히 해낼 수 있어. 그러자 어느 정도 두려움이 가시고 마음이 진정되었다.

물에서는 서두르고 허둥댈수록 쉽게 지치고 위험하다는 상식을, 나는 경험에서 이미 터득하고 있었다. 그래서 일부러 천천히 힘찬 몸놀림으로 육지를 향해 헤어가기 시작했다. 태어나 자란 마을과 우리 가족, 친구들과 동네사람들, 또한 그 모두를 포용하고 있는 현실세계와 내가 얼마나 절대적인 연결고리로 결합되어 있는지를, 뼈저리다기보다는 영혼의 울림으로 똑똑히 깨달을 수 있었다. 몇몇 집들에서 내비치는 반딧불 같은 희미한 불빛, 바닷가에서 꿈결처럼 아련히 들려오는 사람들의 기척, 심지어 어디선가 개가 짖는 소리까지 그토록 소중하고 애틋하고 다정하게 느껴질 수가 없었다.

어느덧 가슴이 끓어오르며 눈물이 다시 솟았다. 그러나 그것은 조금 전과 의미가 전혀 다른 새로운 눈물이었다.

계단 위의 천국

익산 출생. 서라벌예대 문예창작과 졸업.
1977년 단편소설 〈손님〉 한국일보 신춘문예 당선.
소설집 〈오빠의 강〉 〈계단 위의 천국〉 등.
장편소설 〈민갑완〉 〈빵에 대한 명상〉 등.
한국소설문학상 수상.

한바탕 해일이 휩쓸고 지나간 것 같았다.

오전 11시 반부터 오후 1시 반까지 점심시간이면 으레 겪는 일상사이다.

음식점 사동집은 갈비찜, 갈비구이, 갈비탕을 전문으로 하는데 갈비찜과 갈비탕 맛이 좋기로 소문났다. 사동집 갈비찜이나 갈비탕을 먹으려고 점심시간이면 손님들이 줄을 선다. 빈 테이블이 없어 문간에 서서 자리가 나기를 기다려야 할 정도이다.

정숙은 카운터에 앉아 돈 계산을 하였다. 손님이 많아도 점심 매상은 늘 비슷하다.

남편의 치료비 때문에 앞으로는 매상을 더 많이 올려야 하는데…. 그녀는 잠시 생각에 잠겼다.

시내에서 조금 떨어진 외곽지대인 이곳에 자리를 잡고 음식점을 시작한 지 5년이 된다. 처음엔 여러 가지 어려움이 있었으나 차차 자리가 잡혀 이제는 장사가 정상 궤도에 올랐다. 남편만 병나지 않았다면 아무 근심 걱정이 없을 것이다.

점심 손님이 뜸해지자, 홀 한쪽 식탁에 사동집 식구들 점심상이 차려지고 있었다.

"사장님도 어서 오셔서 식사하세요."

정숙은 카운터에서 일어나 식탁으로 갔다. 그녀가 앉자 비로소 주방 식구들이 나오고 홀 서빙하는 여자들이 다가와 앉아 밥을 먹기 시작했다.

모두들 맛있게 밥을 먹는데 그녀는 입맛이 없어 밥이 넘어가지 않는다.

무심코 쳐다본 텔레비전에서 프로그램 예고편이 방영되고 있었는데 희귀 난치병인 루게릭을 앓고 있는 환자의 모습이 비춰졌다. 온몸이 마비되어 손가락 하나 움직이지 못하는 식물인간의 모습이 그녀의 눈을 파고들었다. 저 모양으로 길어야 3년 정도 살 수 있겠지. 결국 호흡곤란으로 죽고야 마는, 발병 원인도 모르고 치료약조차 없는 희귀 난치 루게릭 병.

그녀에겐 남의 일이 아니었다. 미구에 그녀에게도 닥칠 일이어서 환자의 괴로운 환영이 자꾸만 머릿속에서 재연되었다.

"식사를 그렇게 못 하시면 병나세요. 안사장님까지 앓아누우시면 큰일이잖아요. 뭐 좀 드실만한 것 만들어 드릴까요?"

주방장이 통 식사를 못하는 정숙이 걱정스러운 듯 말했다.

"내 걱정 말고 많이들 드세요."

정숙은 자리에서 일어나 안채로 간다.

가게 뒤쪽에 있는 안채는 2층 건물로, 2층은 가게 비품 창고로 쓰고 아래층은 그들의 살림집으로 써왔는데, 지금은 아래층을 창고로 사용하고 2층에 남편의 방을 꾸몄다.

가게와 살림집 사이의 손바닥만한 마당에는 사철나무며 측백, 후

박나무가 무성하게 자라 있어 아래층은 늘 어두웠다. 그런 곳에 환자를 둘 수 없어 2층을 수리하였다. 햇볕이 깊숙이 들고 환기도 잘 되는 쾌적한 환경을 만들어놓고 남편의 퇴원을 기다렸는데, 막상 2층으로 오르는 계단이 그에게 커다란 장애가 된다는 사실을 뒤늦게 알게 되었다.

병원에서 퇴원하던 날 남편은 계단 난간을 붙잡고 그녀의 부축을 받으면서 올라가는 동안은 공연히 돈을 들였다고 짜증을 내더니 실내 구조가 완전히 바뀐 모습을 보고는,
"여기가 천국이네."
하였다.
희끗희끗 눈발이 날렸다.
정숙은 현관문을 소리 나지 않게 열고 안으로 들어섰다. 그리고 2층으로 난 계단을 올려다보았다. 밖은 영하의 날씨에 꽁꽁 얼어있는데 집안의 훈기가 정숙의 몸을 감싼다.
부드러운 물결 같은 바이올린 선율이 2층에서 계단을 타고 흘러내렸다. 바이올린 선율이 실크 천처럼 그녀의 몸을 휘감았다. 빗방울이 잔잔한 수면위로 통통 튀는 것 같기도 하고 마치 장난스런 아이들처럼 앞서거니 뒤서거니 놀이를 하듯 흐르는 여울목의 물결 같기도 한, 맑고 아름다운 선율에 그녀도 일순 빨려든다. 너무도 화사하고 밝게 느껴진다. 기악곡 중에서 바이올린 곡은 슬프다고만 알고 있었는데 저런 개울물 소리나 물방울이 유희하듯 하는 바이올린 곡이 있었나? 그녀는 고개를 갸웃했다. 누가 저런 곡을 선곡했을까? 간병인인가? 남편인가? 하긴 남편이 클래식 음악을 좋아한다는

것도 얼마 전에야 알았다.

　남편은 바이올린, 첼로, 하프 등 현악기 연주곡으로 테이프를 사다달라고 하였다. 그 바람에 정숙은 모차르트, 파가니니, 바흐, 슈베르트 같은 음악가의 이름을 참으로 오랜만에 입에 올려보았다.

　그녀는 계단 앞에서 2층으로 올라갈까말까 잠시 망설였다.

　남편의 발병은 원인 모를 고열이었다. 처음엔 감기 몸살인 줄 알았다. 열이 오르면 40도에 가까워 의식을 잃을 정도였다. 열이 내렸다 하면 정상 체온보다 낮은 34~35도. 정숙은 남편의 저체온이 이해가 안 되어 체온계가 고장 난 줄 알았다. 아무래도 병세가 심상치 않아 대학병원에 입원시켜 온갖 검사를 다 받았으나 의사들도 병명이 무엇인지 모르겠다는 것이다. 게다가 검사 중에 엎친 데 덮친 격으로 결핵에 감염되어 그는 격리 병동으로 옮겨졌고, 한 달 간 격리 치료를 받았다. 저항력이 약해져서 감염되었다는 것이다.

　격리치료로 다행스럽게 결핵은 잡혔지만 원인을 알 수 없는 고열과 체온저하 현상은 조금도 호전되지 않았다. 하루에 두세 차례 열이 올랐다 내리는데, 한번 열이 오르면 39~40도까지 올라서 정신을 차릴 수 없는 지경에 이르고, 온몸을 부들부들 떨며 추위를 호소하였다. 병원 모포에 시트까지 몇 겹씩 덮고도 이를 딱딱 맞추며 덜덜 떨어서 침대시트 밑에다 1인용 전기장판을 깔았다. 또 열이 내리면서 땀을 흘리기 시작하는데, 이번엔 덥다고 부채질을 하라고 난리를 피워 아예 소형 선풍기를 곁에 준비해 놓았다.

　열이 오르면 전기장판 스위치를 올려 바닥을 데우고, 열이 내려 땀을 흘리면 선풍기를 돌리고, 이것이 일이었다.

　한번 열이 올랐다 내리면 환자의 머리카락이며 환의, 침대시트가 땀으로 흠뻑 젖었다. 환의를 벗겨 짜면 물이 흐를 정도였다.

환자도 간병인도 여간 고생이 아니었다.

4개월을 입원하고서 얻은 진단 결과는 처음엔 다발성 근육염이라는 들어보지도 못한 병명이었고, 나중 병명이 루게릭이었다. 한국명은 근위축성 측삭 경화증, 즉 온몸이 점점 마비되면서 나중에는 음식물도 못 넘기고 죽고야 마는, 병이었다. 원인도 모르고 치료 방법도 없는, 완치 불가능의 난치 희귀병이라는 사실을 알았을 땐 정숙은 하늘이 무너지는 것 같았다.

남편은 자신의 병명을 모르고 있다. 당신 병은 루게릭이래요. 점점 온몸이 마비되면서 죽게 될 거래요. 차마 그 말을 할 수가 없었다.

고열로 의식이 없어 병원으로 실려 갔지만, 열이 내리고 정신을 차린 다음에는 혼자서 왔다갔다하던 그가 결핵에 감염되자 걸음을 잘 걷지 못했다. 그래서 간병인을 쓰기 시작했는데 그는 간병인을 탐탁하게 생각지 않았다.

그는 매사 짜증이 심해 간병인은 1주일을 견디지 못하고 나가버렸다. 그가 퇴원하기까지 간병인이 여러 사람 바뀌었다.

정숙은 속이 상했다. 가게를 비울 수 없다는 사실을 잘 알고 있는 남편이 자기 곁에 그녀가 와있지 않는다고 어린애처럼 투정을 부리는 것이 화가 나기도 했다.

"여보, 간병인 아주머니가 당신 때문에 얼마나 수고하는데 불편한 점이 있어도 조금만 참아요. 내가 보기에는 아주머니가 잘 하시던데…."

그녀의 말에 그는 발끈하였다.

"이것 봐, 당신이 몰라서 그래. 그 아줌마, 환자에 대한 사랑이 없다고. 너무 직업적이란 말이야."

"간병인은 가족이 아니잖아요. 직업적인 게 당연하죠. 당신이 몸이 아프니까 짜증이 나겠지만 짜증만 부리지 말고 아줌마한테 당신이 뭘 원하는지 말을 하세요. 그래야 아줌마가 알지요."

"환자가 일일이 어떻게 다 말을 하느냐구. 간병인이 알아서 척척해주어야지. 그러라고 돈 주고 사람 쓰는 것 아냐?"

그는 이런 식이었다.

병원에 계속 입원하고 있어봐야 소용없는 일이어서 일단 퇴원을 했다.

집에 돌아와도 정숙은 환자만을 돌보며 환자 곁에 붙어있을 수 없었다. 하는 수 없이 간병인을 써야 하는데, 남편이 병원에서처럼 간병인을 못마땅해 하면 여간 골치 아픈 일이 아니다 싶었다. 그러나 환자가 집에 있으면 정숙이 가까이 있으니 간병인에 대한 불평불만이 있을 땐 그녀가 잠시잠깐은 남편을 돌볼 수 있다는 생각에 입주 간병인을 소개소에 부탁했다.

다음날 점심 무렵 사람이 왔다. 간병인은 자그마하고 단아한 여자였다. 목소리도 조용조용했으며 소리 없이 웃을 땐 살짝 덧니가 드러나 보이는, 귀염성 있는 여자였다. 정숙은 우선 간병인의 인상이 좋아 마음에 들었다.

"나이가 몇이세요?"

"마흔입니다."

"간병인 경험은 얼마나 되세요?"

"3년 됩니다."

"저희집은 입주하셔야 한다는 것, 알고 오셨지요? 휴일도, 우리가

게는 일요일에 가족 손님이 많아서 제가 시간을 빼 환자를 봐주기 어려우니 일요일을 쉬게 해드릴 수 없구요, 대신 평일 오전에 시간을 드릴게요. 그것도 사무실에다 사정 이야기를 했는데….”

“네, 들어서 알고 있습니다.”

여자는 유순하게 고개를 끄덕였다.

“저도 남편도 마흔이에요. 우리 모두 동갑이네. 들어서 아시겠지만 제 남편은 루게릭을 앓고 있어요. 지금은 마비 증세가 경미해요. 앞으로 병세가 진전되면 전신이 마비되고 음식도 못 넘기고…. 어떻게든 지금 이 상태에서 더 병세가 진전되지 않도록 할 수만 있다면 걱정이 없겠어요. 그인 아직 자기 병을 확실히 몰라요.”

정숙은 갑자기 눈물이 왈칵 쏟아질 것 같아 고개를 돌렸다. 어쩌다 나에게 이런 시련이 왔단 말인가?

남편과 같은 직장에서 만나 나이 서른에 결혼하고 둘이서 열심히 돈을 벌었다. 남편이 직장을 그만두고 다른 것을 해보자는 제의에 두 사람은 다니던 직장을 퇴직하고 지금의 음식점 사동집을 차렸다. 아파트를 팔고 은행융자를 받아 모험을 했던 식당이 순조롭게 궤도에 올라섰다. 그녀는 비로소 자신의 인생에 눈을 돌렸다. 결혼 후 첫아기를 유산하고 그 후로는 임신이 되지 않았다. 그런데도 그녀는 불임에 대해 별반 고민을 하지 않았는데 근래 들어 식당에 아이들을 데리고 오는 젊은 부부 손님들의 모습을 보면서 은근히 부럽고 자식에 대한 욕심이 생겼다. 가능하다면 아기를 한 명쯤 낳고 싶었다. 불임치료를 받아보고 안 되면 시험관아기라도 시도해보자, 그것도 안 되면 입양을 하자고 남편과 합의를 했는데 덜컥 남편이 앓아누운 것이다.

"아이는 없으세요?"

"우린 애가 없어요. 우리집 그이도 저도 이상이 없다는데 아이가 생기지 않아서…. 아주머닌 애가 몇이나 되세요?"

"딸 하나에요."

"왜 딸 하나만 낳았어요?"

"능력이 없어서요."

"그럼 그 따님은…?"

"제 외가에다 맡겼어요. 이젠 다 자랐는걸요. 고등학교 2학년이니까요."

정숙은 일순 간병인이 부럽다. 경제적으로 얼마나 어려우면 입주 간병인 일을 나섰을까 싶으면서도 딸자식을 위해 일하는 어머니의 모습이 씩씩하고 대견하게 느껴진다.

"우리집 남편의 성격이 좀 괴팍해서 혹시 아주머니 괴롭히고 마음을 다치게 할지 몰라요. 환자라 그러려니 하고 참고 오래 같이 있었으면 좋겠어요. 아주머니 인상도 좋고 조용한 분이라 제 마음엔 쏙 들었는데…."

남편의 짜증에 이 여자가 과연 잘 견디어 줄지…. 정숙은 남편에게 시달려 금방 그만두겠다고 나가버리는 불상사가 일어날 것 같아 염려와 걱정이 앞서는데, 여자는 예의 소리 없는 미소를 입가에 머금으며 중병을 앓는 환자는 다 그렇다고 대답한다.

정숙은 일단 안심이 되었다.

언제부터 올 수 있느냐는 정숙의 물음에 여자는 오늘이라도 당장 올 수 있다고 했다. 그리고 그 길로 가서 자신의 짐을 들고 왔다.

"여보, 당신 돌보아줄 아주머니가 오셨어요."

정숙은 남편에게 여자를 소개했다.

여자는 침대 발치에서 다소곳이 인사를 한 다음 고개를 들고 그를 내려다보았다. 순간, 침대에서 상체를 일으키던 남편이 갑자기 뒤로 넘어졌다. 정숙은 놀라서 황급히 남편을 붙잡았다.

"왜요? 팔에 힘이 빠졌어요?"

그가 잠시 가쁜 숨을 몰아쉬었다.

"당신 괜찮겠어요? 병원에 연락할까요?"

"아니, 괜찮아."

정숙이 그의 가슴에 손을 올려놓으며 심장 박동을 살폈다.

"당신 왜 그래요? 심하게 가슴이 뛰는데 신경 안정제 드려요?"

"약 필요 없어, 괜찮아."

"정말 괜찮아요?"

"괜찮아, 갑자기 현기증이 일었어."

그는 정숙의 손을 밀어내며 손을 저었다. 괜찮다는 것이다.

정말 괜찮은 것일까? 정숙은 걱정스런 눈길로 남편을 지켜보았다. 자신은 괜찮다는데 얼굴에 홍조가 확연히 드러날 만큼 열이 오른 것 같고, 숨쉬기가 불편해 보여 영 마음이 놓이지 않아 자리를 뜰 수 없었다.

"아주머니 오셨으니까 당신은 그만 내려가."

간병인이 마음에 들었다는 뜻일까? 병원에서는 남편이 간병인을 처음 보는 순간부터 짜증을 내며 정숙을 잠시 화장실에 다녀올 틈도 주지 않았었다.

"여보, 그럼 나 내려가요."

남편에게 눈길을 주고 섰던 정숙이 방을 나가자 여자도 뒤따라 나왔다.

"아직은 괜찮지만 앞으로가 문제죠. 차츰 운동 신경이 마비될 것이고 그러면 몸을 움직이지 못 할 테니…, 환자 잘 좀 봐주세요. 관절 운동 열심히 시켜주시고요."

정숙은 여자에게 부탁한다는 말밖에는 달리 할 말이 없었다. 환자를 돌보는 일은 여자가 전문가이니까.

여자는 그림자처럼 소리 없이 움직였다. 계단을 오르내릴 때도 발소리를 내지 않았다. 말을 할 때도 나직하게 조용조용 말했다.

매사 분명하고 다소 직선적이어서 목소리가 높고 남성적인 성격인 자신과는 다른, 간병인의 조용하고 여성적인 성격은 답답한 면이 없지 않았으나 남편을 위해서는 다행이었다.

여자는 성실하고 헌신적으로 남편을 간호했다.

정숙이 기대하지도 않았던 환자의 식사며 간식까지 직접 식단을 짜서 칼로리를 맞추고, 그 식단대로 음식을 정성들여 만들어 환자에게 먹게 하는 일도 마다하지 않은 간병인의 열성적인 태도에 정숙은 고맙고 감동할 따름이었다. 사람 하나가 잘 들어오니 정숙은 환자에 대해선 잊어버리고 있어도 되었다. 틈틈이 올라가 상태가 어떤지 살펴보고, 날씨의 변화나 환자가 특별히 먹고 싶은 음식은 없는지 등등 일상적인 말과 가게 장사가 어떻게 돌아가는지 매상에 대해서만 간단히 보고했다. 손님이 많아 장사가 잘된 날은 기뻐하면서 곧 재벌이 되겠네, 하고 정숙의 노고를 칭찬하던 처음과는 달리 차츰 가게 이야기는 듣고 싶어 하지 않았다. 당신이 잘 하고 있는데 누워있는 내가 알아서 뭘 해. 가게 얘긴 할 필요 없어, 당신이 알아서 해, 했다.

"우리가 인복은 있나 봐요. 가게 종업원들도 모두 좋은 사람들인데, 간병인이 너무 좋은 사람이 와서 난 마음이 놓여요. 당신도 아주머니가 마음에 들죠?"

"응, 그래, 좋은 사람이야."

"난 물어보지 않았는데 아주머니, 언제 혼자되었대요.?"

"뺑소니 교통사고를 당해서 죽었다나봐. 남편이 의식 불명으로 3년인가 병원에 입원해 있다 죽었는데, 남편 간호하느라 병원에 있으면서 간병 배워서 자격증도 따고 직업 간병인으로 나서게 되었다는군. 돈을 좀 모으면 딸 대학 보내놓고 자긴 호스피스 자원 봉사를 하겠다고. 당신도 알지? 병원에서 만났잖아, 임종 직전의 말기 암 환자들 찾아다니면서 임종을 지켜주는 사람들 말야."

"나한텐 별 말을 안 하던데 당신하고는 이야기를 잘 하나봐, 간병인 아주머니?"

"둘이서 심심하니까 이런저런 이야기를 하지."

"당신 이번에도 병원에서처럼 간병인 아주머니에게 화내고 짜증내면 어쩌나 했는데…. 간병인 아주머니가 당신한테 지극정성이죠? 당신한테 너무 잘 하니까 아주머니가 당신 부인 같고 난 손님 같아. 내가 당신한테 해줄 일이 하나도 없네."

정숙은 별 생각 없이 자신의 느낌을 그대로 말했다.

"당신이 데려온 사람이야. 무슨 말이 듣고 싶어서 그래?"

그가 갑자기 화를 냈다. 의외였다.

"왜 화를 내세요? 그렇다는 이야긴데. 아주머니하고 당신이 잘 지내는 것이 좋아서 하는 말이었는데…."

아래층에 뭔가를 가지러갔던 여자가 돌아와 두 사람은 입을 다물었다.

"무슨 하실 말씀이 있으시면 제가 나가 있을까요?"

여자가 두 사람 사이의 기류를 눈치 채고 다시 내려가려 하자 정숙이 불러 세웠다.

"아무것도 아니에요. 그냥 계세요. 아줌마가 저이한테 너무 잘해 주셔서 내가 할 일이 없다고 했더니 저이, 공연히 발끈하네요."

정숙은 언제부턴가 안채로 들어가서도 선뜻 2층으로 올라가지 못했다. 계단 앞에 서서 잠시 위를 쳐다보며 서성이는 것이 버릇이 되었다.

밖은 영하의 차가운 날씨인데 2층은 난방이 잘 되어있고 습도를 유지하기 위해 두 대의 가습기가 계속 수증기를 뿜어올리고 있을 것이다.

방안에 관엽식물 같은 화초를 두는 게 좋다는 말을 듣고 2층 베란다에 실내 정원을 꾸며놓았다. 소철, 관음죽, 몬스테라, 휘닉스, 팔손이나무 등 열대 관엽식물 분재로 정원 분위기를 내고 그 아래 갖가지 양란이며 시클라멘, 아제리아 같은 화목분재를 보기 좋게 배치해놓아 지금 꽃이 한창이다.

정숙은 남편에게 좋다는 것은 돈이 얼마가 들어도 주저하지 않았다. 그녀 자신이 손수 간병을 하지 못하는 미안함과 감정적인 부담감을 그렇게 해서라도 좀 덜고 싶었다.

남편이 변해도 너무 많이 변했다. 무조건 짜증만 내던 사람이 간병인이 시키는 대로 고분고분 먹고 마시고 관절운동도 열심히 한다. 몸과 마음이 편안한 탓인지 남편의 표정이 한결 밝아지고 명랑해졌다.

남편의 기분이 좋아보일수록 정숙의 기분은 묘하게 착잡해졌다. 어쩐지 자신이 소외된 느낌, 그들이 있는 2층에만 올라가면 자신이 이방인처럼 느껴지고 떠밀림을 당하는 기분, 그 야릇한 위화감을 떨쳐버릴 수가 없었다. 워낙 간병인이 철저하게 환자를 잘 돌보아주고 있어 도무지 아내인 그녀가 끼어들 틈이 없어서일까?

남편이 퇴원하여 집에 온 뒤로 처음 얼마동안 그녀는 남편 방에서 간병인과 함께 잤다. 그의 침대 바로 밑에 간병인이 누워 자고, 조금 떨어진 방 윗목이 정숙의 자리였다. 저녁 장사를 마치면 거의 자정 무렵이 된다. 가게에서 올라와 세수만 겨우 하고는 고단하여 눕기가 바쁘게 그녀는 깊은 잠에 곯아떨어졌다.

여자는 밤에도 여러 번 일어나 그의 용변 시중을 들어야 한다. 화장실까지 부축하여 가고, 볼일을 보고 나면 다시 부축하여 침대에 눕히고…. 밤잠을 설치는 간병인 노릇도 아무나 할 수 있는 일이 아니었다. 깊은 잠에 곯아떨어졌다가도 때로는 남편과 간병인의 발소리며, 화장실 물 내리는 소리에 잠이 깨기도 한다. 그리고 남편과 여자가 속삭이듯 나누는 대화를 듣게 되는데, 마치 암호로 의사소통을 하는 듯 알아들을 수가 없었다.

소곤소곤 속삭이며 때로는 나직한 소리로 웃기도 하고 동감을 표시하기도 하고. 아아, 저 두 사람은 말이 잘 통하나보다. 처음엔 그저 단순하게 생각했다.

그날 밤에도 정숙은 잠결에 화장실 물 내리는 소리, 남편과 간병인이 주고받는 나직한 말소리를 들었다. 간병인 여자가 무슨 말을 했을까? 갑자기 남편이 푸웃, 하며 터져 나오려는 폭소를 거둬들이는 기척이 역력했다. 그리고 여자의 말 가운데 몇 개의 단어가 그녀의 안테나에 걸려들었다. 바다, 매생이, 의뭉스럽다.

남편은 유머가 없는 사람이다. 남을 웃기는 말을 할 줄도 모르고 누가 우스갯소리를 해도 별반 재미있어하지 않는다. 그런 남자가, 죽음밖에 기다리는 것이 없는 난치병 환자가 마치 암호처럼 짤막하게 내뱉어진 말들이 우스워서 숨넘어가는 소리로 웃고 있는 게 참으로 신기했다.

정숙은 자신도 모르게 상체를 일으키고 남편의 침상 쪽을 바라다봤다. 그는 침대 끝에 걸터앉아 간병인이 뉘어주기를 기다리고 있었다.

촉수 낮은 머리 등이 침대 발치를 가로질러 정숙이 누워있는 윗목까지 길게 빛 그림자를 뻗치고 있었다.

"여보, 뭐가 그렇게 재밌어? 나도 좀 압시다. 매생이국이 뭐야? 의뭉스러운 건 뭐구?"

정숙이 불쑥 물었다.

"매생이가 뭐냐 하면 우리 고향 바닷가에서 이맘때쯤이면 나는 해초야. 김발에 붙어있기도 하고 바다에 지천으로 널려있는 해초인데 파래하고 비슷해. 우리 고향사람들은 겨울철 내내 그 매생이를 건져다 국을 끓여먹는데, 매생이국 특징이 뜨겁게 펄펄 끓는 국을 대접에 떠놓아도 대접 위로 김이 전혀 올라오지 않는 거야. 우리 고향사람들은 다 알지만 타지방에서 온 사람은 그걸 모르고 무심코 매생이국을 떠먹다 입안을 데기 일쑤야. 그래서 매생이국을 의뭉스런 사람 같다고 하고, 의뭉스런 사람보고 매생이국이라고 놀려주기도 하지. 나도 어려서 질리도록 먹었어. 금방 딴 석화를 넣고 끓인 매생이국을 훌훌 불어가며 먹던 생각이 나는군. 아주 뜨겁고 시원해, 국 맛이. 이 사람 말이 우리 고향사람들은 다 의뭉스럽다는구먼, 매생이국만 먹어서. 우리 동네에서 있었던 일이야. 딸을 대전인가 어딘가, 하여간 대처로 시집을 보낸 장모가 있었는데 사위가 딸한테 손찌검을 한다는 소릴 듣고 한번 혼을 내주려고 벼르고 있었지. 그런데 사위가 처가에 온 거야. 장모는 미운 사위한테 매생이국을 끓여 내놓고 가만히 지켜봤고, 사위는 멋모르고 내생이국을 떠먹다 앗뜨거라 입안을 다 데었지. 그 일로 우리 고향에서는 미운 사위한테 매생이국 끓여주라는 유행어가 생겼어. 죽어라 패주고 싶은 사위가 펄펄 끓는 매생이국 먹다가 입안을 데어서 쩔쩔매는 꼴을 시치미 딱 떼고서 바라봤다는 그 아주머니만 생각하면 흐흐흐…."

남편은 우스워서 죽겠다는 듯이 큰소리로 웃어댔다. 간병인 여자도 웃었다.

"난 하나도 재미없는데. 두 분 많이 웃으세요."

정말 별로 재미있는 유머도 아닌데 별 걸 가지고 다 재미있어 하네, 하며 정숙은 도로 누워 잠을 청했다.

그녀가 심각해진 것은 다음날이었다. 남편과 10년을 살았는데 그녀는 남편의 고향이 남쪽 바닷가라는 사실만 알고 있을 뿐이었다. 고향에 대한 이야기를 한번도 하지 않았기에 그의 고향에 대해 아무것도 아는 것이 없었다.

그가 고향에 대해 그토록 살뜰한 감정을 갖고 있는 줄은 몰랐다. 원근법의 갈림처럼 그녀는 남편과 자신이 점점 사이가 벌어지고 있다는 느낌을 강하게 받았다. 흔히 남자는 절반만 결혼한다고 한다.

결혼해서도 절대로 그 나머지 절반은 아내에게 내주지 않고 끝내 고수한다는데, 가만히 생각해 보니 그녀는 남편의 그 절반도 자기에게 주어진 몫이 아니지 않을까, 하는 의문이 슬며시 고개를 쳐들었다.

정숙은 잠자리를 옮겼다. 밤마다 수면제를 먹고서야 잠이 드는 남편이 그녀의 코고는 소리에 잠을 잘 수 없다는 불평이 듣기 싫기도 했거니와, 그보다는 그들의 어떤 관계를 확인하고자 날카롭게 신경을 곤두세우고 두 사람의 행동을 지켜보게 될 자신이 무서웠기 때문이었다.

아래층 방 하나를 치우고 정숙은 그곳에서 잤다.

남편의 변화, 마비가 서서히 진행되어 똑바로 서지도, 컵을 손으로 들지도 못하면서도 마음만은 안정을 찾은 듯 명랑한 모습을 보이는 남편의 변화를 좋아해야 할지, 화를 내야 할지, 병세를 정확히 알려주고 경각심을 촉구해야 할지 곰곰 생각에 생각을 거듭해 봐도 결론이 나지 않았다. 그러나 지금은 남편의 편안함이 최우선이다. 그녀는 그렇게 마음의 번뇌를 잠재웠다.

가게에서 하루 매상을 계산하고 뒷정리를 마친 정숙은 피곤하여 잠자리에 들려다 무엇에 끌리듯 2층으로 올라갔다.

여자는 잠옷차림으로 침대 가에 앉아 그의 얼굴 쪽으로 고개를 숙이고 무슨 말인가 나직나직 속삭였고 남편은 계속 응응 그래, 하면서 아주 친숙한 사이처럼 반말로 대꾸하고 있었다.

일순 정숙은 심기가 불편해졌다. 그가 간병인을 들볶는 것도 싫지만 지나치게 친애의 모습을 보이는 것 역시 유쾌한 기분이 아니다.

"여보, 안 주무세요?"

정숙의 기척에 여자가 놀라서 벌떡 일어섰다. 당황한 듯 아내를 쳐다보던 그가 이내 표정을 고치며 돌아누웠다.

"저녁 약 다 드셨나요?"

"네, 사모님."

"오늘밤은 여기 내가 있을 테니 아주머니는 아래층에 내려가 푹 쉬세요."

"그럼, 그러세요."

여자가 조용히 발소리도 내지 않고 아래층으로 내려갔다.

"아니, 당신은 내일 장사해야 하잖아. 왜 안하던 짓을 하고 그래? 당신 기분대로 이랬다가 저랬다가 하면 저 사람이 힘들잖아!"

저 사람? 정숙은 그 말이 가슴에 콱 걸렸으나 따지지 않았다. 남편은 환자다. 언제 저런 말조차 못하고 온몸이 마비되어 꿈쩍을 못하는 경우가 닥칠지 모르는 사람이 아닌가. 지금 저렇게 말하고 화내는 것이 얼마나 다행인가. 이렇게라도 남편의 병세가 현재 상태로 지속될 수만 있다면 얼마나 좋을까? 환자와 간병인을 이상한 관계로 보는 사람이 오히려 이상하지, 하며 자신의 마음을 달래었다.

"여보, 오늘은 나 당신하고 같이 있고 싶어. 요즘은 왜 나 만지고 싶다는 말 안 해? 내가 매력 없어?"

정숙은 남편의 곁에 누우며 남편의 허리를 껴안았다.

처음 발병하여 병원에 입원해 있을 때 이따금 그가 성적 욕구 때문에 헐떡이며 그녀의 몸을 어루만졌었다. 마음만 급할 뿐 몸이 따라가 주지 않은 성욕으로 괴로워하며 어쩔 줄 몰라 괴로워하며 아내의 몸을 어루만지던 남자. 그런데 근래에는 한 번도 그런 일이 없었다.

"당신이 나 때문에 고생하는 거 잘 알아. 나을 희망도 없고 점점 나빠지기만 할 텐데…. 치료비는 어떻게 감당하지? 차라리 나 죽어 버릴까? 그게 당신을 위해서도 좋고 나도 편한 방법 아닐까?"

"여보, 왜 그런 말해요? 나 힘 떨어지게. 당신 없이 나 혼자 어떻게 살라고 그런 소릴 해요? 나 끝까지 포기 안 할 거야. 당신도 결심 단단히 하고 어떻게든 나아서 우리 잘 살아보자구요."

이번에는 오히려 정숙의 몸이 뜨거워졌다. 남편의 몸을 슬며시 애무하며 입을 맞추었다.

"나 좀 안아주세요. 오늘은 당신하고 자고 싶어."

"이러면 나도 피곤하고, 당신도 피곤해. 내일 장사 어떻게 하려고 그래? 내려가서 편히 자!"

정숙은 간절한데 남편의 몸은 차갑다. 그는 슬며시 정숙을 밀어 냈다.

여자는 정숙의 방에서 엎드려 있었다. 이불도 펴지 않고 맨바닥에 엎드려 있다. 울고 있었던 것일까? 인기척에 반사적으로 일어서서 얼른 얼굴을 매만지며 그녀를 빗겨나가는 여자의 눈가가 젖어있는 것을 그녀는 보았다.

정숙은 점점 더 2층의 남편과 간병인 여자가 마음에 걸렸다. 여자가 나직하게 부르던 '동천'이라는 이름. 여자가 실수로 다른 사람의 이름을 잘못 부르는 것으로 알았다. 전에 여자가 간병했던 환자 이름이 동천이어서 그 이름이 입에 붙어 엉겁결에 튀어나왔겠지, 지레짐작했다. 그런데 불현듯 남편의 어릴 적 이름이 동천이었다는 사실이 떠올랐다. 여자가 어떻게 남편의 어린 시절 집에서 불리던 이름을 알았을까? 현재 호적 이름은 동현(東炫)이다. 주위에서 모두 박동현이란 이름으로 부르는데, 여자는 동천 씨, 잠깐 이쪽으로 돌아누우세요. 동천 씨, 팔을 그렇게 굽히고 있으면 관절이 아파서 나중에 힘들어요. 동천 씨, 동천 씨….

여자는 아주 친숙하게 남편의 어릴 적 이름을 부르고 있었다. 오래 전부터 알았던 사람을 대하듯 남편을 대하고 있었다. 곰곰 생각해 보니 여자는 병원에서 남편의 간병을 했던 직업적인 간병인의 태도와는 애당초 달랐다.

정숙의 뇌리에 그 여자가 여러 개의 의문 부호로 찍혀졌다. 참으로 알 수 없는 여자였다.

한창 손님이 붐비는 점심시간이나 저녁시간에 홀 서빙을 도와주고 카운터에서 식대를 계산해 받고 거스름돈을 내주고 오가는 손님에게 일일이 '어서 오세요' '안녕히 가세요, 식사는 맛있게 하셨어요?' 인사말까지 잊지 않고 챙겨야 하는 일로 정신없이 돌아치다가도 문득문득 지금 2층에선 두 사람이 무엇을 하고 있을까 궁금했다.

그럴 때마다 달려가 확인해 보고 싶은 충동이 불같이 일었다.

2층에서 남편이 간지럼을 타는 듯 킥킥거리는 소리가 들려오고 이따금 여자의 웃음소리도 들려왔다. 마침내 두 사람의 웃음소리가 그녀의 발길을 잡아끌었다.

정숙은 발소리를 죽여 계단을 오르기 시작했다. 나무계단이 삐그덕 소리를 내자 그녀는 멈칫 걸음을 멈췄다. 못된 짓을 하다 들킨 사람처럼 가슴이 철렁하였다. 잠시 숨을 고르고는 다시 계단을 올라갔다.

방안의 환기를 위해 열어놓았는지 빠끔하게 벌어진 문틈으로 침대에서 내려와 거실 소파에 앉아있는 남편의 모습이 보였다. 금방 세수하고 머리를 감았는지 머리에 수건을 두르고 있었다.

여자는 거실바닥에 꿇어앉아 그의 발을 씻기고 있다.

"발이 우리 인체의 축소판이래요. 감각이 있어요? 여기? 발가락 좀 움직여 보세요."

커다란 플라스틱 세숫대야에 두 개에 한쪽은 따끈한 물을, 한쪽엔 찬물을 담아 번갈아가며 담그게 하고 있던 그의 발을 들어올려 여자는 마른 타월로 닦고 발마사지를 시작하였다. 마사지 로션을 발라가며 발바닥, 발등, 발가락 사이사이를 문지르고 눌러가며 발마사지 하는 여자의 모습을 정숙은 숨죽이며 지켜봤다. 여자는 그의 파자마를 허벅지까지 걷어 올려놓고 능숙한 손놀림으로 발바닥의 혈을 눌러 지압하고, 발등을 쓸어내리고 비비고 두드렸다. 발목에서 무릎과 허벅지까지 로션을 발라 밑에서 위로 쓸어 올려가며 주무르더니, 두 발을 모아 자신의 젖가슴에다 대고서 어루만진다. 그는 눈을 지그시 감은 채 여자가 하는 대로 다리를 맡기고서 잠자코 있었다.

"저 여자 지금 뭐하는 짓이야?"

그녀는 눈을 의심했다. 피가 거꾸로 솟구치고 걷잡을 수 없이 가슴이 후드득 후드득 뛰었다.

당장 달려가 여자의 머리채를 휘어잡고 입에서 나오는 대로 욕설을 퍼부으며 두들겨 패고 싶은 욕구를 그녀는 결사적인 인내심을 발휘하여 눌러 참았다. 그리고 여자의 행동을 어떻게 해석해야 할지 생각해 보았다.

"시원하죠?"

"아주 시원해요. 발을 만져주면 심기가 아주 편안해서…."

"자, 무릎관절운동 합시다. 침대에 누우세요."

여자는 자신의 가슴에 품고 있던 그의 두 발을 가만히 내려놓고 일어선다. 그러고 이번에는 그의 상체를 껴안고 한쪽 손은 뒤로 돌려 파자마 뒤춤을 움켜잡고 한순간 그의 몸을 침대로 이동시켜 놓고는, 머리 뒤로 한 손을 받치고 다른 한 손으로는 그의 다리를 가볍게 들어올려 아주 편안히 침대에 눕힌다.

"힘들지요? 힘들어도 참고 자꾸 움직여야 해요."

"나도 힘들지만 더 힘든 사람이 있는데….."

"머리가 젖었어요. 머리부터 말려야 하는데 깜박했네요."

여자가 헤어드라이어를 가져다 이리저리 그의 젖은 머리를 말려주었다.

"잠이 올 것 같아. 운동은 이따 하고 지금은 자고 싶어. 나 잠든 사이 자기도 눈 좀 붙여요."

"내 걱정은 마시고 한숨 주무세요."

정숙은 살그머니 돌아섰다.

그날 밤 정숙은 밤새 뒤척였다.

여자가 남편을 끌어안고 있었다. 입술을 비비며 서로를 탐하느라 정신이 없었다. 질투와 배신감과 분노로 참을 수 없었던 정숙은 여자의 짐을 내다 팽개치며 여자에게 나가라고 소리쳤다. 여자가 눈을 동그랗게 뜨고 그녀를 노려보았다.

여자가 짐을 들고 나간다.

황무지처럼 황량한 벌판에 부옇게 흙먼지가 날린다. 정숙은 어딘가를 찾아가고 있었다. 집 한 채가 덩그렇게 벌판 한가운데 서있다.

이상하게 집안 공기가 답답하다.

계단 난간을 잡고 천천히 2층으로 올라간 정숙은 우뚝 멈춰 섰다. 뭔가 서늘한 느낌이 엄습했다.

"아줌마!"

여자는 대답이 없다.

정숙은 방문을 열었다.

남편의 침대위에 여자가 남편과 나란히 누워있었다.

뜻밖의 장면에 눈이 돌아간 정숙이 달려가 여자를 잡았다.

여자의 몸이 차다.

정숙은 얼른 남편의 얼굴을 만져 보았다.

남편의 얼굴도 차갑다. 두 사람은 동반자살을 한 것이다.

정숙은 충격과 놀라움으로 온몸이 떨려왔다. 이럴 수는 없어! 이럴 수는 없어!

"누구 마음대로, 누구 마음대로 죽어? 절대로 너희 둘이 같이 가게 놓아두지 않을 테야!"

이불을 젖히자 반듯하게 누운 그와 여자가 손을 꼭 잡고 있었다.

정숙은 여자를 남편에게서 떼어내 방바닥으로 끌어내렸다. 여자의 머리가 침대에서 바닥으로 펑, 소리를 내며 떨어졌다. 머리가 깨지고 안에서 하얀 골이 쏟아져 사방으로 퍼졌다. 정숙은 놀라서 비명을 질렀다.

자신의 비명소리에 놀라 그녀는 잠이 깼다.

꿈이었다. 그리고 그 꿈의 잔영 위에 겹치듯, 하나의 장면이 번개처럼 스쳐갔다. 간병인 여자를 처음 데려와 소개했을 때, 침대에서 몸을 일으키던 남편이 갑자기 쓰러지던 모습. 놀라서 황급히 남편을 붙잡았을 때 그 여자의 얼굴에 얽혀 있던 착잡한 표정….

그녀는 벌떡 일어나 앉았다.

그것은 너무나 끔찍한 꿈의 뒤끝이었다. 아무래도 여자를 내보내야 할 것 같았다. 2층의 두 사람을 탐색하려고 예민해지는 신경이 더는 견디기 어려웠다. 이 압박에서 벗어나지 않으면 자신이 먼저 죽을 것만 같았다.

날이 밝았다.

정숙은 여자에게 지불할 간병사례금을 넉넉히 봉투에 넣어들고 2층으로 올라갔다.

"아줌마!"

나직하게 여자를 불렀으나 대답이 없다.

다시 아줌마, 하며 아침 그 시간이면 으레 있어야 할 자리인 주방쪽을 바라다보았으나 여자는 그 곳에 없다.

남편의 방문을 열고 안으로 들어서다 그녀는 우뚝 멈춰 섰다.

울음소리, 남편이 흑흑 소리를 내며 울고 있었다.

"여보, 소연이가 갔어! 나 버려두고 가버렸어!"

그가 여자의 편지를 내밀었다.

— 미안합니다. 제 소임을 제대로 이행하지 못하고 떠나게 된 것을 사과드립니다. 부인께서 이미 짐작하고 계셨을 줄 압니다. 동천 씨와 저는 처녀 총각 시절 애인이었습니다. 이렇게 기이한 인연으로 다시 만나게 될 줄은 꿈에도 몰랐어요.

이미 사형 선고를 받아놓고 있는 사람을, 한때 사랑했던 사람이 죽어가는 모습을 더는 지켜볼 자신이 없어 떠납니다. 그동안 저에겐 행복이, 부인에겐 큰 고통이었다는 것도 잘 알고 있습니다. 용서해 주십시오….

정숙은 편지를 구겨 던졌다.

아하! 그랬구나! 그랬었구나! 너희 연놈들이 나를 우롱했구나! 나 같이 우둔한 여자가 눈치를 챌 정도로 너희는 옛사랑의 추억에 잠겨서 희희덕거리는 동안 나는, 나는 괴로움을 당하고….

배신감과 분노로 치를 떨면서도 한편으로는 느긋한 안도감이 슬며시 기어든다.

이제는 더 이상 계단을 올려다보며 저곳은 천국이구나, 온갖 상상을 다하면서 고통스러워하지 않아도 된다. 여자가 알아서 없어져 주었으니까.

그런데 마음이 왜 이럴까? 게임에 지고 수모까지 당한 것 같은 이 열패감을 어떻게 하지?

"여보. 나 어떡하지? 소연이 없인 도저히 살 수가 없는데…."

남편의 절망적인 울부짖음에 정숙의 복잡한 감정의 벽이 와르르 무너져 내렸다.

정숙의 눈에서 이유 모를 눈물이 쏟아졌다.

"당신 실망하지 말아요. 내가 이 세상 끝까지라도 가서 그 여자 다시 데려올 테니까…. 당신에게 정말 필요한 사람은 내가 아니라 그 여자니까."

남편을 죽도록 두들겨 패주고 싶은 열망과 달리 입에서는 딴소리가 튀어나왔다.

카프카의 여인

강릉 출생. 강원대 경제학과 졸업.
1988년 단편소설 〈낮달〉 문학사상 신인상 수상.
소설집 〈그 여름의 꽃게〉〈얼굴〉〈말을 찾아서〉 등.
장편소설 〈우리들의 석기시대〉〈압구정동엔 비상구가 없다〉
　　　　〈에덴에 그를 보낸다〉〈미혼에게 받친다〉〈아들과 함께 걷는 길〉
　　　　〈독약 같은 사랑〉〈19세〉〈순수〉 등.
동인문학상, 현대문학상 수상.

1

지난겨울, 그는 막 출근한 사무실에서 이런 메일 한 통을 받았다. 그것은 그 즈음 신문에 그의 칼럼이 실리는 날 아침마다 받게 되는 대여섯 통쯤 되는 메일 중의 하나였다. '카프카의 여인'이라는 제목만 아니었다면 그는 목록 중간쯤에 있는 그 메일을 열지 않았을 것이다.

어느 날 아침 그레고리 잠자가 불안한 꿈에서 깨어났을 때, 그는 자신이 침대 속에 한 마리의 커다란 벌레로 변해 있는 것을 발견했다. 그는 갑옷처럼 딱딱한 등을 대고 누워 있었는데, 머리를 약간 쳐들면 반원으로 된 갈색의 배가 활 모양의 단단한 마디들로 나누어져 있는 것이 보였다.

정말 어느 날 밤, 왜 갑자기 카프카의 글을 신문에 나오는 이름과 사진으로 말고는 단 한번도 얼굴을 본 적이 없는 분에게 보내고 싶어졌을까요. 어쩌면 여기까지도 읽지 않고 바로 삭제해버릴지도 모를 메일을 말이에요. 저는 카프카의 사진을 볼 때마다 이런 생각을 한답니다. 카프카는 왜 카프카처럼 생겼을까. 그건 카프카의 글을 읽을 때도 마찬가지랍니다. 카프카는 정말 카프카처럼 생겼을 뿐만 아니라 글도 참 카프카 같지요. 그러니 그의 불안도 카프카 같았겠지요.

그리고 벌레는 카프카의 소설 속에서 말고는 어디에 있으나 꼭 벌레 같죠. 가만히 들여다보면 '벌레'라는 글자도 그렇고, 또 그것을 입 속으로 가만히 중얼거려보면 그 중얼거림도 꼭 입 속에 숨어 있다가 입 밖으로 나오려고 등껍질로 입천장을 밀어 올리는 벌레의 움직임 같지요. 벌레의 생각도 우리가 그것을 들여다볼 수 있다면 꼭 벌레 같을 것 같고, 벌레가 글을 쓴다면 그 글도 꼭 벌레 같겠지요. 때로는 사람도 벌레 같을 때가 있고, 벌레의 생각처럼 보일 때가 있는데 정말 벌레라면 그렇지 않을까요.

삭제하지 않고 여기까지 읽으셨다면 미안해요. 그런다고 설마 내일 아침 님에게 그레고리 같은 일이야 일어나겠어요. 문제는 언제나 그 반대편에 있는 우리 같은 사람들이겠지요. 늦은 밤 인터넷을 통해 내일 아침 신문에 나올 님의 글을 읽었습니다. 같은 일을 놓고도 세상 주류들의 생각은 이렇구나. 무엇이 옳고 그름을 떠나 그들은 우리에게 너희들도 이렇게 생각해야지 주류로 들어올 수 있는 거라고 말하고 있구나. 그 앞에 우리들의 생각이나 존재는 참으로 작은 벌레 같구나. 저절로 그런 생각을 하게 됩니다.

그러다 잠자리에 들면 내일 아침, 님들이 펼치는 그런 완강한 주장들에 눌려 '불안한 꿈'에서 깨어났을 때, 내 자신이 침대 속에 한 마리의 커다란 벌레로 변해 있는 것을 발견하게 되는 것은 아닐까 불안해지기도 한답니다. 저도 제 머리에 비칠 따뜻한 햇살을 꿈꾸는데, 그렇게 꿈꾸는 햇살에 대한 생각조차 이 세상 한켠에 밀려나 있는, 그리고 당연히 밀려나 있어야 하고 또 밀려나 있지 않으면 안 될 벌레들의 생각인 것 같아 그게 불안한 것인지도 모르겠어요.

이즈음 님들의 글을 읽으며 제가 느끼는 불안이 그렇답니다. 님들의 주장이 세상 사람들의 생각을 이쪽에서 그쪽으로 바꾸어 놓을까 봐 불안한 것이 아니라 그런 님들의 완강함이 때로는 우리의 생각과 판단이 상식에 기초할 때조차도 세상 구석으로 밀려나있지 않으면 안 될 벌레들의 생각처럼 한없이 작게 보이게 한다는 것이지요.

끝까지 읽으셨다면 정말 미안해요. 이 모든 게 저 혼자만의 불안 탓이었으면 좋겠습니다.

－카프카의 여인 도라 디아만트, 혹은 그레테

그는 바로 메일을 삭제하려다가 손을 멈추고 처음부터 다시 천천히 그것을 읽었다. 제일 끝에 쓴 '그레테'는 누군지 알 것 같은데, '카프카의 여인 도라 디아만트'는 처음 들어보는 이름이었다. 그는 언제 어느 책에서 본 것인지 확실하지 않은, 그럼에도 자신의 머릿속에 어떤 잔영처럼 남아있는 카프카의 흑백사진을 떠올려보았다. 여자의 말처럼 머릿속에 떠올리는 사진의 희미한 기억만으로도 카프카는 정말 카프카처럼 생겼다. 그러니 그가 쓴 글도 꼭 카프카 같았을 것이다.

직접 대고 악담 한마디 하지 않았지만, 악담보다 더 기분 나쁘라고 쓴 글이었다. 벌레는 카프카의 소설 속에서 말고는 어디 있으나 꼭 벌레 같죠, 하고 이어진 글도 겸손한 듯 말해도 오늘 신문에 실린 당신의 글이 바로 그렇지 않느냐는 얘기였다. 그런데도 이상하게 그는 자신이 모욕 받고 있다는 느낌이 들지 않았다. 이것도 벌레 같은 생각인가. 아니, 내가 지금 내 일에 회의하며 이 여자의 생각에 동조하고 있는 것인가. 아주 짧은 시간 그의 머릿속이 마치 벌레의 머릿속처럼 복잡해졌다. 그는 마우스를 움직여 이미 '삭제'에 가 있는 커서를 '저장' 쪽으로 옮기고 가볍게 집게손가락을 눌렀다. 그러자 그것도 힘없이 흔들거리는 벌레의 다리 동작 같은 느낌이 들어 그는 마우스를 잡았던 손을 떼어 눈앞에 가져와 앞뒤로 움직이며 다시 잠시 동안 그것을 바라보았다.

그러면서 혼잣소리로 가만히 입 속으로 벌레, 라고 중얼거려 보았다. 말을 하기 전 저절로 입술부터 다물어졌다가 벌어졌다. 다시 한 번 벌, 레, 하고 천천히 중얼거리자 '벌' 할 때 밀어 올리듯 입천장에 닿았던 혀가 '레' 할 때 아래로 내려오는 움직임 역시 여자가 말한 대로였다. 음절과 음절 사이를 끊어 천천히 말할 때, '벌' 할 때만 해도 입술은 조금 벌어졌으나 아직 입천장과 혀 사이에 갇혀있던 관념 속의 벌레 한 마리가 '레' 라고 말할 때 그 틈을 타 스르르 입 밖으로 기어 나오는 것 같았다. 메일을 쓸 때 여자는 그것까지도 계산했는지 모른다. 그렇지만 입안에 어떤 이물감 같은 것은 느껴지지 않았다.

"혼자 뭘 중얼거려?"

같은 방을 쓰는 선배 논설위원이 뒤늦게 사무실로 들어서며 책상 앞으로 다가왔을 때야 그는 아직도 자신이 얼굴 앞에 손을 쳐들고 이리저리 바라보고 있는 것을 알았다. 아뇨, 아무 것도…. 그는 황급히 손을 내려 나머지 읽지 않은 메일들을 서둘러 삭제했다. 그 메일들이야말로 오늘 아침 신문에 난 자신의 칼럼을 읽고 보내온 욕설이 절반인, 벌레 같은 인간들의 벌레 같은 글들일 것이다. 그래, 이런 메일을 받는다고 써야 할 글이 달라지는 것도 아니고, 세상이 달라지는 것도 아닐 것이다. 창으로 다가가 블라인드를 걷어 올리자 차르륵, 하는 소리와 함께 밝기는 하지만 온기 하나 없는 겨울 볕이 사무실 안으로 깊숙이 들어왔다.

"여론조사 새로 나온 거 없지?"

선배 논설위원이 자기 자리로 가 앉으며 물었다.

"예, 아직은….."

"이러다 뒤집지 못하는 거 아니야? 어제 나온 것도 평균 7~8퍼센트 차이라면서. 당에서 내놓은 것도 5 퍼센트 차이고."

세상 사람들의 관심이 온통 거기에만 가 있었다. 선배 논설위원도 그것이 불안하고 초조하다는 얼굴이었다.

"하나 큰 걸 물어야 한다니까. 결정적인 걸."

그리고 남은 기간 동안 집중 포화를 때리면 그걸로 게임이 뒤집어질 거라는 얘기였다. 그러나 그는 그거야말로 과거 이쪽에서 가졌던 영향력에 대해 아직도 미련을 버리지 못하고 있는 턱없는 희망 같은 것이 아닐까 생각했다. 실제로 그렇게 하지 않은 것도 아니었다. 그동안 이것이다, 싶은 몇 가지의 이슈와 문제점에 대해 가장 많은 독자를 가지고 있는 신문 세 개가 전선을 연합하듯 수차 과녁 이동을 해가며 내심 이쪽에서 지원하는 후보보다 상대적으로 진보적이며 껄끄러운 입장의 후보를 무차별하게 공격해댔지만 여론의 지지율은 변동이 없었다. 그 정도의 공격이라면 예전 같으면 뒤집어져도 벌써 뒤집어졌어야 할 일이었다. 이틀 동안 신문 전체를 덮을 만큼 문제 제기를 했던 이슈가 삼 일째엔 언제 그런 문제를 제기했느냐 싶게 전혀 다른 이슈로 수시로 과녁 이동을 했던 것도 그런 공격이 전혀 먹혀들지 않는 데에서 오는 초조감 때문이었을 것이다. 어떤 공격들은 오히려 이쪽에서 도움을 주고자 하는 후보의 지지율 격차만 더 벌어지게 했다. 표나지 않게 은근히 이루어져야 할 지원이 너무 노골적으로 이루어져 거기에 대한 반감도 적지 않은 듯했다. 예나 지금이나 사람들은 여전히 신문을 보고 있었지만 신문에 난 것을 이미 그대로 믿지 않았다. 처음엔 다소 흔들리는 듯했으나 그들은 이내 기사 하나 하나를 그 의도까지 짚어가며 스스로 분석하고 해석한 다음 그것을 다시 거미줄처럼 퍼져있는 인터넷 망을 통해 확대 유통하며 새로운 여론을 생산해냈다. 잠시 전에 읽은 카프카 여인의 메일만 해도 그랬다. 여자도 신문이 세상 사람들의 생각을 바꾸어 놓을까봐 불안한 것이 아니라 어느 한쪽을 일방적으로 편들며 생산해내는 이쪽의 기사와 논조들이 자신들의 생각을 세상 구석으로 밀어내는 듯한 어떤 분위기의 완강함이 불안하다고 했다.

아침 신문에 실린 그의 칼럼도 선거에 대한 것이었다. 그는 어제 자신의 칼럼에 포퓰리즘에 대해 많은 부분 지면을 할애했다. 내용의 새로움을 위해 이제는 사람들이 같은 얘기를 너무 많이 들어 오히려 지겨워지기까지 한 남미의 몇몇 실패한 지도자 얘기가 아니라, 군중 선동으로 권력을 잡았으나 후일 또 다른 군중 선동으로 자신도 비극적인 최후를 맞이하고 국가도 혼란에 빠뜨린, 희랍 역사에서도 그렇게 이름이 많이 알려지지 않은 어느 대중 정치가의 이야기를 했다. 그리고 끝에 가서 아마추어리즘은 일견 신선한 느낌을 주긴 하지만, 그러나 신선하다는 것이야말로 모험적이라는 뜻이고, 아직 제대로 검증이 되지 않았다는 뜻이 아니겠느냐, 개인의 성취야 얼마든지 모험에 맡길 수 있겠지만 국가 운영을 어떻게 단지 신선하다는 이유만으로 모험에 맡길 수 있겠느냐고 썼다.

그 칼럼의 데스크를 같은 방의 선배 논설위원이 봐줬다. 처음 그가 쓴 칼럼의 마지막 문장은 '어느 쪽으로의 선택이 우리의 미래를 위한 선택일까를 깊이 생각할 때이다' 였다. 선배는 전체적으로 좋구만, 하고 나서 그 문장을 '어느 쪽으로의 선택이 일시적인 기분과 일시적인 분위기에 따른 선택이 아니라 우리 모두의 안전한 미래를 위한 선택일까를 깊이 생각할 때이다' 로 고치는 게 좋겠다고 말했다. 같은 뜻의 말도 그렇게 아 다르고 어 다르기도 한 것이었다. 그리고 그것은 '일시적인 기분과 일시적인 분위기에 따른 선택' 과 '우리 모두의 안전한 미래' 만큼의 차이이며, 카프카 여인이 느끼는 이쪽의 어떤 완강한 분위기만큼의 차이이기도 한 것이었다.

"자, 시간 됐는데 회의 들어가자구."

선배 논설위원이 먼저 자리에서 일어섰다. 그도 노트북 뚜껑을 닫고 선배 논설위원을 따라 자리에서 일어났다.

2

회의 중에 누군가 '툭 까놓고 말해서' 이제 겨우 열흘쯤 남았는데 지금 같은 방식으로는 저쪽의 표를 이쪽으로 당겨오는 데도 한계가 있고, 그렇다고 부동표를 끌어들이는 데도 그다지 효과가 있어 보이는 것 같지 않다고 말했다. 그러자 그 말에 다들 짐짓 들어서는 안 될 소리를 들은 것처럼 굳은 얼굴들을 했다. 이번 선거에 대해 모두 한 마음 한 뜻을 가지고 있다 하더라도 아무도 그렇게 말하지 않는 것을 직접 말하고 나서는 것은 용기가 아니라 실수였다. 그것은 암

암리에 형성되어 있는 이심전심의 분위기로 이끌어 나가야 할 일이지 회의석상에서 논설위원이 직접 입에 담아 말할 내용이 아니었다. 선거와 관련하여 그 어느 때보다 전사적으로 강조하고 있는 '공정 보도'에 대해 일각의 편향된 무리들이 편향된 시각으로 사사건건 트집을 잡을 때일수록 내부적으로는 더더욱 그 부분을 직접 건드려선 안 되는 것이었다. 이미 모두 한 마음으로 고민하고 있는 문제에 대해 가장 성질 급한 사람이 바보 역을 자임하고 나서면 이어 두 번째로 성질 급한 사람이 그 다음 말을 받게 마련이었다.

"당겨오는 표가 있느냐 없느냐 그것만 계산할 정도라면 괜찮은 상황이지. 지금 이렇게라도 하지 않으면 이쪽에서 저쪽으로 넘어가는 표를 막을 방법이 없을 것 같으니 그게 더 문제인 거지."

같은 방을 쓰는 선배 논설위원이었다. 그 말이 옳을지도 모르겠다는 뜻으로 두세 사람이 가볍게 고개를 끄덕였다. 그도 선배의 말이 옳을지 모르겠다고 생각했다. 이쪽과 저쪽. 전선은 처음부터 명확하게 그어져 있었다. 그러고 보면 자신을 포함해 이 자리에 앉아있는 사람 모두 어느 신문사의 논설위원들이라기보다는 어느 정당의 무너져 내리기 일보 직전의 댐을 막고 있는 피터 소년들인지 몰랐다. 피터 소년들은 이미 지난봄부터 댐에 문제가 생길 때마다 한손으로는 그 댐의 물샐 틈을 막는 한편 다른 한손으로는 경쟁 후보의 멱살을 잡아 흔들 듯 필봉을 휘둘러 왔다. 서로 감정이 상했던 것은 이미 오래 전부터의 일이었다.

지난해 회사 입장에서 보자면 정치적 음모로밖엔 달리 해석이 안 되는 언론사 세무조사가 있었고, 세금 포탈의 죄목으로 사주까지 구속된 그 싸움의 선봉에 경쟁 후보가 있었다. 모두 이쪽의 영향력이 두려워 침묵할 때 그는 개혁을 내세우며 언론과의 싸움을 공개적으로 지지하고 나섰다. 그때만 해도 그는 저쪽 내부에서 그렇게 주목받는 후보자 중의 한 사람이 아니었다. 그는 봄부터 바람을 일으키며 자신의 유력한 경쟁자들을 꺾고 일시에, 거의 쓰러져가기 일보 직전에 놓인 소수 정권의 새롭고도 강력한 후보로 떠올랐다. 그 과정에서도 여러 차례 이쪽과의 충돌이 있었다. 그리고 피터 소년들 역시 비록 사주가 구속되는 수모를 겪긴 했지만 오래 전부터 자신들이 원하기만 하면 무엇이든 바꿀 수 있고 해낼 수 있는 힘이 있다고 믿고 있었다. 불과 이 주일 전까지만 해도 그랬다.

"험, 험…. 쓸데없는 얘기들 그만하고 회의나 계속 진행하지."

실장이 얼른 두 사람의 말을 수습했다. 이것도 벌레들의 회의인가. 누군가 회의실 안을 들여다본다면 그렇게 말할지도 모르겠다고 그는 생각했다. 아침에 양치를 하러 들어간 욕실에서 무심결에 어떤 노래를 흥얼거리게 되면 하루 종일 시도 때도 없이 그 노래를 흥얼거리게 되듯 회의 중에도 그는 내내 카프카 여인의 메일과 벌레에 대한 생각을 했다. 여자가 메일로 그런 주문을 걸기라도 한 것처럼 그는 왠지 자신이 한 마리의 커다란 벌레가 되어 그 자리에 앉아 있는 듯한 기분마저 들었다. 아마 회의 분위기 때문에 더욱 그랬을지도 모른다. 모두들 이번 선거에 대해, 또 내부와 외부 칼럼의 방향 설정에 대해 직접 대놓고 하고 싶은 말은 따로 있는데 불편부당 차원에서 한 바퀴씩 에둘러, 그러나 결론은 언제나 우리 모두가 짐작하고 있는 바대로 '그것'이 아니겠느냐는 식으로 완곡하게 말을 이어 나갔다. 자신의 차례가 되었을 때 그도 예외는 아니었다. 결국 사람이 말을 하는 것이겠지만, 모인 자리가, 또 모인 사람 개개인의 자리가 말을 하는 것인지도 몰랐다. 자꾸 그런 쪽으로 생각이 빠져나가고 있었다.

피터 소년들의 회의는 점심때가 되어서야 끝났다. 회의를 끝내고 다들 식사를 하러 나갈 때 그는 혼자 방으로 돌아왔다. 아침에 무얼 제대로 먹고 나온 것도 아닌데 이상하게 식욕이 없었다. 빛은 어느새 창 쪽으로 두 걸음 정도 비스듬히 물러나 있었다. 그는 한참 동안 멍하니 책상 앞에 앉아 있다가 아침에 받은 카프카 여인의 메일을 다시 꺼내 읽었다. 그러자 이번엔 아까 처음 읽을 땐 다른 구절들 때문에 미처 눈에 들어오지 않았던 '이 모든 게 저 혼자만의 불안 탓이었으면 좋겠습니다.' 가 얼굴은 모르지만 이미 자신이 마음까지 읽어버린 어떤 여자의 불안처럼 새롭게 그의 눈길을 잡는 것이었다.

아마 당신 혼자만의 불안이 아닐 거요. 이쪽이든 저쪽이든 이 시대 그레고리 잠자들의 불안이지.

그는 여자의 메일에서 바로 '답장'을 눌러, 자신의 칼럼에 대한 항의 메일인 줄 잘 알지만 한 가지 궁금한 것이 있어 답신을 쓴다, 그레테가 그레고리 잠자의 동생인 것은 알겠는데, '카프카의 여인 도라 디아만트'는 누구이며, 당신은 언제 어떤 계기로 처음 카프카를 읽었느냐고 물었다. 자신은 그것이 궁금하며, 서로 세상에 대한 생각은 다르다 할지라도 어쩌면 우리는 카프카에 대해 저마다 특이하면서도 비슷한 경험을 가지고 있을지도 모르겠다고 말했다.

3

실제로 그는 카프카에 조금은 특별한 경험을 가지고 있었다. 그가 카프카를 처음 읽은 것은 그의 나이 열여섯 살 때의 일로 그때 그는 중학교 3학년이었다. 학기 초 국어선생이 추천한 책이었는데, 가을이 되어서야 읽을 수 있었던 것은 학교 도서관에 있는 책을 늘 다른 아이들이 먼저 빌려갔기 때문이었다. 제대로 순서를 기다렸다면 졸업할 때까지도 그 책은 그의 손에 들어오지 않았을지 모른다. 그때로선 그것이 그들의 수준에 맞는 책인가 아닌가 하는 것은 그다지 중요하지 않았다. 그 나이가 으레 그렇듯 그보다 중요한 것은 그 책을 누가 추천했느냐 하는 것이었다.

그러나 아무리 선생님이 추천한 책이라 하더라도 그것만 가지고는 삼십 년 전 어느 평범한 소도시의 한 중학교에서 불었던 그 책의 대여 열풍을 다 설명할 수 없을 것이다. 처음 그것을 추천한 것은 국어선생이었지만, 여름방학이 지나 2학기 절반이 다 되도록 그 책의 대출 희망자들이 줄지 않았던 것은 각 교실마다 제법 공부를 한다는 아이들 간에 붙은 이상한 경쟁의식 때문이었다. 그런 때문에 그가 그것을 읽을 때쯤엔 그것을 읽은 아이나 읽지 않은 아이나 이미 그 작품의 표면적인 내용을 다 알고 있었다.

우선 국어선생이 책을 추천할 때 지나치리만큼 상세하게 내용을 설명해주었다. 그는 옆자리의 친구가 대출해온 책을 다시 빌려보았다. 책의 대출 기간은 3일에서 5일 사이였다. 그는 친구에게 책을 다 본 것이면 자기가 보고 반납을 하면 안 되겠느냐고 물었다. 친구는 그렇게 하라며 아직 대출 기간이 이틀이나 남아있는 책을 그에게 내주었다. 그때 친구에게 책을 빌리며 그는 꼭 이렇게까지 하면서 이걸 봐야 하나, 하는 생각을 잠시 했다. 먼저 책을 빌려간 아이들마다 그 책을 읽은 것에 대해 무슨 훈장처럼 떠들어서 그는 책을 읽지 않고도 독후감을 써낼 수 있을 정도였다. 책의 제목은 '변신'이었지만 차례엔 '선고' '화부' 등 몇 편의 작품이 같이 실려 있었다.

어쩌면 친구도 다른 친구들처럼 그 책을 단지 도서 대출카드에 자신의 이름을 올리기 위해 빌려온 것인지도 몰랐다. 처음엔 잘 몰랐는데, 나중에 친구 대신 책을 반납할 때 대출 카드에 적혀있는 명단을 보니 그랬다. 3학년 6개 학급에서 제법 공부를 한다는 아이들 치고 거기에 이름을 올리지 않은 아이들이 드물었다. 대출 순서도 성적순과 완전하게 일치하지는 않았지만 거의 비슷한 순서를 유지하고 있는 듯했다.

웃기는군.

그는 대출 카드에 적혀 있는 이름들이 마치 벌레들의 명단처럼 보였다. 친구 대신 책을 반납하며 그는 도서관 일까지 맡아보는 교무실 급사 몰래 그 책 대출 카드 여백에 '여기 벌레들 가운데 몇 명이나 제대로 이 책을 읽었을까' 라고 적어놓았다. 선생님이 얘기한 것은 '변신' 뿐이긴 했지만, 그 책을 읽고도 나머지 작품에 대해 말하던 친구는 거의 없었던 것이다.

그러나 그것 때문에 카프카를 처음 보았던 때를 정확하게 기억하는 것은 아니었다. 처음엔 그 책 대출카드에 경쟁하듯 이름을 올린 다른 친구들을 비아냥거리듯 적은 말 때문이었지만, 그로부터 일주일도 지나지 않아 스스로 벌레처럼 무참하게 깨지고 말았던 일이 있었다.

그 일은 서울에서 대학을 다니던 형이 학기 중에 짐을 꾸려 내려온 것으로부터 시작되었다. 그는 형과 아버지 사이에서 '대학 교문 앞에까지 밀고 온 탱크' '휴교령' '국회 해산' 같은 말들을 들었다. 무슨 일인지 그보다 다섯 살이 많은 형은 불만이 가득한 얼굴이었고, 아버지는 조심스럽게 그런 형을 달래고 있었다. 그러면서 자연스럽게 듣게 된 말이 '시월 유신' 이었다. 그때까지 그가 알고 있던 유신은 김유신밖에 없었다.

"그러니까 그게 일본의 메이지유신이라고, 그 말을 본떠서 붙인 말일 게다. 요즘 세상 돌아가는 게 나라 안팎으로 어지럽고 하니까."

"어지럽기는요. 한 번 바꿔 세 번 대통령하는 것도 부족해 이제 자기 죽을 때까지 만년 총통제로 가자는 거지요."

"그렇다 하더라도 너는 그런 일에 나서지 마라. 집안 생각하고, 네 일신의 앞날을 생각해서라도."

그때 아버지는 더 올라갈 자리도 없는 시골 부면장 직에 앉아있었다.

"그런데, 그게 일본에서 온 말이에요? 유신이라는 게."

"원전이야 중국 어느 경(經)에서 따온 말이겠지만, 많이 알려지긴 일본 천황 메이지가 에도 때부터 내려오던 도쿠가와 막부를 밀어버리고 자기 친정체제로 나라를 통일할 때 유신이라고 했거든. 한자로 쓰면 '벼리유' 라고도 하고 '오직유' 라고도 하는 이 글자에 '새신' 자를 써서 말이지."

"하여간 그런 데까지 일본군 장교 티를 낸다니까요."

"나가선 그런 말 함부로 하지 마라. 앞으로 세상도 많이 바뀔 거 같고."

그러면서 아버지는 형 앞에 명치유신(明治維新)라고 써보였다. 처음 듣는 말이어도 국어시간에 한자 공부를 하는 그로서는 그렇게 어려운 글자들이 아니었다. 평소 그런 얘기에 관심도 없는 작은아들이 그 글자를 자세히 들여다보자 기특했는지 아버지는 '벼리유'를 '실사' 변에 '새추'를 쓰는 글자라고 다시 한번 일러주었다. '새신' 자는 신문할 때 그 신자고. 아마 그래서 더 그 글자들을 한번 보는 것만으로도 확실하게 익혔는지 모른다. 무슨 내용인지는 모르지만 지금 대통령이 세 번 해먹는 것만으로는 부족해 형 말대로 죽을 때까지 해먹으려고 국회를 해산하고 대학을 문 닫고 한 것만은 틀림없는 일 같았다.

일은 다음날 공민시간에 터졌다. 아직 나이가 서른 살도 되지 않은(아마 스물여섯이나 일곱쯤 되었을 것이다) 공민선생이기도 한 담임선생이 칠판에 '시월유신'이라고 쓰고, 아직 투표권도 없는 학생들에게 왜 대통령이 그런 조치를 내린 것인지에 대해 설명했다. 담임선생은 당시 국제 정세와 국내 정치 상황에 대해 무엇인가를 한참 설명하다가 그러면 이것을 왜 시월유신이라고 하느냐, 그것은 국민에게 믿음을 주기 위해서라고 말했다. 그러면서 칠판에 먼저 쓴 '시월유신' 옆에 다시 '十月有信'이라고 적었다.

"그런데 이걸 왜 한자로 안 쓰고, 그냥 한글로만 시월유신이라고 쓰느냐? 그건 한자가 아닌 우리말로 이 시월유신의 자주성을 강조하기 위해서이다. 무슨 말인지 알겠나?"

먼저 아버지의 말을 듣지 않았다면 아무 일도 없었을 것이며, 그로서도 당연히 그렇게 생각했을 것이다. 또 담임선생이 시월유신의 뜻풀이를 박정희 대통령이 국민에게 주는 믿음, 국민에 대한 믿음, 하는 식으로 자꾸 믿음만 강조해 되풀이하지 않았다면 그도 굳이 손을 들고 나서지 않았을 것이다. 거기에 형에게 들은 것과는, 그래서 그도 이미 속내를 뻔히 짐작하고 있는 것과는 너무도 다른 얘기를, 위에서 시켜서 하는 것이면 위에서 시켜서 하는 것답지 않게 너무도 열을 올려서 말하는 젊은 선생에 대한 반감도 어느 정도 작용했을 것이다. 그는 왠지 그 모습이 바로 얼마 전에 읽은 카프카의 소설 속에 나오는 한 마리의 커다란 벌레의 모습처럼 보였다.

"저, 선생님."

"뭐야?"

"시월유신 한자가 그 유신이 아닌 것 같습니다. 믿음이 있다는 유신이요."

"아니긴 뭐가 아니야, 임마. 그럼 김유신의 그 유신이냐?"

"그것도 아닙니다. 일본의 명치유신이라고 거기에서 나온 건데…."

"뭐 일본? 웃기고 있네. 일본이 거기에서 왜 나오나? 일본이. 이제 우리 실정에 맞게 자주적으로 외교도 하고 정치도 하자는데."

"그래도 그건 아닌 거 같습니다."

"그래? 그럼 어디 네가 맞다고 생각하는 거 나와서 한번 써봐라. 그건 어떤 또 유신인지."

그는 쭈뼛쭈뼛 칠판 앞으로 나가 어제 배운 대로 '十月維新'이라고 적었다.

"이 유신은 무슨 뜻인데?"

"그건 잘 모르겠습니다."

"모르면 들어가 앉아있어, 임마. 말도 안 되는 글자 써놓고 우기지 말고."

바로 그때였다.

"임 선생."

복도에서 통째로 유리창이 깨어져 나간 창문을 통해 교장 선생님이 담임선생을 불렀다.

"아이 말이 맞아. '벼리유' 자에 '새신' 자를 쓰는 게. 명치유신에서 따온 말이라는 것도 맞고."

그가 손을 든 것이며, 며칠 전 깨어져 나간 유리창이며, 그 시간 교장선생님이 복도를 지나가다 빈 창문으로 교실을 들여다본 것이며, 또 나중에 교무실에서 조용히 지적해줄 수 있는 것을 학생들 앞에서 바로 지적한 것까지 모든 게 담임선생을 망신주기 위해 절묘하게 시간을 맞춰 일어난 일 같았다. 그러나 다른 것은 몰라도 교장선생의 한자 지적이나 고사성어 지적은 전에도 가끔씩 있던 일이었다. 때로는 국어시간 교실 옆을 지나다가 문을 두드리고 들어와 칠판에 잘못 쓰인 한자를 지적하기도 하고, 순서를 잘못 쓴 획순을 지적하기도 했다. '박 주사'라는 별명 그대로 어느 경우에도 악의는 없었다. 지적 받은 선생들도 다들 머리 한번 긁적인 다음 웃고 지나갔다. 그러나 이번엔 경우가 달랐다. 담임선생의 얼굴이 벌겋게 달아올랐다.

"야 이 새끼야, 너 나와."

그는 다시 앞으로 나갔고, 담임선생은 자신의 시계를 풀었다.

"너는 내가, 너는 맞게 쓰고 나는 틀리게 써서 이런다고 생각할지 모르지만 그래서 그러는 건 아니야, 이 새끼야. 너, 교장 선생님 지나가는 거 보고 손을 든거지?"

"아닙니다. 몰랐습니다."

"웃기지 마, 이 새끼야. 그럼 왜 처음부터 손을 안 들었어? 처음 내가 잘못 썼을 때부터."

"그건…"

그 다음 대답할 말이 없었다. 자꾸 틀리게 말하기에 손을 들었다고 할 수도 없는 일이었다.

"쥐새끼 같은 새끼!"

그리곤 바로 얼굴에 손이 올라왔다.

"너, 교장 선생님 지나가는 거 보고 손 든 거 맞지?"

"아닙니다."

"뭐가 아니야? 이 새끼가 이제 거짓말까지 해?"

다시 왼쪽 뺨을 향해 손이 올라왔다.

"교장 선생님 지나가는 거 보고 손 든 거 맞지?"

"아닙니다."

"그래? 그럼 다시 묻지. 맞아, 아니야?"

"아닙니다."

"이게 아직 맛을 덜 봤군. 맞아, 아니야?"

"아닙니다."

그때마다 한 차례씩 손이 올라왔다. 아마 수업이 끝날 때까지 20분은 더 그랬을 것이다. 처음엔 사실이 아니니까 아니라고 말했고, 어느 만큼 맞고 나자 그때부터는 얼굴이 부어올랐다는 것만 알지 맞고 있다는 감각조차 잃어버려 여기서 지면 안 된다는 오기로 버티기 시작했다. 더욱 운이 나빴던 것은 그것이 그날 수업의 마지막 시간이라는 점이었다. 수업 끝 종이 울린 다음에도 담임선생은 '맞아, 아니야?'로 교실 이쪽 끝에서 저쪽 끝으로 그의 몸을 밀고 나가

듯 연신 손을 올려붙였다. 한번 손이 나올 때마다 자리에 앉아있는 아이들도 함께 얼굴을 찡그리며 그의 입에서 '맞습니다' 가 나오길 기다리고 있는 것 같았다. 처음엔 자신을 때리는 선생이 벌레처럼 보였는데, 나중엔 선생에게 그렇게 무차별하게 당하는 자신이 둘도 아닌 벌레처럼 느껴지기 시작했다. 그러나 그는 끝내 '맞습니다' 소리를 하지 않았다. 몇 번인가 그렇게 대답하고 싶은 유혹을 느끼긴 했지만 그 대답을 해버리면 이제까지 맞은 건 아무 소용없이 그 대답을 하는 순간 정말 자신이 한 마리의 벌레로 교실 바닥에 나뒹굴 것만 같았다.

"내가 이까짓 선생질을 그만두더라도 이 새끼 거짓말하는 버릇 하나만은 확실하게 고쳐놓을 거니까. 맞아, 아니야?"

"아닙니다."

무방비 상태에서 몸을 내맡기면서도 그는 이 다음 자신은 어른이 되면 저런 벌레 같은 인간만은 되지 말자고 다짐하고 또 다짐했다.

"독종 같은 새끼. 끝내 바른 말하지 않지?"

"아닙니다."

얼굴이 찢어진 것처럼 그의 코와 입에서 피가 흘러나온 다음에야 담임선생은 손을 멈췄다. 그제야 그는 바닥에 쥐새끼를 닮은 벌레처럼 나동그라졌다.

그러나 거기에서 일이 끝난 것이 아니었다. 결국 벌레 같은 담임 선생에게 당한 것은 그가 아니라 아버지였던 것이다. 다음날 그는 시퍼렇게 멍이 든 채 얼굴이 부어올라 결석을 했고, 아버지가 학교로 찾아갔다. 아버지는 교장선생을 만나고, 또 담임선생한테 사과를 받은 다음 더 이상 일을 확대하지 않고 그 정도의 선에서 끝내기로 했다고 말했다. 그는 이틀 더 결석을 했다. 그가 다시 학교로 나가자 담임선생은 그날 종례시간 저런 웃음이 바로 경멸이지 싶은 얼굴로 그를 향해 피식피식 웃더니 그에게 직접도 아니고 반장을 통해 약값 만원을 건네주게 하고는 바로 퇴근을 해버렸다. 그로서는 받을 수 없는 돈이었지만, 반장이 교문까지 따라 나오며 그 돈을 억지로 그의 주머니에 넣어주어 집에 가져오지 않을 수 없었다. 그러나 그 말을 어른들에게 할 수가 없었다. 아버지가 낮에 면사무소에서 바로 시내 경찰서로 끌려간 다음 밤이 되도록 집에 돌아오지 않고 있었다. 그래서 담임선생이 준 돈 얘기를 누구에게도 하지 못했다. 다음날 저녁에야 누구에겐가 몹시 시달린 얼굴로 돌아온 아버지는 두 아들을 앞혀놓고 세상 일이 얼마나 무서우며 또 조심스럽게 살아야 하는가에 대해서 말했다. 형이 분개했지만, 아버지는 그러면 그럴수록 일이 더 커지며 그 화가 다시 아버지에게 직접 미치는 일이라며 형을 주저앉혔다. 그리고 조용히 그에게 물었다.

"그 벌거지 같은 놈 앞에서 명치유신 얘기까지 했더나?"

"예."

"됐다. 아무 것도 모르고 한 말이겠지만 그 말은 하지 않았으면 좋았을 걸."

아버지는 다음날 면사무소에서 아버지의 사물을 챙겨왔다. 아니, 아버지는 도장만 보내고 짐은 면사무소의 사환이 챙겨왔다고 했다. 억울하긴 하지만 일이 그 정도에서 끝날 수 있었던 것도 나중에 보니 뒷골이 서늘할 만큼 다행스러운 일이었다. 이제 겨우 중학교 3학년짜리 아들의 입에서 나온 '명치유신'이라는 말만으로도 아버지는 계엄령 하에 대통령의 시월유신 조치 비방자로 몰릴 뻔했던 것이었다.

"너희들은 양지에 살아라. 늘 조심하고 인생, 음지 안 밟고 사는 게 복이다."

돌아보면 그로서는 다시 떠올리고 싶지 않은 어둡고도 가슴 답답한, 어떤 벌레와의 악연이었다. 그런데 그 소리를 다시 얼굴도 모르는 어떤 여자로부터 들은 것이었다.

4

다음 날 여자한테서 다시 메일이 왔다.

뜻밖에 답신을 받게 되어 조금은 어리둥절합니다. 사실 어제 메일을 보낸 다음 그런 메일이 서로 세상에 대한 생각이 다른 분에게 무슨 소용이 있을까, 삭제하지 않고 읽는다 하더라도 괜히 쓸데없는 일을 한 것처럼 마음이 불편했습니다. 상대를 지목하곤 자신은 비겁하게 보이지 않는 곳에 숨어 욕을 한 것처럼요.

카프카에 대한 제 이야기는 다음에 다시 그런 기회가 주어지면 그때 용기를 내 해보도록 하겠습니다. 오늘은 '도라 디아만트'에 대해서만 이야기할게요.

연보를 보면 카프카는 유태 상인의 아들로 태어났으나 유태교도도 아니고, 그렇다고 기독교인도 아니었답니다. 독일어를 사용했지만 독일인도 아니고, 프라하에서 태어났으나 체코인도 아니구요. 말년엔 제대로 먹지도 못한 채 결핵을 앓아야 했고, 글을 쓸 때 불을 켤 램프조차 아쉬운 가난 속에 결핵 요양원에 실려가 어느 한 여인의 보살핌을 받은 것이 임종 직전 아주 잠깐 동안의 행복이었답니다. 출생도 그렇고 삶도 그렇고, 그녀에게 자신의 모든 원고를 '읽지 말고 남김없이 불태우라'고 말하고 생을 마감한 것도 참 카프카 같지요.

제가 어제 님에게 메일을 보내며 사칭한 '도라 디아만트'가 바로 그 여인이랍니다.

사실 저는 어린 시절, 카프카처럼 결핵을 앓다가 저 세상으로 떠난 제 오빠에게 그레테 같은 동생이었지요. 님은 우리가 서로 세상에 대한 생각은 다르다 할지라도 어쩌면 카프카에 대해 저마다 특이하면서도 비슷한 경험을 가지고 있을지도 모르겠다고 하셨는데, 그런 님의 경험은 어떤 것인지 모르지만, 저는 그 이야기를 하자면 어제 님에게 메일을 보낼 때보다 더 많은 용기가 필요할지 몰라요.

참, 내일 저녁, 그곳으로 나갈 것 같습니다. 제 손에 작은 촛불 하나 들고. 님의 메일까지 받았으니 그곳에서 전과는 조금 다른 기분으로 님이 일하는 신문사를 바라보게 되겠지요. 그곳을 밝히는 많은 촛불 가운데 제 촛불 하나가 있을 겁니다.

　－그레고리의 누이 그레테

그는 커서를 '답장'으로 옮겨 가볍게 집게손가락을 누른 다음 어제처럼 다시 짧게 답신을 썼다.

'도라 디아만트'의 이야기 감사합니다. 그리고 그 이야기를 다 하자면 더 많은 용기가 필요하다고 하신 '어린 그레테 시절'에 대하여 운을 떼어주신 것도 감사합니다. 언제 그 이야기를 서로 나누어 듣고 싶다는 생각을 하면서도, 나도 과연 '어린 그레고리의 시절'을

님에게 제대로 말할 수 있을까 생각하니 선뜻 용기가 나지 않는군요. 저도 지금의 삶과는 다른, 서로 짐작 못할 특별한 한 시절이 있었다는 뜻입니다.

그리고 오늘 저녁, 춥지 않게 옷 단단히 입고 나오시길 바랍니다. 밖에 나가보니 날씨가 여간 춥지 않습니다.

5

저녁이 되자 신문사 앞 광장은 온통 일회용 컵으로 양초를 감싼 촛불들의 바다를 이루고 있었다. 지난해 미군 탱크에 목숨을 잃은 두 여중생을 추모하는 시민 시위대의 모임이었다. 몇 만 명이 들고 있는 것인지도 모르게 촛불이 광장을 가득 메우고 있었다. 그 시간 그는 시위대의 촛불 물결이 바로 내려다보이는 사무실 안에 있었다. 시민 시위대들은 누군가의 선창에 따라 구호를 외치고 물결처럼 촛불을 흔들었다. 발생한 지 일 년이 되어가는 그 사건에 대해 사건 발생 초기부터 대부분의 신문들이 지면에 인색했던 것이 사실이지만 그 중에서도 이쪽 신문이 제일 인색했었다. 대통령 선거와 맞물려 이삼일이 멀다하고 시민들이 촛불을 들고 광장으로 나서자 뒤늦게야 거기에 대해 이런 식으로 문제 제기를 해서도 안 되며 문제 해결의 옳은 방법도 아니라는 식의 말만 해왔던 것이다.

"저런 벌레 같은 것들. 저것들이 다 저쪽 표라구. 추모 시위 좋아하네. 저게 다 불법 선거운동이지. 반미를 해서 즈들이 어쩌겠다는 거야? 빨갱이 같은 놈들."

거리가 가장 잘 내다보이는 그의 방으로 온 한 선배 논설위원이 창밖의 촛불을 바라보며 말했다.

"오늘은 엄청난데요. 숫자가."

"일주기라잖아, 며칠 후면. 벌레 같은 놈들."

"이쪽에서 보면 저쪽이 벌레 같고, 그러면 저쪽에서 볼 때 이쪽은 어떨까요?"

"어떻긴 뭘 어때? 불법 시위하고 불법 선거운동 하는 놈들인데."

그러다 밤이 깊어 해산 직전 신문사 건물을 향해 계란이 날아오기 시작했다. 선배 논설위원의 말대로 창밖 쪽의 벌레들이 이쪽을 향해 뿜어대는 뱃속의 진액이거나 똥처럼 창문까지 날아온 계란들이 유리창에 터져 달라붙고, 또 미끄러지듯 아래로 흘러내리기 시작했다. 몇 개인지 개수도 셀 수 없는 계란이 그렇게 신문사 건물을 향해 날아오고 있었다. 그들이 보면 이 건물이 바로 벌레들의 성채처럼 보일 것이다. 또 그래서 저렇게 이쪽을 향해 돌을 던지듯 계란을 던질 것이다.

그는 문득 저 많은 촛불 가운데 자신에게 메일을 보냈던 카프카의 여인이 들고 있는 촛불은 어느 것일까 생각했다. 왠지 아득한 느낌 속에서도 그는 그녀의 촛불이 그녀의 언 몸 전체를 다 녹일 만큼 밝고 따뜻했으면 좋겠다는 생각을 했다.

그 밤, 그렇게 유리창 안과 밖에서 한 벌레가 다른 한 벌레를 서로 바라보고 있었다.

운산신화

곡성 출생. 조선대 약학대 졸업.
1990년 단편소설 〈삼층 돌탑〉 경향신문 신춘문예당선.
장편소설 〈세날개새〉 〈지리산에는 무궁화가 없다〉 등.
단편소설 〈오 영감의 칼〉 〈득우씨의 두통〉 〈종소리〉 〈눈먼 개들의 행진〉
〈태양이 삼킨 강〉 〈제갈 선생의 옷〉 등 발표.

* 김준웅 선생은 현재 폐암 투병 중입니다.

1

면 소재지가 자리 잡고 있는 옥과 읍내에서 버스를 내렸던 강 씨는 아찔한 느낌을 받았다. 눈앞이 빙 돌았다. 우두커니 멈춰 서서 아찔한 느낌이 가라앉기를 기다렸던 그는 제 정신을 차렸을 때도 한참 발걸음을 옮기려고 하지 않았다. 자주 보아왔던 읍내의 모습이 너무 새롭게 보였기 때문이다. 달마다 이발하러 다녔던 금성이발소도, 그 옆의 무궁화상회도 아주 소중한 모습일 것 같은⋯. 그가 5일장이 설 때마다 들렀던 그 모습들, 그래서 그의 기억에 아로새겨졌던 읍내의 모습이 이제 볼 수 없을지 모를 일이었다.

어쩐지 그는 집으로 찾아들고 싶지 않았다. 오 리를 걸어서 찾아가야 하는 집, 아내가 애타게 그를 기다리고 있을 집, 그 집에 들어가면 영영 문밖도 출입할 수 없을 것만 같았다. 그래서 버스를 타고 오면서도 그는 줄곧 가수면 상태에 머물러있었다. 읍내에서 버스를 내릴 수 있었던 것만으로도 다행으로 여겨야 하는 몽롱한 상태, 그 정도에 이르지 않았다면 그는 이미 자살을 꿈꾸었을 것이다. 인생이 그렇게 쉽게 끝날 수도 있는 걸까.

집으로 찾아들고 있는 그의 모습은 도살장으로 가고 있는 소와 같을 것이다. 아니면 지금 그는 스스로 사형장으로 기어들고 있는 것이다. 아내한테 전화만 걸지 않았다고 해도 그의 마음이 그렇게 괴롭지 않을 텐데…. 아내가 울먹이며 전화를 받지 않았다고 해도…. 여전히 그가 발걸음을 옮기면 헛걸음이 옮겨지든지, 아니면 금방 쓰러질 것만 같았다.

얼마 전, 그는 텔레비전에서 사형장으로 끌려가는 죄수의 모습을 본 적이 있었다. 그 사형수는 땅에 발을 질질 끌리면서 형장으로 끌려가고 있었다. 간수가 꼭 붙잡고 있지 않다면 세 길의 담을 넘어서라도 도망치려고 할 것만 같은 모습, 아니면 그대로 놓아두어도 자연스럽게 죽을 것 같은 모습, 그런데 그가 마치 그 사형수와 같은 처지일 것만 같았다.

죽음, 너무 어처구니없게 여겨지는 그 낱말은 그와 관계없을 거라고, 그에게서는 죽음이 존재하지 않을 거라고, 그래서 죽음은 낯선 낱말일 뿐이라고 막연히 생각했던 것은 잘못이었다. 최소한 그가 누구보다 오래 살 수 있을 거라고 생각했던 것은 큰 오산이었다. 사람은 누구나 죽는 것을… 그리고 사람은 언제 죽을지 모르는 것을… 사람은 금방 죽을 수도 있는 것을… 왜 그는 죽음에 대해서 생각해 보려고 하지 않았던 걸까.

변명을 늘어놓자면 그가 불알만 차고 세상으로 뛰어들어서 너무 바쁘게 살았기 때문에 죽음은 항상 그의 영역 밖에서만 맴돌고 있었을 것이다. 물만 떠놓고 이웃집 아가씨와 결혼했던 그는 일할 수 있는 논밭도 전혀 없었을 뿐만 아니라 우선 끼니를 이을 곡식마저 없었다. 그는 날마다 일할 자리를 찾아야만 했다. 일하지 않으면 당장 굶어야 하는 절박한 상황…. 죽음은 풍족한 사람들만 생각할 수 있는 사치품이었다.

더욱이 자식이 태어나자 그는 오직 가족을 부양해야 하는 것만 생각해야 했다. 밤낮으로 열심히 일을 해도 여유를 찾을 수 없었던 그의 삶은 내내 고통 속에 묻혀있었다. 다행히 K시로 나간 아들, 문태가 취직을 하게 되자 비로소 한숨을 돌리게 되었는데, 이제 그가 사형선고를 받게 된 것이다. 이제 환갑을 맞이했던 그가 4개월만 더 살 수 있다는 것은 너무 억울한 일이었다.

밭일을 하고 돌아왔던 그가 가슴이 좀 결리니까 파스를 붙여달라고 말했을 때, 아내가 문태한테 전화만 걸지 않았다고 해도 그는 그렇게 고통을 겪지 않을 것이다.

"가슴이 결리면 큰 병원에 가 봐야 하는 거 아닝가요?"

아내는 뜻밖의 말을 그에게 했다.

"별놈의 소리를 다 허고 있네. 가슴이 결리는 것 때문에 무슨 놈의 병원을…. 어서 상자 속에 파스가 있을 테니까, 그것이나…!"

아내의 말이 재수에 옴 붙게 하는 것처럼 들려서 그는 퉁명스럽게 대꾸했다.

"아녀, 그렇지 않는가 보던디? 이장도 가슴이 결려서 큰 병원에 갔더니, 의사가 사진을 찍어 보고서, 뭐냐 뼈에 물이 찼다고 해서 병원에서 주는 약을 먹었더니 싹 나섰다고 허지 않았소?"

"일허다가 살짝 삐끗해서 그려. 잔소리 말고, 어서 파스나 부쳐 줘!"

"그러면 파스 부쳐 줄 탱게, 문태한테 알립시다."

"그러던지 말던지 허고, 어서 파스나 부쳐 주랑게."

"알겄소."

서둘러서 그의 가슴에 파스를 붙였던 아내가 곧 문태의 전화번호를 눌렀다. 큰일이라도 난 것처럼 호들갑을 떨면서 아내는 그의 가슴이 결린 사실을 문태에게 알렸다.

"네 아부지는 우리 집의 기둥이다. 아부지 때문에 네가 지금 돈을 벌고 있는 것이고, 아부지가 아퍼버리면 우리 집이 어떻게 되겠냐? 기둥이 무너지는 것과 같으니까 네가 어서 와서 아부지가 빨리 낫도록 혀라! 알겄냐?"

그가 자리에 눕기라도 하게 되면 불효자로 낙인찍히게 될 거라는 투로 아내는 문태를 협박했다. 아내의 대화를 엿듣고서 그가 '무슨 놈의 말을 그렇게 혀! 올 필요는 없다고 그려' 하고 말했지만, 헛일이었다.

전화를 끊고서 바로 차를 몰고 달려왔을 듯한 문태는 집에 들어서자마자 어서 차에 타라고 그를 재촉했다. 거절이라도 하게 되면 아버지에게 덤빌 것 같은 문태의 태도를 보고 그는 마지못해서 차에 올라야 했다.

"삐끗해서 가슴이 결린 것뿐이여. 그런데 네 어머니는 무슨 놈의 말을 그렇게 혀 갖고, 열심히 일허고 있을 사람을 오라고 혔는지 몰겄다."

한참 달리고서야 그가 말문을 열었다.

"안 그려요, 아버지. 요새는 별놈의 병도 많으니께, 빨리 진찰을 혀야, 빨리 낫을 수 있다는 구만요."

그의 기분은 싫지 않았다. 여태껏 고생해서 자식 뒷바라지했던 보답을 이제야 받게 된 거라고 생각되었다. 아버지에게 효도하려는 마음이 문태의 태도에 가득 담겨있는 것처럼 보였다.

"그것은 알것다만 네 어머니가 너무 호들갑을 떤 것 같아서."

"뭣을 요, 아버지가 고생허신 걸 생각허면 어머니가 호들갑을 떨 만도 해라우."

"너도 애비 노릇을 하고 있어서 알 것이다만, 부모는 누구나 자식한테는 그렇게 한 거여."

"지가 고생된다고 자식 낳아서 버려버린 부모도 있지 않은 그라우?"

"시상이 더럽게 변해버려서 그런 거여."

"아버지, 이제 편히 사셔요, 여태껏 너무 고생허셨으니께!"

"내가 헐 수 있는 것이 뭣이 있겠냐. 오직 일허는 것밖에 없으니께 죽을 때까지 일은 해야겄제."

"논이고 밭이고 다 뭇깔림 주어버리시오, 아버지 어머니 용돈은 지가 보내줄 테니께요!"

차마 누구한테도 말할 수 없었지만, 그렇지 않아도 이제 좀 쉬려고 했던 참이었다. 그래서 그는 어떤 대꾸도 하지 않았다. 아무튼 그렇게 훈훈한 대화를 나누면서 난생 처음으로 진찰을 받으려고 병원으로 가는 그의 기분은 너무 좋았다. 이제 그의 가슴에서 결리는 느낌도 전혀 느껴지지 않았다.

K시에서 제일 큰 병원의 주차장에 차를 주차시킨 문태는 재빨리 그에게 달려와서 그의 어깨를 부축했다. 누가 그를 보면 환자로 여길 거라고 생각되기도 했으나, 그는 마다하지 않았다.

병원은 역한 소독 냄새를 풍기고 있었다. 병원은 붐볐고, 그의 눈에 띈 사람마다 고통을 가슴에 안고 있는 듯 보였다. 죽음과 맞닿아 있을 듯한 그곳은 그가 드나들어야 할 곳이 아닌 것처럼 여겨졌다. 그래도 그는 문태가 이끄는 대로 따라다녔다.

병원에 드나들 일은 죽을 때까지 없을 거라고 그는 생각하고 있었지 않은가. 그는 다만 자신의 가슴에서 느껴지는, 결리는 느낌이 별일이 아니라는 것을 확인하고 싶었을 뿐이다.

무거운 분위기가 짓누르고 있는 진찰실을 돌아다니며 그가 진찰을 받을 때도 문태는 마치 자신이 환자인 양 줄곧 그의 곁을 지키고 있었다. 그의 보호자처럼 행동하는 문태가 뜸직하게 여겨지기도 했다. 어렸을 때의 문태 모습이 떠올랐고, 그만큼 세월이 흘렀다는 것을 깨달을 수 있었다.

의사는 문태를 자신의 방으로 불렀다. 이상한 낌새를 눈치 챘지만, 그래도 그는 그것을 대수롭지 않게 여기려고 했다. 의사의 방에서 돌아온 문태도 그에게 웃음을 보였기 때문에 그는 안심할 수 있게 되었다.

"역시 일을 너무 허셔서 갈비뼈에 염증이 좀 생겼다고 허느만요. 염증이 심허지 않아서 약도 먹을 필요도 없고, 푹 쉬시기만 허면 낫을 수 있다고 허요. 다행스런 일이구만요."

"내가 뭐라고 혔냐. 삽질을 허다가 좀 삐었다고 안 허드냐? 내 병은 내가 잘 안당께 그려."

"아무튼 집에 모셔다 드릴 테니까, 푹 쉬시고, 자시고 싶은 것 있으시면 저한테 말씀허시요."

"아냐, 인제 내 병을 알았으니께 버스 타고 가서 네 말대로 푹 쉬어야겠다. 나 때문에 괜히… 어서 가서 일 봐!"

그는 문태의 선심을 거절했다. 문태는 그렇게 할 수 없다고 했지만, 그는 한 치도 뜻을 굽히지 않았다. 이제 자신의 건강이며 문태의 효심을 확인하지 않았는가. 홀가분한 기분을 맛보고 싶었다. 그래서 그는 손사래를 치며 택시에 올랐다.

버스정류소에서 택시를 내렸던 그는 우선 허기를 채우려고 식당으로 찾아 들었다. 식사를 하다가 그는 자신의 진찰 결과를 애타게 기다리고 있을 아내가 생각나서 수저를 놓아두고서 공중전화로 달려갔다.

"이 일을 어쩌면 좋아요! 당신이 넉 달밖에 못 산대요."

그의 목소리만 듣고서 아내가 어처구니없는 말을 토해냈다. 너무 기가 막혀서 그는 금방 까무러치려고 했다. 어쩌면 그럴 수가! 어쩌면 멀쩡한 그에게 그렇게 엄청난 선고를 내릴 수 있다는 말인가. 세상이 빙 돌았다. 그의 손은 부들부들 떨렸고, 그가 들고 있었던 전화기는 바닥으로 떨어지고 말았다. 자신이 이미 죽음의 문턱을 넘어선 것만 같았다. 그는 곧 병원으로 달려가려고 했다. 너무 믿어지지 않는 일이어서 의사로부터 아내가 했던 말을 확인해 보려고 했다. 그가 아내의 말을 잘못 들었던가 아니면 의사가 오진했을 거라고 그는 생각했다. 그를 진찰했던 의사는 새파랗게 젊은 사람이었지 않는가. 경험도 풍부하지 않을 의사가 그의 죽음에 대해서 그렇게 단정해서 말할 수 없을 것이었다. 하느님도 아니고, 재판관도 아닌, 젊은 의사가 그렇게 쉽게 죽음을 판정할 수는 없을 것이었다. 정말로 의사가 그렇게 말했다면 기어코 4개월 이상 살아서 의사로부터 손해배상도 받아내고, 그 의사의 권위를 뭉개 버려야겠다고 그는 결심했다. 사실 그가 진찰을 받았던 일이 잘못이었을 것이다.

어떻게 버스를 탔는지, 그는 그것마저 알 수 없었다. 그가 그곳에 그대로 있을 수 없었기 때문에 버스를 탔을 것이다. 고향의 친지도 버스에 탔을 텐데, 어떤 승객도 그의 눈에 띄지 않았다. 그는 오직 죽음과 삶 사이를 오가며 방황하고 있었을 뿐이다.

그를 향해서 내리비추고 있는 시월의 햇빛도 생경하게 느껴졌다. 우선 그는 한번도 드나들지 않았던 술집으로 들어가서 소주를 달라고 했다.

"어쩐 일이다요, 한번도 술을 마시는 것을 본 적이 없는디, 문태 아버지가?"

전대를 차고 있는 술집 주인이 그를 보더니 눈을 둥그렇게 뜨고서 의아한 표정을 떠었다.

"글씨요, 나도 잘 모르겠소."

"암튼 오늘 해가 서쪽에서 떴는 모양이요, 잉."

"어찌 나는 술 마셔야 할 때가 없겠소?"

"자식 농사 잘 지어 놓았겠다, 광에 곡식 채워놓았겠다, 문태 아버지가 술을 마셔야 한다면 술 안 마실 사람 하나도 없겠소."

술집 주인이라면 술만 팔면 될 일일 텐데, 너무 말이 많다고 생각하면서 그는 그녀가 탁자에 가져다 놓은 소주를 따라 마셨다. 대번에 얼굴로 퍼지는 술기운이 멍멍한 기분을 끌고 왔다. 아까 버스에서처럼 가수면 상태에 들고 싶었다. 멀쩡한 기분으로는 숨을 쉬는 것마저 괴롭게 여겨졌다. 어떤 것도 생각하고 싶지 않았고, 목숨이 다할 때까지 오직 잠이나 잤으면 좋겠다고 생각되었다.

그때, 문소리를 내면서 들어선 이장이 역시 봇물 터지는 것처럼 놀라는 목소리를 냈다.

"뭔 일이다요, 문태 아버지가!"

"어, 그렇게 되었네."

이장은 그의 앞자리에 앉아서 스스로 소주를 따라 마시며 이야기를 계속했다.

"문태 어머니한테 들어서 알고 있기는 합니다만, 안 자시던 술이나 자시고 괴로워하면 어디 쓴다요."

"그러면 어떻게 허면 쓰겄능가?"

"글씨요, 문태 아버지 심정은 이해허겄습니다만, 그려도 술을 마시면 몸을 더 버릴 테고…."

"술을 못 마시게 허면 나는 농약이라도 마시고 싶네."

"호랭이한테 물려가도 정신만 똑바로 차리면 된다고 안 헙디여? 문태 아버지, 길이 있을 것이요. 그러지 말고, 우리 서로 노력해서 그놈의 암을 낫도록 해봅시다!"

"4개월 후에는 내가 죽게 된다고, 의사가 그렇게 말헌다는디?"

"안 그려라우, 문태 아버지. 의사들 지기들이 뭣을 안다요? 아, 우리 형님을 보시오! 간암 말기여서 석 달 이상 못 살 거니께, 자실 것이나 충분히 해 드리라고 허면서 병원에서 내보내지 않았소. 그런디 지금, 일년도 넘었는디, 멀쩡하게 살아있지 안허요?"

"참, 지금 자네 형님의 건강이 어떠신가?"

"말도 마시오. 밥도 잘 자시고, 옛날보다 훨씬 건강해라우."

"그려!"

"병원에 다시 진찰 받으러 갔더니, 의사가 고개를 설레설레 젓기만 허면서 이상허다고 그럽디다."

"어떻게 치료를 혔는디?"

"치료는 무슨 놈의 치료다요. 복수가 차서 무엇을 먹을 수 있어야제, 약이라도 먹을 것 아니요."

"그려서 어떻게 했냐니까?"

"먹었던 것이라야 하루에 사과 두 개만 깎아 먹었소."

"그리고 아무 것도 안 혔어?"

"아무 것도 안허고 있을 수 없지라우. 저, 있지라우? 운산리 천봉우가 운산 꼭대기에 올라가서 굿을 했지라우."

"기우제를 지내는 천봉우?"

"예."

"굿을 허니께 형님의 병이 괜찮아지던가?"

"물론이지라우. 굿허고서부터 금방 눈에 띄게 좋아지는디, 정말 신기험디다."

"어떻게 좋아져?"

"아, 복수도 꺼지고, 밥도 먹기 시작허는디, 꼭 귀신헌테 홀린 것 같더라니까요."

"그려! 돈은 얼마나 들어갔능가?"

"돈이 좀 많이 들어갔어라우. 논 서 마지기 없여 먹었소."

"서 마지기나!"

"그려도 어쩔 것이요, 운산 꼭대기에 올라가면 신령허고 이야기허는 데가 있다고 허는디?"

"그려도 좀 더 살겠다고 논 세 마지기를 없앨 수는 없지 않는가?"

"우리, 기우제를 지낼 때도 논 한 마지기를 주지 안 허요?"

"그려도 너무 허네. 뭣을 헌 게 있다고…."

"그 사람 말로는 비싼 것들을 장만해야 헌다고 헙디다. 그려야 신령허고 이야기를 헐 수 있다고요. 어쩔 것이요? 운산 꼭대기는 그 사람밖에 올라갈 수 없으니께, 헐 수 없지라우."

"허기사 그 사람이 기우제를 지내면 꼭 비가 오기는 하데만은."

"그 사람이 허는 일은 틀림없다니께라우."

"집에서 굿을 허면 안 된다고 허든가?"

"안 되겄제라우. 신령이 뭐가 아쉽다고 집에까지 찾아다닐라고 허겄소? 운산 꼭대기에 올라가면 큰 바위에 굴이 있는디, 굴속에 들어가면 귀신 모양을 허고 있는 바위가 있다고 헙디다. 거기에 상을 걸게 차려 놓고 있으면 신령이 오게 되고, 자연스럽게 자기와 이야기를 나누게 된다고 헙디다."

"그려!"

"문태 아버지도 한번 그렇게 해 보시오! 살게 된다는디, 그까짓 논 세 마지기가 문제되겄소? 문태, 돈 잘 벌것다, 논은 돈 벌어서 다시 사면 될 것 아니요?"

"그려도…?"

"잘 생각혀 보시오! 건강해진다는디, 무엇이 아깝다요?"

"참, 자네도 가슴이 결려서 병원에 갔었제?"

"아, 예. 지는 의사가 진찰 싹 해보더니. 늑막염이라고 헙디다. 그래서 거기서 주는 약 먹고, 걸게 잘 먹었더니 싹 나서버렸어라우."

"나도 가슴이 결리는 것밖에 없단 말이시. 그런디 암이라고 허니, 정말로 미쳐버리겄네."

"글쎄라우. 그거야 우리가 어찌게 알것소? 의사가 암이라고 허면 암인지 알고, 늑막염이라고 허면 늑막염이라고 생각허는 수밖에."

"그러니께 어찌게 허면 좋겄능가?"

"늑막염이야 그까짓 것 잘 먹기만 혀도 나서버린다고 헙디다. 그러니께 문태 아버지는 천봉우헌테 맽겨서 굿을 잘 혀달라고 부탁혀 보시요! 사람의 생명이 정말로 중한 것인디, 그리고 문태 아버지는 다른 사람허고 달라서 얼매나 고생허면서 일생을 살으셨소. 빨리 손을 안 쓰면 죽어서도 한이 맺힐 것 같아서 내가 말씀드리는 것이요."

이장의 말이 옳은 것처럼 여겨졌다. 건장하게 생긴 천봉우가 운산 꼭대기에 올라가서 기우제를 지내기만 하면 비가 오지 않았던가. 문제는 돈이었다. 얼마나 고통스럽게 일해서 마련했던 논인데, 자신의 생명을 연장하기 위해서 그 논을 포기할 수 없다고 생각되었다. 그는 한번 생각해 보겠다고 말하고서 자리에서 일어났다.

아직도 언짢은 기분이 남아있었지만, 그래도 그의 기분은 아까보다 훨씬 편안했다. 노름해서 논 세 마지기를 날려버렸다고 생각하면 될 것이다. 그렇게 생각하니까 세상이 달리 보였다.

그래서 집으로 향하는 그의 발걸음은 한결 가볍게 느껴졌다. 비로소 흰 구름이 둥 떠있는 푸른 하늘이 보였고, 낙엽을 떨구는 가로수의 모습도 보였다. 그의 발에 밟혀서 바스락거리는 낙엽의 소리도 들을 수 있었다. 아까 달려오는 차를 보고서 팍 뛰어들고 싶었던 충동도 이제 전혀 일지 않았다. 이제 그는 콧노래마저 나오려고 했다.

여름내 신작로를 달구려고 매섭게 내리쬐었던 햇빛은 이제 기운을 잃고서 길바닥에서 파닥거렸다. 그렇게 시계바늘처럼 돌곤 했던 계절의 변화를 그는 예순 번이나 보아 왔는데…. 다시 생각해 보면 지난 세월이 너무 긴 시간이었는데, 그런데 어렸을 때의 일이 엊그제처럼 여겨지는 것은 무슨 까닭일까.

그는 곧게 뻗어있는 신작로를 걷다가 샛길로 접어들었다. 황량하게 느껴지는 회색빛의 모습들이 그의 시야를 채웠다. 추수를 마친 논밭도 황량하게 보였고, 나무들이 잎을 떨구고 있는 산의 모습도 황량하게 느껴졌다. 잔디가 누렇게 퇴색해버린 공동묘지마저도…. 자신도 그렇게 황량하게 다른 사람들의 눈에 보이는 것은 아닐까. 그는 그런 생각을 하다가 곧바로 고개를 저었다. 그의 인생이 벌써 추수를 하고, 잎을 떨구고 있는 나무들처럼 종말을 맞이할 수는 없는 일이었다.

그래도 그의 발걸음은 그가 때때로 성묘를 왔던 공동묘지로 저절로 옮겨졌다. 그가 죽게 되면 그 공동묘지에 묻히게 될 것이다. 그의 아버지와 어머니도 그 공동묘지에 묻혀있지 않는가. 그는 어디쯤 묻히게 될까. 문태는 그의 시신을 할아버지 묘소 근처에 묻을 거라고 생각되었다. 그렇다면 성묘를 할 때마다 자리를 펴고서 쉬곤 했던 공터가 바로 그가 묻히게 될 자리일 것이다.

잔디를 제치고 흙빛이 드러나 있는 곳, 그는 그곳을 한참 바라보다가 부모의 묘소 앞에 주저앉아서 앞산과 주위를 살펴보았다. 멀리 운산이 보이는 곳, 그곳에서도 그가 일구었던 논밭이 한눈에 들어오고, 광활한 들판이 시야를 채우고 있는 곳, 비록 공동묘지이지만 명당이라고 할만 했다.

그러나 일생 동안 일만 하다가 아무 것도 남기지 않고서 죽음을 맞이했던 아버지처럼 그가 4개월 후에 그곳에 묻혀 질 거라고 생각하니까 섬뜩한 기분이 일었다. 그렇게 죽는 것은 너무 원통한 일이라고 생각되어서 그는 고개를 흔들기만 했다. 무엇인가 잘못된 일인 것만 같았다.

세상을 다시 살게 된다면 그렇게 고통스럽고, 의미 없게 살고 싶지 않았다. 아무리 가난한 가정에서 태어난다고 해도 좀 더 멋있게 세상을 살 수 있는 길이 있을 것만 같았다.

그런데 곧 죽음은 별 것 아닌, 이 방에서 저 방으로 건너가는 것과 비슷하다는 생각이 떠올랐다. 그가 걸어왔던 길이 고달팠던 삶이었다면 죽음에 의미를 부여할 필요도 없을 거라고 생각되었다. 아버지와 어머니가 땅 속에 묻혀 있고, 그는 그 곁에 앉아있는 차이일 뿐이다. 죽음도 운명일 텐데, 어쩌겠는가.

운명을 그대로 받아들이자! 아버지도 죽었고, 어머니도 죽었고, 모든 사람들이 다 죽지 않는가. 그가 발버둥친다고 해서 운명이 그를 비켜 갈 리 없을 것이다. 그가 고통스럽게 살아왔던 세월을 슬퍼할 일이지, 죽음을 슬퍼할 수 없을 것이다. 어쩌면 고통스러운 삶의 종지부를 의미하는 죽음은 그가 양손을 들어 환영해야 할 것인지도 모르는 일이었다. 고통을 굳세게 이겨내면서 어쩔 수 없이 살아야 했던 삶, 그 삶을 되도록 웃으면서 하직해야겠다고 그는 생각했다. 그러나…?

다만 4개월 동안 그가 살아있어야 한다는 사실이 끔찍하게 여겨졌다. 그것은 형벌이었다. 그가 무슨 잘못을 저질렀기에 그렇게 끔찍한 형벌이 그에게 내려지는 것일까. 아버지가 운명했던 것처럼 갑자기 죽게 된다면 얼마나 좋은 일일까. 그가 들에 나가려고 할 때, 함께 가자고 나서려고 했던 아버지는 그가 돌아와서 보니까 잠자는 것처럼 누워있었고, 영원히 눈을 뜨지 않았다. 슬픔을 토해내는 어머니의 울음소리가 아버지의 죽음을 알리는 신호였다. 그는 처음으로 이 세상에 죽음이라는 비극이 있다는 것을 알게 되었다.

누구보다 위대하고 무섭게 여겼던 아버지가 꼼짝 않고 누워있는 모습, 아버지의 시신은 아버지라고 할 수 없었다. 나무토막이나 다름없는 존재였다. 나뭇가지에서 바닥에 떨어진 낙엽처럼 발로 밟든지, 차 버려도 아무렇지 않을 것 같은, 아무 쓸모없게 변신한 아버지의 모습은 열다섯 살 된 그의 눈에서 눈물도 만들어내지 못했다.

바보 같은… 그는 처음으로 자살하고 싶은 충동을 느꼈다. 의사의 예상과 다른, 자신의 뜻이 그대로 담겨있는 죽음을 맞이하고 싶었다.

어쩌면 아내가 문태의 말을 잘못 전해 들었을 거라는 생각이 문득 떠올랐다. 그때까지도 아내가 했던 말이 믿어지지 않는 것이었다. 어찌 가슴이 결리는 것이 폐암으로 진단이 나올 수 있다는 말인가. 그는 기침도 하지 않았을 뿐만 아니라 어떤 다른 증세도 느끼지 못했다. 담배는 피운다고 하지만, 결코 다른 사람보다 많이 피운다고 할 수 없었다. 그런데 왜…? 집에 들어서자마자 문태한테 전화를 걸어서 다른 병원에서 다시 진찰을 받아보고 싶다는 뜻을 전해야겠다고 그는 생각했다.

그가 길로 나섰을 때, 멀리서 누가 다가오고 있었다. 여자였다. 여느 때라면 눈을 부릅뜨고서 누구인지 알아보려고 했겠지만, 그는 그런 것에 관심을 둘 마음의 여유가 없었다. 그에게 가까이 다가왔을 때에야 그녀가 이장의 부인인 것을 알 수 있었다. 머리를 숙이고서 다가온 그녀는 그에게 아는 척도 하지 않고 그의 곁을 지나치려고 했다. 그가 암에 걸렸다는 사실을 이장이 알고 있다면 그녀도 역시 알고 있겠지 않는가. 그런데 왜 그녀는…?

"풍산댁이 아니요?"

그는 뒤돌아서서 몇 발짝 지나쳤던 그녀에게 말을 걸었다. 그때서야 그녀도 뒤돌아서서 '아, 예' 하며 그에게 인사를 했다.

"그런데 왜 나를 못 보았어요?"

이번에는 그가 웃으며 너스레를 떨었다.

"아, 아뇨, 바쁜 일이 있어서 읍내에 가다가 그만."

"혹시 내가 암이 걸렸다는 말을 듣고, 내 기분이 안 좋을 것 같아서 그냥 모른 척하고 지나치려고 허지 않았소?"

"무슨 말씀을요?"

"나, 암 그까짓 거 조금도 무섭지 않소. 자수성가했던 내가 그까짓 것을 무서워허겄소?"

"그러겄지라우."

"풍산댁이 생각혀도 그러겄죠?"

"그러먼이라우."

"참 이장이 읍내에 있습디다. 그럼, 잘 다녀오시시오!"

그녀에게 능청을 부리다가 헤어지니까 그래도 그의 기분은 더 좋아졌다.

공동묘지를 벗어나자 방축이 나타났다. 그곳에서 보면 그가 태어났던 율전리가 훤히 보였다. 그는 둑길로 올라섰다. 그가 일궈 놓았던 논밭이 그의 시야를 꽉 채웠다. 그의 일생과 맞바꿔놓은 그 논밭을 볼 때마다 그것이라도 문태한테 넘겨줄 수 있게 되었다고 생각하니까 그의 가슴이 너무 뿌듯했었는데….

그곳에 멈춰 서서 그는 한참 동안 마을을 바라보았다. 대나무가 울창하게 자라고 있는 산으로 빙 둘러서 있는 마을, 산 속에 오목하게 자리 잡고 있어서 마치 산이 보호하고 있는 것처럼 보이는 마을, 그는 어머니의 자궁처럼 아늑하게 여겨지는 그 마을에서 이웃 사람들과 함께 가족처럼 일생을 보냈다고 할 수 있었다.

그의 집도 보였다. 마을로 들어서면 바로 입구에 회관이 있고, 그 다음 집, 지금 그 집에서 아내가 눈에 촉수를 세우고서 그를 기다리고 있을 것이다. 어쩌면 아내가 자신의 무식과 무능을 한탄하고 있을지 모르는 일이었다. 바보 같은 여자, 아내의 마음을 다독거려 주는 것이 그가 이제 해야 할 일이라고 생각되었다.

앞집은 이장 집이고, 뒷집은 정두네 집이었다. 지금 폐가로 남아 있는 정두네 집은 멀리서 보아도 흉가의 냄새를 풍기는 것처럼 보였다. 마당은 물론이고 지붕에도 잡초가 무성하고, 방문의 창호지마저 구멍투성이일 뿐만 아니라 그들이 이사하면서 버리고 간 물건들이 아무렇게나 흩어져 있었기 때문에 그 집을 보기만 해도 흉측하고 섬뜩한 기분이 일어서 그는 뒤뜰에도 가고 싶지 않았다. 정두 아버지, 조 씨가 오래 전부터 진단도 나오지 않는 병으로 시름시름 앓고 있다가 작년에 운명하고서, 정두마저 자리에 눕게 되자, 이웃 사람들은 그 집을 흉가라고 생각하게 되었다.

그때도 고샅에서 정두 어머니를 만난 이장은 천봉우한테 맡겨서 운산 꼭대기에서 굿을 해보라고 권했던 기억이 떠올랐다.

"아니라우. 무슨 놈의 굿이다요? 남편은 떠나보냈지만, 우리 정두는 곧 일어날 거시요! 우리 정두는 팔팔한 장정인데, 그까짓 놈의 병이 비실비실한 나 같은 년을 놔두고 우리 정두한테 붙어 있을라고 할랍디여?"

그녀는 이장의 호의를 탐탁하지 않게 여겼다.

"그려도 안 그려라우. 정두는 외아들인데, 정두마저 안 좋은 일이 생기면 어찌게 할라고 그려요?"

"재수 없게 그런 말씀 허지도 마시오!"

"두고 보시오, 내 말대로 허게 될 테니까! 나는 어디까지나 정두 어머니를 위해서 허는 말이요."

"글씨, 듣고 싶지도 않다니께요. 그런 돈이 있으면 개기 사다가 우리 정두 개기국이나 끓여 주겠소."

그녀는 손사래마저 치면서 이장에게 대들려고 했다. 할 수 없다는 듯 이장은 뒤돌아서 어디론가 사라져 버렸다. 그 후, 이웃 사람들은 누구도 그녀에게 선심을 베풀려고 하지 않았다.

결국 정두마저 죽게 되자, 그녀는 그 집을 팔려고 했지만, 흉가라고 소문난 그 집을 사려고 한 사람은 아무도 없었다. 어쩔 수 없이 그녀는 그 집을 비워두고 외지로 떠나버렸다.

그녀가 이장의 호의를 받아들였다면 정두가 죽지 않았을 테고, 그 집은 흉가로 남아있지 않았을 것만 같았다. 어떤 일이나 기회는 찾아오게 되는 것이고, 그 기회를 잘 활용해야 한다고 하지 않던가. 그는 이장을 다시 만나서 여러 이야기를 나누어야겠다고 생각했다.

그의 아내, 오산댁은 한번도 버스를 타고서 외지로 나가 보지도 못하고, 오직 그의 곁을 지키며 묵묵히 일만 했던 여자였다. 자식이 어떻게 살고 있는지, 그것만이라도 보아야 하지 않겠느냐고 말하면서 문태가 그녀를 K시로 모시려고 했지만, 그녀는 그것마저 마다했다. 어떻게 보면 바보 같은 여자, 그녀는 무엇 때문에 살고 있는지, 무엇을 위해서 살아야 하는지, 어떻게 살아야 하는지, 그런 것들을 아예 생각하려고도 하지 않는 여자였다. 비록 못 생겼고, 보잘것없는 여자이지만, 그녀는 오직 그를 믿고, 그를 따랐던 유일한 여자였다. 그의 가슴에 남아있는 사랑을 그녀에게 다 전해 주자!

그가 죽기 전에 해야 할 일은 바로 그녀를 사랑하는 것이라고 생각되었다. 바보 같은 그녀는 그가 죽도록 지켜주어야 할 소중한 보배였다. 그런데 그가 4개월만 살게 된다면 그가 죽고 나서 그녀는 누가 지켜주어야 하는 것일까.

집 앞에 이르자 서까래와 도리에 매달려있는 농기구들이 한눈에 들어왔다. 쇠스랑이며 삼태기, 곡괭이, 낫, 삽 등의 농기구들은 그의 운명과 함께했던 것들이었다. 그가 앓아눕든가 죽게 되면 그 농기구들도 이제 쓸모없는 천덕꾸러기로 변신할 것이다.

집안은 쥐 죽은 듯 조용했다. 괴괴하고 무거운 기운이 뒤덮고 있는 집안의 분위기는 무엇을 의미하는 걸까. 그는 집안을 기웃거리다가 자신도 모르게 문소리를 내고 말았다.

"아이코 여보! 요것이 뭔 일이다요? 우리가 뭔 일을 잘못 했간디, 당신이 암이 다 걸린다요, 이?"

문소리와 동시에 방문을 밀치고 뛰쳐나온 아내가 봇물 터지는 듯한 목소리를 터트리며 그의 손을 붙잡았다. 예전 같으면 아내의 손을 뿌리쳤을 텐데, 그는 오히려 아내의 어깨를 다독거려 주었다.

"내가 암이라고, 확실히 그렸어?"

"그러믄이요. 내 귀로 확실히 들었다니께요."

"다시 전화혀 봐!"

"그러니께 당신헌테는 암이라고 허지 안 혔소?"

"그런 말이 없었다니께."

"그러면 이것이 뭔 일이다요?"

아내는 달려가서 문태한테 전화를 걸었다. 곧 아내가 어쩔 줄 몰라 하는 모습을 띠었다. 역시 문태는 혼자서만 알고 있으라고 하니까, 왜 그에게 말했느냐고 잘못을 추궁하는 모양이었다. 그는 아내가 잡고 있는 수화기를 뺏듯 잡아들었다.

"정말로 내가 암에 걸렸다고 의사가 말혔어?"

"네, 아버지!"

문태가 어쩔 수 없이 사실대로 털어놓는 모양이었다.

"네가 잘못 들은 것 아녀?"

"잘 들었는디요, 잘 자시고, 마음 편히 휴양을 허시면 낫을 수도 있다고 허드만요. 그려도 아버지, 용한 한약방을 알아 놨으니께 염려허지 마시요!"

"아냐. 진찰을 잘못 혔을 거야. 나, 다른 병원에 가서 다시 진찰을 받아 봐야겠다."

"아버지, 다시 진찰을 받을 필요는 없어요. 의사가 사진을 갖고 짚어가면서 나헌테 자세히 설명을 혀주드만요."

"그러니께 정말로 내 사진에 암 덩어리가 보였어?"

"그러먼이요."

"혹시 다른 사람의 사진을 보여준 것은 아닐끄나?"

"아니어요, 아버지. 그럴 리는 전혀 없어요."

"그려! 그럼, 알겄다."

수화기를 내려놓는 그의 손에서 힘이 빠져버린 느낌이 일었다. 비록 수긍을 했지만, 문태의 말을 듣고서도 그가 암에 걸렸다는 사실이 믿어지지 않았다. 그러나 다시 진찰을 받겠다고 우기는 것도 우스운 일일 것이다.

그는 아내에게 이불을 깔게 하고서 자리에 누웠다. 어쩌면 정말 자신이 암 환자일 것만 같았다. 이제 그는 어떤 일도 하기 싫었다.

아내의 두려운 눈빛이 내내 그의 시야를 채우고 있었다.

2

'어떻게 해야 할까.'

오산댁은 아들, 문태의 질책을 받고서 비로소 자신의 잘못을 깨달았다. 어머니 혼자서만 알고서 아버지를 잘 보살피라고 했던 문태의 부탁을 듣고서도 슬프고 분한 감정을 이기지 못하고 그만 발설하고 말았던 일이 두고두고 후회로 남을 것 같았다. 그녀가 믿고 따랐던 남편이 암에 걸렸다는 사실만으로도 까무러칠 일인데, 남편의 심기마저 불편하게 했던 그녀는 안절부절못할 수밖에 없었다.

그녀가 어리석은 아녀자라는 사실을, 그래서 그녀는 항상 남편이나 아들한테 배우며 살아가야 한다는 사실을 예전부터 알고 있었지만, 그래도 억장이 무너지는 것을 느끼게 된 것은 처음 있는 일이었다. 그러나 이미 엎질러진 물과 같은 일이지 않은가. 앞일이 막연하게만 여겨졌는데, 그래도 어떻게 해서든지 남편을 살려내는 것이 이제 그녀가 해야 할 일이라고 생각되자, 비로소 기운이 생기는 것 같았다. 남편을 대신해서 그녀가 죽을 수 있다면 그렇게 하고 싶었다.

태연한 척했지만, 눈두덩에 힘을 주고 있는 남편은 죽음에 대한 공포를 잊으려고 이를 악다물고 있을 것이었다. 얌전하게 가슴을 움켜잡고 있는 남편의 손등에 수많은 주름이 수놓고 있었다. 그 주름 속에 가족을 위해 애썼던 사연들이 박혀있는 듯 보였다. 성을 냈던 기억이 떠오르지 않는 남편, 그래서 집안의 분위기를 묵묵히 흐르게 했던 남편은 고통을 가슴속에서 삭히려고 했을 것이고, 가슴

속에서 삭여지지 않는 고통들은 손등의 주름에 엉겨붙었을 것이다.

병원을 다녀오고서 남편의 어깨는 너무 좁게 보였다. 남편의 어깨가 너무 넓다고 여겼었는데, 그래서 그녀는 남편을 듬직하게 여겼었는데, 그것도 무슨 조화인지 알 길이 없었다.

아무튼 감기도 거의 걸리지 않는 남편에게 암이 걸렸다는 사실을 그녀는 자신이 알고 있는 상식으로 이해할 수 없었다. 그렇게 생생한 사람이 어떻게 죽을병에 걸릴 수 있다는 말인가. 어떻게 죽음이 그렇게 기척도 없이 다가올 수 있다는 말인가. 방바닥에 쭈그리고 앉아서 여러 생각에 잠겼던 그녀는 한참 후, 잠이 들고 말았다.

잠시 후, 남편이 깨우는 소리를 듣고 깜짝 놀라며 잠에서 깨어났던 그녀는 인기척을 느꼈다.

"아주머니 계세요?"

낯선 목소리를 듣고 그녀는 방문을 열고 나갔다. 서너 번 찾아왔던 적이 있는 한 무리의 부인이 마당에서 그녀가 나타나기를 기다리고 있었다.

"지금은 이야기를 나눌 수 없어라우."

그들을 보고서 그녀는 다시 방으로 들어가려고 했다.

"알고 있어요. 그러잖아도 오늘은 그 일 때문에 이야기를 나누려고 찾아왔습니다. 귀중한 이야기입니다."

혹시 남편에 대한 일일지 몰라서 그녀는 멈칫했다. 그때, 어느 부인이 '주인어른이 많이 편찮으시다면서요?' 라고 말하자, 그녀는 입을 가리는 시늉을 하면서 뒤란에 있는 평상으로 그들을 오게 했다.

"무슨 일잉그라우?"

이제부터라도 남편이 듣지 못하게 하려고 그녀는 나지막한 목소리로 말했다.

"주인어른이 너무 고통을 받고 있을 거라고 해서 구원을 받을 수 있는 길을 안내하려고 왔습니다."

"우리 남편이 죽지 않는 길을 알고 있다고 그렸소?"

"그럼요. 영생의 길을 찾을 수 있습니다."

"어떻게 허면 된다요?"

"하느님을 믿으십시오! 예수를 믿으십시오! 하느님을 믿으면 영생의 길을 얻게 됩니다."

"말도 안 되는 소리, 작작 허시오! 예수 믿는 사람들도 다 죽기만 헙디다."

"믿지 않기 때문에 그렇게 생각합니다."

"무슨 말씀인지, 통 모르겠어요."

"그럼, 우선 주인어른을 우리 기도원에서 안수기도를 드리게 해보세요! 예수는 앉은뱅이도 서게 하시고, 벙어리도 말할 수 있게 하시고, 나병도 낫게 하셨습니다."

"안수기도가 뭐다요?"

"목사님이 성령을 받아서 기도드리는 것입니다."

"그려도 무신 말인지 잘 몰것소. 암튼 기도 드려서 병이 낫을 수만 있다면 좋겠지만,"

그녀는 말끝을 맺지 못했다. 그들의 말을 믿으려고 해도 믿어지지 않았다. 남편이나 문태를 대할 때마다 느꼈던 것처럼 그녀가 너무 무지해서 그들의 말을 이해하지 못할 거라고 생각되었다. 그들도 고통을 겪고 있을 텐데, 그들의 표정은 너무 평온하지 않은가. 좀더 생각해볼 일이었다.

"알았어요! 좀더 생각해보고 이야기할께요. 어떻게 만나야 헌데요?"

그녀가 다시 말했다.

"읍내 교회로 오세요! 우리가 다 안내해 드리겠습니다."

솜털 같은 꿈을 그녀에게 안겨 놓고서 그들은 돌아갔다. 이제 그녀는 더 많은 생각을 해야 했다. 안수기도를 받아서 남편을 살릴 수만 있다면 얼마나 좋을까! 그래서 남편 곁으로 찾아드는 그녀의 발걸음은 한결 가볍게 느껴졌다.

"뭔 일이당가?"

그녀가 방으로 들어서자마자 남편이 물었다.

"안수기도를 받으면 당신의 병이 낫을 수 있다고 안 허요."

"쓰잘데기 없는 소리 작작 허고 있어. 기도 받아서 병이 낫는다면 의사들은 다 굶어죽어야 허고, 이 시상에 아픈 사람 하나도 없게?"

남편의 말을 듣고서 그녀의 기분은 어리벙벙해졌다. 어떤 것이 옳고, 어떤 것이 틀린지 알기 힘들었다. 판단하기 힘들 때, 그녀는 항상 남편의 뜻을 따랐지 않은가.

"그러니까 말이어요."

이제 남편의 말이 옳은 것처럼 여겨졌다. 그녀도 남편과 같은 생각을 어렴풋이 하고 있었지 않은가. 그러나 안수기도를 받는 일은 돈도 그렇게 필요 없을 테고, 혹시 안수기도를 받지 않아서 후회하는 일이 생기면 그것도 잘못된 일일 듯한 생각도 떠올랐다. 그녀의 의식은 내내 혼돈 속에 머물러있었다. 어떻게 해야 할까. 그래도 그렇게 곁에서 잠자코 지켜보며 남편의 죽음을 맞이할 수 없다고 생각되었다. 그대로 있으면 그녀가 벌을 받을 것만 같았다.

그녀는 남편 몰래 읍내의 변두리에 자리 잡고 있는 교회를 찾아갔다. 아무도 없는 교회는 적막한 분위기에 덮여있었다. 십자가가 걸려 있을 뿐, 텅 비어 있는 교회에서 기도를 하면 어떻게 영생을 얻게 되는지, 어떻게 남편의 병을 나을 수 있게 되는지 이해되지 않았다. 십자가에서 성령이 내려오는 걸까? 아니면 창문을 통해서…? 남편의 말처럼 부인들이 그녀에게 거짓말을 했을 것 같았다. 여기저기 기웃거리기만 했던 그녀는 괜히 헛수고만 하고 있는 것 같아서 어서 가서 남편을 돌봐야겠다고 생각했다.

"오셨군요!"

그녀가 뒤돌아서려고 할 때에야 사택으로 보이는 곳에서 부인이 다가오면서 말했다. 그녀의 집으로 찾아왔던 부인이었다. 그녀는 어색한 몸짓만 보였다.

"여그서 안수기도를 받는다요?"

그녀가 물었다.

"아닙니다. 조용한 곳에 기도원이 마련되어 있습니다. 어떤 병이든지 고통으로부터 잉태됩니다. 사람이 모여 사는 곳에는 고통이 따라다니게 마련이거든요."

"그러면 어떻게 해야 한다요?"

"기도원에 가서 살면서 열심히 기도를 하면 우선 고통을 몰고 다니는 마귀를 떨쳐 버릴 수 있습니다. 마귀가 붙어있는 상태에서는 성령이 내리지 않기 때문입니다. 그때서야 성령을 받은 목사님으로부터 안수기도를 받게 됩니다."

"마귀가 뭐다요?"

"요사스러운 귀신을 말합니다. 마귀가 붙어있으면 하느님을 의심하게 되고, 병은 더 깊어지겠죠."

"마귀가 떨쳐지지 않으면요?"

"마귀가 떨쳐지도록 열심히 기도해야겠죠."

역시 알다가도 모를 일이었다. 남편은 넉 달만 살게 된다고 하지 않던가. 넉 달 동안 열심히 기도해도 마귀가 붙어있으면 어떻게 해야 하는 것인가. 그녀는 고개만 끄덕이는 척하다가 돌아왔다.

남편을 위문하러 온 이웃 사람들도 남편의 암을 치료하는 길을 말하는 사람은 아무도 없었다. 너무 안타까운 일이었다. 그래서 그들이 전혀 반갑게 여겨지지 않았다. 할 수 없이 그녀는 제일 친하게 지냈던 복정댁한테 자신의 고민을 하소연했다.

"글씨, 내가 뭣을 알것능가만, 안수기도를 받고서 암을 낫은 사람도 있드라고. 그러니께 남편을 잘 설득혀 봐! 밑져야 본전이 아닝가?"

그녀의 답답한 기분을 푸는데 복정댁의 대답도 전혀 도움이 되지 못했다. 미로를 헤매고 있는 듯한 상황, 그녀는 가슴을 쥐어뜯기만 했다.

그녀의 의식은 점점 몽롱해졌다. 그녀는 삶과 죽음 사이를 넘나드는 듯하기도 했고, 깨어있는 것 같기도 했다가 잠을 자고 있는 것 같기도 했다. 어쩌면 그녀가 우주나 어떤 커다란 공동 속에서 유영하고 있는 것만 같았다. 오히려 그녀의 기분은 편안해졌다. 그러나 그녀는 정상적인 사람이라고 할 수도 없었다.

그녀는 꿈을 꾸었다. 시어머니와 함께 밭일을 하고 돌아온 그들은 김이 무럭무럭 솟는 목욕탕에서 목욕을 했다. 집으로 돌아오는 그들을 보고서 남편이 웃고 있었다. 결코 그놈의 암을 물리치고야 말겠다고 말하면서 남편은 그녀의 등을 다독거려 주었다. 그러나 남편은 뒤돌아서다가 도랑으로 넘어지고 말았다. 그녀는 외마디소리를 질렀고, 이웃 사람들이 달려와서 그녀를 도와주었다. 비록 꿈일지라도 그녀는 흡족한 기분에 취하게 되었다. 결코 놓치고 싶지 않는 일이어서 그녀는 잠에서 깨어나고 싶지 않았다.

3

십여 일 동안 누워만 있었더니 너무 답답했다. 식사도 하기 싫었고, 꼼짝하기도 싫었다. 자신의 모습이 시신과 비슷할 거라고 강 씨는 생각했다. 그렇다고 해서 어디가 아파서 그런 것은 아니었다.

그는 용한 한약방에서 지어온 거라고 하면서 문태가 가져왔던 한약도 정성스레 먹었지만, 별 효험을 느낄 수 없었다. 허기야 뚜렷한 증세를 느낄 수 없었으니까, 효험도 느낄 수 없었을 것이다. 막막했다. 마치, 그가 타고 있던 배가 망망대해에서 전복되어, 홀로 나무토막을 붙잡고 헤엄을 치고 있는 모습일 것만 같았다. 마치 홍두깨로 소를 모는 격일 것만 같은, 그래서 그는 지금 무력감에 휩싸여 있는 것이리라. 그래도 그렇게 누워있기만 할 수는 없다고 생각되었다. 아내는 그의 곁에 발을 오므리고 누워서 잠자고 있었다. 그는 조심스럽게 일어나서 조용히 방문을 밀치고 밖으로 나갔다.

밖은 어둠 속에 묻혀있었다. 세상이 다 죽음의 나래 속으로 파묻혀버린 듯한 밤, 그는 방축의 둑길로 갔다. 수많은 별빛이 밤하늘을 수놓고 있었다. 아름다운 모습이었다. 밤하늘을 수없이 보아왔는데, 그렇게 아름답게 느끼게 된 것은 처음 있는 일이었다. 별빛들이

반짝거리면서 그에게 무슨 말을 하려고 하는 것 같았고, 밤하늘의 한복판을 지키고 있는 둥근 달도 그에게 길을 안내하려고 하는 것만 같았다.

4개월, 도대체 4개월은 며칠일까. 120일이었다. 그런데 그는 벌써 1할을 헛되게 허비하고 말았다. 이제 그에게 남아 있는 날은 110일이었고, 시간으로 계산하면 2,640시간이었다. 죽음은 그에게 너무 가까이 다가와 있었다. 그 시간에 그가 해야 할 일은 무엇일까. 정말 그는 봄이 오는 것도 보지 못하고 눈을 감아야 하는 것일까?

어렸을 때, 그가 하고 싶었던 일은 서커스 묘기를 배우는 것이었다. 그때의 기억을 떠올리기만 해도 그의 눈가에는 저절로 눈물이 맺히곤 했다.

초등학생 시절이었을 것이다. 그때, 그는 장래의 꿈같은 것은 아예 생각하려고도 하지 않았던 철부지였다. 가난했기 때문에 중학교에 진학하는 것을 미리 포기했던 그는 오직 즐겁게 뛰노는 일이 일과의 전부였다. 할 일이 없어서 학교에 다니는 것이었고, 그날을 무사히 넘기면 그만이었다. 학교에서 돌아오면 그의 나이 또래의 유일한 친구, 점수와 산과 들을 쏘다니기도 하고 공동묘지에서 잠을 자기도 했다. 그렇게 놀기만 했어도 그의 부모는 그를 나무라지 않았다.

어느 날, 집안에서 강아지와 장난치고 있던 그를 점수가 불러냈다.

"야! 너, 읍내에 서커스가 들어온 것 알고 있냐?"

눈빛을 반짝거리며 점수가 말했다.

"아니, 몰라."

"영수 형이 읍내에 갔다 왔는데, 서커스단원들이 북을 치고 읍내를 돌아다니며 난리가 난 것 같다고 하더라."

"서커스 구경하면 참 좋겠다!"

"그럼, 우리도 구경하러 갈래?"

"돈이 없는데, 어떻게?"

"지금은 지키고 있지 않을 거니까. 미리 가서 개구멍을 만들어 놓는 거야. 그리고 사람들이 입장할 때, 쏜살같이 들어가서 숨어 버리면 되겠지."

"너, 언제 그렇게 연구했어? 너무 멋있는 생각이다."

"그럼, 우리 지금 가자!"

그들은 집에서 사용하는 가위를 들고서 의기양양하게 읍내로 향했다.

점수가 말했던 대로 천막을 지키고 있는 사람은 아무도 없었다. 점수는 경험이 많은 사람처럼 능숙하게 천막의 모퉁이를 가위로 잘랐다. 언뜻 보면 자른 자국도 찾아낼 수 없을 것 같았다. 그들은 저녁밥도 먹지 않고, 네 시간이나 그렇게 서커스가 시작되기를 기다렸다. 조금도 배가 고프지 않았고, 고통스럽지 않았다.

마침내 우렁찬 나팔 소리가 들렸고, 사람들이 몰려들기 시작했다. 그들은 기회를 엿보고 있다가 계획했던 대로 쏜살같이 개구멍으로 들어갔다.

'아뿔싸!'

그들이 들어갔던 곳은 분장실이었다. 먼저 들어갔던 점수는 단원한테 붙잡히고 말았다. 다행히 그는 도망칠 수 있었지만, 점수를 찾으러 갈 수도 없는 일이어서 난감하기만 했다. 서커스가 시작하려고 하지만 않았어도 그는 점수를 찾으려고 애썼을 것이다.

무대가 열리고 나타나는 모습들은 다 그에게 새로운 세상을 알려 주는 것이었다. 한번도 읍내를 벗어난 적이 없었던 그는 이 세상에 자신이 모르고 있는 세상의 모습이 있을 거라는 사실을 알게 되었다. 그것은 흐뭇한 감동으로 그에게 다가왔다. 그래서 그는 눈을 부릅뜨고서 서커스를 구경했다.

"친구가 어떻게 되든지, 서커스만 볼 거냐! 무정한 놈의 새끼."

점수가 그의 어깨를 치며 말했다. 점수의 목소리를 듣고서 깜짝 놀랐던 그는 점수에게 미안한 마음이 일었다.

"야, 미안하다. 어쩔 수 없었어. 그나저나 어떻게 풀려날 수 있었냐?"

"손이 달토록 빌었지, 뭐."

아무튼 다행스러운 일이었다. 그는 미안한 마음을 더 전해야 한다고 생각했지만, 서커스의 묘기에 눈을 뗄 수 없어서 그만두고 말았다.

환상적인 묘기였다. 공굴리기, 접시돌리기, 자전거 타기, 그는 조금도 한눈을 팔 수 없었다. 그 중에서도 공중에서 그네를 타는 것은 간장을 서늘하게 하는 묘기였다. 공중에서 그네를 타다가 허공에서 몸을 비틀고서 다른 그네로 옮겨 타는 묘기, 그는 그 묘기를 배우고 싶었다. 조금만 배워도 누구보다 잘할 수 있을 것만 같았다. 그 묘기를 할 수 있다면 자신뿐만 아니라 보는 사람에게 스릴을 맛보게 할 수 있을 것이어서 너무 좋은 일이지 않겠는가.

"나, 저 묘기를 배우고 싶다!"

그가 점수에게 말했다.

"그럼, 서커스단을 따라다녀!"

"따라다니기만 하면 기술을 가르쳐줄까?"

"임마, 심부름도 하고, 일도 하는데, 그런 기술 안 가르쳐주겠냐."

"그렇게만 되면 참 좋겠다!"

"내가 말해줄까?"

그때서야 그는 가족에 대한 생각이 떠올랐다. 그가 좀 더 자라게 되면 부모를 대신해서 일을 해야 할 것이다. 외아들인 그가 돕지 않으면 그의 부모를 돌볼 사람은 없겠지 않은가. 비록 묘기는 배우고 싶었지만, 서커스단을 따라다닐 수는 없는 일이라고 그는 생각했다.

"야, 안 배워야겠다. 누가 심부름을 해주고 그까짓 기술을 배우겠냐."

그가 외치듯 말했다.

"변덕쟁이! 서커스단을 따라다녔으면 좋겠다고 네 입으로 말했으면서 왜 금방 말을 바꾸고 그래?"

"시시할 것 같애."

그때서야 배고픈 것이 느껴졌다. 그래서 집으로 돌아오는 그의 발걸음은 가끔 헛디뎌지려고 했다. 그래도 그의 가슴에서는 서커스 묘기를 배우고 싶은 욕망이 더욱 꿈틀거리고 있었다.

사위는 쥐죽은 듯 조용했다. 그러나 가끔 뒷산을 넘어왔던 바람이 대나무들을 흔들었고, 대나무들은 통곡하는 소리를 냈다. 이제 별빛들은 물에서도 반짝거리며 그에게 무엇인가 속삭이려고 애를 태웠다.

서커스 묘기를 배우기만 했어도 그는 지나온 삶을 후회하지 않을 것이다. 하고 싶었던 일을 아무 것도 하지 못했던 인생은 실패작이라고 할 수밖에 없을 것이고, 그는 하고 싶었던 일을 한 가지라도 했다면 운명을 그대로 받아들이면서 눈을 감을 수 있을 것이다. 조금이라도 더 살고 싶었다. 몇 달만이라도 더 살 수 있다면 아내와 함께 여행이라도 실컷 하고 싶었다. 잠자코 있다가 110일 후에 눈을 감는다는 것은 너무 억울하고 원통한 일이라고 생각되었다.

그는 부모가 잠들어있는 공동묘지로 발길을 옮겼다. 주뼛주뼛한 느낌들이 곳곳에 숨어있을 듯한 공동묘지가 전혀 무섭지 않았고, 두렵지 않았다. 이제 별빛은 물론 달빛도 그를 따라와 주었다.

그가 부모의 묘소에 이르렀을 때, 하늘을 날카롭게 가르며 별똥별이 떨어졌다. 그 별똥별도 이제 운명을 다한 모양이었다. 하늘을 날카롭게 가르는 모습이 마치 도살장으로 끌려가는 소의 모습처럼 보였다.

'야 임마, 운명을 그대로 받아들여! 삶이 별것이 아닌 것처럼 죽음도 별것이 아냐. 다 헛것들이야. 너, 삼태기 들고서 미꾸라지 잡으러 많이 다녔지? 그리고 그 미꾸라지를 구워 먹기도 하고, 된장 넣고 끓여 먹기도 했지? 그 미꾸라지의 운명과 네 운명은 똑같을 뿐이야.'

어디서 아버지의 목소리가 들리는 것 같았다.

'그러니까 잡아먹는 일을 조금만 늦춰 달라는 거예요.'

그가 울부짖는 목소리로 말했다.

'아무 의미가 없는 것이니까 한 달 후에 죽으나, 두 달 후에 죽으나 똑같다니까! 삶은 신기루일 뿐이지. 사람들은 헛것을 보고서 울고, 웃고 하고 있어. 그러니까 어떤 것도 후회할 필요도 없고, 아쉬

위할 필요도 없고, 억울하다고 생각할 필요도 없고, 원망할 필요도 없어. 우리들은 누구한테 속았을 뿐이야.'

'그려도 나는 하고 싶은 일을 하나도 하지 못했단 말예요!'

'임마, 하고 싶은 일을 했다고 혀도 후회는 남아! 어쩔 수 없는 일이야.'

'아녀요! 조금만 한눈을 팔면 금방 발에서 피가 솟을 것 같은 칼날을 밟고 서 있는 듯해서 나는 일생 동안 한번도 나에 대해서 생각해 보지 못했어요. 이제야 나를 위해서 살아보려고 하니까, 죽음이 나에게 다가선 거예요! 너무 원통해서도 이대로 죽을 수는 없어요.'

그는 고개를 젓기만 했다. 아버지의 말이 궤변이라고 생각되었다. 그를 자신의 곁으로 끌어들이려는 술책일 것만 같았다.

그때, 어디서 그를 부르는 아내의 목소리가 들려서 그는 정신을 번쩍 차렸다. 역시 아내가 그를 찾고 있었다. 아내의 목소리는 대나무 숲을 한참 돌다가 그에게 전해졌다. 잠에서 깨어났을 때, 곁에 그가 없는 것을 알게 되자 아내는 놀랐을 것이다. 그래도 그는 대답하지 않고, 천천히 공동묘지에서 내려왔다.

그가 다가가자 아내의 가슴이 넓어지는 듯했다. 그에게 달려와서 그의 손을 붙잡은 아내는 '여보! 어디를 갔다 오시오? 나는 또 당신한테 변고라도 생긴 줄 알고 어찌나 놀랐던지…!' 라고 말하며 숨을 몰아쉬었다.

"운산 꼭대기에서 굿을 허면 내 병이 효험을 볼 거라고 허니께, 그렇게 해야겄구만."

그가 아내에게 말했다.

"이장이 그렇게 말하지라우?"

"응, 기우제 지낸 천봉우한테 맡겨서 굿을 허면 될 거라고 하드만."

"그러면 그렇게 허시오! 그러잔혀도 운산 꼭대기에서 굿을 혀서 이장 성님도 간암을 낫었다는 말을 나도 풍산댁한테 들었는디, 당신이 성낼 것 같아서 아즉 말을 못했구만이라우."

"논이 서 마지기가 들어간다는 것도 들었어?"

"아먼이라우. 그려도 어쩌것소, 그 사람만이 운산 꼭대기에 올라갈 수 있다는디? 당신 병만 낫을 수 있다면, 그까짓 논 서 마지기, 다시 벌어서 사면 되것지라우."

"그려도 우리가 어찌게 혀서 마련한 논인디."

"헐 수 없어라우. 논 네 마지기라도 줄 테니께, 당신 병만 빨리 낫게 해주라고 허시오!"

아내의 말을 듣고서 그의 마음은 좀 편안해졌고, 자신감도 생겼다.

"알았어! 그러면 날이 새는 대로 이장헌테 가서 좀 오라고 그려."

그들은 홀가분한 기분을 안고서 집으로 돌아왔다.

아내는 아침 일찍 이장을 데려왔다. '지 말대로 헌 게 좋겠지라우?'라고 말하면서 방안으로 들어선 이장은 그가 할 말을 이미 알고 있다는 뜻을 내비쳤다.

"논 세 마지기를 들여서 굿을 허면 정말로 내 병을 낫을 수 있다고 천봉우한테서 확답을 받을 수 있것능가?"

"물론이지라우. 지가 봉우를 데려올 테니께, 문태 아버지가 직접 확답을 받으시오."

"글면 그려."

'빨리 운산리에 갔다올 테니께 그렇게 알고 계시요' 라고 말하면서 이장은 돌아갔다.

그의 기분은 훨씬 좋아졌다. 이장이 그의 병을 낫게 해준다는 확답도 받을 있다고 하지 않는가. 어쩌면 그의 병이 나을 수 있다는 희망도 움텄다. 그래서 그는 풍산댁한테 했던 것처럼 아내한테 능청을 부리기도 했다.

몇 시간이 지나지 않아서 이장은 천봉우를 데려왔다. 한번 보았던 적이 있지만, 천봉우는 역시 기골이 장대하고, 우람하게 보여서 여느 청년한테서 볼 수 없는 촉기가 살아 움직이는 것 같았다. '안녕하시오, 어르신? 저, 천봉우이구만이라우' 라고 말하는 목소리도 쩌렁쩌렁하게 울려서 누구나 압도할 수 있는 청년이었다.

"여그 천봉우를 데려왔으니께, 문태 아버지가 직접 소상한 얘기를 들어보시오."

그에게 가까이 다가앉으며 이장이 말했다.

"운산 꼭대기에 올라가면 정말로 귀신허고 얘기허는 데가 있능가?"

그가 일어나 앉으며 천봉우에게 물었다.

"예, 어르신."

"그럼, 자네가 굿을 허면 내 병을 낫을 수 있다고 자신헐 수 있겠능가?"

"그러면이라우. 그것이 얼매나 많은 돈을 쓰시는 것인디, 자신헐 수 없으면 애초에 안 혀야지라우."

"그려, 그려. 서 마지기에 내 땀이 무척 들어간 논이시. 그건 알고 있제?"

"그러면이라우. 다 알고 있구만이라우."

"여그 이장도 있는 데서 자네가 약조를 했으니께, 나 아깝게 생각 안 허고, 논문서를 내놓겠네. 그러니 자네가 정성껏 굿을 혀서 내 병을 빨리 낫도록 혀보게!"

"저를 믿어 주셔서 고맙구만이라우."

"나, 예전부터 쭉 지켜보고 있었네만, 자네가 기우제를 지내기만 허면 꼭 비가 오드구만 그려."

그가 빙긋이 웃으며 말했다. 이제 그가 덕담을 나누는 것을 보고서 이장의 얼굴에도 환한 빛이 얹혀졌다.

"문태 아버지가 지를 믿어 주셔서 지 기분도 무척 좋구만이라우."

"우리는 평생을 이웃집에서 살아가고 있는디, 이장을 못 믿으면 누구를 믿겠능가."

"그야 그렇지라우."

그때를 기다리고 있기라도 했던 것처럼 아내가 술상을 들고 방으로 들어왔다. 그는 약속을 다짐하는 뜻으로 이장과 봉우한테 술을 따라주었다. 그때부터 그들이 나누는 대화는 다 훈훈한 것들이었다.

그들이 돌아가자, 그는 마루로 나가서 운산을 바라보았다. 방문을 열고 나갈 때마다 바로 보이는 운산, 그가 세상에 눈을 뜨고서 제일 먼저 보았을 듯한 운산은 어렸을 때, 볼 때도 신비스러운 산이라고 생각되었지만, 더욱 신비스럽게 보였다. 깎아지른 듯한 바위가 하늘로 치솟고 있는 산, 마치 호랑이가 하늘로 오르고 있는 듯한 운산은 신이 특별히 만들어 놓았을 거라고 생각되었다. 사람들의 접근을 철저히 막고 있는 운산의 꼭대기에 정말로 신이 살고 있을 것만 같았다. 그래서 운산을 보고 있을 때마다 운산의 정기가 그에게 듬뿍 전해지는 듯했고, 싱그러운 기분이 밀려들어서 참 좋았다.

초등학교 때, 운산으로 소풍을 가곤 했지만, 골짜기에 있는 암자에만 갔을 뿐, 산이 너무 험해서 누구도 꼭대기에 올라갈 생각을 아예 하지 않았다.

나무숲 속에 묻혀있는 암자에 있어도 운산의 정기를 그대로 받는 것 같았다. 졸졸 흐르는 물소리도 운산의 정기를 내뿜는 듯했고, 몇백 년 된 전나무에서도 운산의 정기가 뿜어져 나오는 듯했고, 암자에 모시고 있는 불상에도 운산의 정기를 간직하고 있는 듯했다. 그래서 그의 어머니는 어려운 일이 생길 때마다 그 암자에 가서 불공을 드렸다. 운산은 어떤 것도 해결해줄 수 있는 힘을 갖고 있을 거라고 그는 생각했다.

구름이 낄 때면 운산의 꼭대기를 볼 수 없었다. 구름은 항상 운산의 중턱에 머물러 있었기 때문에 그때마다 그의 기분은 우울해졌다.

어머니가 했던 것처럼 가끔 운산의 암자에 가서 불공을 드렸다면 그가 암에 걸리지 않았을 듯한 생각이 떠올랐다. 운산이 노했을 거였다. 이제 천봉우가 운산의 꼭대기에 올라가서 귀신을 달래면 그의 폐를 갉아먹고 있는 암도 물러설 것 같았다. 그렇게 생각하니까 그를 옥죄고 있는 암을 물리치는 것에 대해서 자신감이 일기 시작했다.

이제 천봉우가 굿을 했을 것이다. 시간은 촉촉하게 흘렀다. 그에게 다가서는 시간들은 그래도 삶의 향기가 묻어있었다. 부모의 묘소에서 들었던 것처럼 삶도, 죽음도 별것이 아닌 것처럼 여겨졌다. 문태가 다시 지어온, 폐암에 특효가 있다는 약도 먹는 기분이 달라졌다. 이전에는 죽음에 대항하기 위해서 약을 먹었지만, 이번에는 감기약을 먹는 것처럼 폐암을 낫기 위해서 약을 먹었다.

세상도 달리 보였다. 세상이 보다 더 환하게 보였다. 아내는 여인의 모습으로 보였고, 문태는 효심이 그윽한 자식의 모습으로, 이웃사람들은 정이 많은 모습으로 보였다. 율전리를 에워싸고 있는 대나무 숲도 유명한 동양화처럼 보였고, 가끔 전봇대에 앉아서 짖어대는 까치 소리도 음악처럼 들렸다. 그래서 그는 문태 집에 가서 손주를 안아보기도 했고, 아는 사람을 만날 때마다 웃음을 선사하기도 했다.

그의 병세도 호전되는 듯 느껴졌다. 잠도 잘 왔고, 가슴이 결리는 것도 느껴지지 않았다. 진즉 이장의 말대로 천봉우한테 맡겨서 굿을 했어야 하는 것을…! 서 마지기의 논이 전혀 아깝게 생각되지 않았다.

"이제 거의 나은 것 같으네!"

그가 문안드리러 왔던 이장에게 고마움을 표시했다.

"그렇죠! 지 말이 맞으시죠?"

이장의 얼굴은 대번에 환해졌다.

"다 이장 덕분이지, 뭐. 어떻게 보답을 해야 헐지…."

"보답은 무슨 보답이다요? 이웃에 살고 있으니까, 이런 것쯤이야 서로 돕고, 합심을 해야겠지요."

"그려, 그려."

"그 병원에 가서 다시 진찰을 받아보시죠! 영락없이 의사가 우리 형님한테 그랬던 것처럼 이상허다고 그러면서 고개만 설레설레 저을 거시오."

"아믄, 아믄."

그들은 훈훈한 대화를 나누며 그의 병세가 호전된 것을 기뻐했다.

그런데 석 달이 지나고서 갑자기 기침이 심해지고, 숨도 가빠지고, 가슴도 결리기 시작했다. 한 달만 지나면 병원에 가서 의사의 진찰을 받아보려고 했는데, 무슨 영문인지 알 길이 없었다. 의사가 예상했던 대로 한 달 후에 죽을 것 같은… 갑자기 두려운 상상들이 밀려들었다. 이제 그는 몸을 뒤척이기만 했고, 잠도 제대로 이룰 수 없었다. 이틀 밤을 뜬눈으로 지샜던 그는 이장을 불러서 자신의 사정을 털어놓았다.

"대관절 요것이 무슨 일이당가?"

"글씨요. 잘은 모르것지만, 낫을라고 할 때 나타나는 증상인지도 모르것죠? 또 그렇게 허다가 아픈 증상들이 뚝 끊어질라는지 모르지라우."

양손으로 손가락을 비틀면서 그의 물음에 대답하는 이장의 표정은 어둡기만 했다.

"그렇게 허기만 허면 좋겄지만?"

"그려도 천봉우한테 맡겼으니께 좋은 결과를 얻을 거라고만 생각허시오!"

"그렇게 혀서 내 숨이 꼴칵 넘어가 버리면 논 서 마지기는 어떻게 허고?"

"그럴 리가 있을라고라우."

"그려도 말여."

"그러면 지가 다시 한번 천봉우를 만나볼까요?"

"미안허지만, 그렇게 좀 혀 줄랑가?"

"아면이라우. 열 번이라도 그렇게 해 드려야지라우."

그는 고맙다고 했다. 이장을 믿어야 했다. 이장을 믿지 못한다면 이 세상에서 그가 믿어야 할 사람은 아무도 없을 것이다. 그러나 숨이 끊어질 것처럼 기침을 하고 날 때면 이장에게도 의심이 품어졌다. 논 서 마지를 천봉우와 이장이 나눠 갖기로 수작을 부렸을 것만 같았다. 의심은 풍선처럼 부풀려졌다. 이제 그는 기침이며 통증 때문이라기보다 의심이 달고 다니는 증오와 원망 등의 악감정 때문에 잠을 이룰 수 없었다.

"마음을 좋게 가지려고 애쓰시시오. 마귀가 붙어있어서 병이 생긴다고 헙디다. 마귀를 몰아내려면 마음을 편안허게 해야 헌다는디, 그렇게 남을 의심허면 낫을라고 했던 병도 다시 들것소."

그가 자신의 처지를 이야기하자, 아내가 애태우는 듯한 눈빛을 내보이면서 말했다.

"안 그럴라고 혀도 자꾸 의심이 가는디, 어떻게 헐 것잉가!"

"참, 환장헐 일이구만이라우. 호랭이헌테 물려가려고 산에 가는 사람은 없을 거시오. 그냥 이웃 사람들헌테 논 서 마지기 희사했다고 생각허시오."

"그렇게는 헐 수 없어! 그놈의 논이 어떤 논이라고 희사를 혀?"

"그러면 어떻게 헐 것이요, 우리 논을 다시 달라고 헐 수도 없고?"

"하여튼 이장이 무슨 얘기를 허겠제."

너무 억울한 일이어서 그의 가슴은 부글부글 끓었다. 그들한테 당하고 있을 수만은 없다고 생각되었다. 어차피 그는 죽을 목숨이지 않는가. 천봉우와 이장이 그를 속였다고 한다면 그들을 죽이고 자살하고 싶은 생각도 떠올랐다.

자살…. 그렇다. 얼마 남지 않는 삶을 고통을 느끼며 목숨을 이으려고 할 바에는 오히려 자살하는 것이 나을 거라고 그는 생각했었다. 그가 자살함으로써 가족에게 주는 피해도 적지 않겠는가. 그는 이장이 나타나기를 기다렸다.

"천봉우를 만나 보았는데요, 조금만 더 기다려 보라고 안 허요. 자기는 최선을 다해서 굿을 했고, 문태 아버지의 병이 낫을 수 있다고 확신이 서니께, 염려 말고 기다리시라고요."

"대관절 얼마 동안이나 기다리라는 거여? 내 병은 점점 더해지는디, 기다려도 효과가 없으면 어찌게 허겠다는 거여?"

"그것은 말을 못 나누었구만이라우. 그런디 그것을 어찌게 해야겄소, 그 돈으로 걸게 장만혀서 굿을 혔는디, 물어내라고 헐 수도 없고? 괜히 좋은 일 헐라고 허다가 내 입장이 참 딱허게 되었구만이라우."

"그러니께 아무 효과가 없어도 손들고 죽어 버려라, 이것잉가?"

"그러면 어쩔 것이요. 나 참 환장허겄네."

"난 그렇게는 못허겄네!"

"낫을 병도 그렇게 불길한 생각을 허고 있으면 안 낫겄소. 지발 마음을 편안허게 잡수시요!"

"천봉우가 나를 만나러 오것다고 안 허든가?"

"지가 문태 아버지를 만나서 무슨 헐 얘기가 있겄소?"

"암튼 내가 직접 천봉우를 만나 보아야겄네."

"잘 알아서 허시요만은 지 생각으로는 빨리 낫게 해달라고 기도

나 허면서 기다리는 것이 더 나을 것 같소."

이장은 언짢은 기분을 안고서 돌아갔다. 역시 눈동자에 힘이 주어지곤 했던 그는 한숨을 내쉬어야 했다.

벽에 걸려 있는 괘종시계에서 내는 초침소리가 그의 죽음을 예고하는 소리처럼 들렸다. 시한폭탄처럼 여겨지는 괘종시계를 박살내고 싶은 충동이 일었지만, 마음을 편안하게 하라는 이장의 말이 떠올라서 그는 꾹 참았다.

며칠 후, 또 다른 한약을 들고 문태가 집으로 들어섰다. 조바심이 일어서 잠자코 있을 수 없었던 그는 마당에서 아내와 이야기하고 있는 문태의 목소리를 듣고 다급하게 문태를 불렀다.

"뭐하고 있냐, 애비를 보러 왔으면 어서 방으로 들어오지 않고?"

그의 책망을 듣고서 문태는 머리를 긁적이며 그때서야 안부를 물었다.

"나도 무슨 속판인지를 잘 모르겠다. 금방 다 낫을 것 같더니만, 어찌 갑자기 통증이 오는지를."

"아부지가 허시는 일이라서 여태까지 암 말도 안 허고 있었는디요, 지가 한번 천봉우를 만나볼라요."

"그려, 그려. 만약에 며칠 내로 병이 낫지 않으면 논 서 마지도 돌려달라고 허고 말이여. 니가 단단히 다짐을 받아봐! 우리가 강하게 나오면 지가 다시 굿을 혀서라도 내 병을 낫을라고 안 허겠냐?"

"그라지라우, 아부지. 지가 기어코 다짐을 받아놓고 오겠습니다."

문태는 굳은 결심을 하는 듯한 표정을 남겨두고 방에서 나갔다. 그래도 흐뭇한 기분이 그의 가슴에 자리 잡았다. 집안의 기둥 자리가 소리 없이 문태에게 옮겨지는 것 같았다. 이제 그는 이 세상을 하직할 준비를 하고 있는 걸까.

문득 잠자코 있으면 안 되겠다는 생각이 떠올랐다. 그는 벌떡 일어나서 방문을 열고 나갔다. 역시 운산의 장엄한 모습이 그의 시야를 꽉 채웠다.

"아이고, 무슨 일이다요, 자리에 누워계시지 않고?"

부엌에서 일하다가 달려 나오면서 아내가 말했다.

"나도 가서 천봉우를 만나보아야겠네. 아무리 생각혀도 누워있기만 허면 안되겠어."

"그려도 환자가 어디를 나간다요? 문태가 그 사람 만나러 갔지 안허요?"

아내는 놀라는 표정으로 그를 말리려고 했다.

"그려도 안 되겠어."

댓돌 위의 신발을 신으면서 어찔한 기분을 느꼈지만, 그는 천봉우를 직접 만나려는 일을 포기하지 않았다. 고샅으로 나가자 그래도 상큼한 기분이 일었다. 누워있을 때는 느낄 수 없었던 기분이었다. 이웃사람들이 몸을 숨기고 그를 살피고 있는 것 같았다. 용기를 내야 했다. 그래서 둔덕을 넘자, 세찬 바람이 그의 몸속으로 파고들었으나, 그래도 운산리로 향하는 그의 발걸음은 제법 힘 있게 내디뎌졌다.

산허리를 돌아서자 돌무덤이 나타났다. 그곳에 돌을 얹으면 다리가 아프지 않다고 해서 초등학교 때 운산으로 소풍을 갈 때면 항상 돌을 얹어놓곤 했던 돌무덤이었다. 오십여 년이 지났지만 그 돌무덤은 그곳에 그대로 남아있었다. 그는 마지막일 것 같은 돌을 그곳에 얹어놓았다.

역시 대나무가 마을을 빙 둘러서 있는 운산리는 음산한 느낌이 가
득 풍기고 있었다. 그가 마을로 들어서자 집을 지키고 있던 까치는
날아올랐고, 이름 모를 새들은 합창이라도 하는 것처럼 요란하게
지저귀었다. 어디서 흐르는 물소리가 그에게 오싹한 느낌을 풍기면
서 낯선 사람의 출입을 막으려고 하는 것 같았다.

  그는 이장한테 듣고서 짐작하고 있는 천봉우 집으로 찾아갔다. 지
붕을 청기와로 얹은 한식집, 높은 담으로 둘러싸인 천봉우의 집을
보고서 그는 깜짝 놀랐다. 두메산골에 그렇게 큰 집이 있다는 것에
놀랐고, 천봉우가 그렇게 대궐 같은 집에서 살고 있다는 것에 대해
서 놀랐다. 그는 여기저기를 기웃거리다가 문틈으로 집안을 들여다
보았다. 댓돌 위에 문태의 신발이 놓여있었고, 큰방으로 보이는 방
에서 도란도란 이야기를 나누는 문태의 목소리도 들리는 것만 같았
다. 그는 집안으로 들어서려다 말고 다시 깜짝 놀라며 뒤로 물러섰
다. 굉장히 큰 개가 짖어댔기 때문이다. 천봉우의 집은 누구나 쉽게
접근할 수 없는 집이었다. 언뜻 문태가 그의 뜻을 잘 전할 것은 물론
이고, 야무지게 천봉우의 다짐을 받을 거라는 생각이 떠올랐다.

  그는 곧 뒤돌아서 운산의 암자로 향했다. 내내 그의 가슴속에 자
리 잡고 있었던 암자, 그 암자는 운산을 바라볼 때마다 가보고 싶은
충동이 일었지만, 용기를 내지 못했지 않은가. 집을 나설 때와 달리,
그의 발걸음에 힘이 실리는 것 같았다.

  음습한 모습들, 울창한 나무숲이 햇빛을 거의 막고 있어서 운산리
의 어떤 것들도 그늘에 묻혀있었다. 그의 시야를 채우고 있는 모습
들은 다 생경하게 느껴졌다. 그가 소풍을 왔을 때도 이런 모습이었
던 걸까. 그는 아련한 기억을 떠올리면서 걸었다. 그러나 몇 발짝을

옮기고서 그의 가슴이 답답해졌고, 그래서 그는 숨을 몰아쉬어야 했다. 그래도 멈출 수 없는 일이어서 그는 이를 악다물면서 한 발짝씩 발걸음을 옮겼다.

마을을 벗어나자 바람이 달려들어서 그의 머리칼을 흔들었고, 이름 모를 새들이 지저귀며 그를 환영하는 듯했다. 곧 자세히 볼 수 있는 운산의 모습이 그의 시야를 채웠다. 늘 푸른 숲 사이사이에 울긋불긋한 단풍이 물들어있었다. 여태껏 그가 살아왔던 세상과 전혀 다른 세상에 들어선 기분이 일었다. 너무 아름다운 모습이었다. 예전에도 그렇게 아름다웠을 텐데… 이 세상에도 그렇게 아름다운 모습이 있는 것을… 왜 여태껏 그렇게 아름다운 모습을 느낄 수 없었던 걸까.

암자에 다가설수록 뭉클한 느낌들이 그의 가슴에 채워졌다. 그가 세상을 잘못 살았다는 후회도 밀려들었다. 좀 더 여유 있게 인생을 살았을 수도 있었을 텐데… 조금이라도 인생을 즐기면서 살았더라면 그렇게 그의 삶이 아섭고, 죽음이 두렵지 않게 여겨질 텐데… 그래서 그의 발걸음은 더욱 기운을 잃었다.

암자 근처에는 암자를 감추고, 지키려는 나무숲이 빽빽이 들어차 있었다. 나무숲은 음습한 분위기를 풍기면서 암자에 들어서는 사람의 마음을 가다듬게 했다. 조금만 바람이 불어도 대나무 잎은 살랑살랑 몸을 흔들면서 두려운 기분을 드러냈고, 태고 적의 고요가 신음소리를 내면서 또 다른 세상이 있다는 것을 알렸다.

그는 물기를 둘러쓰고 있는 대나무 잎을 되도록 소리 나지 않게 밟으며 우물가로 갔다. 그가 어렸을 때도 있었던 우물이었다. 아득한 세월의 가장자리에 자리 잡고 있는 기억이 떠올랐다. 아마 운산의 정상에서부터 대나무 통 속을 타고서 흘러내려 돌을 파서 만든 절구통 속에 물을 고이게 하는 우물, 그때도 그런 모습의 우물이었던 것 같았다. 그는 함지박으로 우물물을 떠서 마셨다. '싸' 하는 느낌이 그의 가슴으로 흘러내리면서 시원한 기분을 그에게 안겨주었다. 어쩌면 운산의 심장부에서 솟아났을 그 물이 그의 허파를 갉아먹고 있는 암 덩어리를 씻어 내려갈지 모른다는 희망이 떠올랐다. 제발…!

그가 뒤돌아섰을 때, 이름 모를 새들의 지저귀는 소리며, 나뭇가지 사이를 휘도는 바람소리, 태고 적부터 그곳을 지키며 있었을 물소리가 더욱 크게 들렸다. 모든 것들이 그를 환영하는 듯 생각되었다.

꽤 크다고 여기고 있었던 암자가 너무 초라하고 보잘것없이 보였다. 그는 두리번거리며 암자를 살폈으나, 인적을 찾을 수 없었다. 어렸을 때, 그의 머리를 쓰다듬어주곤 했던 노승의 모습이 떠올랐다. 잠시 노승의 모습을 찾으려고 하다가 오랜 세월의 저편에 있었던 것을 깨닫고 그는 미소를 띠었다. 그래도 불당에는 촛불이 켜져 있었다.

먼지가 쌓여 있는 불당을 살피다가 좀 더 샅샅이 그곳을 살펴보고 싶어서 그는 불당의 뒤란으로 돌아갔다. 불당을 감싸고 있는 듯 대나무 담이 둘러쳐져 있었다. 그때도 대나무 담이 있었던가? 그는 한 손으로 담을 짚고 그 뒤편도 살펴보았다. 깎아지른 듯한 바위며 풍화에 못 이겨 부서진 바위의 잔해들… 그래서 그곳은 누구도 올라가 보지 못했던 곳이었다. 그런데 그가 짚고 있던 대나무 담이 슬그머니 열렸다.

천봉우가 그곳으로 운산의 꼭대기에 올라갔을 것 같았다. 그곳에 길이 있을 것 같은 생각이 떠오르자 희망이 샘솟는 듯한 느낌이 그의 가슴에서 느껴졌다.

그는 운산을 오르기 시작했다. 역시 바위 틈새로 겨우 한 사람이 기어들 수 있는 구멍이 있었고, 그 구멍을 빠져나가자 운산의 꼭대기에 오르는 길을 찾을 수 있을 것 같았다. 조금 전까지만 해도 기운이 없었던 그의 모습은 그에게서 찾을 수 없었다. 그는 힘껏 발걸음을 옮기며 운산의 꼭대기를 향해 올라갔다.

어느 고을의 모습이 보였고, 드넓은 들판과 하늘이 맞닿아있는 모습이 보였다. 조금 더 오르자 그의 아래에서 구름이 둥둥 떠가고 있었다. 전혀 새로운 모습이 펼쳐진 그곳은 별천지였다. 그는 하늘로 오르는 기분을 느꼈다.

역시 운산의 꼭대기에는 마당처럼 생긴 넓은 바위가 있었고, 운동장처럼 생긴 풀밭도 있었다. 그는 귀신처럼 생긴 바위며 굴을 찾으려고 마당 바위를 샅샅이 살피며 돌아다녔다. 그러나 한참 돌아다녀도 그것들을 찾을 수 없었다.

천봉우한테 속았다는 생각이 떠오르자 그는 기운을 잃고 말았다. 한 발짝도 옮길 수 없었다. 설상가상 정신마저 어찔했고, 가슴의 통증도 심하게 느껴졌다. 그래도 그는 어떻게 해서든지 산 아래로 내려가려고 안간힘을 썼지만, 그러나 그것은 전혀 불가능한 일이었다. 그의 정신은 점점 더 흐릿해졌다. 급기야 그는 풀밭에 고꾸라지고 말았다.

이슬을 머금은 풀 냄새가 그의 코끝에서 너풀대면서 그를 비웃는 듯했고, 산 중턱에 진을 치고 있었던 구름이 그를 둘러쌌다.

〈어리석은 자여! 그대 이름은 인간이니라! 그래도 어리석음은 가장 현명한 스승이니라!〉

어디서 천봉우의 목소리가 들리는 것 같았다.

그림자 아이

서울 출생. 서울예대 문예창작과 졸업.
1996년 단편소설 〈풀〉 서울신문 신춘문예 당선.
소설집 〈루빈의 술잔〉 〈옆집 여자〉 〈푸른 수염의 첫 번째 아내〉 등.
장편소설 〈식사의 즐거움〉 〈내 영화의 주인공〉 〈삿뽀로 여인숙〉 등.
동인문학상, 한국일보문학상, 이수문학상 수상.

팸플릿에는 야트막한 언덕들과 실오라기처럼 반짝이며 흘러가는 한강의 지류가 한눈에 보이는 전망 좋은 곳이라고 적혀 있었는데 막상 창가에서 내다보이는 건 거대한 삼발이 위에 얹힌 공 모양의 탱크들이었다. 회사의 심벌마크와 로고타이프가 그려진 커다란 여섯 개의 탱크들은 고속도로를 벗어난 후부터 요양소로 오는 내내 줄곧 시야에서 벗어나지 않았다. 요양소가 지어진 그 이듬해에 자회사를 여럿 거느린 대기업에서 이 일대 부지를 몽땅 사들였다고 했다. 요양소의 산책로가 있던 언덕을 밀고 그 자리에 공장 건물을 세웠다. 창가 맞은편에 일렬로 박은 대용량의 저장 탱크들 때문에 강도 보이지 않았다. 요양소에서는 경비 절감을 이유로 들어 새로운 팸플릿을 찍지 않았다.

어쩌면 더 잘된 일인지도 모른다고 아내가 트렁크를 열면서 어머니에게 속삭였다. 세 개의 트렁크 속에는 두 계절 뒤의 스웨터까지 들어있었다. 속옷들을 서랍에 챙겨 넣으면서 연구소의 창밖으로 보이던 풍경과 아주 흡사하다고 아내가 토를 달았다. 어머니는 창가에 붙어서 떨어질 줄 모르는 남자에게 들키지 않도록 한숨을 길게 내쉬었다. "기억해내서 좋을 게 뭐가 있다고." 아내가 소리 나게 서랍을 닫았다. "어머니의 바로 그런 점이 아들을 망치고 말 거예요. 좋은 조짐이에요. 저것 봐요. 아까부터 줄곧 탱크들만 뚫어져라 보고 있잖아요." 하지만 남자가 보고 있는 건 탱크들이 아니라 공장 담을 따라 늘어선 수십 대의 자전거들이었다.

눈을 뜰 때마다 침대에 누운 남자의 눈높이에 있는 탱크가 보였다. 삼발이 아래에서 주입구가 있는 탱크의 꼭대기까지 기역자 모양의 철제 사다리가 걸쳐져 있었다. 지난 이 개월 동안 사다리 근처를 얼씬대는 사람은 없었다. 방향키처럼 생긴 주입구는 봉인된 것처럼 열리지 않았다. 탱크의 둘레는 어림잡아도 성인 남자 스무 명이 아름으로 서야 할 만큼 넓어 보였다. 남자의 방 창으로 보이는 것은 커다란 비둘기가 그려진 탱크였다. 감람나무 이파리를 부리에 문 노아의 비둘기가 대기업의 심벌마크였다.

남자는 잠에서 깬 후에도 침대에서 뒤치락거리면서 대용량 탱크 속을 채우고 있는 게 무엇인지 추측해보았다. 어느 날은 검은 원유였다가 어느 날은 곡식의 낟알로 바뀌기도 했다. 탱크 속이 무엇으로 차 있는지 알 수 없듯이 남자는 자신의 머릿속이 무엇으로 채워져 있었는지 알지 못했다.

빗길에 미끄러지면서 도로를 벗어난 트럭은 인도로 뛰어들면서 가로등 불빛에 길게 늘어난 남자의 그림자를 치었다. 남자는 손톱 끝 하나 다치지 않았다. 급브레이크를 밟은 트럭이 엎어지면서 허공을 향한 두 쌍의 바퀴가 공회전을 했다. 짐칸에 얼기설키 묶어두었던 궤짝들이 쏟아져 내렸다. 나무 널빤지 두 개에 굵은 철사를 엮어 만든 닭장들이었다. 놀란 닭들이 홰를 치면서 튀어 올랐다. 순식간에 인도와 도로에는 브로일러의 흰 닭털들이 부옇게 날아다녔다. 닭들의 요란한 울음소리가 남자가 기억하는 것의 전부다. 남자는 제 어머니도 몰라봤다.

하얀 칠이 된 천장 쪽으로 팔을 들어올린다. 흰 팔뚝 안쪽에 생긴 주사바늘 자국은 채 가시지 않았다. 다섯 손가락을 움켜쥐었다가 활짝 펴본다. 손바닥의 우묵한 곳, 생명선과 운명선들이 교차하는 그곳. 들고 있던 항아리를 놓쳐 깨뜨렸던 것일까, 쥐고 있던 새를 날려버리고 만 것일까. 오른손에 꼭 쥐고 있던 무언가를 놓쳐버리고만 아찔함과 허망함이 여전히 남아있다. 하지만 손이 기억하고 있는 것이 무엇인지 남자는 알지 못한다.

방금 잠을 깨운 소음은 두 패로 나뉘어 멀어졌다. 또다시 정적이다. 와자지껄한 사내들의 웃음소리와 흙바닥에 어지럽게 울리는 발짝 소리, 이따금 섞이는 자전거 요령과 체인 감기는 소리에 잠이 깨면 영락없이 아침 여섯 시가 조금 지난 시각이었다. 야간 작업조인 3조가 퇴근을 서두르고 1조가 공장 안으로 들어서면서 공장 뒷마당은 잠시 동안 부산스러워진다. 공원들의 사옥이 공장 가까운 곳에 있었다. 공원들은 푸르스름한 작업복 차림 그대로 자전거를 몰고 출퇴근을 했다.

플라스틱 슬리퍼를 끄는 소리들이 휴게실과 세면장 쪽으로 천천히 움직인다. 언제 일어났는지 썬더보이의 침대는 비어 있다. 휴게실 쪽에서 썬더보이의 목소리가 도드라진다. 세면장으로 가려던 길에 휴게실 쪽으로 방향을 튼 게 틀림없다. "보이나? 적이 보이나?" 총소리를 흉내 내는 걸로 봐서 백마 11호 작전 때의 이야기를 늘어놓으려는 게 틀림없다. 한 방을 쓰는 동안 남자는 썬더보이의 무용

담을 물리도록 들었다. 그는 때때로 칠십 노인이 되었다가 어느 날은 스무 살 청년처럼 하루 종일 팔팔하게 돌아다니기도 한다.

일인 다역을 하느라 썬더보이는 휴게실 바닥을 구르기도 하고 의자 위로 단짝 뛰어올라가 앉아 자신을 올려다보느라 고개를 뺀 사람들의 얼굴을 정찰병처럼 의심스러운 눈으로 내려다보기도 한다. 썬더보이는 1970년 3월, 캄란 서북방에서 30킬로미터 떨어진 바콤에 투입되었다. 아열대 기후 속에서도 방탄조끼에 완전군장을 했다. 방탄모 속에서 흘러내린 땀이 눈으로 흘러들어 제대로 눈을 뜨는 일조차 버겁다. 썬더보이는 적의 은거지를 찾아 가슴까지 흘러넘치는 계곡의 물을 도하하는 중이다. 그럴 때면 그는 밭장다리처럼 두 다리를 벌리고 어기적대면서 걷는다. 총이 젖지 않도록 두 팔을 어깨 위로 들어올려야 했기 때문에 중심을 잡을 수 있는 건 두 다리뿐이다. 크고 작은 돌들과 갑자기 낮아지는 강바닥 때문에 균형을 잡는 일조차도 쉽지 않다. 30킬로그램을 훌쩍 넘는 완전군장이 물에 젖어 더욱 무겁게 사지를 붙들고 늘어진다. "자칫 방심했다가는 베트콩은 잡아보지도 못하고 붉은 흙물이 흘러넘치는 계곡 아래로 떠내려가 물고기 밥이 될 처지였지." 별안간 썬더보이는 휴게실 바닥에 배를 깔고 엎드려 낮은 포복 자세로 긴다. 지금 그는 벵골보리수와 칡, 빈랑나무 등이 우거진 아열대림을 적들에게 띄지 않도록 통과하고 있는 중이다. 그 모습을 보고 머리카락을 박박 민 청년 하나가 발작적으로 웃어댄다. 썬더보이는 아랑곳하지 않고 진지하다. 허리춤에 수통 두 개를 단단히 그러맨 후 손바닥으로 툭툭 쳐서 확인까지 한다. 베트남의 무더위에서는 물 없이 단 한 시간도 버틸 수 없다. 휴게실의 음료 자동판매기 쪽에서 헬리콥터들이 나타난다. 썬더보이는 과장되게 입 모양을 벌려대면서 벙긋거린다. 헬리콥터의 날갯소리에 말소리가 전혀 들리지 않는다는 걸 표현하기 위해서이다. 썬더보이의 벌게진 얼굴을 보고 있으면 몇 번이나 그 이야기를 들은 적이 있는 남자도 웃지 않고는 못 배긴다.

자전거 보관소도 담장을 따라 둥글게 휘었다. 스테인리스 고정대마다 자전거들이 묶여있다. 수십 대의 자전거들은 스탠드의 위치에 따라 좌로 우로 비스듬하게 기울어 있다. 공장은 하루 3교대로 풀가동되었다. 하루 세 차례 교대 시간에만 십여 분 남짓 소란스러울 뿐 나머지 시간에는 넓은 마당에 햇빛만 고여 다글거렸다.

텅 빈 마당을 내려다보고 있자면 거친 숨소리와 함께 족구를 하고 있는 젊은 남자들과 한쪽에 삼삼오오 모여 해바라기를 하며 잡담을 나누고 있는 젊은 여자들의 모습이 떠올랐다. 그 무리 어디에 자신이 있는지 어디에 아내가 있는지 확인할 틈도 없이 그림은 사라졌다. 아내는 이틀에 한 번꼴로 전화를 걸었다. 아내의 전화 목소리에 익숙해질 만한데도 남자는 매번 "실례지만 누구시죠?"라고 물었다. 대답 대신 아주 한참 만에 아내의 한숨 소리가 되돌아왔다. 남자는 아내의 부탁대로 탱크들을 보려 창가에 서 있게 되었다. 하지만 잠시 후면 남자의 시선은 탱크들을 떠나 어느새 자전거에게로 가 있었다.

교대 시간은 아침 여섯 시와 오후 두 시, 밤 열 시였다. 교대 시간 십 분 전쯤이면 탱크들의 삼발이 아래로 자전거떼가 모습을 보이기 시작한다. 늘 한두 대의 자전거가 다른 자전거들을 인솔했다. 그 자전거가 에스자 모양으로 삼발이 다리를 통과하면 다른 자전거들도 따라했다. 맨 앞의 자전거가 보관소에 다 다다를 즈음이면 반대편에서 어지러운 발소리가 들렸다. 공장에서 작업을 마친 공원들이 퇴근을 하는 소리였다. 자전거 보관소 앞에서 백 명이 넘는 공원들이 뒤섞였다. 고정대에 묶인 자전거를 풀고 그것을 기다렸다가 다시 고정대에 자전거를 묶는 일이 마치 작업장에서처럼 일사불란하게 이루어졌다.

어떤 공원들은 자전거에 올라타고 나서 자전거를 출발시키지 않았다. 자전거 옆에 서서 핸들을 잡고 자전거를 밀면서 달렸다. 어느 정도 속도가 붙으면 훌쩍 몸을 날려 안장에 엉덩이를 걸치고 반쯤 선 자세로 페달을 힘껏 밟아댔다. 페달을 밟는 쪽으로 자전거가 쓰러질 듯 휘청거렸다. 그들은 먼저 출발한 자전거들을 따라잡고 앞서 삼발이 아래를 통과했다. 자전거에 속도가 붙으면 그냥 두 발을 페달 위에 얹어두었다. 똑같은 작업복을 입은 수십 명의 공원들이 자전거를 타고 흩어지는 장면을 남자는 한참 동안 바라보고는 했다. 자전거 보관소 위에는 울긋불긋한 비닐 차양이 쳐져 있었지만 고작 자전거를 가릴 폭이어서 정오를 넘긴 어느 순간 자전거의 팬더들이 일제히 빛을 반사하는 때가 있었다. 그 자전거가 눈에 띈 것은 순전히 붉은 안장 때문이었다.

목에 수건을 두른 채로 이 방 저 방을 기웃거리던 썬더보이는 아침 식사가 배식된 뒤에야 부랴부랴 방으로 돌아온다. 썬더보이는 남자보다 보름쯤 늦게 이곳에 도착했다. 머릿속이 보이도록 짧게 잘랐던 머리카락이 자라 귀를 덮었다. 남자가 주발 뚜껑에 발라놓은 콩을 보고 그냥 지나칠 썬더보이가 아니다. 핀잔 섞인 충고를 늘어놓을 게 뻔하다. "이봐, 이봐. 도련님. 팔천여 명이나 되는 농민들이 왜 봉기했는 줄 아나?" 그 레퍼토리도 이미 여러 번 들은 바 있다. 썬더보이는 1894년 갑오농민전쟁에 대해 이야기하려는 거다. 밥에 묻혀 입으로 들어간 콩을 혀끝으로 골라내면서 남자가 선수를 친다. "가난 때문이지." 썬더보이는 식판 위에 놓인 밥과 반찬그릇의 뚜껑을 하나씩 열어 내려놓으면서 고개를 깊이 끄덕인다. 갑오농민전쟁 당시 썬더보이는 스물한 살의 혈기왕성한 젊은이였다. 흰 수건으로 머리를 질끈 동여매고 한 손에 죽창과 몽둥이를 든 농민들이 고부 관아로 물밀듯이 쳐들어갔다. 관아의 무기를 몰수하고 창고를 부쉈다. 불법으로 징수한 세곡이 산더미처럼 쌓여있었다. 그들은 세곡을 풀어 빈민들에게 나누어주었다. 그날의 함성이 들리는지 아니면 음식의 간을 보는지 썬더보이는 입에 든 호박나물을 한참 동안 물고 있다.

어머니가 밥뚜껑을 열어보고는 어쩌나 이 앤 콩이라면 질색을 하는데, 라는 말을 하기 전까지는 그럭저럭 콩을 먹을 수 있었다. "콩 비린내가 싫다, 콩에서 메주 냄새가 난다, 콩이 이 사이에서 서걱거린다… 넌 이런저런 변명을 다 둘러댔어. 너무 화가 치밀어서 그만 밥풀이 묻은 숟가락으로 네 이마를 때리고 만 적도 있었다." 어머니가 웃었다. "조그만 이마 중앙에 붉은 혹이 부풀어 올랐는데 거기 밥풀이 붙어서… 아무튼 조끄만 게 어쩌나 고집이 세던지. 넌 입을 꾹 다물고 아무것도 먹으려 들지 않았어. 을러도 보고 달래도 봤지만 헛수고였지. 결국 넌 하루 만에 내 입에서 콩은 이제 먹지 않아도 좋다는 승낙을 받아내고야 말았어. 전쟁이었다, 전쟁." 어머니는 그때 일은 생각하기도 싫은지 머리를 내저었다. "그때였을 거야. 난 이 다음에 네가 뭐가 되든 될 아이라고 믿었다." 어머니는 밥그릇에서 골라낸 콩을 씹다 말고 입을 다물었다. 어머니가 돌아간 그 다음

날 점심에도 콩밥이 나왔다. 밥뚜껑을 열자마자 남자는 훅 끼치는 역겨운 냄새 때문에 뚜껑을 도로 닫아야 했다. "지주들의 착취는 극에 달했지. 빈농의 토지를 담보로 해서 높은 이자로 곡식이나 자금을 빌려주고 이자나 원금을 갚지 못하면 토지를 수탈해가는 식으로 계속 농지를 집적할 수 있었던 거야. 많은 농민들은 점차 농지에서 배제되어 소작농민으로 전락하고 말았지. 우리도 한참 유민으로 떠돌았어…." 썬더보이는 누구에게랄 것도 없이 계속 중얼거린다. "자매(自賣)라고 아나? 말 그대로 스스로를 파는 거지. 우린 그야말로 더 이상 내다팔 게 없었어. 팔 거라곤 우리 육신뿐이었지. 자진해서 부잣집으로 들어가 노비로 전락하는 거지…."

썬더보이는 이야기할 추억거리가 너무 많다. 그의 가장 오래된 추억은 연산군 때로 거슬러 올라간다. 자신의 입으로도 오백 년을 살았다고 떠벌리고 다닌다. 썬더보이는 오백 년 동안 이런저런 일들을 보았고 겪기도 했다. 이 주에 한 번, 썬더보이를 찾아오는 아내는 그가 기억하는 다섯 번째 아내이다. 남자는 콩을 골라내다 말고 김민기, 하고 입엣말을 해본다. 자신의 이름에서 풋콩의 비린내가 난다. 얼굴을 들 때마다 탱크에 그려진 노아의 비둘기가 눈에 들어온다. 탱크를 보라던 아내의 충고는 별 효력을 발휘하지 못하는 듯하다. 대형 탱크의 주입구는 남자가 요양소에 온 그날부터 지금까지 한번도 열리지 않았다. 주입구에는 붉은 녹이 슬었다. 그 탱크들도 자신의 머릿속처럼 텅 비어 있을 것 같다.

남자는 붉은 안장의 자전거를 눈여겨보았다. 그 자전거는 자전거 보관소의 왼쪽 끝에서 세 번째 고정대에 묶여있었다. 교대 시간마다 다른 자전거들은 수시로 위치가 바뀌었지만 붉은 안장의 자전거는 늘 그 자리 그대로였다. 붉은 안장을 볼 때마다 사타구니가 불에 덴 듯 뜨거워지고는 했다. 안장과 핸들 사이의 프레임에 플라스틱 보조 의자가 얹혀있었다. 서너 살배기 아이의 엉덩이가 쏙 들어갈 크기였다. 붉은 안장의 자전거 주인은 근무가 없는 휴일이면 플라스틱 의자에 아이를 태우고 자전거를 탔을 것이다. 교대 시간이면 백여 명의 공원들이 움직이지만 그 누구도 붉은 안장의 자전거에 손대지 않았다. 붉은 안장의 자전거 주인은 대체 어디로 간 것일까. 남자는 아예 탱크들에 눈길도 주지 않았다.

　남자가 야구광이라는 것을 알려준 것은 이종사촌들이었다. 남자와 한 살 터울이라는 일란성쌍둥이들은 태어날 때와 마찬가지로 오분 사이를 두고 한 명씩 문가에 나타나 남자를 당황하게 했다. 아주 오랜만에 보았는데도 그들은 한쪽 손만 살짝 들어 인사를 대신했다. 그 인사법으로 평소 그들과 남자와의 사이가 친밀했다는 것을 짐작할 수 있었다. 쌍둥이들은 보호자용 침상에 걸터앉자마자 투닥거리기 시작했다. 전화질을 하느라 사람을 현관에서 이십 분씩이나 기다리게 했다고 먼저 들어온 쌍둥이가 핀잔을 주었다. 바쁜 게 좋은 거 아니냐면서 뒤따라온 쌍둥이가 너스레를 떨었다. 남자는 이목구비가 똑같이 생긴 곱슬머리의 두 남자를 번갈아 바라보았다. 한눈에 봐서는 누가 형이고 아우인지 분간이 가지 않았다. 친척들 중 유일하게 남자만이 형과 아우를 알아보았다고 했다. 어떻게 알아보느냐고 친척 어른 중의 한 명이 물었는데 다 방법이 있다면서 알려주지는 않더라고 했다. 하지만 지금 남자의 눈에 쌍둥이는 너무도 똑같아 보였다. 쌍둥이들은 목소리도 비슷했다. 그들은 냉장고 안에 있는 여러 종류의 음료수 가운데 똑같이 섬유소 드링크를

206

골라 마셨다.

　쌍둥이들은 동대문구장에서 있었던 프로야구 원년 개막전에 대해 상세히 기억하고 있었다. 전직 대통령이 양복조끼 차림으로 시구를 던졌고 공은 정확히 스트라이크존 안으로 날아갔다. 구장을 가득 채운 삼만여 관중의 함성이 이어졌다. MBC와 삼성의 경기였다. "야, 10회 말 연장전까지 가는데 정말 손에 땀이 다 배더라." "맞아, 맞아. 이종도의 끝내기 한 방 정말 죽여줬지." "이종도가 유유히 홈 플레이트를 밟을 때 이선희의 심정은 오죽했을까. 만루홈런을 맞았으니…." 쌍둥이들은 야구 이야기를 할 때만 호흡이 척척 맞았다. 갑자기 큰쌍둥이의 얼굴이 굳어졌다. "형, 기억나? 이 자식이 늦게 오는 바람에 우리가 발을 동동 굴렀던 거. 이 자식이 티켓을 다 가지고 있었잖아. 시장통이라 짐자전거들은 쉴 새 없이 돌아다니고 자전거를 피하느라 이리저리 움직여대야 했지. 길게 줄을 섰던 사람들도 거의 다 입장을 하고. 난 경기장 앞에까지 다 와놓고 그 경기를 놓치는 줄로만 알았다니까. 아무튼 이 자식은 예나 지금이나 늑장을 부린다니까." 작은쌍둥이는 그 말에도 헐헐 웃기부터 했다. "그런 일이 있었나? 하도 오래된 이야기라 아무 생각도 안 나는데." 만약 남자가 쌍둥이를 분간할 수 있었다면 그건 바로 너무도 상반된 쌍둥이들의 성격 때문이었을 것이다.

　1982년 3월 27일. 중학교 3학년이었고 새 학기가 시작된 지 얼마 되지 않은 때였다. 남자는 쌍둥이들과 동대문구장에 있었다. 손가락으로 셈을 해보았다. 벌써 이십 년이 넘은 옛날 일이다. 손가락으로 셈을 하는 버릇은 여전하다면서 어머니가 웃었다. 유난히 셈이 느려 어머니의 속을 태웠다고 했다. 덧셈에서 열이 넘는 수가 나오면 열 손가락으로 부족해 열 발가락까지 끌어다 셈을 해서 젊은 어머니는 걱정이 되면서도 터지는 웃음을 참을 수 없었다고 했다. 3월 말의 날씨처럼 변덕스러운 날씨도 없을 것이다. 멋을 내느라 벗어두고 간 점퍼 때문에 돌아오는 길에는 선득했을 것이다.

쌍둥이들은 십대의 사내아이들처럼 서로의 옆구리나 배를 치고받으면서 장난을 쳤다. 남자는 연장전 10회 말 이종도가 친 홈런 장면을 그려보았다. 관중들의 함성이 저 먼 곳에서 들려왔다. 펜스를 넘은 흰 공이 점점 남자 쪽으로 다가오고 있었다. 공을 잡으러 앞좌석에 앉은 사람들이 우르르 일어서며 팔들을 뻗었다. 공은 정확히 남자를 향해 날아왔다. 남자는 벌떡 일어서면서 날아오는 공을 향해 손을 벌렸다. "늬들 생각나냐? 내가 이종도의 그 공을 잡을 뻔했지. 아깝게도 다 잡았다가 놓쳤잖아." 남자가 아쉬운 듯 무릎을 쳤다. 분명 야구공은 남자의 손에 들어오는 듯싶었다. 야구공을 손에 넣었다고 생각한 순간 어이없게도 공은 남자의 손에서 벗어나 아래로 굴러 떨어졌다. 몇 계단 아래에서 서로 공을 잡으려는 사람들이 한데 뒤섞이면서 아수라장이 되었다.

남자는 무릎 위에 올린 텅 빈 두 손을 내려다보았다. 이 오른손의 허전함은 야구공을 잡았다 놓친 그때 그 느낌일까. 쌍둥이들은 눈을 끔벅거리면서 남자의 얼굴과 자신들의 얼굴을 번갈아 바라보았다. "무슨 소리야, 형. 그때 그 공은 우리 쪽으로는 오지도 않았어. 공은 분명히 경기장 밖으로 날아갔어. 안 그래?" 큰쌍둥이가 작은쌍둥이의 옆구리를 팔꿈치로 쿡쿡 찔렀다. 작은쌍둥이가 우물거렸다. "글쎄, 사람들이 함성을 지르고 자리에서 일어나 뛰어대는 통에 난 공이 날아가는 건 보지도 못했어. 아이고, 그게 벌써 이십 년 전이야. 우리는 열다섯이었고." 이십 년 전으로 거슬러 올라가는지 쌍둥이들의 눈빛이 멀어졌다. 큰쌍둥이가 입맛을 다셨다. "그때 칼라텔레비가 나왔었냐 안 나왔었냐?" 작은쌍둥이가 대답 대신 남자를 올려다보았다. "형, 나왔었어?" 큰쌍둥이가 이번에도 남자의 눈치를 살피며 팔꿈치로 작은쌍둥이의 옆구리를 찔러댔다. 작은쌍둥이가 입을 꾹 다물었다.

쌍둥이들의 대화는 다시 그룹 송골매로 옮겨졌다가 송골매의 열혈팬이던 앞집 동갑내기 여자애의 이야기로 이어졌다. 여자애 이야기가 나오자 쌍둥이들의 목소리가 더욱 커졌다. 여자애가 좋아하는 것은 큰쌍둥이였는데 작은쌍둥이가 큰쌍둥이인 척하면서 여자애에게 말을 걸었다는 것이다. 작은쌍둥이도 지지 않았다. 애시당초 그 여자앤 큰쌍둥이처럼 똑같이 생긴데다 성격도 좋은 작은쌍둥이에게 호감을 가지고 있었다고 했다. 쌍둥이들은 남자의 방에 들어선 후부터 과거 이야기로만 한 시간이 넘게 이야기를 이어가고 있었다.

썬더보이가 들어서면서 쌍둥이들의 대화는 잠시 중단되었다. 인기척에 뒤를 돌아본 큰쌍둥이가 썬더보이를 알아보았다. 큰쌍둥이를 따라 작은쌍둥이가 고개를 돌려 썬더보이를 올려다보았다. 쌍둥이가 동시에 말을 내뱉었다. "어? 박성배다!" 하지만 정작 박성배라고 불린 썬더보이는 똑같이 생긴 곱슬머리 남자들을 요모조모 뜯어보느라 정신이 없는 듯했다.

자신이 응원하던 팀의 역전을 고대하던 204호 사내는 극적인 만루홈런 장면을 보지 못하고 그새 소파에 머리를 기댄 채로 잠이 들었다. 이곳 사람들은 시도 때도 없이 잠에 빠져든다. 남자는 어느새

자신이 야구 경기에 열중하고 있다는 것을 깨달았다. 펜스를 넘어
간 야구공은 비교적 비좁은 구장 탓인지 훌쩍 경기장 밖으로 날아
가 버렸다. 불펜에서 이긴 팀의 선수들이 마운드로 쏟아져 나오면
서 환호성을 질러댔다. 그 화면 위로 엔딩 크레디트가 천천히 올라
갔다.

썬더보이는 머리를 박박 민 청년에게 빗자루를 들려주고는 검술
시범을 해 보이는 중이다. 본국검이니 금계독립세, 맹호은검세에
대해 열심히 설명을 해준다. 청년은 열심히 고개를 끄덕거린다. 썬
더보이가 먼저 실연을 해 보인다. 왼발이 뛰어나가고 오른발이 뒤
따르면서 검을 든 두 손이 위를 찌른다. 오른발이 뒤로 물러서고 왼
발을 끌어당기면서 검으로 상대방의 엄지와 집게손가락 사이를 내
리친다. 청년은 자꾸 순서를 잊어버린다. 이번에는 썬더보이와 청
년의 대련이다. 청년이 머리를 내리치면 썬더보이가 옆으로 살짝
물러난다. 이번에는 썬더보이가 청년의 머리 위에서 허리 쪽으로
칼을 내휘두른다. 청년이 방어를 하면서 두 칼이 허공에서 번쩍 빛
을 내며 부딪친다. 남자는 두 개의 빗자루가 부딪히면서 내는 둔탁
한 소리를 듣는다.

좁은 휴게실 안을 두 사람이 겅둥거리며 휘젓고 다니는 통에 텔레
비전을 보던 사람들 몇이 방으로 돌아갔다. 청년은 순서를 자꾸 혼
동한다. 순서라고 해봐야 다섯 동작뿐이다. 썬더보이도 그 이상은
기억하지 못한다. 청년은 머리를 내리쳐야 할 부분에 칼을 대각선
방향으로 휘젓는다. 그 바람에 칼을 피하려 한 발짝 옆으로 갔던 썬
더보이가 기습적으로 옆구리를 맞고 만다. 통증과 화를 누르느라
썬더보이의 얼굴빛이 울그락불그락이다. 청년은 빗자루를 든 채 엉

거주춤 서 있다. 썬더보이가 다시 청년이 선 자리로 가서 청년이 해야 할 동작들을 짚어준다.

텔레비전 옆의 안락의자에서 뜨개질을 하고 있던 중년 여자가 빗자루에서 떨어지는 먼지를 피해 남자와 204호 사내 사이로 자리를 옮겼다. 중년 여자는 만두처럼 시접을 여민 굽 낮은 신발을 신고 있었다. 남자의 옆에서 여자는 한동안 뜨개질에 열중했다. 여자의 무릎에 놓여있던 실뭉치가 또르르 굴러 남자의 발에 와 멈췄다. 여자가 깜빡 존 모양이었다. 실뭉치를 잡으려 손을 뻗었다. 실의 까슬까슬한 촉감이 좋았다. 실뭉치는 손아귀를 꽉 채우고 넘쳤다. 손이 기억하고 있는 그 느낌은 아니었다. 남자는 손이 기억하는 것을 찾아 이것저것을 만져보았다. 지갑은 너무 컸고 문고리는 차가웠다.

인기척에 여자가 잠에서 깼다. 부르르 몸을 떨더니 다시 뜨개질을 시작했다. 이번에는 한 줄을 뜰 때마다 남자의 등에 반쯤 떠진 스웨터의 몸통 부분을 대보았다. 스웨터의 품은 남자의 등보다 훨씬 작았다. 중년 여자는 스웨터의 사방을 늘여 남자의 등에 맞춰보려다가 투덜거렸다. 대바늘을 뽑고 빠른 손놀림으로 떴던 스웨터를 풀기 시작했다. 여자의 치마 앞자락이 금세 구불구불 풀린 실로 넘쳐났다. 코에 대바늘을 꿰던 여자가 중얼거렸다. 남자는 그 말이 자신에게 하는 말인 줄 알지 못했다. 여자가 조금 목소리를 높였다. "넌 영락없이 네 아빠를 닮았어. 세상에 어쩜 그렇게 빼다박을 수가 있는지…." 코를 꿰다 말고 여자가 남자의 옆얼굴을 흘깃거렸다. "얘, 넌 네 아빠를 닮아 등이 너무 길어. 이것 봐라. 표준 사이즈대로 스웨터를 떴는데 터무니없이 작잖니?" 코를 다 꿴 여자는 다시 부지런히 손을 놀려 스웨터를 떠가기 시작했다. 옷 양쪽에 꽈배기 무늬가 들어간 흰색 스웨터였다. "목이 따갑다고 스웨터를 안 입고 서랍 속에서 썩히면 안 된다, 알겠지?" 남자는 아무 대답도 하지 않았다. 여자가 남자를 나무라는 듯 혀를 찼다. "그 버릇은 여태 고치지 못했구나. 입에 침이 마르도록 타일렀건만. 어른이 말씀하면 재빨리 예, 하고 대답해야 하는 거다!" 남자는 엉겁결에 네, 하고 대답했다. 중년 여자가 고개를 휙 돌려 남자를 쏘아보았다. "고얀 것. 이젠 어른을 놀리려 들어?"

여자가 벌떡 일어섰다. 흰 실꾸러미가 바닥으로 굴러떨어졌다. 여자는 잔뜩 화가 난 사람처럼 어깨를 들먹거렸다. "그래 넌 네 아빠를 빼닮아서 걸핏하면 손찌검이나? 엉? 나쁜 것." 허공으로 올라간 여자의 손이 남자의 뺨을 찰싹 내리쳤다. 남자가 뭐라고 말할 틈도 없었다. 뜨개질감을 두 손으로 쥔 여자는 종종걸음으로 휴게실을 나가버렸다. 여자가 흘린 실뭉치가 조금씩 풀리면서 여자의 뒤를 돌돌 따라 굴러갔다. 작은 덩치에 비해 손맛이 매웠다. 뺨이 얼얼하고 눈물이 핑 돌았다. 청년에게 또 옆구리를 공격당한 모양인지 썬더보이도 옆구리를 비벼대며 펄쩍펄쩍 뛰어오르고 있었다.

어머니는 사과 껍질이 끊이지 않도록 길게 깎았다. 사과에서 늘어진 껍질이 얼추 어머니의 무릎에 가닿았다. 밤새 내린 빗물이 마당 곳곳에 웅덩이를 만들었다. 차양 아래로 빗물이 들이쳐서 붉은 안장의 자전거도 흠뻑 젖었다. 출근할 때 자전거를 가져왔던 공원들 가운데 몇은 거센 빗줄기 때문에 아예 자전거 없이 퇴근을 했다. 우비를 쓴 공원들이 자전거로 퇴근을 했지만 눈으로 흘러내리는 빗물 때문에 다른 날처럼 속력을 내지는 못했다. 붉은 안장의 자전거는 아무도 타지 않았다. 양옆의 고정대에 다른 자전거들을 넣고 빼낼 때마다 붉은 안장의 자전거를 툭툭 건드렸다. 남자는 플라스틱 의자에 서너 살배기 아이를 앉히고 자전거를 달리는 자신의 모습을 상상해보았다. 솜털 같은 아이의 머리카락이 바람에 날리고 살짝 살이 접힌 뒷목이 보인다. 자전거 바퀴가 돌을 밟을 때면 아이의 엉덩이가 플라스틱 의자 위에서 가볍게 튀어 오른다. 아이가 간지럼을 타듯 까르륵 웃어댄다. 그런 상상 끝에는 얼토당토않은 노래 가사가 떠올랐다. 아빠하고 나하고 닮은 데가 있어요. 눈 땡, 코 땡, 입 딩동댕.

"난 어떤 아들이었어요?" 어머니가 사과를 깎다 말고 창가에 선 남자를 올려다보았다. 야구광에 콩을 싫어하고 어릴 적 엄마의 생일 선물로 뽀뽀를 선물했던 아이는 어머니의 바람대로 연구소에 취직을 했다. 하지만 어머니 몰래 어머니의 지갑에 손을 댄 적도 있었을 것이다. 패싸움을 하고 찢어진 상처를 넘어져 생긴 거라고 둘러대기도 했을 것이다. 공부를 한다고 독서실에 자리를 잡아두고서 여자애의 집 앞에서 밤을 새운 적도 있을 것이다. 아내를 때리는 아버지를 보고 자라 결혼을 해서 자신의 아내를 구타하는 못된 남편일 수도 있었을 것이다. 놀란 닭들이 요란하게 홰를 치고 하얀 닭털들이 날아올랐다. 남자가 기억하는 것은 그것이 전부다. "넌 착한 아이였다." 어머니가 한숨을 쉬었다. 남자가 어머니를 몰라봤을 때도 어머니는 놀라지 않았다. 다른 사람은 몰라도 제 엄마는 알아볼 거라고 했다. 하지만 남자는 어머니와 관계된 그 어떤 기억도 하지 못한다. 남자는 두 손을 내려다보았다. "엄마, 혹시 내가 손에 무언가 쥐고 있었어요? 뭔가를 놓친 것 같은데. 그것 때문에 너무도 절망스러워요." 어머니는 아무런 대답도 하지 않았다. 어머니가 들고 있던 칼이 어긋나면서 사과 껍질이 끊겨 바닥에 떨어졌다.

공장은 이십사 시간 풀가동이다. 한밤중에도 방안까지 공장의 불빛이 어울거린다. 썬더보이는 이마에 손을 얹고 잠이 들었다. 왜 그렇게 자느냐고 물었더니 생각이 너무 많아서라고 대답했다. 얼굴을 돌리면 바로 썬더보이의 뒤통수가 보인다. 공장의 불빛 때문에 정수리에서 목덜미까지 난 수술 자국이 선명하다. 그 자국이 번개 모양 같아서 썬더보이라고 부르기 시작했는데 어느새 그 별명이 이곳 사람들 입에 붙었다. 수술을 하면서 짧게 자른 머리카락이 귀를 덮었지만 흉터 자국에는 머리카락이 자라지 않았다. 머리를 잘 빗어내려도 흉터는 가리마처럼 머리카락을 이등분했다. 내일은 집에 가는 날이라고 밤늦게까지 쌌던 짐을 몇 번이나 풀러대더니 어느새 잠이 들었다. 남자는 생각이 많은 사람처럼 이마에 손을 얹어보았다. 손이 돌덩어리처럼 너무 무거웠다.

복도에 울리는 이 발짝 소리는 방문객의 발짝 소리다. 플라스틱 슬리퍼를 끌고 다니는 이곳 사람들의 발짝 소리 가운데에서 확연하게 구분할 수 있다. 뾰족한 굽 소리는 남자의 방 앞에 와 멈춘다. 눈을 뜨지 않아도 누군지 알 수 있다. 발짝 소리가 침대로 다가온다. 화장품 냄새와 고른 숨결이 남자의 콧잔등까지 와 닿는다. 아내다.

아내는 창가에 선 채 전망부터 살폈다. 창틀에 두 팔을 얹고 엉거주춤 엉덩이를 뒤로 뺀 채 서서 한참 동안 입을 열지 않았다. 두 눈에 생기라곤 없어 보였다. 복도에서 종종 마주치는 이곳 여자들과 크게 달라 보이지 않았다. 숱이 적은 머리카락이 부석부석 들떠 있었다. 아내는 좀처럼 웃지 않았다. 저 여자와 사는 동안 난 행복했을까. 남자는 아내를 볼 때마다 죄책감을 느꼈다. 피가 뜨거워지지 않을까봐 안아볼 엄두가 나지 않았다. 아내가 어머니처럼 한숨을 내쉬었다.

아내가 손가락으로 창밖의 무언가를 가리키면서 픽 웃었다. "칫, 자전거 따위…." 남자가 창가로 바라보는 게 탱크들이 아니라 자전거라는 것을 알아채기라도 한 것일까. 한참 만에 아내가 다시 입을 열었다. "춘천 갔던 일 기억나?" 결혼하기 일 년 전쯤이었다고 했다. 삼일절이었다. 배로 십여 분 들어가야 하는 젊은 사람들이 즐겨찾는 유원지였다. 섬의 입구에서부터 눈에 제일 많이 띈 것이 자전거 대여소였다. 자전거로 섬을 일주하는 데 한 시간이 채 걸리지 않았다. 연인들은 죄다 자전거를 빌렸다. "이상하게 당신이 우물쭈물 빼더군. 그때까지 난 자전거를 못 타는 남자란 생각해본 적이 없었어. 수영이나 테니스, 못하는 게 없어서 만능 운동선수라고 연구소 내에 소문이 자자했었거든." 자전거를 빌리자고 아내가 억지를 썼다. "유독 못하는 게 자전거 타기라고 당신이 말했는데 난 장난인 줄 알고 웃어댔어." 남자는 아내가 모는 자전거의 짐칸에 올라탔다. 키 낮은 자전거라 두 다리가 땅에 질질 끌렸다. 모깃소리 같은 아내의 웃음소리가 이어졌다. "생각보다 당신은 너무 무거워서 난 그날 종아리에 알이 뱄어."

덩치가 큰 남자를 짐칸에 태우고 낑낑대며 자전거 페달을 밟는 여자란 금세 눈에 띄었다. 자리가 바뀐 남자와 여자를 보고 사람들은 장난을 치는 거라고 생각했다. 급경사에서 속도를 줄이지 못한 자전거가 강 쪽으로 쏜살같이 밀려 내려가기 시작했다. 남자가 두 다리를 땅에 대고 버팅겼지만 헛수고였다. 자전거는 두 사람을 태운 채로 강물에 빠지고 말았다. "3월의 물은 너무 찼어. 심장이 졸아붙는 줄 알았지. 바닥에 발이 닿지 않을 땐 공포감이 밀려왔어. 팔을 허우적댈수록 괜한 강물만 삼켰지." 강은 물풀들과 관광객이 버린 오물로 더러웠다. 남자는 축 늘어진 아내를 강가로 끌어냈다. "아마 당신이 수영을 잘하지 못했다면 난 그 강에서 죽고 말았겠지. 그 뒤로 난 두 번 다시 자전거를 타지 않았어. 당신은 무거운 당신을 태우는 게 벅차서냐고 놀려댔지만. 사실 난 물이 너무 무서웠어. 자전거를 보기만 해도 자꾸 물 속으로 빠질 것 같았어."

남자는 아내 곁으로 다가가 아내의 손을 쥐었다. 냉장고에서 깡통 음료수를 꺼내는 듯한 느낌이었다. 남자의 손 안에서 아내의 손이 조금 움찔거렸다. 아내의 손이 미끄러지듯 남자의 손에서 벗어났다. 아내가 한숨을 뱉어냈다. "하지만 난 자전거를 다시 탈 생각이었어. 자전거포에서 자전거도 미리 봐뒀는데…." 아내의 손 또한 남자의 손이 기억하고 있는 그 무언가는 아니었다.

썬더보이는 오지 않고 썬더보이의 아내만 왔다. 서랍 속에서 자꾸 잡동사니들이 나왔다. 한밤중에 바로 윗집에서 들린 아이의 울음소리가 화근이었다. 발작을 하듯 울어대는 아이의 울음소리는 삼십 분이 넘도록 멈추지 않았다. 윗집으로 올라가 벨을 눌렀지만 아무도 문을 열어주지 않았다. 썬더보이는 자신의 집 베란다로 나갔다. 베란다의 가스관을 타고 윗집으로 올라갈 작정이었다. 그런 일이라면 이미 경험이 있었다. 실수 없이 잘 해낼 자신이 있었다. 아내가 말렸지만 썬더보이는 귓전으로 흘려들었다. 지난 오백 년 동안 자신은 아무 일 없이 살아남았다. 베란다 난간으로 올라가 간신히 가스관을 붙잡았다. 하지만 베란다의 난간에서 남은 한 발을 떼는 순간 기억과는 달리 두 손에 너무 힘이 없다는 것을 깨달았다. 썬더보이는 삼층 아래의 화단에 떨어지면서 머리를 부딪쳤다. 아이의 부모는 아이가 잠든 틈을 타 잠깐 밤외출을 했었다고 했다.

"알고 계셨어요?" 화장을 하지 않은 썬더보이의 아내는 터진 만두 같은 눈꺼풀을 끔벅이면서 눈물을 훔쳤다. 썬더보이는 훌륭한 배우였다. 그가 자신의 경험이라고 기억하는 것의 대부분이 그가 극에서 맡았던 배역이었다. 교통사고로 머리를 다쳤을 때 자신이 영화배우라는 사실만 지워졌다. 그의 머릿속에 남은 건 그가 맡았던 다양한 역할이었다. 수술은 순조롭게 끝났지만 예후에 대해서는 의사들도 장담하지 못한다고 했다. 분명한 건 이번에는 저번보다 아주 오랫동안 병원 신세를 져야 할 것 같다고 썬더보이의 아내가 한숨을 쉬었다. "그나저나 이번에 깨면 저번과는 반대였으면 좋겠어요. 그럼 말썽을 일으키진 않을 테죠. 맡은 배역이 환자역이다 생각하면 지루하지 않을 테죠. 수없이 주사를 맞고 검사도 해야 하는데 극중이다 생각하면 아프지도 않을 거 아녜요." 썬더보이의 아내가 희미하게 웃었다.

머리를 돌리면 텅 빈 침대가 보였다. 꿈에서 남자는 썬더보이의 머리통을 보았다. 썬더보이의 머리통은 여러 조각으로 기워져 있었다. 썬더보이가 자신의 머리통을 쓰다듬으면서 웃었다. 도련님, 이젠 축구공이라고 불러줘.

누군가 자전거의 붉은 안장을 떼어 달아났다. 자전거 보관소의 자전거들을 샅샅이 뒤졌지만 붉은 안장은 보이지 않았다. 안장이 떨어져나간 자리에 녹이 슨 스프링 몇 개가 삐죽이 솟아 있었다. 어제 저녁 교대 시간에도 분명히 붉은 안장은 그대로 있었다. 그렇다면 새벽반인 3조가 퇴근을 할 때 그들 중 한 명이 안장을 떼어 달고 갔을 것이다. 3조는 저녁 열 시나 돼야 공장에 나타날 것이다.

기억허나, 로 종숙의 말은 시작되었다. 문병을 온 많은 친척들이 그렇게 말을 꺼냈다. 그런 말을 들을 때마다 남자는 자신이 다른 사람들의 기억으로 기워진 허수아비 같았다. 종숙의 손은 마른 나뭇잎처럼 버석거렸다. 종숙은 남자의 손을 오랫동안 붙잡고 있었다. 땅 밑으로 흐르는 지하수처럼 흐릿하게 뛰는 맥박이 느껴졌다. 종숙은 아버지의 장례식을 떠올렸다. 장례식 내내 어린 상주가 의젓했노라고 했다. 종숙을 따라온 어린아이는 썬더보이의 침대에 올라가 텀블링을 하듯 뛰어댔다. 이야기 중간중간 종숙이 아이에게 주의를 주었지만 그때뿐이었다. 아이가 뛸 때마다 침대 스프링이 뻐걱거렸다. 아이는 뛰어오를 때마다 창밖에 보이는 비둘기에 대고 혀를 빼물었다. 어머니와 아내는 종숙모와 복도에서 소곤대고 있었다.

"네가 아마 열여덟이었을 거다." 종숙은 복도 쪽에 대고 목소리를 높였다. "야가 열여덟 살 때 맞지요? 우리 집에 왔던기." 복도에서 그렇다는 어머니의 대답이 들려왔다. 종숙이 다시 말을 이었다. "그때 니가 누구드라, 그래. 니 이종인 쌍둥이들하고 우리집에 안 왔나. 기억나제?" 종숙은 다시 복도의 어머니를 향해 그 쌍둥이들은 지금 뭐하면서 살고 있냐고 물어보았다. 어머니는 "밥걱정은 안 하고 삽니다."라고 대답했다. 천렵을 하러 종숙의 자식들과 남자, 이종 쌍둥이들이 강가로 나갔다. 비가 온 직후라 개천의 물이 불어 있었다. 개천을 건너 물이 깊은 곳을 찾았다. 물 묻은 살갗이 금방 벌겋게 탔다. 고기는 한 마리도 잡지 못했다. 개천을 건널 때는 물살 때문에 종아리가 저릿저릿했다. 나이가 든 아이들이 먼저 건너고 초등학교

저학년에 다니던 계집애 둘이 손을 잡고 뒤따라 나오던 참이었다. 계집애 하나의 몸이 물에 떴다. 작은 계집애들이 감당하기에 물살이 너무 거셌다. 몸이 물에 뜬 계집애가 떠내려가면서 곁에 서 있던 계집애의 몸을 떼밀었다. 순식간에 개천물 속으로 계집애들의 모습이 사라졌다. 이쪽 개천가로 건너와 있던 남자애 하나가 소리쳤다. "저기 떠내려간다!" 누구 하나 선뜻 개천 속으로 들어가려 하지 않았다. 그때 개천으로 텀벙텀벙 들어간 게 남자였다. 남자는 물속에 잠겨 있는 계집애들의 목덜미를 잡아 하나씩 물 밖으로 건져냈다. 물에 흠뻑 젖은 계집애들이 뒤늦게 입을 벌리고 울기 시작했다.

복도에 있던 종숙모가 이야기에 끼어들었다. "갸가 아니고요, 종기 아닙니꺼. 얼라들을 건지낸 건 민기가 아니라 종깁니더, 종기." "종기?" "야. 큰집 둘째 머스마 안 있습니꺼." 종숙이 멋쩍은 듯 웃었다. "그럼 이 이야긴 없었던 걸루 치고 지와뿌리라마." 종숙에게서는 약초 달이는 냄새가 났다. 종숙은 수많은 이야기를 했지만 수많은 이야기를 없었던 이야기로 만들기도 했다.

종숙을 배웅하기 위해 택시 정거장까지 함께 걸었다. 종숙네 아이는 매점 앞을 기웃거리느라 어른들의 걸음을 뒤처지게 했다. 과자봉투를 찢다가 로비에 과자를 절반이나 쏟아 부었다. 택시가 와서 서고 어른들이 탔지만 가지 않겠다고 저만큼 달아나는 바람에 할 수 없이 남자가 뒤쫓아 가 손목을 붙들었다. 아이의 손에는 과자 가루가 묻어 있었다. 아이의 주먹 쥔 손이 손아귀 안에 쏙 들어왔다. 택시에 아이의 몸이 들어가면서 남자의 손에 있던 아이의 손이 물처럼 새어나갔다. 택시가 떠난 뒤에도 남자는 한동안 자신의 빈손을 내려다보았다. 자신의 손이 기억하고 있는 게 꼭 아이의 손인 것만 같았다.

　남자는 하루 종일 자신의 손을 들여다보았다. 복도에서 어머니와 아내가 속삭였다. 어머니는 여전히 기억해서 좋은 게 없다고 했고 아내는 정말 하나뿐인 아들을 망칠 셈이냐고 따지듯 물었다. 남자는 자신의 오른손이 잡았던 아이의 손을 떠올린다. 대체 아이의 손은 어디서 놓아버린 것일까. 어머니와 아내는 아이에 대해 한마디도 해주지 않았다. 빗길에 미끄러진 트럭은 남자의 그림자를 치었다. 놀란 닭들이 홰를 쳤다. 순식간에 하얀 닭털들이 날아다니기 시작했다. 남자는 황급히 고개를 저어 불길한 생각을 지웠다. 아내와 어머니에게는 아무 말 하지 않기로 했다. 아직 가을이 깊지도 않았는데 아내는 트렁크 가득 겨울 내복과 코르덴바지 등을 챙겨왔다. 올 겨울은 이곳에서 나야 할 게 분명했다.

　남자는 안장 없는 자전거로 다가갔다. 공장의 담을 타넘는 건 어렵지 않았다. 몇 개월 동안이나 아무도 타지 않은 자전거는 녹이 슬어 제대로 페달이 돌려지지 않았다. 핸들과 가까운 스탠드에 비뚤배뚤하게 흰 글씨가 씌어 있었다. 남자는 손가락 끝으로 그 글자를 쓰다듬었다. 신념. 신념은 중학교 때부터 남자가 가장 좋아하던 말이었다. 이렇게 표시도 있으니 붉은 안장의 자전거는 틀림없이 자신의 자전거였다. 바퀴 하나와 고정대를 묶어놓은 줄도 이미 삭아 굵은 철사 하나만 간댕거리고 남아있었다. 아이를 태우는 의자에도 먼지가 잔뜩 내려앉았다. 집에 가지 않은 지 얼마나 되었을까. 혹시 이 의자에 태우지 못할 정도로 아이가 커버린 것은 아니겠지. 줄칼로 철사를 갈면서 남자는 마음이 조급했다.

　붉은 안장은 붉은 안장의 자전거로부터 네 번째 고정대에 있었다.

안장을 당기자 쉽게 자전거로부터 분리되었다. 아무도 자전거를 타지 않자 주인 없는 자전거라고 생각한 모양이었다. 붉은 안장을 떼어 도로 제 자전거에 붙였다.

땅에서 발을 떼자마자 자전거는 휘청 흔들렸다. 재빨리 발을 뻗어 쓰러지려는 자전거를 고정시켰다. 다시 페달 위에 두 발을 얹어놓았다. 바퀴가 두 바퀴를 돌기도 전에 자전거와 함께 땅바닥으로 넘어졌다. 흙에 슬린 뺨이 화끈거렸다. 다시 페달을 밟았다. 다섯 바퀴에서 스무 바퀴쯤으로 늘었다. 비뚤배뚤하지만 자전거가 앞으로 나가게 되자 탱크들 앞으로 보이는 흰 건물에 대해 아예 다 잊었다.

밤을 샌 3조팀들의 얼굴은 백짓장 같다. 입을 벌릴 때마다 군내가 물씬 풍긴다. 밤새 입을 꾹 다물고 작업을 했을 것이다. 사내들은 자전거를 풀면서 음담패설을 늘어놓는다. 삼발이 건너로 1조팀의 자전거가 보이기 시작한다. 자전거들이 요령을 울려댄다. 고정대에서 자전거를 풀던 3조팀 공원 하나가 안장이 없어졌다고 신경질을 부린다. 옆의 누군가가 받아친다. 조심해라. 엉덩이 찔릴라.

3조팀의 자전거가 하나, 둘 움직이기 시작한다. 자전거 경주라도 벌이듯 공원들은 열심히 페달을 밟는다. 남자는 몇 번 이리저리 비틀거리다가 간신히 중심을 잡지만 맨 뒤로 한참 처진 후다. 자전거 무리를 따라잡기 위해 핸들을 움켜쥐었다. 플라스틱 의자가 덜컹거렸다. 손아귀에 핸들이 쏙 들어왔다. 어쩌면 손이 기억하는 것이 자전거의 핸들일지도 모른다고 생각했다. 선두를 달리는 자전거가 삼발이 아래를 통과한다. 거대한 원형 탱크에는 노아의 비둘기가 그려져 있다. 늘 그 그림을 바라보던 남자는 더 이상 그곳에 없다. 남자는 힘껏 페달을 밟는다. 3조에 섞여 자전거를 타고 가다보면 저절로 사옥까지 도착할 것이다. 집을 찾는 일은 그 후에 생각할 일이다. 휴일이면 자전거의 플라스틱 의자에 아이를 태우고 도로를 질주할 것이다.

수십 대의 자전거가 여섯 개의 거대한 탱크 아래를 지나친다. 잠시 뒤에 삐걱거리면서 한 대의 자전거가 비둘빼둘 그 뒤를 쫓아간다. 신념이라는 이름의 자전거다.

김조광

낙서문학사
발흥자편

보령 출생. 중앙대 문예창작과 졸업.
1998년 단편소설 〈경찰서여, 안녕〉 문학동네 신인상 수상.
2000년 희곡 〈해로가〉 중앙일보 신춘문예 당선.
소설집 〈경찰서여, 안녕〉 〈모내기 블루스〉 등.
장편소설 〈짬뽕과 소주의 힘〉 〈71년생 다인이〉 등.
대산창작기금, 신동엽창작기금 수혜.

〈아주 예전에 잘 나가던 소설가 이만큼이 가로되〉

성철호를 딱 두 번 만났소. 딱 두 번 만난 녀석이 나에게서 소설을 앗아갔지. 영원히. 당신은 잘 모르겠지만 나도 한때는 꽤 잘 나가던 문학인이었소. 소설로. 하긴 하도 오래 전이라 나도 요새는 의심스럽다오. 나에게 정말로 그 짧은 영광의 시대가 있었던 것인지.

삼십 년쯤 된 것인데, 그때 난 이름에서만 돈 냄새가 날 뿐, 단돈 만원도 호주머니에 못 넣고 다니는 놈이었소. 무슨 일 때문이었는지는 기억이 나지 않지만 서울역이었소. 노숙자 하나가 다가오더니 나를 찬찬히 뜯어보는 거였소. 당시 노숙자의 판별기준이 뭐였냐? 그런 건 나도 몰랐소. 그냥 척 보니까 서울역에 살찐 비둘기만큼이나 많은 노숙자 중에 하나같았소.

그런데 그 작자를 목욕탕에 처넣고 한 사나흘 불린 뒤에 때 벗겨서 싸구려 옷가지라도 걸쳐주면 내 또래쯤 될 것 같았소. 난 내가 참 한심한 젊은이라고 생각하고 있었는데, 나보다 더 한심한 젊은이처럼 보였소.

마침내 그 작자가 말을 걸어왔소.

"혹시 1년 전에 '율인 이야기'라는 소설로 〈문학혁명〉지에 데뷔한 이만금씨 아니세요?"

나는 기절할 뻔했소. 내 너무나도 얇은 문학경력을 그토록 정확히 내 앞에서 읊어준 사람이 처음이었거든. 내가 어리벙벙해서 대꾸할 말을 못 찾는데 그가 또 말했소.

"나도 문학인이니까 너무 놀라지 마세요. 이것도 인연인데 술 한 잔 합시다. 내가 사리다."

"난 더치페이가 아니면 안 마시오."

글쎄, 그 작자가 성철호였다는 거요. 어쨌거나 그날 우리는 술을 마셨소. 우리는 몇 잔 술에 말을 텄소. 녀석은 세상 물정을 너무 몰랐소. 뭐 이렇게 세상을 모르는 놈이 있나 싶었소. 아니나 다를까 녀석이 이런 말을 했소.

"난 세상 꼭대기에서만 살았어요. 그래서 밑바닥 세상을 하나도 몰라. 그래서 세상을 배우러 내려온 겁니다."

그땐 그게 무슨 로봇 씨나락 까먹는 소리인가 했소. 하여간에 다시 만나고 싶은 작자는 아니었기 때문에 다시 만나지 않았소. 20여 년 후에 다시 만나게 되기 전까지는. 시상식장에서 재회했소. 그 작자가 제1회 낙서문학상을 나에게 주었고, 나는 받았소.

낙서가 문학이라니 개가 웃을 일이 아닌가? 그런데 그 작자는 떨거지들을 모아서 '새창조'라는 걸 만들었소. 낙서도 문학이라는 개그콘서트를 줄기차게도 펼쳤소. 떨거지들이 떨어져나간 뒤에는 월간지를 만들었소. 낙서만 싣는. 돈을 삼태기로 뿌려댔던 것이오.

정말이지 거절할 수 없는 원고료였소. 나 역시 많은 사람들이 그랬던 것처럼 청탁을 거절하지 못했소. 그래서 소설 한 편을 그 작자의 〈낙서문학〉지에 실었소. 그 작자가 잡지에서 낙서라고 우기든 말든, 나는 소설을 쓴 거니까 괜찮다고 합리화를 했던 거요. 그래요, 나는 분명히 소설을 썼던 거요. 낙서나부랭이를 쓴 게 아니라.

아, 그런데 그 작자가 '낙서문학상'이라는 해괴한 상을 만들더니만, 첫 번째 수상자로 나를 택한 거였소. 당연히 말도 안 되는 상이니까 거절해야겠지만, 상금이 어머어마했소. 예나 제나 난 가난한 신세였소. 그 돈을 거절할 수 없었소. 그래서 받았던 거요. 녀석은 '낙서문학상'을 주는 거라고 말했소. 하지만 난 '소설문학상'을 받는 거라고 생각했소.

그런데 그것도 상이라고 말이 너무 많더이다. 상을 받기 전에, 나는 그 작자와 딱 한 번, 그것도 까마득한 과거에 만난 것뿐인데, 아는 놈이 아는 놈한테 줬다는 식으로 욕하는 거야. 그때 상처를 너무 많이 받아서 그 이후로는 소설을 쓰지 못했소. 쓸 수가 없었소.

〈대학 문학동아리 선배 류석판이 가로되〉

그 무렵 나는 상류층에 빠져 있었습니다. 상류층만화, 상류층소설, 상류층영화, 상류층드라마…. 상류층에 관한 이야기라면 닥치는 대로 읽고 보고 들었습니다. 상류층이 되고 싶었냐고요? 별 미친 소리를 다 듣겠군요. 내 주제에 언감생심 상류층을 꿈꾸었겠습니까. 난 단지 상류층 세계를 간접경험하고 싶었던 것뿐입니다.

나도 문학으로 평생을 산 놈입니다. 그때는 한창 습작시절이었는데, 습작도 시절엔 피부로 배우는 산 경험, 즉 직접경험에 목말라하게 마련이지 않습니까? 나도 그랬습니다. 나는 스물여섯 나이에 안 해본 것 없고 엿보지 아니한 세계가 없다고 시건방지게 자부하고 있었는데, 어느 날 내가 전혀 알지 못하는 세계가 있다는 걸 번쩍 깨달았습니다. 바로 상류층들의 세계였지요. 한 줌도 안 되는 무리이면서 거의 전부를 손에 쥐고 있는 자들의 세계 말입니다.

나는 우리대학 2만 학우를 대상으로 탐문해보았습니다. 만나는 학생마다 붙잡고 물어본 것입니다.

"혹시 상류층 아니십니까?"

대부분이 중산층이라고 대답하더군요. 중산층 이하라고 대답하는 학생들은 꽤 되었습니다만, 상류층이라고 대답한 학생은 단 한 명도 없었습니다. 어떤 학생이 이런 충고를 해주었습니다.

"우리나라 상류층 새끼들은 다 아메리카나 유럽에 있는 대학에 다니니까 거기 가서 알아보셔."

그 학생의 충고에 따르고 싶었지만 나는 지하철 값도 간댕간댕해 가지고 다니는 놈이었기 때문에, 비행기 표 끊을 돈이 없었습니다. 해서 상류층 자제를 만나, 그의 친구가 되어, 상류층 세계를 직접 엿보겠다는 꿈을 포기하지 않을 수 없었습니다. 하지만 나는 슬퍼하지 않았습니다. 간접체험이라는 게 남아있었으니까. 해서 그토록 상류층 이야기에 환장을 하고 있었던 것입니다.

그런데 지성이면 감천이라더니 나는 드디어 상류층을 만나게 되었던 것입니다. 그렇게도 만나기 어렵던 상류층의 자제분이 스스로 찾아왔지 않겠습니까. 바로 성철호였습니다. 동아리실에서 상류층 영화를 감상중인데 어떤 놈이 들어오더니 우리 동아리에 가입하고 싶다고 하더군요. 해마다 후배들이 줄더니 급기야 그해에는 2학기 개강이 내일모레글피인데도 단 한 명의 신입생도 받지 못한 형편이었습니다. 나는 너무 기쁜 나머지 하마터면 눈물을 흘릴 뻔했습니다. 그런데 녀석이 가입양식 희망 장르 적는 칸에다 '낙서'라고 적는 것이었습니다. 장난치냐고 나무라고 싶었지만 냅다 도망갈까 봐 꾹 참았습니다.

녀석은 무려 스물네 살이나 먹었더라고요. 나보다는 두 살이 적지만 다른 동아리애들보다는 많은 나이였죠. 하지만 나이가 무슨 상관이겠습니까. 우리 동아리로서는 단 한 명의 회원이라도 확보하는 게 더 중요했습니다.

우리 동아리 사람들은 일주일 내내 녀석을 환영하는 술자리를 가졌지요. 우리들은 한 달 생활비를 다 술로 펐지만 하나도 아깝지 않았습니다. 그런데 후배 하나가, 철호가 스무 살짜리 신입생이었다면 절대 요구하지 않을 걸 요구했습니다. 장난 비슷하게요.

"철호 형도 술 한 번 사야지요?"

철호는 자기가 원하던 바로 그것이라며 우리들을 그 대학가에서 가장 술값 비싼 집으로 이끌고 갔습니다. 그날부터 녀석이 2학기 내내 우리 동아리 술값을 다 냈습니다. 술값 말고도, 녀석은 돈을 쓰는 일이라면 조금도 아낄 줄을 몰랐습니다. 대학생활 8학기 동안 그렇게 돈을 아낌없이 써대는 놈은 처음이었습니다. 단둘이 있을 때, 나는 단단히 벼르던 질문을 했습니다.

"너, 혹시 상류층이냐?"

"다른 애들은 재벌 3세냐고 묻던데, 형은 상류층이냐고 묻네."

"상류층은 재벌도 끌어안는 더 넓은 범주니까."

"나 상류층 맞을 거야. 아버지가 재벌 소리를 들으니까. 그런데 믿는 사람들이 별로 없더군. 차를 안 끌고 다녀서 그런가. 내가 면허를 아직 못 땄거든. 그간 대학 다니는 동안 내가 돈을 소나기 퍼붓듯 써

대니까 재벌 3세가 아니냐고 의심하는 애들이 많았어. 한데 희한한 건 내가 막상 재벌 3세 맞다고 하면 안 믿어주는 거야."

"난 믿는다. 너는 내가 그토록 찾아 헤매던 상류층임에 틀림이 없다. 내가 상류층을 만나면 꼭 물어보고 싶은 게 있었다. 성심성의껏 대답해주기 바란다."

"해봐요."

"나는 그간 상류층영화, 상류층드라마, 상류층소설, 심지어는 상류층뉴스까지 열심히 보아왔다. 그런데 거기에 나와 있는 것은 진실이 아닌 것 같다. 상류층 근처에도 못 가본 작자들의 편견, 단상, 눈에 보이는 현상, 이런 것들을 제 편의대로 짬뽕해서는 제 입맛대로 진술해놓은 것밖에는 안 되는 것 같았다. 너도 상류층이야기를 보고 읽었겠지. 네가 실제로 겪은 상류층은, 이야기속의 상류층 세계와 얼마나 같고 얼마나 다르냐?"

성철호는 곰곰이 생각하더니 이렇게 대답했습니다.

"농민에게, 자신이 실제로 겪고 있는 농촌과, 이야기 속 농촌이 얼마나 같고 얼마나 다르냐고 묻는 거와 진배없군. 농민은 그런 질문 하는 놈 입에다 농약이라도 뿌려줄 텐데. 나는 상류층이니까 선배 입에다 백만 원짜리 수표 몇 장 쑤셔 넣어줘야 하나. 에이, 그냥 껄껄 웃고 말게요."

〈2002년 언론일보 신춘문예 소설부문 당선자 정광현이 가로되〉

자격증 획득은 내가 만들어낸 말이 아니고, 낙서문학의 창시자로 불리는 유사풀 선생이 먼저 쓴 말이죠. 다섯 살밖에 많지 않지만 나는 유사풀 선생을 말할 때 선생이라는 호칭을 꼭 붙여요. 경외감의 표현이라고 해두죠. 경외하나마나 너무 일찍 돌아가셔서 만나 뵐 수도 없었던 분이죠. 자격증 획득이라는 말이 별로 안 좋게 들린다고요? 그렇다면 흔히 쓰이는 등단이나 데뷔라는 표현을 쓰도록 하죠.

나는 그 등단이란 것에 목매달고 살았고, 마침내 그 등단을 해내고야 만 겁니다. 스물여섯 살에. 굉장히 빠른 편이라고 할 수는 없겠지만, 조금 빠른 편이었다고는 할 수 있었습니다. 그것도 신춘문예로.

신춘문예 하는 신문사가 죄다 없어져버린 지 오래라, 요새 사람들은 신춘문예가 뭔지도 모르지만, 그때까지만 해도 신춘문예는 대단한 권위를 가지고 있었어요. 신춘문예는 20세기 내내 한국문학판을 장악해온 기호였거든요. 2000년 초반까지만 해도 신춘문예의 권위는 드높았죠. 그 신춘문예로 내가 등단을 해냈다는 겁니다. 그러니 어떻게 그날을, 내 젊은 날을 다 바쳐 그토록 갈구해마지 않던 문학인 자격증을 공식적으로 인정받던 그날, 그 시상식 날을 잊을 수 있겠습니까?

하지만 그 때문만이 아닙니다. 그 날을 잊을 수 없는 또 하나의 이유는 바로 성철호와 처음 만난 날이었기 때문이기도 했습니다. 나는 소설 부문 당선자였고, 철호는 시 부문 당선자였죠.

내가 성철호를 의식하기 시작한 것은 그의 수상소감이 있은 다음부터였습니다. 내가 뭐라고 떠들었는지는 조금도 기억나지 않는데, 철호의 수상소감은 지금도 잊지 못하고 있습니다. 철호는 느닷없이 읊었습니다.

"시는 시화호처럼 뭐뭐했고, 소설은 폭격맞은 산처럼 뭐뭐해졌고, 수필은 뭐뭐이기를 포기했고, 희곡은 연극의 뭐뭐가 되었고, 평론은 출판사의 뭐가 되었다."

한순간 좌중이 고요해졌습니다.

"제가 방금 읊은 것은 위대한 유사풀 선생의 '오늘의 한국문학' 이라는 낙서입니다. 아마 처음 들어보신 분이 대다수일 겁니다. 유사풀 선생은 단지 비판하는 것으로 문학인으로서의 책무를 다했다고 자부하는 분이 아니었습니다. 선생은 비판을 담보한 전망을 제시하였습니다. 선생이 제시한 새로운 한국문학의 전망은 바로 낙서문학입니다. 저는 유사풀 선생의 문학적 비전 제시를, 21세기 한국문학으로 현실화하겠다는 원대한 포부를 가지고 있습니다. 한국문학은 현재 낙서문학을 문학으로 취급하지 않기 때문에, 저는 부득불 시로 일단 등단하지 않을 수 없었습니다. 저는 시로 등단하였으나 낙서문학을 할 것입니다. 낙서문학에 이 한 목숨을 바칠 것입니다. 저의 낙서문학으로의 투신을 지켜봐주십시오."

나도 모르게 박수를 쳤습니다. 뿅 갔던 것이죠. 오십여 명도 넘는 카메라맨들이 사뭇 눌러대는 바람에 휘황찬란하였고, 오백여 명도 넘는 축객들의 손뼉 치는 소리 때문에 천장이 들썩들썩했지요. 나중에 알고 봤더니 축객과 카메라맨들 중의 오분의 사가 철호 측 손님이었더군요.

다른 사람들은 왜 그토록 열심히 박수를 쳐댔는지 모르겠지만, 나는 그럴 만한 까닭이 있었습니다. 나도 성철호와 생각이 같았습니다. 나도 신춘문예에는 낙서부문이 없어서 일단 소설로 등단했지만 낙서문학에 이 한 목숨 초개와 같이 바치겠노라고 생각하고 있었죠.

낙서를 문학이라고 말하는 사람을 만나기가 하늘에 별따기인 판에 신춘문예시상식장에서 낙서야말로 진정한 문학이며 그 낙서문학에 목숨을 바치겠노라고 당당히 말하는 또래를 만났으니 얼마나 기뻤겠습니까.

신문사 측에서 마련한 축하회식장소에 조금 늦게 나타난 철호는 두리번거리더니 내 자리로 와 앉았습니다. 다른 수상자들은 가족들에게 둘러싸였지만, 난 선배 소설가 이선경 씨와 단출히 앉아있었죠. 소설 부문을 심사했던 평론가가 일방적으로 떠들다가 자기 스스로도 별로 재미없는지 다른 자리로 옮겨간 뒤였죠. 이선경 씨가 말했죠.

"성철호씨라고 했나요? 아까, 수상소감 듣고 까무러칠 뻔했어요."

"왜요? 제 말이 우스웠습니까."

"예, 너무 우스웠어요. 이 정광현씨가 입만 열면 낙서문학을 외치는 분이거들랑요. 난 낙서문학에 미친 사람이 정광현씨밖에 없는 줄 알았는데, 또 있었잖아요. 그러고 보니 금년 언론일보 신춘문예는 어쩌다가 낙서가를 두 명이나 뽑았네요."

나와 철호는 천년 전에 헤어진 동지와 다시 만난 듯 감동하여 서로의 손을 맞잡고 한동안 부르르 떨었지요. 우리는 2차를 갔어요. 2차는 철호네 축객이 따로 모여 있는 별 다섯 개짜리 호텔의 식당이었죠. 철호는 자기 축객들을 제쳐놓고 나하고만 이야기하려고 했습니다. 저도 저의 유일한 축객인 이선경 씨를 무시하고 철호하고만 얘기하려고 했죠. 이선경 씨는 삐쳐서 가버렸습니다.

〈중견에서 대가 사이의 소설가 이선경이 가로되〉

그와 다시 만난 것은 시인학교에서였어요. 진짜로 학교가 아니라 몇 박 몇 일씩 하는 캠프 같은 거요. 그때만 해도 시가 제일 장르였지요. 등단한 시인의 총계가 십만에 육박하고, 예비시인이 백만을 넘는 때였죠. 소설가들이 제 아무리 꽥꽥대봐야 시의 전성시대였죠.

그러고 보면 소설이라는 장르는 요란하기만 했지 단 한번도 제일문학이 돼보지를 못했어요. 낙서 따위가 문학판을 송두리째 제압하게 될 줄 그 누가 짐작이나 했겠습니까. 소설이야 그렇다 치고 시가 낙서한테 제일문학의 자리를 내준 것은 정말 지켜보고도 믿어지지가 않는다니까요.

요새는 누가 뭐래도 낙서문학의 시대죠. 계절마다 저 무수히 열리는 낙서문학캠프를 보세요. 캠프에 참가하려는 예비낙서가들이 인산인해를 이루고 있잖습니까. 내가 말하는 그때에는 시캠프에 사람들이 몰렸다는 거예요.

소설가가 왜 시인학교에 갔냐고요? 먹고 살려고요. 시인학교 취재기를 청탁받았던 거예요. 장당 6천원. 40매짜리니까 24만원 벌이였죠. 팔순이 넘은 원로시인에서부터 초삐리 시인 지망생까지 다 모였더군요. 다 명찰을 달고 있었죠. 사오십대 분들 중에는 얼굴은 몰라도 이름을 보니 알만한 시인들이 꽤 되었어요. 대가급, 중견급 시인들이었죠.

이삼십 대 중에도 시인 혹은 평론가라고 이름 앞에 수식어가 붙은 명찰을 단 사람들이 많았는데, 대부분 잘 모르겠더라고요. 제가 소설문단에서 무명이듯이 그들도 시문단이나 평론문단에서 무명이었겠지요. 어쨌든 소설가는 나 하나뿐인 게 틀림없었어요. 그렇다고 해서 내가 소설가 이선경이라는 명찰을 단 건 아니었지요. 나는 취재 이선경이라고 쓰인 명찰을 받았어요.

그런데 진짜로 웃기는 명찰을 단 사람과 딱 부딪혔어요. '낙서가 성철호'라는 명찰이었지요. '시인'을 사인펜으로 뭉개버리고 그 위에 '낙서가' 라고 적은 것이었지요. 그도 나를 알아보더군요. 나는 정광현이 해주던 얘기가 생각나서 웃음이 나왔지요.

정광현은 신춘문예 시상식이 있던 날 밤 성철호하고 갈 데까지 갔었나 봐요. 광현이가 어디에선가 깨어나서 가까스로 정신을 차려보니까 물침대 위에 텔레비전에서 가끔 보던 여자애가 자빠져 있더래요. 광현이는 옷을 챙겨 입고 그 방을 나왔는데 호텔 비슷한 곳이더래요. 넋이 반쯤 빠져서 한참을 헤맸는데 갑자기 눈앞이 푸르러지더래요. 실내수영장이었죠. 영화에서 자주 본 것 같은 여자가 철호와 더불어 수영을 하고 있었대요.

아침인지 점심인지 모를 밥을 먹었는데, 거기에 나온 음식들이 광현이의 거의 빠진 혼을 완전히 빼놓은 모양이대요. 광현이가 예의하나는 바른 애여서, 그 경황에도 부모님께 인사는 드리고 가겠다고 했더니, 철호는 "이건 나 혼자 사는 집인데"라고 했다더군요. 그 동네는 광현이가 막 빠져나온 환상 속의 집들만 모여 있는 동네여서 동네 전체가 환상 속 같았죠. 그러니 조금 멍청한 편인 광현이가 그 동네를 빠져나오는데 여덟 시간이 걸릴 만했죠. 광현이가 지껄인 그 황당무계한 얘기를 내가 믿는다는 게 아니에요. 그저 광현이가 그렇게 지껄였다는 거죠. 내가 물었지요.

"낙서가께서 시인들 모이는 자리에는 어쩐 일이세요?"

"시인들 중에서 저처럼 낙서문학에 경도되어 있는 동류를 찾아보려고 왔습니다."

성철호는 원로, 대가, 중견, 신인, 신진 등을 구분하지 않고 시인 명찰만 달고 있으면 달려가서 낙서문학을 떠들었지요. 토론이나 세미나 때도 혼자 독불장군처럼 낙서를 떠들었어요. 시인이고 습작생이고 간에 성철호를 미친 개보듯이 하게 되었지요. 캠프파이어 때는 불 위로 뛰어들어서 여러 사람 놀라게 만들었구요.

난 그 어이없는 작자에게 큰 은덕을 입었지요. 내가 가져간 그놈의 고물카메라가 작동을 않는 거였어요. 성철호가 바삐 뛰어갔다 오더니 천만 원이 조금 넘는다는 디지털카메라를 건네주더군요. 덕분에 취재를 무사히 마칠 수 있었지요.

그때 시인학교를 한 문장으로 정리하자면 낙서가 한 놈이 삼백의 시인들을 약올렸다였어요. 기사에는 낙서를 주장하는 한 젊은이 때문에 여러 시인들이 고생했다는 식으로 적었지만요.

〈'새창조' 멤버 중에서 유독 미미한 박해주가 가로되〉

문학한다는 인간들도 다 똑같죠. 문학이라고 별 수 있겠나. 어느 판이나 그렇겠지만 문학판도 이전투구란 말요. 난 한 십오 년 열심히 문학활동 하다가 어느 날 회의를 느껴서 때려치웠는데 말이죠, 그 십오 년간 참으로 끔찍했어요. 내가 있었던 문학판은 진창이었고, 나는 한 마리 개였죠. 어떻게 견뎠나 몰라.

회의를 느껴서가 아니고 생활이 안정돼서 문학판을 떠난 게 아니냐? 그런 무식한 질문은 좀 하지 마시오. 설령 진실이 그렇다 하더라도 내가 그래도 교수인데, 그렇다고 솔직히 대답할 수 있겠느냐 말요. 아무튼 내가 2005년에 평론가로 데뷔해서 2020년까지 목숨을 걸고 문학활동을 했는데 말이죠, 에, 동시대의 평론가들이 나를 뭐라고 불렀느냐면, 우개라고 불렀어요. 오른쪽 편 개라는 뜻이죠. 그럼 왼쪽 편 개도 있겠죠? 좌개 말입니다. 그 좌개가 바로 성철호였단 말입니다.

그러고 보니 그것도 우연이군요. 좌개도 2020년에 문학판을 떠났죠. 그로부터 10년이 지났군요. 우리가 15년간 부르짖었던 낙서문학은 지난 10년간 승리의 시대를 구가했습니다. 내가 활동하던 15년 동안 낙서문학을 외치고 행했던 모든 낙서가들은 다 유명해졌는데, 이상하게도 나만 유명해지지 않았어요. 나는 '새창조' 동인이었음에도 불구하고 말이지요. 억울하지요.

나는 우개로 불릴 정도로 많이 짖어댔단 말입니다. 그런데 뭐가 부족해서 좌개만큼도 유명해지지 않았단 말입니까. 좌개! 아니죠. 상류층류라고 그러지요? 상류층류 성철호, 눈물주의 정광현, 성철학 이시현, 역사류 박길호, 담론 조팔향, 이렇게 '새창조' 동인들은 다들 호인지 뭔지 닉네임까지 붙어서 인구에 회자되고 있고 요새 어린 것들한테 추앙받고 있습니다. 근데 왜 나만 이렇게 이름이 없게 됐는지 이해할 수가 없단 말입니다.

그런가요? 내가 지금 신세 한탄하는 거 같습니까? 그렇군요. 요새 말만 하면 신세한탄이 된다니까. 아, 이 교수 자리가 참 좋은데, 그놈의 허영심만은 만족시켜주지 않는단 말입니다. 근데, 무슨 얘길 듣고 싶었던 겁니까? 그렇죠. 성철호에 대해서 얘기해달라고 했었죠.

좌개, 아니아니, 상류층류 성철호. 그 자식! 그땐 참 친했었는데, 지금은 마주치면 누구 하난 죽는 거죠. 지금은 만난 지 한 8년 됐습니다. 그렇게 오래 안 만나면 지남철도 멀어지게 되어있는 거 아닙니까? 아무튼 난 누가 뭐래도 말할 수가 있어요. 성철호의 상류층류는 나 때문에 가능했다는 것을.

녀석은 도대체 무엇을, 어떤 것을 낙서로 써야 될지 고민하고 있었습니다. 녀석은 상류층으로 살아서 인간 세상에 대해서 너무 몰랐습니다. 알려고 부단히 노력했죠. 등단 전에는 서울역에서 노숙자 생활도 하고 그랬다더군요. 그러나 그게 다 커가지고 몇 년 경험한다고 해서 알아지는 겁니까? 그래서 내가 어느 날 말해주었습니다.

"나는 재벌혈통 중에는 왜 문학하겠다는 놈이 태어나지 않는 것일까 연구해본 적이 있었네. 물론 재벌혈통 중에 문학한 인간이 있었을지도 모르는 일이지. 하지만 지난 시절 우리 문학사는 있는 놈이 문학하는 걸 멸시해왔거든. 문학은 가난한 놈들의 전유물이라고 생각한 거지. 재벌혈통 중에 문학하는 분이 계셨다면 아마도 그런 멸시가 두려워서 그 사실을 숨겼을 거야. 그래서 그런 건지, 아니면 진짜로 없었던 것인지, 어쨌든 내가 알기로 재벌혈통 중 문학한다는 놈은 네가 처음일세. 나는 재벌혈통이 문학을 한다면 대한민국 문학사에 엄청난 기여를 할 수 있을 거라고 생각해왔네. 한국문학은 모든 것을 다루었지만, 다루어보지 못한 세계가 있지. 재벌혈통들의 세계. 아니 재벌혈통의 세계는커녕 상류층의 세계 근처에도 못 가보았지. 상류층에서 재벌혈통 중에서 문학인이 나온다면, 그 문학인은 상류층 세계를, 재벌 혈통의 세계를 그릴 수 있겠지. 문학사적으로 얼마나 기쁜 일이겠어. 난 네가 감히 중산층이나 가난한 놈들 아는 척하지 말고, 네가 사는 재벌혈통들의 세계, 상류층들의 세계에 천착해주기 바란다. 네가 문학적으로 성공하는 길은, 낙서문학을 이 땅에 완성시키는 유일한 길은 네가 살아온 상류층의 세계를 쓰는 것뿐이야."

20년 전에 한 말을 잘도 기억하고 있지요? 토씨 하나 안 틀리고 그렇게 말했다는 게 아니고, 그와 비슷하게 말했다는 겁니다. 내가 무슨 녹음기야. 토씨 하나 안 틀리고 그때 말을 리플레이하게. 아무튼 나는 성철호에게 나아갈 바를 제시해 주었죠. 성철호는 그날 이후로 자신만의 길을 가서 지금 상류층류로 불리고 있는 겁니다.

〈성철학 이시현이 가로되〉

상류층류 혹은 좌개 성철호, 우개 박해주, 눈물주의 정광현, 역사류 박길호, 담론 조팔향, 그리고 나 성철학 이시현이 '새창조' 동인을 결성한 건 2005년 11월이었습니다. 왜 하필이면 '새창조' 였느냐. 111년 전, 111년 전이면 너무 까마득하지만 하여간에 정확히 111년전, 그러니까 1919년에 우리나라 최초의 문예동인지가 만들어졌지요. 그 동인지 이름이 '창조' 였습니다. 그때 '창조' 동인들은 새 시대의 새로운 문학을 선언했습니다.

우리는 2005년에 또 한번 새로운 문학을 선언한 거였습니다. 21세기에 맞는 새 시대의 새로운 문학, 낙서문학을 선언한 거였죠. 우리는 여러 가지를 결의했습니다.

그 중에 가장 중요한 것이, 우리는 우리의 모든 작품을 낙서라는 기치를 걸고 발표하기로 했습니다. 그 다음으로 중요한 것은 낙서문학 잡지를 만들기로 한 것이었죠. 사실 두 가지 문제는 같은 맥락이었습니다.

정광현은 소설로, 성철호는 시로, 박길호와 박해주는 평론으로, 조팔향은 희곡으로, 그리고 나는 소설로 데뷔했는데, 우리는 등단 경력이 일년차에서 오년차 사이였으며, 한결같이 다들 못 나가는 축이라 1년에 청탁 한 번 들어오면 감지덕지 하는 신세들이기는 했지만, 어쨌거나 청탁이 들어와도 낙서로만 발표하겠다고 선언한 거였습니다.

정광현한테 가장 먼저 일이 일어났지요. 정광현은 데뷔하고 3년 만에 들어온 소설 청탁을 기꺼이 승낙하고 심혈을 기울여서 쓴 다음, 잡지사에 소설이 아니라 낙서로 실어달라고 했습니다. 잡지사 측은 터무니없는 말이라며 그냥 소설로 냈지요. 근데 정광현이가 잡지사를 상대로 고소를 해버린 겁니다. 이런 식으로 하면 문학판에서 살아날 수가 없잖습니까? 그래서 우리는 비겁하지만 편법을 썼습니다.

제목 밑에다가 낙서1, 낙서2 하는 식으로 부제를 붙인 것이죠. 하지만 그런 나약한 방식으로 어느 세월에 우리의 대의를 이룩할 수 있겠습니까?

그래서 우리는 우리만의 잡지를 만들기로 결의했던 것입니다. 오로지 낙서를 표방한 낙서만을 위한 그런 책을 만들기로. 이런 제의에 대해서 당연한 바이겠지만, 당시에 낙서를 문학으로 생각하지 않았던 모든 출판사들이 무시했지요. 어느 정도 예상한 바였지만 우리는 절망했습니다.

그때 우리가 찾아 나선 것도 아닌데, 유난희라는 여인이 우리에게 나타났습니다. 그녀가 우리의 동인지를 내주기로 했습니다. 계간지로. 그렇게 해서 2006년 봄에 역사적인 〈새창조〉 1호가 나오게 된 것입니다. 전혀 예상하지 않았는데 그 동인지가 10만부나 팔렸습니다.

우리끼리나 돌려보고 알만한 사람한테나 뿌리려고 했는데, 그건 도대체가 이해가 되지 않는 현상이었습니다. 제일 잘 나가는 문예지들도 오천 부 팔면 많이 팔았다고 자랑할 때였습니다. 그런데 10만부라니. 그것도 사이버문학이나 판타지문학도 아니고 낙서문학을 표방한 초짜 잡지가.

그해 여름에 나온 〈새창조〉 2호는 23만부가 팔렸습니다. 가을에 나온 3호는 30만부, 겨울에 나온 4호는 50만부, 우리는 황당했습니다. 우리 동인들만 당황한 게 아니라 우리 동인들을 개 또라이로 바라보던 문학인들, 문학인 관계자들, 출판 관계자들 모두 도저히 이해할 수가 없다는 표정을 짓고 다녔죠.

꼬리가 길면 잡히지요. 우리 동인들 중에서 제일 먼저 어떻게 된 판속인지 알아챈 게 나였습니다. 어이없게도 그 황당한 일을 꾸민 놈은 우리 중에 있었어요. 알고 봤더니 유난희는 성철호의 배다른 여동생이었습니다. 성철호와 유난희 아버지가 재벌 아무개였단 말이죠. 성철호의 아버지가 유난희에게 출판사 하나를 떼어준 겁니다. 이제 무슨 말인지 알겠지요?

그래도 성철호 자식이 머리를 좀 썼더군요. 돈을 뿌려도 교묘히 뿌렸더라구요. 흔히 그런 경우에 생각되는 방법, 즉 출판사가 자기네 책을 오만부, 십만부 정도 사면, 그 책은 저절로 베스트셀러가 되고, 그러면 자동적으로 그 두 배, 세 배, 네 배 팔려나게 되는데 이 방법을 써먹은 출판사가 이미 있었고, 따라서 성철호는 그런 유치한 방법을 쓰지 않았더군요. 그럼 어떤 방법을 썼느냐.

그 당시 돈으로 10억 나가던 외제차를 끌고, 전국 대학교를 돌면서 대학생들에게 도서상품권을 뿌렸더군요. 만 원짜리 두 장을 주고서, 한 장으로는 꼭 〈새창조〉를 사되, 나머지 한 장으로는 네 마음대로 하라고 한 겁니다. 이렇게 대학생들이 사서 팔린 것이 일이십만 부, 나머지는 그 책이 그렇게 요란하게 팔리니까 뭘 모르는 사람들이 덩달아 산거죠. 정말 황당한 녀석이죠.

나는 이 사실을 비밀로 했습니다. 나는 비겁해서 그런 일에 별로 분개하지 않지만 나머지 네 녀석은 글쎄요. 아무튼 덕분에 우리 동인지는 굉장히 유명해졌고, 우리의 낙서문학을 세상에 알릴 수가 있었지요. 기성문단은 우리를 철저히 무시했지만 어쨌거나 우리는 초장부터 독자들에게 어필해버렸던 겁니다.

〈역사류 박길호가 가로되〉

우리들 동인은 각자 특징을 드러내게 되었죠. 그게 점점 우리의 닉네임으로 굳어지게 된 것입니다. 성철호는 상류층답게 상류층을 문학화했지요. 우리의 낙서문학은 기존의 모든 문학 장르들을 짬뽕하는 형식이었기 때문에 형식적 차별성은 그렇게 없다고 봐야겠고, 대신 내용에서 강한 차이를 드러냈습니다.

성철호의 낙서를 읽으면 정말 기가 막혔어요. 도대체 이것들이 인간인지, 신선인지, 괴물인지, 종잡을 수가 없었습니다. 아무리 상류층이라도 이런 식으로 살 수는 없지 않겠느냐고, 우리 동인들도 의문을 제기하곤 했습니다. 녀석은 무조건 자기 말이 맞다고 우겼죠. 그런데 상류층에 호기심을 가지고 있는 독자들이 녀석의 낙서를 참 좋아하는 것 같았습니다.

녀석의 낙서 중에 제일 이해가 가지 않았던 게 생각나는군요. 이런 내용의 낙서였습니다.

상류층 뭐뭐뭐가 자기의 몸을 뭐뭐에게 제공한다는 내용이었습니다. 뭐뭐가 성적 욕구를 해결해줄 테니까, 뭐뭐야, 너는 열심히 공부만 해, 그런 내용이었죠. 지금도 충격적이지 않습니까? 그때 그 낙서 때문에 우리 동인지 〈새창조〉가 폐간당할 뻔했죠. 난리가 났었습니다. 신문에서, 나중에는 텔레비전에서 인터넷에서, 문학의 방종, 상상력의 파탄, 뭐 이런 식으로 깠습니다. 녀석은 굉장히 억울해 했습니다.

자기는 자기가 겪은 일은 아니지만 자기 친구가 겪은 일을 썼을 뿐인데, 이럴 수가 있느냐는 거죠.

"근데, 뭐뭐가 뭐뭐에게 그럴 수 있다고 쳐. 근데, 상류층이잖아. 상류층이면 뭐뭐가 직접 안하고도 얼마든지 여자들을 대줄 수 있잖아. 근데 왜 자기가 해?"

내가 이렇게 물은 적이 있었죠.

"그 뭐뭐뭐는 질투가 심한 여자였거든. 자기가 가질지언정 다른 여자들에게 뭐뭐를 줄 수가 없었어."

그러더군요. 거의 다 이런 식이었습니다. 녀석의 글은, 녀석의 낙서는 도저히 믿기 힘든 그런 사실들의 파노라마였죠. 아, 그 낙서, 그 유명한 낙서 때문에 언론의 광분과는 전혀 반대로 우리의 낙서문학지는 더욱 더 유명하게 되었지요. 언론은 우리를 깐 게 아니라 홍보해준 거였죠.

내 낙서도 꽤 유명했습니다. 녀석처럼 문제작을 양산하지는 못했지만 말입니다. 내 닉네임이 역사류 아닙니까. 난 그간 정론으로 인정받지 못하는 변방의 역사이론들을 낙서화했습니다.

이를테면, 한때 우리 한민족이 만주, 중국대륙, 시베리아, 저 멀리 중동까지 우리 한민족이 지배했었다는 그런 황당한 역사를 실제인 것처럼 민족주의사관으로 무장하고 낙서화했지요. 2002년에 있었던 월드컵에서 우리가 이룩한 4강을 신화화하기도 했죠.

〈담론 조팔향이 가로되〉

어쩐지 우리가 너무 빨리 권력이 된다 싶었습니다. 팔려도 너무 팔렸고, 이해할 수 없이 빠른 속도로 유명해졌고, 문단에서도 뭔가 내가 알지 못하는 흑막이 있다고 생각했습니다. 당연히 돈 많은 성철호를 의심했지요. 그러나 나는 한참 지나서 알았습니다. 그것도 술 처먹은 정광현이가 술주정 끝에 발설해줘서 알았지요.

우리의 낙서문학이 벌써 20호가 발간된 뒤였습니다. 5년이 지나 버렸지요. 우리를 그렇게나 무시하던 기존의 잡지들이 따로 낙서란을 만들고 있었습니다. 우리가 내건 낙서문학이 드디어 기존의 문학계로 진입한 것이었지요.

그래서 내가 의심을 받았죠. 새창조 동인을 탈퇴해도 다른 잡지에 낙서를 기고할 수 있는 환경이 됐으니까, 그거 믿고 탈퇴한 거라고.

아무튼 성철호 때문에 우리가 그렇게 성공할 수 있었지만, 그래도 그건 옳지 않은 짓이었습니다. 그렇지 않습니까? 파렴치한 짓이죠. 어떻게 문학을 한다는 사람이 그럴 수가 있습니까?

동인지 모임 때, 나는 성철호를 격렬히 비난하고 그걸 알면서도 숨긴 정광현에게도 욕설을 퍼붓고 탈퇴를 선언했습니다. 나머지 세 녀석, 시현, 길호, 해주 이 자식들은 그 자리에서 자기들의 입장을 표명하지 않았지요.

원래 우리 동인 중에서 철호하고 나하고는 별로 친하지 않았어요. 우리는 상극이었기 때문입니다. 그 새끼가 상류층이라면 나는 빈민층이었거든요. 다른 애들은 중산층이어서 그걸 잘 몰랐어요. 철호 자식이 비웃음을 머금더니 이렇게 말했습니다.

"나갈 테면 나가라, 거렁뱅이 새끼야. 먹고살게 해줬더니."

다른 친구들은 나를 따라 나오지 않았습니다. 외롭더군요. 내가 〈새창조〉 동인으로 활동한 5년 동안 나는 참 이상한 존재가 되어 있었어요. 따지고 보면 문학 7년차에 불과했는데, 중견처럼 취급받고 있었죠. 문학적 이력을 쌓은 중견 말고, 어느 날 나타난 괴물 같은 존재.

나를 가까이하려고 하는 사람이 없었습니다. 하지만 이용하려는 사람은 많았습니다. 그래서 먹고사는데 지장은 없었지요. 〈새창조〉를 탈퇴한 낙서가라는 닉네임, 이게 썩 괜찮았어요. 특수를 누렸다고나 할까요?

내가 어렸을 때, 까마득한 일제시대 작가들을 공부하면서 갖고 있던 심각한 의문 하나가 있었습니다. 작품들이 별로 좋은 것 같지 않은데, 왜 이렇게 다들 유명하고 문학사에 길이 남을 수 있었을까.

왜 그런지 알겠더군요. 처음 시작했기 때문입니다. 시발자였기 때문에. 1919년의 창조 동인처럼, 우리 〈새창조〉 동인도 문학사에 길이길이 남을 겁니다. 우리가 이룩한 문학과는 아무 상관없이. 이왕에 시작한 거 화끈하게 유명해지려고 자살을 생각해봤습니다. 우리가 낙서문학의 창조자로 추앙하고 신격화하고 있는 유사풀 선생도 죽었기 때문에 그런 일이 가능했잖아요?

하지만 일부러 죽기는 참 어려운 일이지요. 죽은 다음에 알 수 없는 암흑보다 지금 이 현재의 행복을 계속해서 즐기는 쪽을 택했습니다.

아, 그런데, 길호가 죽어버렸더군요. 자살은 아니지만 자살에 가까웠습니다. 녀석은 원래 자학적이었지만 내가 듣기로, 내가 탈퇴한 이후부터 더욱 더 그렇게 됐다고 하더군요. 2012년에 녀석은 날마다 술만 먹었고, 결국 죽어버렸습니다.

암 때문에 죽었지만 난 자살이나 다름없다고 생각합니다. 췌장암이었어요. 아, 그 췌장암이 참 무서운 거예요. 소리도 없이 다가와서 만유의 영장을 한 방에 쓰러뜨리잖아요.

그런데 세상 일 정말 우스운 게, 길호는 낙서문학을 자학하다가 죽었는데 낙서문학을 위해 순교한 것처럼 돼버렸답니다. 낙서에 쇠파리 떼처럼 달라붙었던 사람들이 낙서는 역시 낙서에 불과하다며 썰물처럼 떠나가던 때였죠.

사람들은 길호의 죽음으로 인해 다시 낙서문학으로 돌아왔지요. 길호의 죽음을 통해서 길호의 신격화를 통해서 낙서문학은 다시 활활 타올랐습니다. 나도 길호의 신격화에 앞장섰죠. 다 지난 일이기 때문에, 20년 전의 일이기 때문에, 나는 신격화라고 말하고 있습니다만, 그때는 그런 게 아니었습니다.

정말로 길호의 죽음이, 요절이 슬펐고, 그가 이룩한 낙서문학이 위대해 보였습니다. 내 마음이 원하는 대로 행했던 것입니다.

어떤 현상에 대해서 평가하는 것은 자의적인 일이지 않습니까? 그것은 정말로 신격화일 수도, 신격화가 아닐 수도, 진정한 위로일 수도, 우러름일 수도 있는 겁니다.

내가 탈퇴하고 길호가 죽고 나자 정광현이도 탈퇴를 선언했습니다. 결국 남은 건 세 사람, 그렇다면 세 사람은 다른 멤버들을 받아들여서 거듭나야 할 텐데, 그들은 그렇게 하지 않았습니다. 끝내버리더군요. 끝내버리기 전에, 그러니까 2013년에 마지막 호를 내자고 하더군요. 나는 냉정히 거절했습니다.

그렇게 해서 〈새창조〉 동인지의 낙서문학은 스스로 종말하였고,

동시에 스스로 신의 위치로 가버렸습니다. 낙서의 시대가 왔기 때문에 가능한 일이었죠.

닉네임이 가장 재미없다구요? 그건 그렇습니다. 사실 제 낙서가 제일 재미없었죠. 담론이라는 닉네임이 말해주듯이 내 낙서는 세상에 횡행하는 모든 주의들과의 투쟁이었습니다. 한국에서 제일 좋은 대학 나온 티를 낸 거죠.

〈성철호의 배다른 동생 유난희가 가로되〉

어쩌다보니 출판사를 유산으로 받기는 했지만, 나는 사장 명함만 걸어놓고 사무실 근처에도 가지 않았습니다. 내가 세상에서 제일 싫어하는 게 책이었습니다. 그런 내가 왜 출판사 같은 부산한 것에 애착을 갖겠습니까? 그래서 출판사는 성철호 오빠가 사장이나 마찬가지였죠. 같이 동인인지 서인인지 하던 떨거지들이 다 떨어져나가고 저 혼자 남으니까, 이제 오빠도 그 지랄을 때려치우고 정신 차릴줄 알았습니다.

아닌 말로 우리 같은 상류층이 뭐 주워 먹을 게 있다고 문학을 하냔 말입니다. 근데 오빠도 고집이 있는 사람이더군요. 마지막 동인지를 낸 뒤에, 한 달 간, 인도 여행을 다녀오더니, 문학을 끝까지 밀고 간다는 거였습니다.

동인지였던 〈새창조〉를 문학월간지로 바꾸어버리더군요. 사실 나는 동인지하고 문학월간지가 뭔 말인지, 어떻게 다른지 여태 모릅니다. 그런 걸 내가 왜 알아야 됩니까? 재벌 3세가 얼마나 바쁜데. 그래도 뚫린 귀 가지고 명패 사장이라도 하다 보니, 동인지니 월간지니 하는 단어들을 주워들었고, 암기력을 타고나서 이십여 년이 지난 지금도 외우고 있는 것뿐입니다.

하여간에 오빠는 이름도 바꾸어버렸어요. 〈새창조〉가 재수 없다고. 새로운 이름은 〈낙서문학〉이었어요. 엄청나게 높은 원고료를 제시해서 그 당시 문학판에 난다 긴다 하는 많은 문학인들에게만 청탁을 하더군요. 제일 많이 주는 데보다 세 배쯤 되는 고료였으니까 엄청나다고 할 수 있겠죠?

또 '낙서문학상'이라는 걸 만들더군요. 내가 출판사 들락날락할 때 보니까 문학계에서는 상금이라고 주는 게 우리 천사 한 달 옷값 정도더군요. 문학판이 가난뱅이들만 모이는 데라더니 과연 실감이 났어요. 그 정도 돈에 광분들을 하는 거 보면. 오빠는 그때까지 가장 거액의 상금으로 인정받는 상금의 열 배를, 제1회 낙서문학상의 상금으로 내걸었죠. 2회 때부터는 한 명이 아니라 세 명씩 줘버리더군요. 아, 천사요! 천사는 내가 지금 안고 있는 강아지 이름이에요.

그런데 막내오빠는 참 복 받은 사람이에요. 우리 할아버지는 재벌 1세였고, 아버지는 재벌 2세였고, 오빠와 나는 재벌 3세였어요. 아버지는 할아버지의 여덟 자식 중 넷째였음에도 불구하고 형들과의 전쟁에서 최종적인 승리를 거두었죠. 아버지가 얼마나 많은 자식새끼를 낳았는지 모르겠지만, 정식으로 호적에 오른 것은 오빠 셋뿐이었어요. 오빠들과 배가 다른 나는 아버지 호적에도 못 올랐죠. 호적사항이 중요한 시대가 아니니까, 나도 챙길 만큼 챙겼지만요.

막내오빠는 모든 것을 두 형에게 양보할 뜻을 공공연히 비추었죠. 후계자전쟁에 불참을 선언한 거였습니다. 아버지도 막내오빠한테는 사업 쪽으로 전혀 기대하지 않았어요.

왜냐하면 오빠는 어렸을 때부터 문학이라는 것에 빠져 갖은 짓을 다했고 서른이 다 되어서도 빠져나올 기미를 보이지 않았거든요. 그런데 그 동안에 큰오빠와 작은오빠가 차례로 죽어버린 거예요. 큰오빠와 작은오빠는 수십 년 간의 후계자싸움에 지쳐서 자폭해버렸는지도 몰라요. 아버지도 죽을 날을 받아놓은 거나 마찬가지가 됐고요. 결론은 간단해졌지요. 모든 게 막내오빠 앞에 떨어졌어요.

마침 오빠는 문학에 싫증이 났어요. 한번은 이런 말을 하대요.

"아, 낙서고 나발이고 이제 지겹다. 난 문학을 위해 할 만큼 했어. 이제 떠날 때도 된 거야."

그리고는 정말로 떠나버렸어요. 그 유명한 인터뷰를 하고요. 인터뷰에서 오빠는 이렇게 말했다죠.

"…부인할 생각은 없어. 맞아, 나는 돈으로 문학을 했어. 열 중에 아홉 놈은 다 분개하더군. 다 욕했어. 원로, 대가, 중견, 신진, 신인, 습작도, 문학소년 소녀들까지 나를 욕했지. 심지어는 '새창조'를 같이 했던 놈들도 욕했어. 하지만 우리는 문학사에 남았잖아. 문학사에 돈으로 문학했다고 써있나. 아니잖아. 유사풀이 창시자였다면, 낙서문학을 발흥하게 만든 것은 '새창조' 동인과 월간지 〈낙서문학〉이었으며, 그중에서도 성철호를 발흥자로 특기할 만한다, 라고 굵직굵직하게 써 있잖아. 21세기 문학사를 다뤘다는 책이란 책은 다 쌓아놓고 비교, 대조, 분석해보았는데, 2000년에서 2020년 사이의 그 어떤 문학인도, 그 어떤 문학집단도, 그 어떤 문학매체도, '새창조' 동인과 〈낙서문학〉만큼 중요하게 언급되지는 않았어. 우리한테 돈으로 문학했다고 욕하는 새끼들, 그 새끼들은 대체 얼마나 깨끗했다는 거야. 내가 보기엔 개나 소나 다 돈보고 문학하던데, 왜 우리만 보고 지랄들을 했는지 이해가 안가. 좋아, 더 까발려주지. 다 까발려주겠어. 당신은 운이 좋은 거야. 내가 내 입으로 모든 것을 밝히는 게 처음이거든. 당신이 나한테 돈으로 낙서문학을 발흥시켰다고 대놓고 얘기했기 때문에, 내가 감격해서 대답해주는 거라고. 내가 인터뷰를 수백 번 했는데, 다 속으로는 욕하면서 당신처럼 대놓고 묻는 놈은 한 놈도 없었어. 치사한 새끼들….”

그 이후로 오빠는 문학판에서 완전히 떠나가 버렸어요. 나는 새로운 사장을 구해야 했지요. 나 대신, 오빠 대신 월간 〈낙서문학〉을 운영해줄. 사람은 많았고, 나는 내가 원하는 사람을 구할 수 있었어요. 그래서 낙서문학에 미쳤던 오빠가 낙서문학으로부터 도망쳤어도, 〈낙서문학〉은 계속될 수 있었던 겁니다. 이번 달에도 무사히 출판되었지요.

새들은
어디로 갔을까

목포 출생. 광주대 문예창작과 중퇴.
1999년 단편소설 〈다시 나는 새〉 문화일보 신춘문예 당선.
2001년 장편소설 〈비둘기집 사람들〉 삼성문학상 당선.
장편소설 〈비둘기집 사람들〉 〈소수의 사랑〉 등.
단편소설 〈뿔 없는 염소〉 〈새벽은 온다〉 〈갈대는 갈데가 없다〉 등 발표.
한국여성문학상, 광남문학상 수상.

코끝에 감기는 냉기가 바늘 끝 처럼 사나웠다. 날을 세우고 덤벼드는 바람으로부 터 몸을 보호하기 위해 잘 입지 않던 내복을 꺼내 입고, 솜을 누빈 주황색 파카를 걸쳤지만 아무런 대책 없이 맨살로 노출된 은숙의 얼굴은 십일월의 냉기에 푸르딩딩한 색으로 죽어갔다. 건너편, 세 일을 알리는 대형 플래카드가 내 걸린 백화점은 체증에 걸리는 일 없이 고물거리는 사람들을 삼키고 있고, 머리부터 끼어들기를 시도 하는 차들 때문에 도로는 엉망으로 뒤엉켜 있다. 광대 같은 옷을 입 은 백화점 직원들이 경광등을 손에 쥔 채 호루라기를 불며 엉킨 차 들을 풀어내면, 겨우 빠져나온 차들, 입을 벌리고 서있는 백화점의 지하 주차장 입구로 줄지어 몸을 숨겼다.

저들이 필요로 하는 것은 뭘까. 일상은 얼마나 자질구레한 것들을 필요로 하는지. 백화점 진열대에 화려하게 장식돼있는 일상의 용품 들을 저들은 홀린 듯 바라볼 것이다. 역빠르게 자신의 주머니 속에 들어있는 돈과 내 걸린 액수를 셈해보고 더러는 아쉬운 눈길로 지 나쳐가거나 흡족한 얼굴로 제 삶의 일부로 맞아들일 거다. 세상 것 가운데 황금과 치환할 수 없는 것이 있을까. 모종하듯 아이도 심을 수 있는데.

은숙은 번번이 어지러웠다. 백화점 안에서 굳이 발품을 팔지 않아도 위층까지 데려다주는 에스컬레이터를 타고 휘황한 조명들 사이를 가로질러가면서 자신이 소망한 것이 뭔지, 자신에게 필요한 것이 뭔지 잊어버렸다. 그래, 서둘러 빠져나오고 나면 손에는 전혀 필요치 않는 엉뚱한 물건들이 들려있었다. 가지고 있는 옷들과는 전혀 어울리지 않는 빨간색 플레어스커트, 알코올을 넣고 심지에 불을 붙여 커피를 뽑고 데우는 사이폰, 여벌의 식탁세트 같은 것들.

옷장을 열 때마다 스커트는 위험표지처럼 불온하게 걸려있고, 사이폰은 종이 상자 안에 그대로 놓인 채 푸른 녹이 앉기 시작했으며 여벌의 식탁세트에는 바퀴벌레 배설물들이 점점이 묻어 속절없이 낡아가고 있었다. 여벌의 식탁세트. 어쩌자고 그걸 샀던가. 창창. 두 개의 접시를 맞두들기며 유난히 맑고 청아한 소리를 확인시켜주던 도자기회사 직원의 선전 때문이었을까. '서른 두 개들이 한 세트를 절반 값에 드립니다. 이번 기회를 놓치면 후회하실 겁니다.' 검정색 쓰리 버튼 양복을 말쑥하게 차려입고, 젤리를 발라 머리를 고정시킨 남자의 사람 좋은 웃음 때문이었을까. 아니면, 유난히 희고 맑던 우윳빛 색이 마음에 들었을까. 그도 저도 아니면 집에 찾아올 다른 누군가를 위한 준비였을까. 하지만 그때 혼자 사는 여자의 집에 찾아올 사람은 아무도 없었다. 늘 혼자만의 식탁이었고, 녹창에 어울리게 대개는 계란 프라이 하나에 딱딱하게 굳은 빵 한 조각. 아니면 전기밥솥 안에서 하루를 묵은 밥과 오래된 김치를 대충 올려놓고 볼가심하던 을씨년스러운 식탁이었다. 때문이었을까, 늘 허기가 졌다.

그나저나 누구였을까. 배가 고프면 정신이 맑아진다던 이는. 아니, 적당히 외로우면, 이라고 했던가. 하지만 은숙은 정신이 맑아지지 않았다. 외려 내부가 텅 비어있는 듯 허전해 끊임없이 무언가를 찾았다. 고개가 아프도록 뒤를 돌아보거나 옆을 살피며 그 무엇인가를 찾았지만, 그 무엇이 뭔지, 끝내 찾을 수 없었다.

혜경이가 전화를 걸어온 때는 어제 저녁, 막 아홉시 저녁 뉴스를 시작할 무렵이었다. 작지만 세상이 보인다는 한 휴대폰기기 업체의 협찬시보가 젊은 앵커의 인사말로 대체될 때 투명한 전화기 속에서 네온불빛이 깜박거렸다. 뚜르르르. 뚜르르르. 방금 양치질을 끝내고 이곳저곳으로 텔레비전 화면을 바꾸며 게으르게 누워있던 은숙이 창백한 빛을 내뿜는 전화기를 바라보았다. 받지 않으면 저 혼자 깜박이다 끊어질 터. 은숙은 벨 음량조절 스위치를 무음으로 돌려놓고 텔레비전으로 시선을 돌렸다. 거기, 사각의 검은 틀 안에 사람들이 있었다. 입고 있던 상의 속으로 깊숙이 얼굴을 묻은 채 줄지어 취조실로 향하던 사람들. '연예인 P모씨도 호텔 등지를 돌며 투약한 것으로 알려졌습니다. 그간 연예인이나 유흥업소 종사자들이 사용하던 마약이 최근 들어 일반 주부나 청소년들 사이에서도 급격히 확산되고 있는 것으로 드러나 충격을 안겨주고 있습니다….' 그들이 사용했다는 히로뽕이 순백의 가루로 빛나고 있고, 이어 바뀐 화면에서는 머리에 띠를 두른 일단의 사람들이 경찰들과 밀고 당기는 실랑이를 벌이고 있었다. 순백의 가루로 인해 머리에 띠를 두른 사람들은 힘을 잃었다. 삶을 보장하라는 무거움보다는, 진지함보다는, 말초적인 쾌락이 더 긴 여운으로 남는 세상. 소리를 제거당한 전화기는 살아있는 불빛으로 신호를 보내왔다. 몇 번 불빛의 움직임도 멈추는가 싶더니 이내 불빛은 은숙의 응답을 채근하며 깜박거렸다. 그래 자신을 찾을 사람이 아직 남아있음은 그나마 다행스러운 일이리라. 은숙은 송화기를 집어 들었다.

"우리 새보러 가자. 무리진 새들. 하늘을 까맣게 뒤덮으며 나는 새들을 보러 가자."

미처 은숙에게 자신을 호출한 사람이 누구인지 확인할 사이도 주지 않고 먼저 날아오는 음성은 혜경의 것이었다. 작고 여리디 여린 여자, 손만 대면 목련꽃처럼 갈색으로 물크러져 버릴 것만 같은 혜경이었다.

"무슨 새?"

총을 쏘듯 오른손을 쭉 내밀어 리모컨으로 텔레비전의 볼륨을 줄이며 은숙이 물었다. 이번에는 텔레비전이 소리를 잃었다.

"됫새. 쌍계사 앞, 자그마한 동산에 무리지어 사는 새들 말야. 언제나 겨울이 되면 고향을 찾듯 돌아오잖아."

혜경의 음성이 평소보다 밝게 들려옴은 왜일까. 천장에 일자로 붙은 형광등의 안정되지 못하고 파르르 떠는 불빛과 혜경의 음성이 닮은 듯했다.

"글쎄 문득 새가 보고 싶었어."

평소 같지 않게 혜경은 제 말만 했다. 그러고 보니 그녀의 음성에 술기가 묻어나는 것도 같았다. 간간이 짧은 호흡으로 끊어내는 말들, 거친 날숨과 들숨, 그녀의 음성과 섞이는 소음들, 익명의 타인들이 서로의 소통을 위해 내지르는 소리거나 짱짱 잔 부딪치는 소리, 그리고 가늘게 들려오는 노래 소리….

그녀가 지금 있는 곳은 어디일까. 뜬금없이 새떼라니. 알프레드

히치콕 감독의 새의 이미지는 무엇이었던가. 수화구 속에서 날아오는 혜경의 소리는 은숙의 머릿속에 잠자고 있던 몇 가지 단상들을 끄집어 올렸다. 날카로운 부리. 인간을 향해 공격해오던 살의로 무장된 시간들. 그 많은 새떼들은 비상과 자유가 아닌, 공포였다. 그 같은 무리 진 새들의 이미지가 주던 공포의 기억은 또 있었다. 이응로 화백의 기념전에서 만났던 수많은 사람들의 모습. 커다란 화폭 안에 빠른 붓놀림으로 사람들의 형체만 점을 찍듯 그려낸 군상이라는 작품에서도 은숙은 공포와 마주쳤다. 어디론가 휩쓸려가는 그들의 격앙된 몸짓들에서 은숙은 그림 속에 나타나지 않은 뿌연 먼지들을 보았다.

왜 새떼들은, 무리는, 군중은, 공포와 동의어처럼 느껴질까. 길을 걷다가 사람들이 무리 지어 가는 것을 보면 왜 명치끝이 먹먹할까.

"갈 수 있겠니? 그것도 내일 당장."

다그치듯 묻는 혜경의 목소리가 수화구 속에서 넘어왔다. 선약이 있었던가. 이쪽의 사정은 전혀 고려치 않고 떼를 쓰듯 덤벼드는 그녀의 물음에 은숙은 다음날 자신의 일정을 더듬어보았다. 오래된 습관은 무의식마저 지배하는가. 일정이라니. 이 년 전 다니던 신문사를 그만두고 지금은 여기저기 잡문이나 쓰면서 생활하는 은숙은 하루의 일정을 확인해볼 만큼 시간에 예속되어 살지는 않았다. 오히려 남아도는 시간으로 인해 점차 무력해지는, 아니 무화돼 가는 자신이었다.

"왔을까?"

은숙은 어정쩡하게 대답했다. 언제부턴가 아니다, 그렇다, 라고 명확히 선을 긋지 못하고 에둘러 말함으로써 자신을 감추고, 타인들의 편 가르기로부터 안전하게 숨어온 자신이었다. 그러나 혜경은 막무가내였다.

"왔을 거야. 분명히. 그러엄, 왔구 말구. 내 마음이 이렇게 설레는 걸 보면 저들이 왔어. 분명 왔다구."

그러마, 고 자신 없는 음성이 낮은 한숨에 섞여 송화구 속으로 빨려들어 가고 난 뒤 곧바로 은숙은 후회했다. 약속이나 몸이 아프다는 핑계로 적당히 거절할 수도 있었을 텐데. 가늠할 수 없는 거리 저쪽에서 은숙에게 부여된 일곱 자리 숫자를 입력함으로써 자신에게 다가왔던 그녀는 기뻐했다. 바람이 빵빵이 들어간 작은 공처럼 그녀의 음성이 경쾌하게 수화구 속에서 튀어나왔다.

"그럴 줄 알았어. 꼭 가줄 줄 알았어. 고마워. 정말 고마워. 내일 열 시에 터미널 앞 시계탑 아래서 만나. 열 시, 열 시야."

그녀는 안심이 되지 않는 듯 두 번, 세 번 다짐하고 확인했다. 그리고는 먼저 자신이 열었던 길을 닫았다.

불시에 이루어진 혜경의 방문으로 인해 은숙은 다시 게으르게 누워 텔레비전을 시청할 기분이 사라져버렸다. 텔레비전은 여전히 옥색 하이그로시 장식장 위에서 소리를 제거당한 채 갖가지 그림들을 담아냈다. 얼굴이 익은 정치인들, 익명의 타인들, 발성 없는 표정과 몸짓만으로는 그들이 전달하고자 하는 내용이 무언지 은숙은 알 수 없었다. 목소리 큰 사람이 득세하는 세상이라는데. 저들은 13평, 서민임대아파트의 보잘것없는 거실에서 목소리를 잃는구나.

얼음장을 뚫고 온 것 같은 냉랭한 바람이 자꾸만 주황색 파카의 헐거운 깃 속으로 파고들었다. 추위에 무방비로 드러나 있는 얼굴은 감각마저 둔했고, 행인들 역시 검보라 빛 얼굴로 종종걸음을 쳤다. 백화점을 빠져나온 사람들만 훈김의 여운으로 볼이 발그레 물들어 있을 뿐, 도로 이쪽저쪽을 지나는 행인들은 어깨에 무거운 등짐을 지고 있는 것 마냥 잔뜩 움츠린 채 굳은 목으로 제 발등을 보고 걸었다. 그들 가운데 혜경의 모습은 찾을 수 없었다.

열 시 십 분. 시계탑 속 시간이었다. 은숙은 자라목을 한 채 먼데 산을 바라보았다. 잿빛 하늘 아래 역시 잿빛으로 물러앉은 산은 그저 한 덩어리 무거운 물체였다.

"오래 기다렸어?"

미늘에 걸린 것처럼 소리 나는 쪽으로 은숙의 시선이 끌려갔다. 혜경이었다. 아니, 혜경이 아니었다. 은숙이 알고 있는 혜경은 주근깨투성이인 소녀 같은 얼굴이었다. 하지만 입가에 반월형의 주름을 만들며 알은 체를 하고 있는 여자는 진한 파운데이션 화장에 짙은 눈썹, 붉은 립스틱으로 입술을 도색한, 생경한 얼굴이었다.

"늦었어, 미안해."

혜경의 얼굴은 사뭇 비장해 보이기까지 했다.

"어쩐 일이야?"

반사동작처럼 그녀를 보자마자 튀어나온 말이었다. 묻고 나니 오히려 어색한 쪽은 은숙이었다. 진한 화장을 한 게 무슨 큰일이라고 묻고 말았을까.

"새 때문이야. 그들의 비상, 그들의 군무를 보러간다니 이상하게 몸이 떨렸어. 내 몸 안에 부레가 들어있는 듯 몸이 가벼워지는 거야."

혜경의 입에서 하얀 입김이 뭉텅뭉텅 새나왔다. 미황색 오리털 파

카를 입은 그녀는 늦게 온 일을 벌충하기라도 하듯 주차장 요금정
산소를 향해 앞서 걸었다. 혜경의 오른쪽 무르팍 위, 어느 지점에서
부터는 살색 플라스틱 의족이 뼈와 살과 근육과 혈관들을 대신하리
라. 걸을 때마다 미세한 진동으로 전해오는 이음새 부분의 철커덩
거림. 따듯한 피가 도는 살갗이 아닌, 속이 텅 빈 이물스러운 토막.
그녀의 의족은 유난히 차갑고 매끄러웠다. 있어야 할 아랫도리가
뚝 끊어져버린 그녀의 허벅지에는 뼈를 감싸고 아문 흉터가 꽃처럼
피어있었다.

　은숙이 모는 아반떼가 도심을 벗어나자 혜경은 차창 밖으로 무연
히 시선을 던져놓은 채 깊은 생각에 잠겼다. 조금도 흔들림 없이 그
녀는 앞만 주시했다. 무엇이 그녀를 골똘한 생각으로 이끌어 가는
지 은숙은 알 수 없었다. 느닷없는 새와 평소 같지 않은 진한 화장이
그녀를 당혹스럽게 만들었을 뿐. 오랫동안 이어지는 혜경의 침묵이
은숙에게 경훈의 생각을 불러 일으켰다.

　"원 플러스 투, 그게 지금 소원이에요."
　술을 이기지 못하는 그가 한 잔 술에 맨드라미처럼 얼굴이 벌겋게
달아올라 낑낑댔다. 원 플러스 투라니? 노려보듯 제 잔에 시선을 고
정시켜 놓고 있던 은숙이 발딱 고개를 쳐들며 물었다.
　"말 그대로 원 플러스 투에요. 하나 더하기 둘."
　"그게 뭔데?"
　"정말 몰라요? 원 플러스 투. 셋. 셋이서 정사 나누는 거."
　간절한 표정을 지으며 그녀의 대답을 기다리는 경훈의 입가에 이
해할 수 없는 우수가 웃음과 함께 깃들다 사라졌다. 은숙은 말없이

제 앞의 잔을 들어 단숨에 비워냈다. 그래, 하나 더하기 둘이란 말이지. 그게 하고 싶단 말이지. 네가, 서른 살 먹은 네가, 남자인 네가, 지금 가장 하고 싶은 일이 하나 더하기 둘이라는 정사란 말이지. 그 어떤 것도 아닌 정사 말이야. 남들은 그 나이에 세상을 바꾸고 혁명을 꿈꾸는데 기껏 하고 싶다는 게 하나 더하기 둘이라는 정사란 말이지. 식도를 타고 흘러내리는 소주의 얼얼한 기운을 느끼며 다시 제 잔에 술을 치는 은숙의 방백이었다.

"누가 일이고 누가 둘이지? 암컷이 둘이야, 수컷이 둘이야?"

방백에서 벗어난 은숙의 말에 경훈은 갑자기 웃음을 터뜨렸다. 목젖이 들여다보일 정도로 입을 크게 벌리고, 고개까지 흔들어대면서. 은숙은 눈 한 번 깜박거리지 않고 그가 웃는 모습을 지켜보았다. 은숙의 표정이 서늘했다. 한참 뒤, 웃음이 잦아들 즈음 경훈이 다시 입을 열었다.

"그렇군요. 다들 제 생각부터 하는군요. 나는 수컷이 하나고, 암컷이 둘이라 생각했는데 선배는 반대군요."

천장 속에 숨은 국부 조명 세례를 받고 있는 경훈의 얼굴에는 굴곡마다 진한 그림자가 생겨나 있고, 그런 그가 은숙은 생소해 보였다. 애초에 이런 의미 없는 만남 따윈 갖지 말았어야 했는지 모른다. 단 둘만의 시간. 그것도 야심한 시각, 은밀한 카페에서 무엇을 기대했을까. 중키에 기다란 얼굴, 마른 체격을 지닌 경훈은 그녀보다 두 살 아래인 신문사 후배였다. 왼손 약지에는 정 삼 부 다이아몬드가 박힌 백금 커플링이 끼워져 있고, 경훈은 그 반지의 출처와 관계맺기의 복잡다단한 의식들의 과정을 굳이 숨기려하지 않았다. 이상하죠. 결혼한 그 순간부터 반란을 기도하듯 다른 여자들과의 정사를 꿈꾸게 되는 것이. 그의 말처럼 경훈은 결혼한 날로부터 꽁지깃을 바짝 치켜든 채 구애의 춤을 추는 한 마리 화려한 공작으로 다시 태어났다. 하지만 그는 알까. 자신의 표정 속에 스며드는 공허와 우울의 그림자를.

"내 말에 대답하지 않았어요."

"무슨 대답?"

"원 플러스 투."

필터까지 불이 옮겨 붙은 담배를 유리재떨이에 눌러 끄며 경훈이 풀죽은 음성으로 물었다.

"못할 것도 없겠지. 그래, 소원이라는데. 그것도 사람이 하는 행위인데, 안 될게 뭐가 있겠어."

목이 탔을까. 아니면 내심을 숨기기 위해 아무 동작이라도 필요했을까. 은숙은 또 다시 맥주가 절반쯤 담긴 제 앞의 잔을 들어 바닥까지 단숨에 비워냈다.

"약속하는 거예요."

경훈의 얼굴이 아이처럼 빛났다.

"그래. 다른 한 사람을 어디서 구하지?"

"이렇게 해요. 공평하게. 여자가 둘일 때는 내가 구하기로 하고, 남자가 둘일 때는 선배가 데리고 와요."

"알았어."

"그래요. 선배가 들어줄 줄 알았어요. 그래서 선배를 좋아해요."

경훈은 은숙의 자리로 넘어왔다. 스르륵, 은숙의 생에 잠입해 들어왔을 때처럼, 소리 없이 은숙의 옆으로 왔다.

차창에 가부끼 같은 혜경의 얼굴이 들어있었다. 슬쩍 고개를 돌리려는데 그녀의 메마른 음성이 은숙의 시선을 도로 붙잡아다 놓았다.

"이 시대에 여자로 살아간다는 일은 어떤 것일까. 깨지지 않는 관습, 문명은 하루가 다르게 변화해 가는데 인간의 본성은 왜 늘 원시를 향하고 있을까?"

혜경이 막막한 표정으로 돌아보았다. 혀끝에 모래가 박힌 양 입만 움찔거리다 그대로 다물어버렸을 뿐, 은숙은 그녀의 물음에 아무런 대답도 할 수 없었다.

"난 열심히 자궁을 벌리고 있어. 그 내밀한 자궁을 통해 세상에 무얼 내놓고 싶은지, 혹은 무엇을 빨아들이고 싶은지도 모르면서 말이야. 예전에는 자궁을 닫는 연습을 했지. 자 항문근육을 죄어봐요. 항문근육은 팔자근육으로 돼있어 부지런히 죄는 연습을 하면 자연스럽게 질 수축운동도 돼 남편들로부터 사랑을 받을 수 있죠, 라고 큰소리치던 어떤 의사의 권유로 말야. 그러나 모르겠어. 정말 난 지금 무엇을 원하고 있는지. 여성으로, 또 하나의 성으로 세상을 당당히 살아나가고 싶은지, 아니면 자궁으로 남성들의 사랑을 받는 꽃으로 살아가고픈지. 이쪽저쪽 성도 아닌, 그저 나일 수는 없을까. 나 말이야. 이혜경…."

다시 앞을 주시하며 혜경은 높낮이 없이 낮고 차분하게 말했다. 혜경의 음성이 여느 때보다 더 쓸쓸하게 들림은 무엇 때문일까.

그녀의 불행을 은숙은 잘 알고 있었다. 삼 년 만에 끝나버린 결혼생활. 그것을 불행으로 말 할 수 있다면.

일 년 전의 일이었다. 9월. 여름의 끄트머리에서 늦더위가 포악을 떨 때. 자지러지는 울음을 울던 혜경은 간간이 몰아쉬는 날숨에 묻혀 말을 뱉어냈다. 빨리 와줘. 토옥 톡. 아파트 화단에 무심코 던져놓은 봉숭아가 꽃잎 털어내고 그 자리에 품은 씨알들이 씨방을 박차며 사방으로 튀어나갈 무렵, 그 자잘한 구형의 씨앗들을 손바닥에 털어내다가 은숙은 그녀의 호출을 받았다. 황급히 일어선 탓이었는지 눈앞의 세상이 잠깐 흰빛으로 탈색되었다가 이내 제 색들로 돌아왔다. 수화구 끝에서 감지되던 단장의 슬픔은 은숙에게 섬뜩함을 안겨주었다.

서둘러 택시를 잡아타고 혜경이 살고 있는 마당 좋은 한옥으로 달려가면서 은숙은 그 슬픔의 정체를 짚어보느라 골똘히 생각에 잠겼다. 택시 안에서 내내 왜 그렇게 마음이 서걱거렸는지. 그래, 지난밤 꿈의 정체는 무엇일까.

혜경은 그 꿈속에 들어있었다. 분홍빛 한복을 화사하게 차려입은 혜경이 활짝 핀 얼굴로 쏟아지는 햇빛을 온 몸에 받으며 공중으로 차오르고 있었다. 단숨에 은숙의 키를 넘겨 허공으로 올라가는 그녀를 어떻게 끌어내리지 못하고 대신 땅을 딛고 있는 자신의 발바닥에 힘을 내려 보냈다. 보다 더 굳건히 버티고 서있기 위해. 굳은 땅의 중력은 여전히 은숙을 붙잡고 있었지만 혜경은 이미 저만치 허공 속을 날고 있었다. 나풀거리는 치마 속, 깡동 잘려나갔어야 할 그녀의 오른쪽 다리가 분홍빛 한복치마 밑으로 선명하게 보였다.

그 꿈의 의미는 무엇일까. 비천이라니. 서둘러 달려가 보니 혜경은 꿈속에서 보았던 푸짐한 빛 속에 내동댕이쳐 있듯 앉아있었다. 그녀가 파묻히듯 앉아있는 자주색 푹신한 의자 밑으로는 왼쪽 다리만이 바닥을 딛고 있을 뿐 있어야 할 오른쪽 다리는 보이지 않고, 대신 푹 꺼져버린 바지통의 허전함이 은숙의 눈에 아프게 박혔다.

"내 침대에 남편과 함께 누워있던 여자 말야. 보티첼리의 비너스의 탄생이라는 그림에서나 볼 수 있는 누드처럼 미끄럽고 풍만해 보였어. 난 그저 목을 틀어막고 고통스럽게 입만 벌리고 서있을 뿐이었지."

얼마나 울었는지 혜경의 얼굴선이 울퉁불퉁하게 부어있었다. 그녀의 남편과 미끈한 두 다리를 가진 여자가 함께 뒹굴었을 침대는 아직 정리되지 않은 채 어지럽게 흐트러져 있고, 침대 옆, 탁자에 놓여있던 모딜리아니 풍의 철제 입상들은 옆으로 넘어진 채 혜경을 바라보고 있었다. 그 아래, 그녀의 의족이 죽은 동물의 몸통 일부분처럼 버려져있었다. 혜경을 감싸듯 안고 있는 그 햇빛만 아니라면 방안은 무서울 정도로 쓸쓸하고 적막했을 터이다.

"내가 뭘 할 수 있었겠어. 그 순간. 어떻게 감히. 그 미끈한 두 다리 앞에서 절름절름 걷겠어? 내 불구, 내 심한 불균형의 족적을 그 여자와 남편에게 들키고 싶지 않았지. 그래 난 성한 한 다리와 의족이 바닥에 붙어버린 것처럼 그 자리에 우뚝 버티고 서서 소리 나오지 않는 목만 쥐어뜯었어."

은숙은 우습게도 그때 봉숭아의 탱탱하던 씨방이 머릿속에 떠올랐다. 유선형의 틀 속에 나란히 들어앉은 진한 갈색의 씨앗들. 손이 스치기만 해도 기운을 이기지 못하고 몸을 틀며 제 안의 것들을 토해내던 씨방의 몸짓. 자신의 안에도 그런 씨방이 있음을, 씨를 담고 싶어 하는 욕망이 있음을 은숙은 알았다. 그녀는 발작처럼 일어나는 욕정으로 그 존재와 음모를 감지하곤 했다. 욕망이 안내하는 대로 따라가다 보면 늘 경훈이 있었다.

격렬한 몸짓 뒤에 찾아오는 나른함과 공허감을 이기지 못하고, 담배를 찾아 무는 은숙에게 있어 경훈은 어쩌면 생의 한 시점에서 만나게 되는 암초이거나 해독해내야 할 하나의 의문이었다. 아무런 기약도 없이, 불타는 정염도 없이 만나서는 마치 자신을 소진시키듯 살을 섞고, 푸슬푸슬하게 서로에게서 떨어져나가는 경훈과 자신이었다.

매양 은숙은 그런 자신을 이해할 수 없었다. 누군가 손에 쥐어준 연극대본을 들고 전전긍긍하다가 큐 사인을 받고 엉겁결에 무대에 나가서는 어설프게 연기를 하고 내려오는 배우 같은, 전혀 자신 같지 않은 모습을 들여다보며 은숙은 번번이 회의를 느꼈다. 즉물적인 인간에게 오르가슴만큼 자신의 존재를 일러주는 것은 없어서였을까.

기관지가 좋지 않다고, 담배는 절대 해서는 안 된다고, 희뿌연 선들이 그물맥을 이루며 퍼져나간 자신의 기관지를 담은 네거티브 필름을 형광판에 끼우며 말하는 의사의 주의를 무시한 채 은숙은 담배를 찾았다. 매운 연기가 기도를 타고 흐르다가 점점 그 기도가 좁혀지는 느낌을 받으면 이내 그녀의 숨소리에 끄극, 마른 고무가 미끌리는 소리가 새나왔다. 날숨보다는 들숨에 섞이는 그 소리를 듣고 있다가 경훈은 입을 열었다.

"선배는 독점욕이 있어요?"

"아니."

"그럼 정신적인 사랑을 원하나요?"

"아니."

"잘됐어요. 나 말인데요. 다른 여자를 만났어요. 지난 번, 미국 출장 갔다 오는 길에. 우연히 눈이 마주쳤다가 그렇게 됐어요."

은숙은 얼굴빛 하나 바꾸지 않고 경훈의 이야기를 들었다.

"아직 그 여자한테는 모든 것이 조심스러워요. 내가 하고 싶은 행위들, 내가 뭘 좋아하고, 싫어하는지, 자자분한 얘기는 하지 못했어요. 지금은 탐색의 시간 같은 것을 보내고 있어요."

하루에 두 갑을 피운다는 경훈은 과다한 흡연의 폐해 탓인지 눈 밑으로 거뭇거뭇하게 검버섯이 피기 시작했고, 한창 물이 올라있어야 할 피부는 탄력을 잃은 채 결결의 흔적이 뚜렷이 보였다.

"니 집사람은?"

사랑의 환상 따윈 버린 지 이미 오래된 은숙이었다. 그럼에도 불구하고 한 여자를 물은 이유는 그의 삶 속에 둥지를 튼 여자에 대한 스펙트럼 실험과도 같은 것이었다.

"집사람에 대한 감정은 결혼 전이나 지금이나 여일해요. 단지 달라진 점이 있다면 지금이 조금 더 편해졌다는 거. 그거예요. 하지만 평생을 같이 해야 할 사람이라면 차라리 편한 쪽이 좋지 않아요?"

경훈의 그 말이 은숙에게는 금기의 관계에서 합법적인 관계로 나아갔기 때문에 긴장이 없다는 이야기처럼 들렸다. 모든 에로티시즘은 금기에서 비롯된다는 조르주 바타이유의 정언적 말에 은숙은 전적으로 동의할 수 없었다. 금기의 관계에도 습관이 끼어들면 그 에로티시즘의 환상은 제 자리를 잃고 마는 법.

"그 여자, 널 진짜 사랑으로 여기면 어떡하지?"

"설마… 하지만 상처도 아름답지 않아요?"

입안의 껌을 버리듯 툭 내뱉는 경훈의 말에 은숙은 가볍게 몸을 떨었다. 차갑고도 미끈한 뱀 한 마리가 스르르 제 몸 위를 스쳐 지나가는 듯한 섬뜩함에 은숙은 마른 손바닥으로 자신의 발가벗은 몸을 쓸어내렸다. 하지만 감정은 사람을 배반하는 법이지. 마음속에 사람을 들이지 않겠노라 늘 마음을 다잡아도 어느 순간 돌아보면 이미 깊숙이 들어와 있는 걸. 깨닫게 됐을 때는 이미 늦어. 사람 속에 갇히면 끈은 알 수 없어. 그 사람의 마음속을 헤매다 같이 죽거나, 아니면 서로 물어뜯고 싸우다 지쳐 떨어지는 수밖에는 방법이 없지. 하지만 둘 다 자폭이야. 은숙은 입을 다물었다.

늘 그렇듯 경훈은 벗어놓은 제 껍질들을 하나씩 주워 입고 밖으로 나갔다. 헤어짐에 대한 아쉬움 없이. 생의 한때, 묵은 각질을 벗겨낸 것 같은 후련한 표정으로. 여자는 평생을 사기 위해 남자를 유혹한다는데 남자는 하룻밤의 정사를 위해 여자를 유혹한다던가. 경훈은 여자들에게서 무엇을 찾고 싶은 것일까. 그저 생이 주체할 수 없어 그런 식으로 자신을 소진시키고 싶은 걸까.

은숙은 경훈이 빠져나간 방안에 한동안 옷도 주워 입지 않고 그대로 있다 무언가 허수한 느낌에 시달리며 방을 나왔다.

혜경의 살쩍 부근에 분가루가 제대로 펴 발라지지 않은 채 뭉쳐있었다. 손을 뻗어 고루 펴주고 싶었지만 은숙은 애써 모른 척하며 차창 밖, 늦가을의 모습에 눈길을 두었다. 남녘의 산하와 대지는 사계절이 모두 고왔다. 고만고만한 산등성이들은 유순한 들짐승처럼 낮게 엎디어있고, 황모, 백모, 적모로 산을 덮고 있는 나무들은 털갈이하듯 뭉텅뭉텅 제 잎들을 털어내고 있었다.

은숙은 그때 보았다. 봉숭아 씨앗을 받다가 마당 좋은 한옥으로 달려갔을 때, 혜경의 의족이 죽은 동물의 시체처럼 을씨년스럽게 방치돼 있을 때, 흐트러져 있는 침대 시트 위에 떨어져 있는 음모 한 올을. 혜경을 감싸고 있던 햇빛 가운데 한 점 떨어져 나와 짧고도 꼬불꼬불한 음모 위를 타넘고 있었다. 유난히 검고 윤기 흐르던 터럭은 누구의 것이었을까. 혜경을 질리게 한 비너스의 거웃일까, 아니면 혜경의 남편 것일까. 왜 감춰지고 은밀해야 할 것들이 세상 밖으로 나오면 불결하고 추하게 보일까. '난 내가 보고자 했던 것만 보고 살았어. 선별적인 그 세계에 나를 가둬놓고 안주하며 세상은 아름답고 따뜻한 거라 믿어왔어. 헌데 모두가 허상이었어.' 불구의 몸으로 절름거리며 햇빛 환한 날에 이불보를 마당에 내다 널고, 배추며 무를 사다 빛깔 좋게 김치를 담가서는 하얀 레이스 식탁보가 깔린 식탁에 깔밋하게 차리고, 남편을 위해서 산소표백제를 푼 물에 와이셔츠를 빨아 구김살 없게 다림질을 하는 일로 인생의 조각그림을 맞춰오던 여자가 그간 자신이 맞춰왔던 조각그림이 잘못 됐노라고 말했다.

혜경의 남편은 이혼만은 원치 않는다고 했다. 옛 노래가 흘러나오는 카페 '고래사냥'에서. 양복 단추를 채우지 않은 채 양 미간에 주름을 모으며 그는 다소 거칠게 말했다. 외려 그만한 일로 헤어진다면 세상 어느 부부가 해로하겠느냐며 큰소리를 쳤다. 가슴 품이 넓은 그의 앞에는 벌써 일곱 병이나 되는 맥주병이 바닥을 드러낸 채 도열해 있고, 궂은일에 대한 기억이 없어 보이는 그의 손가락에는 빨갛게 타들어 가는 담배가 끼워져 있었다.

"혜경은 착한 여잡니다. 나 없이는 이 풍진 세상을 살아갈 수 없는 여잡니다. 이때껏 내 보호를 받고 살아온 여자란 말입니다. 때로는 세상물정 모르는 순진함이 나를 맥 풀리게 하지만 나는 혜경의 그런 점이 마음에 듭니다. 세상에서 헤매다가 혜경의 품으로 돌아오면 뭐랄까, 안식 같은 기분이 든단 말입니다."

남자의 음성이 낮고도 격하게 깔렸다. 너를 보내는 들판엔 마른 바람이 슬프고, 내가 돌아선 하늘엔 살빛 낮달이 슬퍼라…오랫동안 잊었던 눈물이 솟고 등이 휠 것 같은 삶의 무게여. 가거라 사람아 세월 따라 모두가 걸어가는 그 길로…. 실내에 낮게 흐르는 노래는 남자의 묵중한 느낌의 음색에 묻혀버렸다.

"바람의 생리를 잘 아시잖습니까. 생성의 예고도 없이 살아났다가 머물지 못하고 소멸되고 마는 바람 말입니다. 그저 단순한 바람입니다."

남자는 답답한 듯 손바닥을 펴 가슴부근을 탕탕 쳐댔다. 어쩌면 우리 모두는 눈뜬 소경이었다. 자신의 손에 들고 있던 물건이 얼마나 귀한 것인지, 그 진가를 알지 못하고 다른 것을 집기 위해 손을 벌렸다 제 손안의 것마저 놓치고 마는 그런 우둔한 장님….

하긴 남자뿐일까. 자신 역시 눈을 뜨고 있으되 세상을 바로보지 못하고 있는 것은 아닐까. 그렇다면 지금까지 자신이 놓쳤던 것들은 무엇이었을까. 사람? 변변치 못한 부? 아니다. 그건 분명 아닐 것이다. 구 년간에 걸친 직장생활. 어떠한 보상도 없이 보이지 않는 힘에 밀려 맥없이 그 집단 밖으로 떠밀려난 낙오자가 놓치고 있었던 것은 아마도 세상의 중심이 어디에 있었느냐는, 진중한 살핌이었는지도 모른다. 정말 세상의 중심은 어디에 있을까.

은숙은 그토록 가고 싶어 했던 티베트 기행의 기획이 단지 여자라는 이유만으로 순번에서 제외된 채 후배 남자에게 돌아갔을 때 무언가 자신의 중심을 지탱해주던 철심 하나가 쑥 빠져나가는 듯한 상실감을 느꼈다.

"왜 제가 아니죠? 이번엔 제 차례인데."

은숙의 도전적인 질문에 부장은 팔꿈치를 책상 위에 올려놓고 두 손을 맞잡으며 군색하게 대답했다.

"글쎄. 그곳에 가면 고생을 한다니까. 물도 없어 씻을 수 없지, 잠 잘 곳도 마땅치 않고, 더욱이 먹을 것도 많지 않아 고생만 할 거야. 대신 다음번에 어디 유럽이나 남미 쪽, 아니면 쾌적하고 볼거리 많은 관광코스가 생기면 틀림없이 보내줄게."

하지만 은숙은 어느 곳보다 티베트가 가고 싶었다. 하늘에서 가장 가깝다는 고원의 세계. 건조한 바람 속에서 문명에 길들여지지 않고, 거풍으로 세속의 때를 벗겨내는 원시의 삶과 히말라야를 보고 싶었다. 죽음조차도 삶의 한 방식으로 받아들이고, 자신보다는 남을 위해 기도하는 지혜와 욕심 없는 그들의 삶을, 아집과 욕심으로 찌든 자신의 영혼 속, 어느 한 굽이 숨겨져 있는 무구한 장으로 만나 보고 싶었다. 헌데 그 기획이 자신을 훌쩍 뛰어넘어 후배 기자에게 돌아가 버렸을 때 은숙은 분노했다.

"여자에게도 바람 같은 게 있지요. 남자들의 바람과는 다른 바람이에요. 여자들의 바람은 소용돌이, 회오리에 가깝죠. 안으로, 안으로 응집되는 에너지 말예요. 남자들의 바람은 밖으로 퍼져나가 슬그머니 소멸되고 말지만, 여자의 바람은 그렇지 않아요. 자기 내부를 폭발시켜 버리고 말아요. 그 바람의 정체는 남자의 바람과는 사뭇 다르죠. 천만예요. 당신이 혜경을 버리는 게 아니라 혜경이 당신을 유기하는 거예요. 혼동하지 마세요."

매몰차게 내뱉는 은숙의 말 한마디 한마디를 남자는 놓치지 않았다. 알코올에 사로잡힌 그의 시선이 그녀의 가슴 어느 한 부분을 헤맸다. 그의 시선이 닿는 곳마다 파고드는 충열감에 은숙이 몸을 뒤틀자 남자는 머금고 있던 담배연기를 낮고도 긴 한숨과 함께 토해냈다.

　"사람들은 날보고 나쁜 놈이라 할 겁니다. 다리병신인 지 마누라 버린 놈이라고. 병신 여자 재산보고 결혼했다 바람 나 마누라 버린 파렴치한 놈이라고 말입니다…."

　초겨울 녘, 섬진강은 어느 때보다도 유순했다. 강변을 따라 이어져있는 산줄기의 아랫도리를 그대로 품은 채 완만한 곡선으로 흘러가는 섬진강은 어느 모로 보나 숫처녀를 닮았다. 모래톱마저 여자의 속살처럼 하얗고 강안을 할퀴며 휘돌아나가지 않는 성정 또한 숫처녀의 그것처럼 은근하고 깊었다.

　한여름이면 강 가운데에 어부들은 나룻배를 띄우고 코가 촘촘한 그물을 담그리라. 물밑을 헤매고 있을 은어를 찾아 그물이 물 속을 뒤져도 강은 속내를 어부에게 오롯이 내맡기고 무심한 척 흐를 것이다. 물수제비를 뜨듯 펄쩍펄쩍 수면위로 박차 오르는 은어의 비상에 먹이를 찾아 낮게 날던 새들은 놀라 파드득, 허공으로 날아오르고, 은어는 다시 유유히 강을 지키며 유영하리라. 아카시아 향을 품은 채 숫처녀 속을 유유히 헤엄쳐 다니는 은어는 섬진강을 살아있게 하는 하나의 생물이었다. 옆줄이 끝나는 꼬리지느러미 부근에 고춧가루 같은 붉은 점 하나가 사람의 손을 타지 않고 숫처녀 같은 섬진강의 속내를 마음껏 헤집으며 자라난 흔적이라 했던가. 고춧가루 같은 붉은 점 하나의 비밀은 무엇이기에 양식의 은어는 붉은 점 하나 갖지 못할까.

섬진강의 은어처럼 미끈하고도 날렵한 은빛 나는 물고기는 혜경의 집 거실에도 있었다. 보글보글, 하얀 기포가 유리관 밑에서부터 올라오는 큼직한 수조 안에 물풀이 흐늘거리고, 은빛 나는 물고기가 기포와 물풀사이를 한가롭게 헤엄쳐 다녔다.

"힘들지 않아?"

일주일에 한 번씩 유리관에 눌러 붙은 물때를 씻어내고 은빛 물고기들이 토해놓은 오물과 배설물들로 탁해진 물들을 맑간 물로 교체해내는 작업이 만만치 않을 듯싶어 은숙이 물었다.

"웬걸. 할 수만 있다면 이보다 더 큰 수조를 마련했으면 좋겠어. 난 바다가 좋거든. 그 안에서 유유히 유영하는 미끈한 고래를 생각하면 다 가슴이 뛰는 걸. 고래는 출산을 위해서 목숨을 담보로 대양도 횡단한다는데… 나도 대양을 건너는 모험을 하고 싶어. 하지만 이 다리로는 엄두가 나지 않아."

고추모종과 상추, 쑥갓 등이 자라고 있는 스티로폼 박스에 물을 뿌리다 작은 땀방울이 송송 맺힌 얼굴로 혜경은 은숙을 돌아보며 씩 웃어보였다. 걸을 때마다 철커덩 소리가 나는 다리를 이끌며 마당 한편에 죽 늘어놓은 스티로폼을 따라 물 조리개를 기울이는 혜경의 어깨에 삶의 고단함이 적당히 내려와 있었다.

"행복해? 남편 챙기고 살림하는 거."

채소에 물을 주고 난 뒤 수박을 자르던 혜경의 손이 멈칫하더니 이내 칼을 놓았다.

"행복이라면… 내가 이거 말고 할 수 있는 일이란 게 또 뭐가 있겠어. 능력 있고 똑똑하고 아름답던 어느 여자 아나운서도 단지 여자라는 이유만으로 소문에 몰락하는 것을 봤어. 그 상대의 남자는 뭇 소문들로부터 안전했지. 뿌연 장막 안에서 느긋한 표정으로 세상 돌아가는 사정을 지켜보며 그 여자를 위해 어떠한 해명이나 도움도 주지 않았어. 오히려 그는 남자들의 은근한 부러움을 사기도 했어. 그래, 그 여자를 가져본 느낌이 어떻더냐, 는 질시 섞인 시선들 속에 숨어 사건을 지켜만 보고 있었지. 주홍글씨를 달고 세상에 나와 단죄를 당하고, 와해된 쪽은 그 여자뿐이었지. 그 여자도 그렇게 무너졌는데, 나 같은 여자가 어디서 보호를 받겠어. 내가 숨을 곳은 이곳 가정이라는 울타리 밖에는 없어"

붉은 과액이 번지는 하얀 접시의 전두리를 검지로 가볍게 문지르며 혜경은 낮고도 느리게 대답했다. 오랜만에 친구를 만나 숨통이 트인다며 시종 상기된 얼굴로 은숙을 바라보던 그녀의 안색이 어둡게 변해갔다. 입안에 굴러다니는 수박씨의 딱딱한 감촉처럼 혜경의 말들이 은숙의 귓속에서 따글따글 돌아다녔다. 은숙은 그녀의 말에 아무런 말도 할 수 없었다. 가정만이 여성이 숨을 수 있는 완벽한 안주처가 아니라는 사실을, 외부의 어떠한 압력에도 변형되지 않는 짱짱한 의식을 갖는 것만이 가장 안전한 삶의 방식이라는 사실을 얘기 해줄 수 없었다.

은숙의 시선을 받은 혜경이 다시 씩 웃어 보였다. 뜻 모를 웃음이었다. 눈에는 실리지 않고, 한쪽 입가에만 힘없이 실렸다 풀리는 혜경의 웃음에 은숙은 왠지 가슴 한편이 서늘해졌다.

"행복이라는 말보다는 차라리 견디고 있다는 말이 나을 거 같다."

조금 전 행복이라고 했던 말을 그녀는 정정했다. 부러 집안의 자질구레한 일들을 찾아다니거나 일을 만들면서 자신의 존재를 잊는 다는 혜경의 자조적인 음성 속에 은숙의 핸드폰 벨소리가 섞여들었 다.

"마감 끝내고 전화했어요. 선배가 있을 때는 많이 도와줬었는데. 지금은 한 사람이 예전의 세 몫을 해야 하니 힘들어요. 이러다 나도 오래 버티지 못할 거 같아요."

핸드폰의 통화버튼을 누르자 지친 듯한 경훈의 음성이 튀어나왔 다. 무리한 인원감축이 남아있는 사람들에게 큰 짐이 되나보다.

"이럴 때 선배라도 있었으면 좋겠어요."

경훈의 말이 명치끝에 걸렸다. 구조조정이라는 투망에 걸린 것은 대부분 여자들이었다. 피에 대한 혐오 내지는 공포 때문이었을까. 곧잘 여자들의 달거리에 빗대 그 날의 기분을 빈정거리던 남자들은 자신들의 사무실에서 제일 먼저 몰아내기로 한 것은 그 피 냄새였 다. 마녀사냥 하듯 대상자로 지목된 사람이 버티려면 그 누구의 눈 총도 꿰뚫을 수 없는 두꺼운 가면이 필요했다.

"선배랑 하는 정사 후에는 늘 신선했는데. 선배가 그만둔 뒤로는 그런 활력을 가져보지 못했어요."

"너는 그럴 때만 내가 필요하구나."

주어진 성의 제 일차적 역할은 정사에서 가장 잘 드러나는 법. 경 훈은 은숙에게 더 이상의 역할은 원치 않았다.

"그게 중요하지 않아요? 살아가면서 삶의 에너지를 충족시켜주는 행위. 그 외의 모든 것은 관계와 관계, 관습과 관습들이 만들어낸 허 위와 가식 아녜요?"

경훈이 재빨리 말을 받았다. 은숙은 자신의 낯빛을 살피는 혜경의 우울한 시선을 느끼며 서둘러 경훈과의 소통의 문을 닫았다. 수박 접시를 사이에 두고 대칭으로 앉아있는 둘 사이에 무거운 기류가 파고들었다. 법의 보호 장치를 차입해 오는 것으로 자신의 안전을 확신하는 결혼한 여자와 제도자체를 거부하며 관계 사이에서 유랑 같은 삶을 거듭하는 결혼하지 않은 여자 사이에 드리워져있는 알력, 갈등, 길항들이 서로를 서름하게 만들었다. 결혼한 여자답게 수컷의 냄새를 직감으로 알아차린 혜경의 태도에 은숙은 적이 당황했다. 여자의 적은 남자가 아닌, 동성인, 여자일 수도 있음을 혜경의 말 없음으로 은숙은 알 수 있었다.

"그만 갈게."

어색한 동작으로 은숙은 자리에서 일어났다.

"남녀 관계에서, 그것도 사회적으로 용인되지 않는 관계에서 상처받는 쪽은 언제나 여자 쪽이란 걸 명심해."

절름거리며 현관 문 밖까지 배웅하던 혜경은 은숙의 등 뒤에서 정을 박듯 말했다. 그 말에 은숙은 씩 웃는 것 외에 달리 할 말이 없었다.

헌데 어쩌다가 혜경은 그 법의 보호를 스스로 버렸을까. 내가 미끈한 다리 앞에서 무얼 할 수 있었겠어. 그래, 그녀의 말처럼 다리 때문이었을까. 그에게 의존하지 않고 하나만의 다리로 굳게 서고 싶었을까.

표면적으로 혜경은 잘 버티어 나가는 듯했다. 절름절름, 자신의 생에 숨겨진 허방다리를 불안정한 걸음으로 헤쳐 나가는 혜경의 모습이 다소 위태로워 보였지만 그래도 그녀는 잘 견뎌냈다. 남자가 마지못해 건네준 이혼서류에 도장을 찍고 그의 체취와 손때가 묻은 물건들을 용달차에 실려 보내면서도 그녀는 석고처럼 굳어진 표정을 울음으로 풀어내지 않았다. 방바닥에 남아있는 그의 흔적들. 책장은 압흔의 흔적으로 과거에 존재했었다는 사실을 드러내고 있고, 옷장 안과 찬장 안의 텅 빈 공간들은 그가 떠났음을 일러주었다. 남자가 싫다는 데도 불구하고 혜경은 침대를 그의 물건들과 함께 실어 보냈다. 미끈한 두 다리를 가진 여자와 함께 뒤엉켜있던 침대를 빼내기 위해 인부들이 다리를 풀고 옆으로 세워 힘들게 창문으로 빼내갈 때도 그녀는 입술을 앙다물고 노련한 감독처럼 인부들의 작업을 독려하며 지켜보았다. 하지만 노란 카디건의 앞섶을 여며 잡고 있는 그녀의 손이 파르르 떨리는 양을 은숙은 놓치지 않았다.

"꼭 이렇게까지 해야 되겠니? 좀 더 시간을 두고 생각해 볼 수도 있잖아."

차마 그녀의 떨리는 손을 지켜볼 수가 없어 은숙이 표정을 숨기며 묻자 혜경은 완강하게 대답했다.

"난 그에게 줄게 없어. 불구의 몸으로 환상 같은 것도 심어줄 수가 없지. 일그러진 마음으로 무얼 할 수 있겠어. 이렇게 보내는 건 그를 위하고, 또 나를 위해서야. 나를 사랑하기 위해서, 그리고 또 그를 미워하지 않기 위해서야. 평생 그의 사랑을 구걸하듯 살지는 않겠어. 이젠 내가 걸어갈 차례야. 세상 속으로 이 다리로 걸어가겠어."

물건을 하나씩 들어낼 때마다 방안 구석에 숨죽여 있던 민들레 씨앗 같은 먼지들이 허공으로 날아올랐다. 그것들은 하나같이 햇빛을 싣고 가벼운 몸짓으로 춤을 추었다. 혜경의 의식도 저리 자유로울까. 아마 남자는 모를 것이다. 혜경의 마음속에 숨겨져 있는 모성을.

다만 증오와 죄책감 따위들로 마음이 바빠서는 황망하게 큼지막한 수조가 있는 집을 떠나리라. 혹여 제 삶의 비늘들이 하나라도 떨어져 있을까봐 문을 나서다 염려스러운 눈길로 문득 횅한 집안을 휘둘러보며 생의 한 장을 넘기리라.

혜경이 대신 은숙이 남자의 자질구레한 물건들을 상자 속에 넣다가 서랍 속에서 사진 한 장을 발견했다. 겨자색 반팔 면 티셔츠를 입은 남자는 팔을 혜경의 목 뒤로 뻗어 그녀의 어깨를 감싸 안고 있었고, 그 안에서 혜경은 수줍어서인지, 아니면 자신이 없어서인지, 알 수 없는 쓸쓸한 미소를 짓고 있었다. 흰옷을 입은 혜경의 모습이나 남자의 얼굴이 지금보다 더 앳돼보였고, 어딘지 어색함이 엿보이는 양이 일부러 연출된 느낌의 자세였다. 언제 왔는지 혜경이 그 사진을 은숙의 손에서 빼어들더니 들여다보지도 않고 찢어버렸다. 절반으로, 그리고 다시 절반으로. 손에 잡힐 때까지 혜경은 몇 번이고 찢어냈다. 하지만 사진 속의 웃음은 그대로였다. 몇 등분으로 찢겨나가도 사진 속의 웃음과 사진 속의 인물은 조각난 인화지 안에서 그대로였다. 어디 그뿐일까. 혜경의 머릿속에 들어있는 사진에 대한 추억도 그대로일 터였다. 추억들은 살면서 오랫동안 혜경을 괴롭힐 터이다. 떠나간 남자보다도 화인처럼 머릿속에, 마음속에, 혹은 살갗에 남아있는 남자에 대한 추억들을 보듬고 있기가 더 힘들 것이다.

남자는 같은 도시의 한 허름한 아파트에 짐을 풀었다. 살면서 그리 많은 물건들이 필요했을까. 은숙은 구 년간 다니던 신문사를 떠날 때 자신의 손안에 보퉁이 하나 달랑 달려있는 것을 보면서 자신의 존재가 너무 작았음을 깨닫고 허망해했다. 책상에 쌓여있던 책들을 자료실에 반납하고 회사의 경비로 마련한 풀이며 가위 따위의 자잘한 사무용품들을 가방에서 **빼놓고** 나니 가져갈 물건이라고는 볼이 늘어난 푸른색의 낡은 슬리퍼와 편지 몇 묶음, 자잘한 메모지들이 전부였다. 짐이 모두 그거예요? 한 손에도 가볍게 들리는 종이 가방을 들고 사무실을 떠나는 은숙을 향해 건너편 책상에서 경훈이 눈으로 묻고, 그래, 짐이 적어 떠나기도 한결 쉽구나, 은숙은 마음속으로 대답했다.

진눈깨비가 날리는 궂은 날이었다. 아침부터 잔뜩 으등그러진 게 은숙의 마음을 닮았었다. 오만하게 버티고 서있는 육 층, 신문사의 건물을 나설 때 그녀는 지나온 삶에 대해 미련은 없었지만, 그래도 어쩐지 어느 한 구석이 뭉텅 잘려나가 버린 듯 허전했다. 그리고 두려웠다. 제도권 밖으로 밀려난 여자에게 주어진 미래라는 것이 어떠하리라고 감히 짐작해 볼 수 없어 그저 막막하게 걸음만 옮기고 있는데 기어이 진눈깨비가 내렸다. 도시가 그처럼 황량하게 보인 적은 없었다. 톱니바퀴처럼 세상은 여전히 이가 물려 돌아가는데 자신을 감고 도는 피댓줄은 이미 제거되고 없었다.

추위에도 아랑곳없이 거리에는 종아리를 드러내놓은 여자들이 넘쳐났다. 살갗을 파고드는 냉기에 푸르딩딩하게 죽어있는 소녀들의 종아리가 왜 그리 서러웠을까. 은숙은 어린 여자들의 종아리를 사고 싶었다. 검보라 빛으로 죽어간 그들의 살갗을 다시 분홍색으로 되돌릴 수만 있다면. 제대로 발육조차 되지 않은 자신들의 여성을 싼값의 상품으로 포장하는 소녀들에게 당당히 대가를 지불하고 일러주고 싶었다. 이건 팁이 아니야. 내가 조금 더 가지고 있는 몫 중에서 일부를 너에게 준 것뿐이야. 대신 조건이 있지. 장막처럼 네 눈동자를 가리고 있는 그 숱 많은 인조눈썹을 떼어내 버리고, 어울리지 않은 진한 화장도 지우렴. 그저 꽃으로 살아가기에는 세상은 호락호락하지도 않고, 아름답지도 않아. 투사만이 이 세상을 살아갈수 있어. 그러나 은숙은 그들을 사는 대신 싸구려 호프집에 들러 허리를 곧추세우고 앉아 오천 시시의 생맥주를 조갈 들린 듯 마셨다.

차는 화개장터를 지나 쌍계사 초입으로 방향을 틀었다. 차창 밖은 바람의 세상이었다. 그 바람에 길가, 늘어선 플라타너스의 잔가지들이 서로 몸을 비비며 위태롭게 매달려있는 너른 이파리들을 털어내고 한두 마리 집 나온 개들이 길을 가로질러 황급히 고샅으로 사라졌다. 간간이 콩무니에 하얀 김을 내뿜으며 승용차 몇 대만이 도로를 따라 지나쳐 갈 뿐, 사람들은 보이지 않았다.

혜경은 다리가 불편한지 자세를 교정했다. 그녀의 두꺼워 보이는 분칠 위로 촉촉이 유분이 배어나오고 있었다. 그 유분기로 번들번들해진 얼굴이 사뭇 기이해 보였다. 혜경은 왜 갑자기 새가 보고 싶었을까. 새를 통해 그녀가 보고 싶은 게 뭘까. 은숙은 그녀의 옆얼굴을 훔쳐보며 혜경의 속내를 짚어보았지만, 안개 속 같은 그녀의 마음에 갇혀 길을 잃어버렸다.

"난 그랬던 거 같아. 어쩌면. 내 불구를 핑계로 한 남자로부터 완벽하게 보호받고 싶었지 몰라. 그 남자를 통해 세상을 보고, 그 세상만이 완벽한 세계라고 믿고 싶었어. 하지만 뭐랄까. 그럴수록 내 내면에 음험하게 도사리고 있는 우물은 더욱 깊어만 갔어. 끝이 보이지 않을 만큼. 내 스스로 우물에 돌을 던지면 처음엔 우물 속 공기를 가르는 소리가 우웅, 들리다가 이내 사라지고 말았어. 바닥에 닿는 충격음은 결코 들리지가 않았지."

혜경이 문득 입을 열었다. 과연 한 사람이 또 다른 사람을 보호해 줄 수 있을까. 인간이 타인을 보호해줄 수 있다함은 어디까지일까. 엽렵하게 제 발 밑의 길도 살피며 걷지 못하는데, 남의 길에 설치돼 있는 허방다리를 어떻게 알아내고, 일러줄 수 있을까.

"새가 없으면 어떡하지?"

"……."

그녀에게서는 아무런 반향도 없었다. 작년에도 쌍계사 앞 작은 동산에는 새들이 들지 않았다. 새가 오지 않은 이유에 대해서는 말들이 많았다. 새로 난 길 때문이라고도 하고, 더 좋은 곳을 찾아갔을 거라는 이야기도 했다. 하지만 그 새들은 몇 년 전만해도 하늘을 까맣게 뒤덮으며 날아들었다. 눈보라가 휘몰아치듯 하늘을 뒤덮은 뒷새들의 무리에 결이 생기고, 어디선가 불쑥 나타난 매는 그 결을 겨냥해 직선으로 날아올랐다. 마치 물풀이 흔들리듯 그렇게 곡선으로 결들이 휘고 매가 수직낙하하면 결은 다시 풀리며 다른 결을 만들었다. 소리 없는 아우성. 매를 피해 솟아오르는 작은 새들의 위험한 비상에서 은숙은 소리 없는 아우성을 보았다. 살려줘. 그러나 어김없이 한 놈, 매의 발톱을 피하지 못했다. 다른 동료의 희생으로 당분간의 무사함을 보장받은 새들은 군무를 추듯 다른 새들과 함께 허공을 수놓았다.

그러다 목이 마르면 뒷새들은 날개에 실은 바람을 버리고 작은 동산 앞 개천에 내려앉아 불안한 듯 주위를 경계하며 물을 쪼아댔고, 퍼드득 작은 움직임에도 갈증 난 목을 추스르며 다시 날아올랐다. 잘 익은 홍시빛으로 하늘가에 쉬고 있던 해가 이울면 새들은 무덤 같은 작은 동산에 날개를 접고 앉아 불안한 꿈을 꾸었다.

은숙은 작년에 새를 찾아왔다가 텅 빈 하늘만 보았다. 왕자처럼 무리 사이를 누비던 매도 찾아오지 않는 하늘은 잿빛으로 어두워져 가고 있었다. 그 텅 비어있음이 은숙의 마음 한 쪽을 허전하게 만들었다. 굳이 새를 보러갔던 것은 아니었다. 쌍계사와 그 주변 야생 차 밭을 취재하러 나갔다 문득 새가 보고 싶어 들렸던 걸음이었다. 서운한 마음에 지칫지칫 돌아 나오려는데, 봉분처럼 완만한 곡선을 지닌 작은 뒷새들의 동산 앞에 폐가 같은 찻집이 있었다. 무향다원. 검은 부직포와 두꺼운 비닐로 외벽과 지붕을 두르고 바람에 날리지 않도록 지붕에 무거운 돌 몇 개 올려놓은 무향다원은 겨우 사람의 키만큼이나 될까말까한 낮은 천장의 천막이었다. 부직포에 어울리지 않게 빼꼼히 만들어놓은 창에는 희뿌연 김이 서려 내부가 들여다보이지 않았다. 무향의 이름이, 향이 없다는 흘림체 간판이, 새가 없다는 말로 들려 은숙은 무향엘 들었다.

통나무를 쪼개 만든 낮은 의자 몇 개에 탁자 네 개가 전부인 무향다원은 외관만큼이나 별다른 내부 장식이 없었고, 삭막하기조차 한 실내 풍경은 긴 줄 끝에 매달려 낮게 내려와 있는 알전구 몇 개가 주황빛으로 감싸 안으면서 그나마 을씨년스러움을 달래고 있었다.

비구였다. 안쪽 깊숙한 곳에 자리하고 있다 얼굴에 그늘을 만들며 느릿느릿 일어서서 은숙을 맞이한 사람은. 서른 살쯤 돼 보이는 젊은 비구의 오른 쪽 목에 커다란 주머니 같은 혹이 자라고 있었다. 젖이 퉁퉁 분 산모의 유방처럼 주머니는 늘어져 어깨에 닿고, 비구는 무게중심을 맞추기 위해서 고개를 주머니 반대편으로 기우뚱 기울이며 따뜻한 보리차를 내왔다.

"새는 안 왔나요?"

작설차를 주문 받고 돌아서는 비구의 뒷모습을 향해 은숙이 물었다.

"지천이 새입니다."

비구는 돌아보지 않고 대답했다.

"그런 새 말고요. 요 앞, 동산에 무리 지어 오는 새들 말예요."

은숙은 비구가 숨어버린 휘장너머로 소리쳤다.

"지천이 새라니까요."

하지만 아무데도 새는 보이지 않았다. 그 흔한 까치조차 한 마리 보이지 않았다. 부직포에 난 자그마한 비닐 창은 아무 새도 담아내지 못했고, 그 날 은숙은 한 마리 새도 발견할 수 없었다.

남자를 떠나보낸 혜경은 일거리를 찾기 위해 한동안 선배들을 찾아다니는 눈치였다. 그녀가 갖고자 했던 일이 무엇이었는지 은숙은 알고 있었다. 아동도서를 펴내는 한 출판사의 편집장으로 있는 선배로부터 은숙은 혜경의 이야기를 들었다. 너 혜경이와 친하지, 라는 확인작업부터 거친 선배는 어울리지 않게 진한 화장을 한 혜경이 어느 날 심하게 절름거리는 발을 이끌고 출판사로 자신을 찾아왔었다는 이야기를 털어놓았다. 그 선배는 원두커피에 아무것도 섞지 않은 채 다리를 포개고 앉아 오만한 표정으로 말했다.

"걔, 이혼했다지. 조금 당황스럽더라. 무슨 화장은 그리 진하게 하고 왔는지. 절름거리며 들어와선 나를 찾는데 처음엔 혜경인지 몰랐어."

자신이 쌓아올린 사회적 위상에 어떤 흠을 만들까봐 염려스러웠던 것일까. 오만했던 그녀의 표정에 사뭇 짜증스러움이 섞여들었다.

"너도 잘 알잖니. 지금 출판계가 어떤 현실이라는 거. 있는 사람도 팔짱끼고 있는 형편인데 혜경에게 줄 일감이 어딨니? 그냥 거절할 수 없어 교통비나 하라며 십만 원 권 수표 한 장 봉투에 넣어 내밀었더니 글쎄 빤히 치켜보다가 절름거리며 나가더라."

선배가 포갰던 다리의 위치를 바꾸기 위해 몸을 옆으로 기울이자 목에 감겨있던 검정색 실크 머플러의 고리가 풀어져 옆으로 흘러내렸다. 중성적 이미지를 나타내기 위해 늘 검은색 바지 정장차림만 고집하는 선배였다. 이쪽도 저쪽도 아닌, 그렇다고 동지도 적도 아닌, 그 중간통로에서 가끔씩 양쪽을 넘나보며 세상을 절반으로서가 아닌, 완전하게 살아보겠다고 한 선배가 은숙에게는 오히려 혜경보다 심한 불구처럼 보였다. 그녀는 어느 쪽으로든 편입되기를 거부하며 스스로 자신을 그 모든 삶으로부터 고립시키고 있는 것은 아닌지. 과연 수컷의 세계에서 선배는 가슴 달린 남자로 받아들여줄까.

혜경은 삽화 그리는 일을 해보고 싶어 했다. 이야기 속 한줄기를 골라내 밑그림을 그리고, 세부 묘사를 거친 뒤 색색의 옷을 입혀 아이들에게 다가가려 했다. 하지만 혜경은 은숙에게 그런 일이 있었다는 이야기는 하지 않았다. 평소나 다름없이 낮고 찬찬한 목소리로 전화를 받았고, 절름거리며 집안일을 했고, 잃었던 감각을 되찾는다며 여러 꽃들과 갖가지 표정의 동물들이 들어있는 디자인 책을 펴놓고 선을 잡았다. 단번에 선을 그려야 하는데 자꾸만 멈칫거려. 화투패의 불길한 운세를 들여다보듯 혜경은 마뜩찮은 표정으로 혼자 중얼거렸다. 슬쩍 그녀의 어깨위로 넘어다보면 귀가 짝짝인 곰과 터무니없이 꼬리가 크고 긴 여우나 달팽이들이 서로 마주보고 있거나 몸을 포개고 있었다. 그녀의 말대로 끊어진 실을 이어 붙인 매듭처럼 군데군데 나있는 절선의 자국은 굵기와 진하기가 서로 달라 불완전한 형태를 이루고 있었다. 어쩌면 영영 일감을 얻지 못할지도 모르는데 그녀는 열심이었다. 생각해보면 그 불완전한 형태의 동물들이 그녀가 마음을 터놓고 이야기할 수 있는 유일한 대상들이었는지도 모른다.

지금 혜경의 의식을 붙잡고 놓아주지 않는 것은 무엇일까. 새가 오지 않았을 수도 있는데. 텅 빈 하늘을 보고 그녀는 어떤 표정을 지을까. 쌍계사로 이어지는 길을 버리고 길 옆, 한 음식점의 널따란 주차장으로 차를 꺾을 때도 혜경은 생각에서 벗어나지 못했다. 은숙은 기어를 내리고 차의 시동을 끄면서 표정 한 번 바꾸지 않고 전면만 바라보는 혜경을 어떻게 깨워볼 수 없었다. 덜컥 손을 댔다가는 힘없이 부서져 내릴 것만 같아. 금세 차안의 유리창에 희뿌연 김이 서렸다. 둘의 체온으로 데워진 실내 공기가 차 밖, 차가운 대기에 온기를 잃고 미세한 물방울로 엉겨 붙었다. 그녀가 스스로 자신의 의식을 지배하는 그 어떤 생각을 버리고 현실로 돌아오길 기다리다가 은숙은 그제야 그 날이 바로 혜경의 생일임을 깨달았다. 아. 이런! 신문사를 그만둔 뒤로 날짜는 언제나 달력 속에 박혀있는 빨갛고 까만 숫자들로 인식되었을 뿐, 숫자들이 갖는 특별한 기호들은 자신과는 무관한 일로 여겨졌다. 자동차의 시동을 끈 뒤에도 김범수의 흐느낌은 스피커 속에서 계속되었다. 돌아온다는 너의 약속, 그것만으로 살 수 있어…. 세상에는 버리고 버림받은 사람들로 넘쳐나는가. 쎄한 냉기가 차체를 식히고 몸속으로까지 스며들 때 그제야 잠에서 깨어난 사람처럼 혜경은 몸 마디마디 근육을 풀고 긴 한

숨을 토해냈다.

"날개가 짝짝이 새도 있을까. 그들은 평생 날지 못하고 땅바닥을 기다 죽을지도 몰라. 하늘을 나는 친구들을 보느라 쳐든 고개가 굳어서는 먹이도 찾지 못하고 굶어죽을 거야."

은숙은 키를 핸들 아래 잠금장치에서 빼내는 혜경을 훔쳐보았다. 잿빛 하늘만큼이나 우울한 얼굴이었다. 은숙은 차에서 내렸다. 오는 동안, 히터가 뿜어내는 열기에 길들여졌던 탓인지 생각보다 밖은 더 추웠다. 일행인 듯한 사람들 몇, 허연 입김을 내뿜으며 쌍계사 쪽으로 올라가고 은숙은 앞서 가게로 걸어갔다. 철커덩 철커덩. 일정한 간격으로 들려오는 소리는 가게 안까지 따라왔다.

"어서 오세요."

주인인 듯한 여자의 안내를 따라 온기가 흐르는 방으로 들어서자 여자는 황급히 방석부터 내밀었다. 점심을 하기에는 이른 시각이었다. 하지만 여자가 내민 갈색 비닐 표지의 메뉴판을 받아들고 펼쳐 보는 사이 혜경은 방문턱에 걸터앉아 힘들게 의족의 다리에서 신발 끈을 풀어냈다. 짐짓 모른 체하며 은숙은 메뉴판 안의 각종 음식들을 차례로 훑어 내려갔다. 은어회. 은어회 무침. 산나물 정식…. 아침을 걸렀는데도 불구하고, 위장은 아직 음식을 요구하지 않았다. 대신 피부에 남아있는 냉기를 털어버리기 위해 뜨거운 보리차 한 잔이 간절했다.

"물 좀 줘요. 따뜻한 걸로."

여자가 고개를 쑥 뺀 채 주방을 향해 물 좀 주라고 소리치는 사이 혜경이 절름거리며 은숙의 맞은편에 자리를 잡았다. 힘이 들었는지 흰빛 화장 아래 붉은 기가 감돌았다.

"배가 고프지 않은데."

미황색 파카의 앞 지퍼를 열며 혜경이 말했다.

"생일 축하해."

"축하는 무슨…."

혜경은 여자가 가져다놓은 물수건으로 손을 꼼꼼히 씻어내며 대수롭지 않게 대답했다.

"새요?"

혜경의 물음에 주인여자가 되물었다.

"해마다 오는 새말예요. 됫새. 쌍계사 앞동산에 둥지를 튼 작은 새떼들 말예요."

"글쎄 오지 않은 게 몇 년 됐지요."

이년 째 새가 찾아오지 않는다고, 음식이 든 접시들을 한 상 가득 내려놓으며 주인여자가 일러주었다. 기온도 예년과 같은데 오지 않는 이유를 모르겠다면서 여자는 방을 나갔다. 주인여자가 나간 방문으로 주차장 건너편에 있는 나무가 바람에 허리를 꺾으며 떨고 비닐봉지 하나가 허공으로 날아오르는 게 보였다. 의외로 혜경의 표정은 담담했다. 마치 새가 오지 않은 사실을 알고 있었다는 듯. 배도 고프지 않은데 은숙은 접시 안에 담긴 음식들을 지분거렸다.

"엄마 제사 때였어. 제상 아래 쌀이 담긴 그릇을 놓아두었지. 엄마의 영혼이 뭐로 환생했나, 알아보기 위한 장치였어. 의식이 끝나고 상을 거두기 직전에 그릇을 꺼내보니 그 안에 아주 선명하게 새 발자국이 찍혀있었어. 작고 앙증맞은, 물갈퀴가 없는 세 개의 발가락이 찍혀있었지. 아무도 그 쌀그릇을 건드리지 않았는데 말이야."

그녀의 유년에는 늘 매 맞는 어머니가 있었다. 폭음으로 이성을 잃은 아버지와 날만 궂으면 그 독으로 온몸이 쑤신다며 흥감스런 신음을 내지르는 어머니가 한데 뒤엉켜 존재하고 있었다. 그녀는 죽도록 두들겨 맞으면서도 아버지를 떠나지 못하는 자신의 어머니를 증오했다. 온몸에 시퍼렇게 멍이 들거나 독하디 독한 파스를 치덕치덕 온몸에 붙인 채 아버지가 돌아올 시간만을 기다리는 어머니를 이해하지 못했다. 맞을 때는 입버릇처럼 떠나겠노라고 했지만, 의식이 끝나고 나면 언제 그랬냐싶게 뽑힌 머리카락을 뭉쳐 쓰레기통에 처넣고, 살을 섞으며 비린내 나는 정액을 몸 안에 지닌 채 아버지를 견뎌내는 어머니를 그녀는 고개를 외로 틀고 바라보려고도 하지 않았다.

그녀는 남자를 떠나보낸 일을 후회하고 있을까. 하긴 늘 같이하다가 혼자 눕는 이부자리가 얼마나 헛헛한지 은숙은 잘 알고 있었다. 혼자만의 체온으로 버텨내야 하는 한겨울의 이불속은 아무리 방바닥이 절절 끓어도 허전하고 쓸쓸했다. 그래, 가벼운 잠옷만으로 이불속에 들었다가 새벽에 다시 일어나 옷을 껴입거나 보일러의 온도를 고온에 맞추고 불을 환히 밝힌 채 아침을 맞았다. 그래도 뼈 마디마디에 남아있는 한기는 어쩌지 못했다.

"난 그때 다짐했어. 불구의 몸으로. 성한 육신을 가진 어머니처럼 살지 않겠노라고. 불공평한 것은 참지 않고 내 목소리를 내겠다고 말이야. 헌데 그런 어머니를 지금은 이해할 수 있겠어. 이혼한 여자가 살 수 있는 세상은 어디에도 없으니까. 어머니는 그 사실을 알고 계셨던 거지."

"승기씨한테는 전화 와?"

"아니…."

"그럼 전화도 안 해 봤어?"

"⋯⋯."

그녀는 말이 없었다. 하긴 혜경이 먼저 전화를 할 수 없었을 터이다. 남자의 만류를 뿌리치고 이혼을 강행한 쪽이 그녀였고, 자신의 불구 때문에 터무니없이 상처를 입는 것도 혜경이었기에. 은숙은 불쑥 치받쳐 올라오는 뜨겁고도 묵지근한 기운에 사레가 들 뻔했다.

"나 지난번에 그랬어. 저수지에 빠져 죽으려고 했어. 신발을 나란히 벗어두는데 한 쪽이 너무 이상해 보였어. 전두리가 눌리고 폭이 넓은 게 차라리 흉측하다고나 할까. 아무튼 이물스러워 보였어. 그래, 또 용기가 없어졌지. 신발을 수습하는 사람들에게 못난 내 발을, 걸음걸이를 들킬까봐. 포기했지. 죽으면 다 끝날 일을⋯."

혜경의 말은 차라리 만가에 가까웠다. 그녀가 말한 저수지가 어디 있는지 은숙은 알았다. 도시의 한 곳, 지금은 저수지의 기능보다는 배수의 역할이 더 큰 호수에는 카페 알바트로스가 있었다.

"세상 어디에도 내가 설자리는 없었어. 아무도 나를 받아들여주지 않았지. 새들도 무리지어 사는데 왜 나는 무리 밖에서 맴돌아야 할까. 어느 날 선배를 찾았는데 그러더라. 병신주제에 이혼까지 했다고. 내 귀에 들리지 않게 낮게 중얼거리는데 어쩌다 내가 그 소리를 들어버렸어. 듣지 말았어야 했는데."

은숙은 왜 그때 조장의 풍습이 생각났는지 모른다. 사람이 죽으면 새가 먹기 좋게 시신에 칼집을 넣어 내놓는다는 조장의 의례. 삶과 죽음이 교차하는 그 원형극장 같은 둥그런 무대 위에 죽은 사람을 내놓으면 시꺼먼 새들, 하늘을 뱅뱅 돌다 어느 순간 무리지어 내려와서는 상처 속에 뾰족한 부리를 집어넣고 살점들을 뜯는다던가. 한때 세상 것들을 담아내던 눈알을 먹어치우고, 욕심과 아집과 위선과 회오와 슬픔으로 가득 찬 그들의 심장을 쪼고, 생을 엮어내던 온갖 것들의 기억이 저장돼 있을 뇌리를 파먹고, 삶의 흔적이던 살과 근육들을 말끔히 먹어치우는 것으로 한때 그가 세상에 존재했었다는 사실을 없앤다고 했다. 그럼으로써 그들이 꾸었을 꿈과 희망도 세상에서 폐기처분된 채 그들은 그렇게 사라져갈 것이다. 한때 풍장을 꿈꾸었는데, 조장도 나쁠 게 없겠구나. 새의 뱃속에서 아래를 내려다보면 사람들이 어떻게 보일까. 새의 눈을 통해 세상을 보고, 바람을 알고, 허공을 가로질러가서는 종내는 피안의 세계에 다다를 수 있을까.

　일단의 사람들이 후두둑, 진저리를 치며 방안으로 들어왔다. 초로의 남녀들은 전작이 있는 듯 얼굴이 불콰하게 달아올라 있었고, 그들이 앞세우고 온 냉기가 바깥기온이 결코 만만치 않음을 대변해주고 있었다. 군데군데 눌린 머리카락들에 시장에 가면 싼값으로 살 수 있는 흔한 옷차림과 구릿빛 얼굴, 골 깊은 주름을 가진 것이 도회지의 사람들은 아닌 듯싶었다. 그들은 왁자지껄 들어선 것만큼이나 자리를 잡고 앉아서도 시종 입을 다물지 않았다. 그리고는 비어져 나온 내의를 아무렇지 않게 바지춤을 풀어 집어넣고 타인은 아랑곳없이 문풍지 떠는 소리로 요란스럽게 트림을 하며, 화투목을 불러 패를 돌렸다. 편을 짜서 둘러앉고 딱딱 화투장들이 부딪치는 소리에 그들의 걸걸한 웃음과 말소리가 섞여들었다. 화투장을 쓸어가는 한 남자의 허벅지를 임의롭게 만지는 자주색 스웨터의 여자는 줄곧 흘러간 트로트의 가락을 간드러지게 뽑아냈다. 그 옆에서 바람을 맞아 불불이 일어선 파마머리의 여자가 매듭 굵은 투박한 손으로 화투패를 부챗살처럼 펴고 앉아 심각한 얼굴로 제 손 안의 패와 바닥 패를 번갈아 쳐다보며 망설였다. 뭐해? 빨리 치지 않고. 이제부터 시간을 재든지 해야지. 패 한 장이 바닥에 깔릴 때마다 풀썩풀썩 솟아오르는 먼지처럼 아무런 의미도 없는 말들이 날아올랐다. 나이들면 저처럼 삶에 무심해질 수 있을까. 이쪽저쪽도 없이 무시로 경계를 넘나들며 편안해 질 수 있을까. 차라리 의미 없는 말들이 삶을 더 편안하게 해 줄 수도 있겠구나.

혜경의 젓가락질은 오래 전부터 그쳐 있었다. 공기를 절반도 비우지 않은 채 그녀는 수저를 놓고 보리차만 연신 들이켰다.

아무래도 이번 원고는 마감 날까지 맞추기가 빠듯할 것 같았다. 창간 특집호에 대비해 미리 원고를 마감하기로 한 신문사는 특집기획으로 들어갈 여성할당제의 성과를 은숙에게 취재하라고 일감을 줬었다.

며칠 전, 작달막하고 얼굴이 동글동글한 편집국장은 선심 쓰듯 미소를 입가에 매단 채 은숙을 향해 말했었다.

"요즘 들어 매 맞는 아내가 늘고 있다는데, 어때? 이번 기회에 여자들의 사회권한 척도나 지위율 같은 거 한번 취재해 보지"

편집국장의 뒤로 펼쳐져있는 사무실의 어수선한 정경이 어딘지 스산했다. 몸을 포개고 있던 책들은 금방이라도 무너질 듯 위태로워 보였고, 지나간 신문들은 네 귀가 맞지 않은 채 책들 위에 내팽개쳐 있었다. 책상의 주인들은 보이지 않았다. 빈 책상에 울리는 전화벨은 간간이 국장이 끌어다 받지만, 대개는 저 혼자 울리다 그치고, 사진기자는 지친 표정으로 들어왔다가 뒤가 마려운 사람처럼 황급히 나갔다.

한때 그 난장 같은 곳에 몸을 담은 적 있었다. 기사 마감 시간을 맞추지 못해 편집기자의 눈치를 보다가 밤늦게 필름을 갖고 공장으로 달려가야 했던 날들도 있었고, 기사내용을 뒤바꾸는 사건이 벌어지면 부랴부랴 개판 작업에 들어갔다. 헌데 왜 지금 자신은 국장을 앞에 두고 국외자의 눈으로 저 모든 풍경들을 바라보고 있는가. 이 기자는 잘 하리라 믿어. 하지만 여전히 은숙은 그들 사이에서 이 기자로 불렸다. 그들은 그렇게 불러주는 것으로 아직도 같은 동족이고 부류라는 것을 강조하고 있지만, 은숙은 그것이 또 얼마나 얄팍하고 감상적이며 쓸모없는 것인지 알고 있었다. 결코 동족일 수도 없었고, 그들을 이해할 수도 없었으며 상대적으로 은숙이 느끼고 있는 자괴감과 열패감과 상실감을 그들은 알지 못했다. 다만 아는 체함으로써 그들은 스스로의 부채의식을 덜어내고 은숙의 상처가 덧나지 않게 하려 했을 뿐이다.

"실제로 우리나라 여성의 권한척도는 2001년 현재 64개국 가운데서 61위였지. 지난 2000년의 63위보다는 좀 더 나아졌지만 아직 우리나라 여성의 정치 행정 등 사회적 진출 정도는 세계 최하위권이야. 오히려 개도국의 평균보다도 떨어지지. 그것은 지금도 마찬가지야. 정부가 여성할당제를 실시했지만 그 성과가 너무 미미해."

국장이 자신의 책상 위에서 하얀 종이를 찾아 은숙에게 내밀었다. 리본 카트리지가 닳아 희미하게 찍힌 연합통신문이었다. 국장의 말을 고스란히 담고 있는 흰 종이 안에는 1위, 노르웨이, 점수 0.836이라고 부연해주고 있고, 한국은 64개국 중 61위, 점수 0.358이라고 어긋난 글씨로 찍혀있었다.

은숙은 그가 밀어준 연합통신문을 가방에 챙겨들고 자리에서 일어났다. 일어나기 전에 국장은 몇 마디 말을 더 건넸다. 회사 형편이 나아지는 대로 자매지인 월간지에 자리를 만들어보겠으니 조금만 더 고생하라고 주문 아닌, 주문을 했다. 국장의 말이 사무실을 나가는 은숙의 발부리에 채였다. 기약 없는, 확신 없는 약속은 얼마나 허허로운 것인가. 그 씁쓸함의 뒷자리에 파고드는 새삼스런 무력감이 은숙을 더 작아보이게 했다. 이곳 아니면 밥 굶어 죽을까보냐고 조금은 당당하게 나오던 당시의 기세대로, 이곳에서 손품 팔고, 발품 팔지 말고 다른 곳에 가서 손 내밀었으면 보다 사람들 대하기가 편했으련만, 은숙은 아직 자신을 내쫓은 신문사 주변을 죽은 사람을 기다리는 새처럼 뱅뱅 돌며 먹이를 구하고 있었다.

편집국장 앞을 벗어난 은숙은 때 이른 허기를 이기지 못하고 회사에서 조금 떨어진 분식집으로 발걸음을 옮겼다. 어차피 집으로 돌아가 봤자 먹을 것이라고는 과자처럼 굳어진 바케트만이 있을 뿐이어서 아예 끼니를 해결하고 들어가자는 심산이었다. 구 년 간을 시계추처럼 오간 길목에서 간판을 내걸고 영업을 해오고 있는 김밥집이라 주인여자와는 자연스레 낯을 트게 됐고, 무엇보다 근처에서 싼값으로 한 끼 식사를 해결할 수 있어 자주 찾던 곳이었다. 일반 가정집의 담을 허물고 방이었을 곳에 가게를 들인 김밥집 안은 때가 일러서 그런지 사람들은 보이지 않았다. 김밥, 팥죽, 손수제비, 재육복음, 만두. 벽에 붙은 메뉴들도 그대로였고, 제육볶음의 재자와 복자의 오자도 고쳐지지 않고, 그대로였다. 탁자 네 개를 다닥다닥 붙여놓아 통행이 불편한 가게 안의 허름함도 여전했다. 호들갑스럽게 맞이하는 주인여자의 언사에 조금은 부담을 느끼며 은숙은 김밥을 주문했다.

"요새는 통 보이지 않네요. 그만두셨어요? 직원들 많이 나갔지요. 그래서인지 자주 보던 얼굴들이 보이지 않네요. 그래도 다른 분들은 가끔 한 번씩 오시기도 하는데, 아우, 이 기자님은 그렇듯 발길을 끊어버리세요?"

중키에 예쁘장한 용모를 지닌 주인여자는 오지랖 넓게 직원들을 챙겼다. 초록빛 앞치마가 그녀의 하얀 얼굴과 잘 어울렸다.

"왜 자주 같이 오시던 후배 기자 있잖아요. 오늘 아침에도 다녀가셨어요. 집에서 아침을 먹지 못했다고 그냥 김치만 달라고 하더니 밥에다 물 말아 드시고 갔어요."

경훈을 두고 하는 소리였다. 그랬구나. 그는 또 어디서 밤을 밝힌 모양이구나. 생의 숱한 아침 가운데 하루를 다른 사람과 함께 맞았구나. 그 다른 사람 속에는 자신이나 그의 아내는 포함되지 않음을 그녀는 안다. 새로운 여자가 생겼어요. 언젠가 그가 말한 대로 새로 만난 여자였거나 아니면 자신이 아는 다른 얼굴일 수도 있었다. 쿡쿡. 누군가 바늘 끝으로 가슴을 건드리는 양 아팠다. 숨을 쉴 때마다 뽀족한 끝에 살이 찔리는 것 같은 통증이었다. 하아, 하아. 몇 번 심호흡으로 묵직한 통증을 풀어내려 했지만 가시처럼 깊숙이 박힌 통증은 쉬 가라앉지 않았다.

은숙은 노란색의 숄더백 안에서 핸드폰을 찾아 들었다. 그의 살 냄새가 맡고 싶었다. 손끝에 감지되는 그의 단단하고도 따뜻한 살. 살밑으로 만져지는 그의 뼈와 근육들이 그리웠다. 그리고 무엇보다 그의 얼굴이 보고 싶었다. 아직 제 목소리를 낼 줄 아는 경훈이, 그래도 세상은 아직 살아볼 만한 것이라고 말하는 경훈이, 다음에 회사 그만두면 단편영화를 만들며 살겠노라는 경훈이, 지금까지 무려 사백 편의 영화를 모아두었다는 경훈이 보고 싶었다. 보고 싶어 가슴이 울렁거렸다. 그랬구나. 아무런 감정 없이, 그저 살친구일 뿐이라고 생각했던 경훈이, 자신이 미처 깨닫지 못한 사랑이었구나. 아무런 장식도, 고리도 달려있지 않은 흰색의 폴더를 열고나서 은숙은 잠시 곤혹스러운 표정을 지었다. 번호가, 그에게 가는 길이 생각나지 않았다. 한번도 만난 적이 없는 타인처럼 경훈의 번호는 어느 것 하나 떠오르지 않았다. 그저 핸드폰 안, 액정의 화면 속에 입력돼 있는 자신의 번호만 망연히 바라보고 있을 뿐. 경훈의 번호가 들어 있어야 할 기억 속에는 그저 막막함이거나 캄캄함만 똬리를 틀고 있을 뿐 익숙한 숫자 하나 살아나지 않았다. 음모였다. 간절히 보고 싶게 만들어놓고서 한쪽에서는 그에 대한 기억을 지워내는 생체의 음모···. 자신의 육체도 믿을 것이 되지 못했다.

"회사 그만둔 사람들은 이제 뭐해 먹고사나요?"

판판하게 편 밥 위에 노란색의 단무지를 넣고, 파란 시금치와 햄을 나란히 올리고, 계란 지단을 넣은 뒤, 당근을 길게 뉘여 김으로 꽁꽁 말면서 여자는 말을 그치려 들지 않았다.

"글쎄 남 걱정할 게 아니라 우리도 당장 매상이 뚝 떨어진 게 집세 내기도 빠듯하네요. 그간에는 애들 아버지가 날품 팔아 근근이 애들 학비 내고 생활했었지만 그나마 요즘은 일마저 그만두고 구들장만 짊어지고 있으니 내 속이 천불이 나려고 그래요. 그래서 옛날부터 여자가 돈을 벌면 남자가 게을러진다고 집에만 있으라 했는가 봐요."

체증을 어묵국물로 달래가며 은숙은 두 줄의 김밥을 황급히 먹어

치우고 밖으로 나왔다. 그녀의 간섭이 낯익음에서 파생된 것이었겠지만, 오히려 그 낯설지 않음이 은숙을 더 불안하게 만들었다. 차라리 낯선 타인이었다면, 자신이 꽃뱀이 되든, 포악하고 비인간적인 포주가 되든, 골목 외등 불빛아래서 추레하게 붕어빵을 굽든, 자유로웠을 테고, 이후의 삶이 좀 더 편했을 터이다.

아무 곳에서도 자신의 이력을 사지 않았다. 이력서 한 장도 채 채우지 못한 알량한 이력을 내밀면 찜찜한 표정으로 훑어볼 뿐, 선뜻 손을 내밀지 않았다. 결혼해. 결혼해 가정의 울타리로 들어가. 이 사회에서 똑똑하고 능력 있는 여자들은 쓸모없어. 왜 그렇게 전전긍긍하면서 살아. 날 봐. 내가 얼마나 핏발 선 눈으로 세상에 저항하며 살았니? 헌데 깨지기밖에 더했어? 불혹을 일 년 앞둔 나이에 제 짝 만나 둥지를 튼 작은 언니의 가시 돋친 말이었다. 목의 주름을 감춘다며 차이나 칼라풍의 웨딩드레스를 입고, 진한 화장은 오히려 탄력 없는 피부를 도드라져 보이게 한다면서 연한 화장을 해달라고 특별히 주문하던 작은언니는 지금 네 살 바기 조카 녀석과 씨름하는 평범한 아줌마로 탈바꿈했다. 가끔 근처를 지나다 생각나 들르면 밥그릇에 밥을 가득 퍼 김치 가닥을 올려놓고 양 볼 불룩하게 입에 넣고는 불근거리는 언니를 보면 은숙은 늘 놀라웠다. 손 쉬어. 네 안의 욕심만 버리면 돼. 생각을 버린 채 그저 주어진 성으로, 역할을 다하면 만족스러운 거지. 종잇장만한 두께의 욕심이라도 있으면 안 돼. 그녀의 변신에 적응하지 못하는 은숙을 두고 언니는 외려 안타까워했다. 늦게 만나면 사람이 더 귀하게 보이는 모양이라며 형부 올 시각에 맞춰 생선을 불에 올리고, 겉물 도는 국을 국자로 저어 먹음직스럽게 만들어 놓는 언니는 은숙에게 있어 또 하나, 해독불능의 사람이었다.

그래, 나는 그렇다 치고 언니처럼 잘 사는 사람도 있는데 너는 왜 그 모양이야? 은숙은 절절매며 제 앞의 내도 건너지 못하는 혜경을 향해 야멸차게 쏘아붙여주고 싶었지만 그녀나 자신이나 한 모양에 지나지 않음을 깨닫고 씁쓸해졌다. 둘이 지나온 발자국을 보면 자신 역시 절름발이임을 알 수 있으리라.

"그냥 갈까?"

은숙의 말에 혜경의 고개가 반짝 들렸다.

"그냥 간다고?"

"그래. 새도 없다는데. 정 그냥 가기 허전하면 쌍계사라도 들르던지. 지금 보는 쌍계사도 좋을 거야."

곧바로 날아오는 혜경의 시선을 피해 은숙은 그녀가 벗어놓은 미황색 오리털 파카에 눈길을 고정시켰다. 모자가 접힌 채 들어있는 차이나 풍의 두툼한 목 부분에 살색 파운데이션이 묻어있었다.

"새들은 어떡하고. 무리지어 사는 새들이 보고 싶었는데."

"다른 더 좋은 곳으로 갔을 거야. 여기에는 없어."

혜경의 물음에 은숙이 짧게 대답했다 그것도 건조하게 아무런 표정도 싣지 않고. 은숙이 제 앞의 물 컵을 들어 마시고 혜경은 물끄러미 잔속을 들여다보았다.

"더 좋은 곳이 어딜까?"

"글쎄 새들은 알겠지."

"더 좋은 곳, 그곳이 과연 있을까?"

은숙은 말없이 고개를 끄덕였다.

"새떼들을 찾으러 갈 거야. 새떼들 말야. 똑같이 날고, 똑같이 방향을 바꾸고 무리지어 사는 새들을 말이야. 더 좋은 곳, 나도 그곳으로 가고 싶어."

혜경이 절뚝 일어서며 말했다. 기우뚱 몸이 옆으로 기우는 그녀를 부축하려다 은숙은 손을 거두었다. 자신의 부축 없이 꼿꼿이 일어서길 기다리며 그녀는 혜경을 바라보았다. 그녀가 새를 찾는 동안 자신은 무엇을 할까. 경훈과 원 플러스 투도 하고, 죽은 이를 기다리는 새처럼 신문사에서 간간이 던져주는 먹이를 기다리며 그럭저럭 지낼까. 아니면, 혜경이처럼 진한 화장으로 표정을 숨긴 채 세상 어디, 자신의 몫을 찾아 헤맬까. 어디에도 자신이 설자리가 없으면 그녀의 말처럼 사람들을 바라보다 목이 굳어져 굶어죽을까. 아니면 언니처럼 뒤늦게 제 짝을 만나 사람 귀한 줄 알고 살아갈까, 그것도 아니면 혜경이처럼, 아닌 인연 만나 마음 다치며 살까.

"난 새를 찾아 갈 거야. 새떼들 말이야."

절름거리며 혜경이 앞서 걸었다. 그녀의 전경에 텅 빈 하늘을 이고 앉아있는 작은 동산이 보였다. 작은 회오리를 만들며 불어온 칼바람이 앞서 걷는 그녀의 머리카락을 엉망으로 들쑤셔 놓았다. 그녀는 손톱세우고 덤벼드는 바람을 피해 고개를 옆으로 꺾고, 기우뚱기우뚱 걸어갔다. 은숙이 혜경의 등 뒤에서 큰소리로 외쳤다.

"네가 찾는 새들은 세상 속에 있어. 어쩌면 저들 사람들이 새들이야. 봐. 우리는 저 속으로 들어가야 해."

그래, 지천이 새라는 데. 방치돼있는 폐가 같은 무향다원의 비구가 그랬지. 지천에 있는 것이 새라고. 그래, 새. 새는 우리였어. 하지만 휘파람 소리를 내는 바람이 은숙의 소리를 삼켜버렸다. 그녀의 소리는 바람의 소용돌이 속에 갇혀 작은 흙먼지를 일으키며 혜경으로부터 멀어져갔다.

기우뚱 기우뚱, 부실한 다리로 혜경은 쉼 없이 길 위를 걸어가고 있었고, 어정어정 은숙은 혜경의 뒤를 따르고 있었다. 그들 뒤로 흙먼지를 일으켜 세운 바람이 소용돌이치며 불었고, 카악, 어디선가 나타난 한 마리 매가 수직으로 그들을 향해 낙하하고 있었다.

이제 그는 시인을 믿지 않는다

평창 출생. 강원대 불문과 졸업.
2000년 단편소설 〈0시의 부에노스아이레스〉 중앙신인문학상 당선.
소설집 〈0시의 부에노스아이레스〉 등.

"큰놈으로 꺼내!"

노모의 명령에 그는 어쩔 수 없이 넓은 축사 안으로 들어갔지만 위험을 감지하고 뜀박질을 시작한 토끼를 잡기란 쉬운 일이 아니었다. 토끼들은 철망을 따라 운동장을 돌듯 달리다가 그의 손앞에서 뿔뿔이 흩어졌다. 어정쩡한 폼으로 헛손질을 한번씩 할 때마다 땀이 솟고 머리가 근질거렸다. 보다 못한 노모는 그깟 토끼 한 마리 못 옮긴다고 혀를 차며 집으로 들어가더니 족대를 가져와 철망 안으로 던졌다. 앞산의 단풍을 몰고 온 바람이 지붕 없는 축사를 한 바퀴 돌아나가자 그는 마침내 족대의 그물에 토끼를 담을 수 있었다.

"나오지 말고 한 마리 더 잡아."

노모의 손에 두 귀를 잡힌 토끼는 발버둥을 쳤지만 지푸라기 하나 날리지 못하는 헛발질일 뿐이었다. 그는 철망에 기대 담배에 불을 붙였다. 노모는 미리 준비한 쇠부지깽이로 몇 번 조준을 한 뒤 구부러진 부분으로 토끼의 머리통을 연달아 세 번 정확하게 가격했다. 개들이 일제히 짖어댔다. 온몸을 부르르 떨던 토끼는 이내 작은 입으로 단풍 같은 피를 흘리며 축 늘어졌다. 입에 문 담배를 떨군 그는 고개를 돌린 채 구역질을 삼키느라 심호흡을 했다. 순식간에 축사

주변이 노랗게 물들었다.

"한 마리 더 잡으라니까!"

애당초 번식력이 강한 토끼를 기른 게 잘못이었다. 그는 축사를 나와 노모에게서 애써 시선을 돌렸다. 토끼를 기르지 않았으면 민박 손님들이 요리를 해달라고 청하지도 않았을 터였다. 그의 등 뒤에서 다시 뼈와 쇠가 딱, 딱, 딱, 부딪치는 둔탁한 소리가 피어났다. 그는 다시 피워 문 담배를 풀숲에 내던져버리곤 민박집을 나왔다.

"다음부턴 니가 잡아! 사내놈이 토끼 한 마리 못 잡으니…."

절터로 올라가는 길엔 떨어진 단풍이 가득했다. 빠르게 흘러가는 계곡 물은 끊임없이 단풍을 하류로 실어 날랐다. 그는 얼굴을 찡그리고 시선 둘 데를 찾아 두리번거렸다. 그나마 바람이 심하게 불지 않아 다행이었다. 끝물의 단풍이 동쪽 산을 넘어온 샛바람을 만나면 산과 산 사이의 허공은 온통 붉고 노란 불잉걸로 뒤범벅이 되었다. 토끼의 입에서 흘러나온, 채 식지 않은 피처럼.

"야, 살아 있었구나!"

"……."

"혹시나 하는 심정으로 전화번홀 눌렀거든."

실수였다. 민박으로 걸려오는 전화는 거의 노모를 찾는 전화기에 혼자 있을 때면 아무리 전화벨이 울려도 받지 않았다. 받아도 아무런 해결책을 줄 수 없는 전화였다. 노모에게 전해달라는 이야기를 언제부턴가 그는 전하지 않았고 그들은 아무렇지 않게 다시 통화를 했기 때문이다. 아직도 그는 그런 민박 전화를 그 날 왜 받았는지 알 수 없었다. 오래 전 친구인 Y의 과도한 감격을 그는 잘라버리지도 못했다. Y는 사변 때 헤어진 가족을 만난 것처럼 반가워했다. 사변

땐 태어나지도 않았으면서.

"다른 사람은 몰라도 넌 꼭 와야 한다!"

무릎까지 올라온 풀이 서서히 말라가는 절터는 스산했다. 주말이나 국경일이 아니면 사람의 흔적조차 찾을 수 없는 곳이다. 아득한 옛날 태풍과 대홍수가 일으킨 산사태에 묻혀버린 절은 다시 복원되지 않았다. 더 이상 뿌연 쌀뜨물도 하루 세 번 흘려보내지 못했다. 남아있는 것은 잘려나갔거나 일부를 도둑맞았을 부도와 삼층석탑, 석등이 전부였다. 그마저도 일 년이 다르게 금이 커져가고 죄어오는 이끼의 공격을 견뎌야 했다. 그는 기단부만 남은 부도에 기대앉아 산을 내려오는 단풍의 사태에 눈이 시린 듯 눈을 감았다. 마른 풀에서 피어나는 냄새가 코끝을 간질였다. 손을 뻗어 기단부의 연잎 위에 있었을, 지금은 없는 둥근 돌을 조심스럽게 어루만졌다. 얼굴도 모르는 노스님의 머리를 몰래 쓰다듬듯이. 계곡을 빠져나온 바람이 그의 손가락 사이로 서늘하게 지나갔다. 그 서늘함이 뜨거운 불기운으로 변하자 그는 황급히 손을 내렸다.

"생각 나냐?"

"…그래."

Y의 물음에 그는 웅얼거리듯 짧은 대답만 남겼다. 그 사이에도 창문 너머 단풍나무는 불이 붙은 듯 후드득 후드득 잎을 떨궜다. 수화기를 내려놓은 그는 얼마간 꼼짝 않고 창밖을 내다보다가 전화기가 놓인 탁자의 서랍을 열고 두통약을 꺼내 물 없이 씹었다. 식은 옥수수밥 같은 알갱이들이 씁쓰레한 쓸개즙 냄새를 풍기며 목구멍을 넘어갔다. 그는 전화를 받은 것을 거듭 후회한다는 듯 수화기를 잡았던 손을 얼굴 앞에 놓고 들여다보았다.

등이 구부러진 노모는 토끼장 옆에 앉아 그가 내려온 길을 보며 담배를 피웠다. 죽은 토끼는 가느다란 철사에 목이 감긴 채 담 옆 흰 자작나무 가지에 매달려있었다. 나무 밑에는 작은 식칼과 세숫대야, 휴대용 펌프가 놓여있었다. 그는 절터에서 너무 일찍 내려왔다는 걸 알았다. 나무에 매달린 토끼 두 마리를 향해 개들은 끙끙거리며 연신 침을 흘렸다.

"이젠 힘이 없어 펌프질도 못하겠다."

펌프질이 계속되자 나무에 매달린 토끼는 금방이라도 터져버릴 듯 부풀어 올랐다. 노모는 토끼 항문에 펌프와 이어진 고무호스를 꽂은 채 손가락으로 배를 찔러보며 적당한 상태를 가늠했다. 토끼 털로 만든 럭비공처럼 변해가는 토끼를 보며 그는 허리를 구부렸다가 펴기를 반복했다. 옛 친구의 늦은 결혼식엔 가도 그만 안 가도 그만이었다. 지난번처럼 무심코 민박 전화를 받는 실수만 하지 않으면 되었다. 살아가면서 만날 일도 없었다. 결혼식에 가지 않았다고 해서 강원도 산골짜기에 자리한 민박집으로 Y가 찾아올 이유도 없었다. 그렇다. 그는 그 사실에 자신이 너무 민감하게 반응한다는 것에 화가 났다. 아직도 기억 속에 남아있는 어떤 그림자의 출현에 인상을 찡그리다니. 펌프의 손잡이를 움켜잡은 그의 두 손이 순간 탄력을 잃자 고무호스에서 바람 빠지는 소리가 새어나왔다. 자작나무에 매달린 둥근 토끼 두 마리가 풍선처럼 흔들거렸다. 노모는 숫돌에 갈아 날이 시퍼런 식칼을 들고 토끼 가죽을 벗길 준비를 했다.

"개 잡는 법도 배워야 돼. 민박만 쳐서 몇 푼이나 벌겠냐."

쇠사슬에 묶여있는 개들이 노모의 말을 들었는지 일제히 끙끙거렸다.

단풍철이지만 변변한 관광지가 없는 골짜기 민박으로 평일에 찾아오는 손님은 그리 많지 않았다. 조용한 곳에서 정말 쉬고 싶어 하는 연인들 아니면 이런저런 이름의 계(契)가 전부였다. 노모의 공략 대상은 물론 계였다. 먹을 것을 준비해 오는 그들에게 울타리 안과 밖에서 기르는 닭, 오리, 토끼, 개에게 토종이라는 모자를 씌워서 권하기를 잊지 않았다. 아무리 준비해도 한 끼 정도는 빈틈이 생길 거라는 믿음을 가지고서.

그는 큰 쓰레기통과 빗자루를 들고 간밤 손님이 머물렀던 방으로 들어갔다. 늦은 밤 자가용을 끌고 찾아왔다가 정오가 넘어서 나간 연인들이었다. 방은 깨끗했다. 빈 술병이나 먹다 남은 음식 찌꺼기도 없었다. 재떨이도 텅 비었고 휴지통도 마찬가지였다. 털 오라기 하나 떨어져 있지 않았다. 화장실의 세면대와 변기에도 물방울 하나 없이 깨끗했다. 방바닥에 깔아놓은 담요와 이불이 없었다면 사람이 머물고 간 사실마저도 의심할 정도였다. 빗자루를 든 채 의자에 걸터앉은 그는 산그늘이 내려오는 계곡을 보며 간밤에 보았던 두 사람의 얼굴을 떠올리려 애를 썼지만 그럴수록 왠지 그들의 모습은 기억 속에서 빠르게 사라지는 것 같았다. 그는 의자에서 내려와 이불 속으로 손을 디밀었다. 따스했다. 손바닥을 타고 졸음이 번져왔다. 그는 조심조심 몸을 이불 속으로 들여보냈다. 베개에 얼굴을 묻자 비로소 실오라기 같은 어떤 냄새가 피어나 눈을 감게 만들었다.

Y는 수화기 속에서 훌쩍거렸다. 그는 다시 전화를 받은 사실에 화가 치밀어 입을 다물었다. 희부연 달빛이 들어와 있는 방엔 입에서 피를 흘리는 토끼들이 도망치고 있었지만 출구가 없었다.

"네게 들려주고 싶은 시가 있어."

어느새 울음을 그친 Y는 그의 응답도 듣지 않고 자신의 두 번째 시집에 들어있는 시의 낭송을 시작했다. 그는 짧은 숨을 삼키곤 이불과 방바닥에 피를 묻히며 뛰어다니는 토끼들을 불안한 눈빛으로 쫓았다. 어떤 놈은 이불 위에서 사지를 뻗은 채 죽어갔다. 수화기를 통해 게으르게 건너오는 Y의 시낭송을 멈추게 할 수도 없었다. 죽어가는 토끼를 흐뭇한 얼굴로 바라보는 노모는 구석에 앉아 푸른 달빛을 반사하는 칼을 갈았다. 어서 빨리 시낭송이 끝나야 토끼를 살릴 수 있었다. 의미를 이해하기 힘든 Y의 시는 결국 낭송자의 격한 감정을 이겨내지 못하고 잠시 멈췄다. 그러나 그의 안도의 한숨이 그치기도 전에 Y는 다시 서글프게 울음을 터뜨렸다. 당황한 그는 피 흘리는 토끼에게로 가던 손을 멈췄다. 그는 방금 전 Y가 낭송하다가 중단한 구절을 떠올리며 울음의 요소가 어디에서 나왔는지 찾으려고 했지만 쉽게 잡히지 않았다. 달빛에 번쩍이는 노모의 식칼은 부풀어 오른 토끼의 배를 갈랐다. 노모는 회를 뜨듯 재빠른 손놀림으로 가죽과 살을 분리해 나갔다. 수화기를 잡은 그의 손으로 끈적한 땀이 흘러내렸다. 다행히 울음을 그친 Y의 입에서 다시 시가 흘러나왔다. 그는 벽에 등을 기댄 채 힘을 풀고 있다가 비로소 기억의 어느 작은 방에서 떠오른 풍선을 잡을 수 있었다. 오래전에도 이와 별반 다르지 않은 일을 겪었다는 것을.

"네게 바치는 시야."

오래전에도 Y는 같은 말을 했다.

"…고마워."

그는 벗겨진 토끼 가죽과 피로 어지럽혀진 방을 둘러보며 대답했다. 노모는 양동이 가득 토끼 고기를 담아 가지고 방을 나갔다.

"올 거지?"

끈질긴 부탁이었다. 그는 결국 고개를 끄덕였다.

가을이 가고 있었다. 밤새 산을 내려온 붉고 노란 낙엽들은 이슬에 젖은 채 마당을 덮었다. 그는 두툼한 잠바를 걸치고 민박집을 나섰다. 개들도 추운 모양인지 우리 속에서 웅크린 채 꼼짝 않았다. 엷은 아침 안개의 골짜기를 올라가며 그는 들이켠 담배연기보다 훨씬 많은 가래를 뱉어냈다. 볼에 달라붙는 안개의 서늘한 감촉도 간밤의 무수한 불꽃들을 머릿속에서 쫓아내지 못했다. 그는 꿈결인 듯 절터를 향해 안개 속을 걸었다. 길섶의 나무들은 유령처럼 서 있고 나뭇가지에 매달린 무수한 불잉걸도 잠시 회색의 재에 덮여 잠든 것처럼 보였다. 기억 속에 아직도 그토록 많은 방들이 잠들지 못한 채 작은 불꽃을 지키고 있다는 사실에 그는 적이 놀랐다. 이미 오래 전 폐가로 변한 줄 알았던 그 불꽃들이 친구의 이해할 수 없는 자작시 한 편과 울음에 심지를 돋우다니. 안개는 그가 걸음을 내딛는 꼭 그만큼의 시정거리만 열어주었다. 나무들이 먼저 걸어 나오지 않았고 어슬렁거리며 길을 건너는 산짐승들도 볼 수 없었다. 그는 돌계단 위에 서서 마른 풀과 뒤섞여 또 다른 바다를 이루고 있는 절터를 보았다. 삼층석탑과 저만치 떨어져있는 석등은 밤새 밀려온 안개에 갇혀 오도가도 못 하는 나그네였다. 그는 바짓가랑이를 적시는 이슬을 털며 석등으로 다가가, 언젠가 갖다놓은 초에 불을 붙였다. 안개 바다에 서 있는 석등의 화창(火窓)이 발갛게 변해갔다.

나프탈렌 냄새가 배어있는 양복은 답답했다. 그는 피로연 자리의 구석에 앉아 술잔만 비웠다. 십여 년 만에 보는 문학회 사람들은 반은 즐겁고 반은 덤덤하다는 표정들이었다. 더러 시인이나 소설가가 되었지만 다른 길을 선택한 이들이 더 많았다. 건축업을 하는 선배는, 세월이 흘렀음에도 불구하고 이렇게 많은 사람들을 결혼식에 불러 모은 걸 보니 과연 Y의 인간성이 좋은 모양이라고 목소리를 높였다. 후배들 잘 챙기고 선배들한테 깍듯했지. 연말이나 새해가 되면 잊지 않고 연하장 보내는 놈은 얘밖에 없어. 느들, 얘 데뷔하기 전에 시 쓴다고 우리 집에 와서 얼마나 개갠 줄 아나? 우리도 없는 살림에 술 사 먹였지, 용돈 줬지…. 소설 쓰는 선배의 말이었다. 폐백을 드리느라 피로연장에 도착하지 않은 Y를 안주 삼아 술자리는 조금씩 익어갔다. 그는 나프탈렌 냄새를 지워볼 요량으로 연거푸 술을 들이켰다. 술 취하면 말썽도 엄청 피웠지 뭐. 자기 시 이해 못한다며 한밤중에 물에 빠져 죽겠다고 행방불명된 거 기억나? 나고말고. 그날 밤 Y 찾느라 저수지 주변을 헤맨 거 생각하면 아직도 치가 떨린다. 그때 정말 죽었으면 이렇게 장가도 못 갔지. 물에 안 들어갔어? 들어가긴! 지 자취방에서 술에 곯아떨어져 자고 있었지. 연애 사건도 그거 못지않게 굉장했어. 우리 과가 여학생이 많다보니 나만 보면 여자 소개시켜 달라고 조르는 통에 골치가 아팠다구. 눈은 또 되게 높아요. 그럼 오늘 결혼한 신부가 몇 번째야? 임마, 그걸 다 어떻게 헤아려! 너, 신부 오면 그런 얘기 절대 하지 마라. 그는 슬그머니 술자리를 빠져나왔다. 양복에 밴 나프탈렌 냄새와 급하게 마신 술 때문인지 머리가 지끈거렸다. 작은 은행나무 그늘에 앉아 토요일 오후의 나른한 길거리를 바라보았다. 집으로 돌아갈 시간이었다. 강원도로 가는 승차권은 양복 안주머니에서 끊임없이 그에게 시간을 확인하라고 재촉했다. 하지만 그의 발걸음은 노랗게 물들기 시작하는 은행나무 밑을 쉽게 떠나지 못했다. 빚을 받으러 왔다가 소심한 성격 탓으로 말도 꺼내지 못하고 서성거리기만 하는 사람처럼. 그는 저편 길모퉁이를 돌아오는 Y가 흔드는 빈손을 보았다. 빈손 옆에는 한복을 입은 여자가 있었다. 그는 어색한 미소를 지으며 생각했다. 내가 무엇을 꿔준 거지? 아무것도 꿔준 게 없는데 착각에 빠진 건 아닐까. 그는 Y가 손을 내밀 때까지 그렇게 어색한 미소 속에서 빠져나오지 못했다. 네가 올 줄 알았어. Y의 얼굴에서 화장품 냄새가 심하게 풍겼다. 와 줘서 고마워요. 한복을 입은 여자의 붉은 입술이 열렸다가 닫혔다. 왜 나와 있어? 자 들어가 한잔해야지. 미끈거리는 Y의 손에 끌려 그는 피로연장으로 다시 들어갔다. 박수소리와 함성, 야유가 골고루 피어났다. 고맙습니다. 이렇게 많이들 찾아주어서. 무엇보다도 저 멀리 강원도에서 온 내 오랜 친구 P에게 고맙다는 말을 먼저 전합니다. P와 함께 시를 쓰던 때가 가장 행복했습니다(물론 그는 정반대였다). 또 지난 날 저의 천방지축을 물심양면 받아주신 선배님들께…. 그는 Y의 인사말이 계속되는 동안 해 뜨기 전 골짜기 절터를 덮었던 안개 속에 묻혀있던 불 꺼진 석등처럼 웅크리고 앉아있었다. 심심찮게 건너오는 술잔들은 제 주인을 찾아가지 못하고 탁자 위에 부도 밭을 만들었다. 그는 술잔의 부도 밭을 걷다가 가끔 한복을 입은 Y의 신부를 훔쳐보았다. 신부는 술병을 들고 Y 옆에 서 있었다. 야들아, 그 해 신춘문예 사건 기억나냐? 문학회 창립 멤버인 선배가 취한 얼굴로 물었다. 크리스마스이브 날 Y 자취방에서 고스톱 치며 단체로 당선 소식 기다린 거 말이다! 아아, 그 사건! 눈이 지독하게 내리던 날이었다. 개인 전화가 없던 유학생들이었고 신춘문예에 모두 응모한 터라 그 초조함을 달랠

요량으로 Y의 자취방에 모여 술에 취해 고스톱을 치며 내심 초조하게 당선 통보를 갈망하던 시간이었다. 모두들 크리스마스이브에 당선 통보가 온다고 믿고 있었다. 연락처는 물론 주인집 전화였다. 사실 그때 귀는 모두 Y 주인집 아주머니에게 쏠려있었잖아. 맞아, 고스톱은 핑계였어. 그런데 정말 주인아주머니의 목소리가 문 밖에서 울렸다. Y 학생 전화 받아! 신문사라는데. 화투판은 일시에 얼음장으로 변했다. Y는 예, 하는 소리와 함께 들고 있던 화투장을 팽개치고 한달음에 방을 뛰쳐나갔다. 누가 말하지 않아도 화투판이 끝났다는 것을 알 수 있었다. 방에 남아있는 사람들은 군용 담요 위에 있던 자신의 판돈을 챙기고 고역스런 침묵에 잠겼다. 창문 너머로 내리는 폭설은 현실의 눈이 아닌 것 같았다. 아니 그러기를 바라고 있었다. 술병의 술만 빠르게 키를 줄여갔다. 한마디로 비참했지! 일 년 농사가 망한 기분이니까! 그리고 마침내 Y가 방문을 열고 들어왔다. 모두들 Y의 얼굴을 주시했다. 자식, 그래도 표정관리는 할 줄 아네, 라는 속말을 삼키며. 그때 Y는 울상을 지었던가, 아니면 허탈한 웃음을 흘리며 입을 열었던가. 00일보 지국인데, 올해 가기 전에 그동안 밀린 구독료 내라는 전화야. 그는 사라지지 않는 나프탈렌 냄새를 맡으며 조금씩 취해갔다. 근데 신춘문예 당선 통보 가는 날이 그 날이 아니라며? 맞아, 대부분 12월 이십 일 전후에 통보가 끝나지. 그럼 그때 우린 사나흘 동안 헛물만 켠 거 아냐?

Y의 늦은 결혼 피로연은 쉽게 끝나지 않았다. 신혼여행을 아예 다음 날로 정한 신랑 신부의 배려도 한몫 거들었다. 넓은 창밖으로 가로등 불빛을 뒤집어쓴 은행잎들이 즐비한 맥주집이었다. 그는 유효 시간을 넘겨버린 승차권을 동그랗게 말아 재떨이에 버렸다. 노모는

민박의 주방에 쭈그리고 앉아 구시렁거리며 토끼 찜을 요리하고 있을 터였다.

"사실은 네가 오지 않을 거라고 생각했어."

받아 마신 술에 취한 듯한 Y가 그의 옆자리로 와 어깨를 안으며 히죽 웃었다. 반대편에 있는 신부를 힐끔 훔쳐본 그도 희미하게 웃어주었다. 결혼식을 마친 지 얼마 안 된 신랑의 행동과 감정은 조금 과잉돼 있게 마련이었다. 갓 시의 비밀을 엿본 시인처럼. 어쩔 수 없었고 이해하지 못할 것도 아니었다. 덤덤하게 앉아있는 게 더 이상할 것이다. 그는 진심으로 축하한다고 술잔을 건넸다. Y도 진심으로 고마워하며 술잔을 받는 것 같았다.

"생각 나? 우리가 처음 만나던 날?"

스무 살 어느 날로 돌아가는 일은 간단했다. 기억 하나면 족했다. 정체를 알 수 없는 갈증에 사로잡힌 그가 정처 없이 쏘다니던 때였다. 우연찮게 발견한 박노해의 시를 읽고 그 중 몇 편을 이리저리 뜯어내고 고쳐서 만든 시 한 편을 학교 신문에 투고한 게 화근이었다. 수소문해서 그를 찾아온 Y와 학교 앞 막걸리집에서 술을 마신 뒤 곧장 시내의 어느 음악 카페로 이동했다. 그로서는 태어나 처음 접하는 시낭송 행사였다. 자리는 동이 났고 대부분의 청중들은 서 있거나 바닥에 앉아 진지한 얼굴로 시낭송을 듣고 있었다. 시낭송 내내 그는 정체 모를 두근거림으로 가슴을 진정시킬 수 없었다. 밖에서는 최루탄과 화염병이 밤낮을 가리지 않고 뒹굴던 때였다. 스피커를 튀어나오는 Y의 카랑카랑한 목소리에서 그는 자신의 갈증을 달래주는 그 무엇이 번개처럼 머리를 뚫고 나가는 걸 느꼈다. Y는 시낭송 도중에 끝내 울음을 터뜨렸고 카페를 꽉 메운 청중들은 박수로 격려했다. 울먹이며 Y가 시낭송을 이어가는 동안 그는 시첩을 펼쳐들고 복받치는 울음을 불러온 그 시를 읽고 또 읽었다.

　무수한 장미꽃이 여학생들의 손을 통해 Y의 가슴으로 옮겨가는 장면을 그는 보았다. 이제야 찾았다! 시를 써야겠다! Y의 손에 끌려간 문학회 시낭송 뒤풀이 장소에서도 그는 막걸리에 삶은 곤계란을 안주로 먹으며 다짐했다. Y 옆에 쌓여있는 장미꽃을 훔쳐보며. 그날 밤 만취해서 자취방으로 돌아왔지만 정신은 가을밤의 별처럼 또렷하게 빛을 내뿜었다. 스무 살에 시인을 꿈꾸지 않는다는 것은 치욕 중의 치욕이란 각오를 되새겼다. 하지만… 가지고 온 시첩을 뒤져 Y의 시를 마음으로 읽고 낮은 소리로 읽고 큰 소리로 읽었지만 끝내 눈물 한 방울을 볼에 매달 수 없었다. 그 충격적인 사실을 확인한 그는 그 동안의 구태의연했던 사고를 털어버리려고 방바닥과 벽에 머리를 찧고 또 찧었다. 날이 밝아올 때까지. 시를 찾고서 대면한 첫 번째 절망이었다.

　"…나는 늘 네가 부러웠어."

　그는 취기의 도움을 받고서야 Y에게 말을 건넸다. Y는 무슨 소리냐고, 다소 과장된 표정으로 물었다.

　"스무 살 때… 사실 난 네 장미가 부러웠어."

　잠들지 않은 채 시마(詩魔)라는 것의 방문을 기다리는 외롭고 깊은 밤이면 그는 언제나 장미를 떠올렸다. 붉은 꽃잎이 겹겹이 포개져 한 송이 꽃을 이루고 그 꽃이 점점 수분을 잃고 말랐을 때 피는 또 다른 꽃을 상상하며 수음에 몰두했다. 밤하늘엔 별이 총총한데 좁은 자취방엔 너무 희어서 눈이 시린 함박눈이 내렸다. 눈 위에 손가락으로 써 내려간 시는 이내 길을 잃고 눈 더미에 파묻혀 얼어갈 뿐이었다. 밤거리를 배회하던 그 많은 랭보와 보들레르, 발레리, 김수영, 박인환, 이성복… 들이 취한 몸으로 찾아와 방문을 두드렸다. 그들은 품에 안고 있거나 책가방에 꽂혀있던 구겨진 장미를 아무렇지 않게 방으로 던지며 그를 불러냈다. 개나리와 벚꽃이 앞 다투어 피어나는 봄밤이었다. 토사물이 널려있는 어두운 골목을 지나 강으로 가거나 일찍 잠든 또 다른 장미의 자취방을 찾아가 닫힌 대문 앞에서 노래를 불렀다. 그는 늘 그들 뒤편의 담벼락에 기대 머뭇거렸다. 마침내 랭보가 Y의 어깨를 타고 올라가 담을 넘었고 잠든 장미의 문을 열었다. 장미의 방에 술병과 담배연기, 노래가 차올랐다. 올페의 기타가 두툼한 노래책의 페이지를 앞에서 뒤에서 넘겼다. 사랑한다는 선언이 토사물과 함께 방바닥에 쏟아졌다. 그는 온 공력을 쏟아 장미가 그 선언을 받아들이지 말라고 기도했지만 허사였다. 거부하기는커녕 세숫대야에 토사물을 담고 있었다. 심판의 문은, 그때, 벌컥 열렸다.

"당신들이 인간이야?"

주인집 아주머니의 얼굴엔 분명 인간이 아니라고 씌어 있었다. 어둠이 벗겨지는 거리를 그들은 숙일 수 있는 최대한 깊이 고개를 숙인 채 걸었다. 모든 순례가 그렇듯 밤의 순례도 고단했다. 청소부는 밤새 떨어진 꽃잎을 쓸고 늙어서 독실한 신자들은 예배당으로 가고 있었다. 밤을 새워 몸으로 쓴 시는 증발하는 알코올처럼 그렇게 사라졌다. 그는 조금씩 물러가는 어둠과 동시에 지워지는 그들의 모습을 환영인 듯 뒤쫓았다. 온밤 형형하게 타올랐던 시와 시인들은 힘을 잃고 곧 꺼져버릴 듯 위태롭게 자신들의 작은 방을 찾아 비척비척 걸었다. 몰려드는 졸음을 겨우 달래던 그는 걸음을 멈췄다. 함께 걷던 Y가 오지 않았다.

"거기서 뭐 하는 거야?"

Y는 보도에 쪼그리고 앉아 울었다. 둥글게 휘어진 등을 움찔거리며.

"왜 우는 거야?"

그는 Y의 손가락이 가리키는 곳을 보았다. 수많은 장미꽃들이 Y를 선호하는 까닭을 조금이나마 눈치 챌 수 있었다. 동시에 부끄러웠다. 똑같은 길을 걸었음에도 불구하고 그의 눈과 마음은 볼 수 없었던 그 꽃을 그는 참담한 심정으로 내려다보았다. 보도의 갈라진 틈에서 핀, 작고 앙증맞다는 그 민들레를.

"너, 그때 쇼한 거지?"

"응?"

말을 꺼내는 순간 그는 후회했지만 시끄러운 노랫소리에 묻혀 다행히 Y는 듣지 못했다. 대신 빈 술잔에 술을 따라 Y에게 내밀었다. 신부는 다른 사람들과 함께 무대에서 노래를 불렀다. 그는 Y에게 손을 내밀었다. 취기가 만만찮았다.

"그만 갈게."

"어디로 갈 건데?"

"여관에서 자고 내일 일찍 내려가야지."

Y는 무대로 올라가 신부를 데리고 왔다. 그는 신부에게 인사를 했다. 문득 토사물을 치우던 장미의 얼굴이 떠올랐지만 이내 지워버렸다. Y가 선배들에게 이끌려 무대로 가자 장미는 수줍은 듯 손을 내밀며 입을 열었다.

"형, 와 줘서 정말 고마워요."

여관을 찾아가는 밤거리에서, 술에서 깨어나 계속되는 꿈을 꾸었던 새벽 내내, 그리고 바짝 마른 장작개비 같은 몸을 실은 고속버스에서 그는 장미의 마지막 말이 키워낸 덤불 속에서 쉽게 빠져나올 수 없었다. 추억이 되지 못한 기억들이 머릿속에서 마구잡이로 날뛰는 통에 급기야는 버스 짐칸에 매달린 검은 비닐봉지를 가져다가 입을 막아야 했다. 삭지 않는 기억들인 양 시큼한 냄새를 풍기는 물이 입술을 비집고 흘러내렸다. 꽃의 화염이 지나간 자리마다 얼룩져있던 상흔이 불길을 못 이기고 터져나가는 기왓장처럼 마음 곳곳을 찔러댔다. 그는 차창으로 몰려드는 기억의 대대적인 공습에 손가락 하나 까딱하지 못하는 부상병처럼 그렇게 반쯤 누워 산사태로 폐허가 된 절터 아래로 돌아왔다.

"몰골이 그게 뭐냐?"

민박 옆 고추밭에서 고추를 따던 노모는 밭고랑에 엉덩이를 까고 앉아 소변을 보다가 골짜기를 올라오는 그를 발견하곤 태연하게 말을 건넸다. 그는 노모의 펑퍼짐한 엉덩이에서 눈길을 돌렸다. 마른 젖꼭지들을 가을볕에 내놓고 잠을 자던 개들이 반갑다고 짖었다. 마당엔 서울 번호판을 붙인 자가용 두 대가 주차돼 있었다. 꽤나무 아래 평상 귀퉁이에 걸터앉은 그는 노모가 따놓은 붉은 고추를 만지작거렸다. 단풍은 하루가 다르게 산을 내려오는 속도가 빨라졌다. 그 끝은 세상을 덮는 폭설일 것이다. 하루에 두 번씩, 차가 다닐 수 있도록 큰길까지 눈을 치워야 하는 계절이 멀지 않았다.

"손님들이 저 놈을 먹고 싶어 하더라."

목과 허리에 두른 보자기에 가득한 고추를 쏟으며 노모는 꼬리를 흔들며 재롱을 부리는 개를 가리켰다. 아무것도 모르는 개에게 다가가 그는 머리를 쓰다듬어주었다. 이년 전에 집으로 들어온 암컷인데 어찌된 일인지 발정 한번 내비치지 않아 노모의 구박을 받는 개였다. 그의 손길을 받은 개는 드러누운 채 오줌을 질금거렸다. 그는 생기를 띤 적이 없는 젖꼭지와 까칠까칠한 성기를 만져주었다.

"널 잡아 팔고 싶다는데 어떡했으면 좋겠냐?"

"개가 사람 말 알아들어!"

개는 그의 사타구니로 머리를 디밀고 들어왔다. 다른 개들은 부러운 듯 낑낑거렸다.

"새끼라도 낳았으면 밉지나 않지. 맨날 처먹는 거나 밝히고."

절터로 올라가는 내내 개는 그의 오른편 왼편을 쏘다니며 개 줄을 그의 다리에 감았다. 방으로 들어가 피곤한 몸을 눕히고 싶었지만 그럴 수 없었다. 오랜만에 외출을 한 개는 떨어지는 단풍잎도 신기한 듯 짖는가하면 코를 흥흥거리며 마른 풀숲을 기웃거렸다. 벌써 잎을 모두 떨군 나무들은 서서 청하는 긴 겨울잠을 준비하고 있었다. 그는 그물처럼 펼쳐진 나뭇가지들을 올려다보았다. 와 줘서 정말 고마워요. 오후를 건너가는 햇살이 그물을 빠져나와 장미의 마지막 말을 반복해서 들려주었다. 개도 그 말을 들었는지 허공에 대고 몇 번 짖었다.

석등의 촛불은 꺼져 있었다. 흘러내린 촛농은 딱딱하게 굳어 이미 오래 전에 불을 잊었다는 표정이었다. 그는 녹슨 만(卍) 자 모양의 철책에 개 줄을 묶고 정수리가 벗겨지는 듯한 활엽수들의 우듬지를 눈길로 쏘다녔다. 절터를 에워싼 채 대머리가 되어가는 나무들은 간밤의 술자리처럼 석등 옆에 앉아있는 그와 개를 굽어보고 있었다. 개는 끙끙거리며 그 자리를 떠나고 싶어 했지만 줄을 끌고 반원만 그리는 게 전부였다.

"같이 산으로 들어갈까?"

그는 개가 바라보고 있는 골짜기를 가리키며 물었다. 개는 긴 혀를 내밀어 그의 손을 핥아주곤 이내 머리를 돌렸다. 먼 기억 속의 어느 깊은 밤 장미의 냉랭한 도리질을 흉내 내듯. 그는 곡예를 하듯 나뭇가지를 내려오는 단풍들을 보며 고개를 끄덕였다. 하지만 썩어지지 않는 시처럼, 마음속에서 치밀고 올라오는 화를 삭이는 일은 그리 간단하지 않았다.

"Y야?"

닫혀있는 대문을 열지 못한 그는 담을 넘다 취기를 이기지 못해 거꾸로 뒷마당에 처박혔다. Y의 방 창문을 통해 흘러나오던 불빛은 쿵, 소리가 울림을 멈추기도 전에 사라졌다. 개 짖는 소리만 어두운 자취촌을 떠돌았다.

"Y야?"

방안에서는 어떤 소리도 흘러나오지 않았다. 방문도 잠겨있었다. 그는 방문턱에 앉아 볼을 타고 흐르는 피를 옷소매로 닦아내며 힘들게 담배연기를 빨아들였다. 방문 밑에 놓인 장미의 신발을 고통스럽게 들여다보며.

"Y야? 나야."

공을 들여 그는 방문을 두드렸다. 어둠이 배를 붙이고 있는 창문 너머에서 장미의 가느다란 웃음이 키득키득 새어나오다가 멈췄다. 그는 다시 Y의 이름을 불렀고 그제야 Y는 아주 두꺼운 솜이불 밑에서 중얼거리는 듯한 목소리를 내보냈다.

"어… 내가 지금, 손뗄 수 없는 세계명작을 읽고 있거든! 미안하지만 내일 보자. 응?"

두 무릎 사이에 얼굴을 묻은 채 그는 깜박깜박 졸다가 깨어나기를 반복하면서 방안에서 흘러나오는 Y와 장미의 세계명작을 듣고 또 들었다. 신발 옆에다 수북하게 꽁초를 쌓으며. 영원히 끝날 것 같지 않은 처용가의 시간이었다. 그는 신발이 바닥과 닿는 소리까지 죽이려 애를 쓰며 방문 앞을 떠났다.

골짜기를 쓸고 가는 바람이 개울 옆 늙은 미루나무의 마른 잎사귀를 와스스 와스스 뒤흔드는 밤들이 이어졌다. 뒤숭숭한 잠에서 깨어나 마당에 나가 소변을 볼 땐 수시로 바뀌는 바람의 방향을 따라 맴을 돌아야 했다. 까딱 잘못했다간 얼굴에 오줌 세례를 받을 수도 있었다. 온몸이 땀으로 젖는 악몽은 언제나 희미한 그림자만 남길 뿐 정확한 정체를 그의 머릿속에 남기지 않았다. 그렇다고 해서 그가 매일 매일의 밤손님을 거부한 것은 아니었다. 꿈 없이 깨어난 날은 도리어 섭섭한 마음마저 들 때가 있었다. 그런 날이면 민박집의 고요에 금을 내는 전화벨 소리에 전과 달리 깜짝 놀라는 일이 잦아졌다. 일고여덟 번 벨이 울리고 멈출 때까지 숨쉬는 것마저 멈춘 채 탁자 위의 전화기를 노려보았다. 근질거리는 마음과 손을 꽁꽁 묶어놓고서. 대상을 움켜쥐지 못한 마음과 손은 피가 멈춘 듯 저려왔고 문밖에서는 말라버린 미루나무의 낙엽들이 와스스 와스스 몰려다녔다. 벽을 뚫고 건너오는 민박 손님들의 비둘기 울음과 바람 소리에 뒤척이고 뒤척이다 새벽 무렵에야 간신히 잠이 들면 스물한 살의 장미가 최루탄 냄새를 풍기며 나타나 충혈된 눈으로 경멸을 드러냈다.

"형 시에선 부르주아 냄새가 나!"

끝물의 단풍을 보려는 사람들이 골짜기로 밀려들었다. 노모는 방 값을 올리고 손님들에게 토종닭과 오리, 토끼, 개를 권했다. 소나 돼 지를 길렀다면 아마 그것들까지 권했을 것이다. 방을 청소하고 이 부자리를 가는 일은 그의 몫이었다. 그는 손님들의 입을 통해 절이 복원될지도 모른다는 소문을 들었다. 절터에 가득한 풀들이 사라지 고 그 위에 들어설 사찰을 상상해 보았지만 쉽지 않았다. 단지 복원 이란 낱말에서 번지는 파문만이 잔잔하게 마음을 적셨다. 자연이 휩쓸어버린 거대한 사찰을 복원하려는 불심이 어디에서 오는 것인 지 알 수 없었다. 노모는 소문만이라도 좋은지 그 말을 전해준 손님 들에게 특별히 닭국을 한 그릇씩 돌렸다.

"참, 니 친구 중에 Y라고 있냐?"

"……?"

"돌아오는 주말에 여기로 놀러 오겠단다. 방도 예약했다. 시인이 라며?"

그는 수저를 놓고 노을이 걸린 서쪽 하늘을 물끄러미 바라보았다. 가을 노을은 짧지만 강렬했다.

"오면 시 한 편 받아둬라. 요즘은 그런 거 걸어놓는 게 유행이다. 연예인 사인이면 더 좋겠지만."

민박을 나서는 그의 등에 달라붙은 노모의 욕심이었다. 그는 노을 을 등지고 계곡으로 올라갔다. Y는 무엇을 복원하고 싶은 걸까. 억 지로 복원해서 무얼 어쩌겠다는 걸까. 멀어지는 햇살의 자리를 비 집고 찬 공기가 들어왔다. 무수한 뱀이 우글거리는 듯한 숲은 넘치 는 어둠을 밖으로 내보냈다. 그는 걸음을 빨리했다. 누군가가 쫓아 오는 것 같아 자주 뒤돌아보았지만 흔한 다람쥐 한 마리 보이지 않았다. 하지만 그는 의심을 떨쳐버리지 못하고 모퉁이를 돌면서 재빨리 전나무 뒤에 숨었다. 전나무에는 사람이 들어갈 정도의 구멍이 나 있었다. 숲의 고요는 숨소리마저 흡수할 것 같았다. 그는 어두워지는 전나무가 두꺼운 껍질을 열어 자신을 받아들이기를 기다렸다. 오래 전 시의 화염에서 도망친 자를 추격하는 시인들을 따돌리려는 듯.

그는 어둠이 계곡을 완전히 덮을 때까지 그렇게 아름드리 전나무에 뚫린 구멍에 숨어 있다가 나왔다. 절터도 어둠 속에 묻혀있었다. 중천에서 모습을 드러낸 반달에 의지하여 종 모양의 탑신을 잃어버린 부도를 찾았다. 탑신이 놓였던 자리에는 나무를 떠난 붉은 낙엽이 용케 올라앉아 있었다. 바람이 불면 떠나갈 낙엽이. 그는 허리가 잘린 부도 옆에 앉아 원형의 돌에 새겨진 용을 손으로 쓰다듬었다. 부리부리한 눈과 큼직한 코와 입, 유려한 털을. 당장이라도 되살아나 그를 휘감을 것만 같은 혓바닥에선 전기에 감전된 듯 화들짝 손을 뗐다. 세 마리의 용들이 잃어버린 탑신을 찾아 곧 돌을 떠날지도 모른다는 생각을 하며 반달을 마지막으로 시야에 가둔 뒤 가만히 눈을 감았다.

쌓이지 않는 눈이 무섭게 휘날렸다. 그는 자취방을 나왔지만 몇 걸음 옮기지 못하고 멈췄다. 가로등 불빛 속으로 들어온 눈송이들은 무수한 멸치 떼처럼 이리저리 방향을 바꾸다가 한데 뒤섞였다. 밤하늘의 모든 눈이 지상의 가로등을 향해 몰려오는 것 같았다. 그는 모자가 달린 두껍고 긴 외투에 최대한 몸을 감춘 채 천천히 골목길을 빠져나가 다른 골목길로 접어들었다. 첫 번째 방문에는 두툼한 자물쇠가 매달려있었다. 얼어붙어 미끄러운 언덕길을 올라 도착한 두 번째 집에선 방문을 포기하고 반 뼘쯤 열려있는 작은 창문을 통해 안을 들여다보았다. 한 시인이 더 이상 더러워지려야 더러워질 수 없는 솜이불에 기대 딸꾹질을 하며 잠들어있었다. 그 옆에는 빈 술병과 먹다 남은 찌개 냄비가 신문지를 깔고 앉아 천장의 흐린 형광등을 올려다보았다. 시인의 입에서 흘러나온 토사물은 방바닥에 널려있는 시집들을 덮어갔다. 이삿짐을 싸고 있는 세 번째 집 앞에서 그는 웅얼거리듯 짧은 인사를 하고 돌아섰다. 눈보라는 밤이 깊어갈수록 더 기승을 부렸다. 가로등이 없는 골목에선 바로 앞도 잘 보이지 않았다. 그는 언덕 중간에 자리한 포장마차에 들어가 급하게 소주 한 병을 비우고 나왔다. 비틀거리며 장미의 방을 찾아갔지만 문도 두드리지 못하고 돌아섰다. 부르주아의 배회를 장미가 좋아할 리 없기 때문이다. 다리가 후들거리고 허리가 아파 어딘가에 앉고 싶었지만 혹한의 눈보라는 그것마저도 허용하지 않았다. 그렇지만 자취방으로 되돌아가긴 싫었다. 그는 미로 같은 골목을 걷고 또 걸었다. 한 번 망설일 때마다 수천수만의 눈송이가 그를 때리고 다시 허공으로 사라졌다. 그렇게 그는 좁은 골목을 왔다갔다 서성이다가 따스한 오렌지 빛이 담겨있는 Y의 방문 앞에 도착했다. 댓돌에는 Y의 신발과 장미의 신발이 나란히 놓여있었고 가을 오후 도토리가 굴러가는 듯한 정겨운 웃음소리가 방에서 새어나왔다.

"…Y야?"

그러나 그는 알고 있었다. Y를 부른 그의 목소리는 방문에 닿기도 전에 눈보라가 데리고 갔다는 것을. 그는 방문 앞에 쪼그려 앉아 장미의 신발 속에 들어간 눈을 털어주곤 그 집을 나왔다. 다시 좁고 구부러진 골목길을 걷고 또 걸었다. 두 번째 집의 반 뼘쯤 열려있는 창문 대신 손가락이 달라붙을 듯 차가운 문고리를 당겼다. 새우처럼 몸을 말아 잠든 시인은 여전히 딸꾹질을 하는 중이었다. 그때마다 시인의 입에선 멀건 물이 흘러나왔다. 그는 그 앞에 앉아 빈 잔에 술을 따르고 비웠다. 작은 창문을 흔들던 눈보라는 시린 눈송이 몇 점을 그의 머리에 떨궈 놓았다.

"형… 나 이제… 떠날 거야."

오른편으로 조금 굴러갔지만 반달은 더 밝아졌고 별들도 많아졌다. 그는 생각을 바꿨다. 천여 년 전 부도의 둥근 탑신은 산사태에 쓸려간 게 아니라 스스로 떠난 것이라고. 아래위에서 부도를 지키는 두 마리 사자와 세 마리 용도 벌써 떠났다고. 남아있는 것은 그 형상을 기억하는 돌로 된 허물이라고. 그는 덜덜 떨리는 몸을 추스르며 부도를, 석탑을, 석등을 차례로 떠났다. 계곡에서 부는 바람에 실려 온 단풍의 불잉걸이 그의 등과 머리에 달라붙었지만 옷과 머리카락을 태우는 연기와 냄새는 피어나지 않았다. 민박으로 돌아가는 그의 발걸음은 언덕길을 굴러가는 둥근 부도처럼 홀가분해졌다. 꽃대만 남은 절터의 부도를 잊은 것은 아니었지만.

노모는 거실에서 텔레비전을 켜놓은 채 잠들어있었다. 베개도 없이 겹쳐놓은 두 팔 위에 머리를 얹은 채 가느다랗게 코를 골았다. 그는 안방에서 베개와 담요를 가져왔다. 노모의 몸은 세월이 흐를수록 작아졌다. 닭 모가지를 따서 김이 솟는 피를 받거나 토끼 머리를 쇠부지깽이로 가격해 죽이는 걸로 마음의 건재를 과시했지만 몸으로 달려드는 노화엔 속수무책이었다. 기껏해야 콜드크림을 바르고 골다공증 약을 상용하는 게 전부였다. 마음은 그 몸을 끌고 나가 텃밭에 고추와 옥수수, 채소를 심고 가꾸는 것도 모자라 울타리 안팎에 섶을 세워 울콩을 키우고 산에 들어가 나물을 뜯는 혹사를 서슴지 않았다. 밥을 먹고 누우면 오 분을 견디지 못하고 잠드는 몸과 마음에서 간혹 튀어나오는 잠꼬대가 있는데 그것은 다름 아닌 '어머니'를 부르는 것이었다. 그는 노모의 입에서 애절하게 흘러나오는 그 소리를 들을 때마다 알 수 없는 두려움에 사로잡히곤 했다. 노모의 어머니, 즉 그의 외할머니는 그가 어렸을 적에 꽃상여를 타고 집을 떠난 분이었다. 그 어머니를 간절하게 부르는 노모를 깨운 적도 있었고 그 소리가 듣기 싫어 술병을 잡은 적도 많았다. 언젠가 한번은 물어보았다. 꿈속에서 어머니와 만나 무엇을 하고 놀았냐고. 노모의 대답은 간단했다. 그런 적 없다. 작아지고 헐거워진 몸을 남겨두고 어느 날 홀연히 노모가 어머니를 따라 떠나버리면 민박집은 어떻게 될까 하는 생각에 드는 밤이면 그는 도리 없이 불면의 시간을 건너야 했다. 그 일이 벌어지기 전에 먼저 짐을 꾸려 떠날 계획도 짰지만 늘 허사로 돌아갔다. 시에서 그랬던 것과 달리 결코 앞뒤가 바뀔 수 없는 일이었다. 결국 가장 나중이 그의 차례였다. 닭과 오리, 토끼, 개들을 내보내고 텃밭과 울밑에서 자라는 작물들이 여물기를 기다린 뒤에야 마지막으로 대문을 닫고 나갈 수 있을 터였다. 그는 잠든 노모와 텔레비전 앞에서 술잔을 비웠다. 시보다 몇 백 배 더 떠나기 어려운 존재 앞에서 마시는 술은 그래서 독하고 혀에 착착 감겼다. 화장실 물이 내려가거나 열고 닫히는 문소리, 산비둘기의 교성을 닮은 소리가 익숙하게 피었다가 사라지기를 반복하는 밤이었다. 텔레비전에서는 며칠 후 지구의 가을 밤하늘을 방문할 대규모 별똥별 쇼를 예고하고 있었다. 이번에 보지 않으면 당신들 생에서는 더 이상 볼 기회가 없다는 멘트도 흘러나왔다. 아! 그가 무릎을 쳤을 때 민박의 전화벨이 울렸다. Y의 전화일 거라고 그는 예감했다. 잠에서 깨어나려고 뒤척이는 노모의 몸짓에 그는 수화기를 들었지만 아무런 말도 꺼내놓지 않았다.

"여보세요?"

Y가 아니었다. 장미였다. 머리에 띠를 두르고 단상에 올라가 '한 톨의 불씨가 광야를 불사른다'고 울부짖던 장미였다.

"여보세요? 형… 내 말 듣고 있어요?"

"… 응."

하수관을 빠져나가는 물소리가, 텔레비전 소리가, 산비둘기의 울음을 닮은 벌거벗은 남녀의 소리가, 미루나무를 흔드는 바람 소리가 가을밤을 지나가고 있었다. 장미의 짧은 침묵을 비집고 저편에서도 별똥별의 방문을 알리는 소리가 흘러나왔다.

"형… 우리가 그곳에 가도 되는지 잘 모르겠어요. Y씨는 내 말을 듣지도 않아요."

"괜찮아. 산속이니까… 별똥별이 더 잘 보일 거야."

서리가 내리기 시작했다. 아침에 일어나 밖으로 나가면 밤새 떨어진 낙엽 위에 싸락눈이 내린 것처럼 하얗게 얼어붙어있었다. 해가 산을 넘어와야 비로소 안개를 게워내며 식은땀을 흘리듯 흥건하게 녹았다. 서리를 맞은 단풍의 색도 절정으로 치달았다. 큰 바람이라도 한번 불면 온 산의 단풍은 그야말로 추풍낙엽이 될 운명 앞에 당도한 것이다. 그는 변함없이 하룻밤 손님들이 떠나간 방으로 들어가 밤꽃 냄새 가득한 휴지통을 비우고 간혹 침대 시트에 떨어져있는 붉은 장미꽃잎을 세탁기에 넣고 돌렸다. 붉은 장미는 잘 지워지지 않았다. 해질 무렵이면 낮 동안 마른 낙엽을 모아 태웠고 누렇게 말라가는 절터의 풀을 보며 한겨울 폭설이 내린 다음 날의 석등과 부도, 석탑을 떠올렸다. 꿈속으로 찾아온 장미는 전과 달리 미안하다는 말을 반복하며 눈물을 비쳤지만 그는 깊은 밤 이백여 킬로미터가 넘는 거리를 달려온 정성에 감격해서 괜찮다고, 이젠 아무렇지 않다고 도리어 위로의 말을 건네곤 했다. 물론 잠에서 깨어나면 그렇게까지 할 필요가 있었을까 하는 회의에 빠지기도 했지만 그 위로는 그의 이성으로는 어찌할 수 없는 영역에 자리잡고 있기에 내버려둘 수밖에 없었다. 노모는 그의 어떤 번민을 눈치 챘는지 단풍철이 끝나면 곧바로 월동준비에 들어가야 한다는 말을 입에 달고 다녔다. 그 월동준비엔 먼 남국의 처녀를 신부로 데려와 부족한 일손을 메우자는 안도 들어 있었다. 그는 그때마다 고개를 끄덕였다. 사실 일 이층 합해 모두 열다섯 개의 방과 가축들 관리, 자잘한 밭일은 갈수록 힘이 달리는 노모와 게으른 그가 감당하기엔 버거웠다. 사랑이라는 감정 없이도 행복하고 싶다는 생각이 터를 넓혀가는 늦가을이었다.

"야, 좋다!"

"이런 데 숨어 사니 그 동안 연락이 없었지!"

"여기 있음 시 안 써도 살겠다!"

봉고에서 쏟아져 나온 시인들로 골짜기가 부산스러워졌다. Y의 결혼식 뒤풀이는 아직 끝나지 않은 것 같았다. 개들이 짖어대고 단풍이 내려앉는 평상 위에 술상이 차려졌다. 장미도 그 사이에 앉아 있었지만 시선은 골짜기에서 홍수처럼 밀려오는 단풍에 더 많이 머물러 있었다. 오는 도중에 마신 술로 Y는 이미 취해 있었다. 그는 스무 살의 시인들이 건너온 강을 찬찬히 들여다보았다. 그 강의 빛깔은 아침에 서울을 떠나 태백산맥을 넘어 절터만 남은 한적한 골짜기에 시간을 어기지 않고 별 탈 없이 도착했다는 표정과 그리 다르지 않았다. 평상 위에 앉아 적당한 알코올 기운에 기대 늦가을 오후의 단풍을 바라보는 것과도 비슷했다. 그는 뭔가 억울한 기분도 들었지만 동시에 풀풀 새어나오는 마른 웃음도 막을 수는 없었다.

"사실 여기 제일 오고 싶어한 사람은 우리 신부야! 우린 모두 끌려온 거나 마찬가지지."

"그럼. 신부가 가자면 군말 않고 따라가야지!"

"맞아! 신부가 벗으라면 벗고 혼자 자라면 혼자 자야지."

오징어를 찢어 개에게 던져주는 Y는 왠지 억지로 웃는 것 같았다. 그도 마른 웃음을 흘렸다. Y의 말은 농담으로 들으면 농담이고 숨은 뼈를 찾으려고 들면 얼마든지 찾을 수 있는 밧줄 위에서 위태롭게 줄타기를 하는 것 같았다. 그는 장미의 얼굴을 몰래 살폈지만 그녀의 시선은 아무렇지 않다는 듯 민박 주변을 쏘다녔다. 다른 시인들도 마찬가지였다. 오징어가 날아오길 기다리는 개만 Y를, Y의 손에 들린 오징어를 바라보았다. Y는 던질 듯 던지지 않고 개를 약올렸다. 개는 낑낑거렸다. 주변의 의식적인 무관심을 눈치 챘는지 돌연 Y의 시선이 개를 떠나 선배 시인에게로 돌아갔다.

"형? 요즘 형 글을 보면… 옛날과 많이 달라진 것 같아. 뭐랄까… 힘이 없다고 할까."

"먹고사느라 힘들어 그렇다. 됐나?"

"야야, 술은 저녁에 마시고 단풍이나 제대로 보러 가자. Y 넌 한잠 자라."

"형들, 저 안 취했어요! 그냥 형 시 독자로써 하는 말이지."

내키진 않았지만 그가 나서야 했다. 취한 Y는 방으로 데려가 재우고 시인들에겐 절터를 안내하는 게 순서였다. 스무 살 적처럼 재떨이가 비행접시로 변해 날아가는 장면을 다시 보고 싶지 않았다. 그는 Y의 손에 들린 오징어다리를 빼앗아 개에게 던졌다. 개는 씹지도 않고 단숨에 삼켰다. 다른 개들이 짖기 시작했다.

"개나 한 마리 잡을까요?"

"개?"

"잡을 줄 알아?"

그는 고개를 끄덕였다.

골짜기의 활엽수들을 훑고 온 바람이 민박집의 마당에 아직 식지 않은 무수한 알불을 떨궜다. 시인들이 방으로 절터로 떠나간 마당은 포연이 휩쓸고 간 삭막한 전장처럼 보였다. 노모는 그의 말이 믿음직스럽지 않은지 마당까지 따라 나왔다. 치우지 않은 평상에서 그는 먹다 남은 오징어다리를 집었다. 개들은 일제히 짖으며 꼬리를 흔들었다. 그는 노모의 구박을 받는 개에게 다가가 오징어를 보여주고 머리를 쓰다듬어주었다. 개 줄을 풀자 그제야 노모도 믿는 눈치였다.

"못 받아도 십오만 원은 받아야 한다. 요리까지 해주는 거잖아."

그는 고개를 끄덕였다. 하나씩 던져주는 오징어를 받아먹으며 개는 그를 따라왔다. 남아있는 개들의 질투심 섞인 울음이 들렸다.

"정말 잡을 줄 아나?"

노모는 왠지 걱정된다는 얼굴이었다. 그 뒤편에서 Y를 잠재운 듯 장미가 민박집을 나왔다. 그는 개 줄을 단단하게 움켜잡았다. 장미는 노모에게 목례를 건네고 저만치 뒤에서 한 편의 시처럼 그를 천천히 따라왔다. 일행을 따라 절터로 가려는 건지 알 수 없었지만. 어느 곳으로 가든 개울에 놓인 난간이 없는 다리를 건너야 했다. 개는 습관처럼 다리 앞에서 잠시 머뭇거리다가 그가 내민 오징어를 보고 곧 마음을 바꿨다. 다리 밑 개울 옆에는 그가 미리 준비한 볏짚과 장작이 있었다. 개가 그것의 용도를 알 리 없었다. 다리 중간에 앉은 그는 오징어만 들어 있는 개의 선한 눈을 들여다보았다. 장미는 다리 입구에서 팔짱을 낀 채 담배를 피우며 그를 지켜보았다. 다리 아래를 흐르는 물 위에도, 바닥에도 온통 단풍으로 가득했다. 개는 긴 혀로 그의 손을 핥았다. 그는 두근거리는 가슴을 진정시키려고 심호흡을 했다. 고인 침을 삼켰다. 개 줄을 꼭 잡은 채 오징어다리를 꺼내 난간이 있어야 할 자리에 놓았다. 그리고 개의 엉덩이를 힘껏 밀었다.

곁으로 다가온 장미는 새 담배에 불을 붙여 그의 입에 물려주었다. 그의 두 손은 팽팽하게 긴장한 개 줄을 잡고 있었고 두 다리는 개울로 떨어지지 않으려는 몸을 지탱했다. 담배연기가 자꾸만 눈으로 들어갔다. 그는 다리와 개울 중간에 목매달려 대롱거리는 개를 젖어가는 눈으로 내려다보았다. 혀를 내민 채 그를 올려다보는 개의 눈은 거짓말처럼 맑았다.

"Y는 약한 사람이에요. 곁에 제가 있어야 된다고 생각했어요."

그는 고개를 끄덕였다. 빙글빙글 돌아가는 개 줄을 그만 놓아버리고 싶었다. 단풍은 끊임없이 떠내려왔다.

"여긴… 처음 왔는데… 낯설지 않아요."

그는 꿈 얘기를 하지 않았다.

다리 밑에선 더 이상 신음소리도 올라오지 않았고 줄도 꼬이지 않았다. 절터에서 내려오는 시인들이 다리 위의 두 사람을 보고 손을 흔들었다. 그는 그들이 마치 산사를 털고 내려오는 도적 같다고 말했다. 장미도 고개를 끄덕였다.

함께 별똥별을 보기로 한 초저녁의 약속은 수포로 돌아갔다. 시인들은 개기름이 달라붙은 그릇들이 널려있는 방에서 만취해 잠들었다. 그는 스키파카를 입은 채 옥상 평상에 누워 동북쪽 하늘을 올려다보았다. 거대한 젖가슴처럼 생긴 카시오페이아 좌에서 별들은 돌아올 기약 없는 여행을 떠나고 있었다. 지구의 시간은 새벽 두 시를 넘어가고 있었다. 짧은 섬광을 남기고 우주의 저편으로 가뭇없이 사라지는 별들에 대해 그는 어떤 논평도 할 수 없었다. 단지 바라볼 뿐이었다. 강원도 산골짜기에 자리한 민박집 옥상과 별똥별과의 거리는 멀고 또 멀었다. 시선은 그 먼 거리를 좇고 있었지만 마음은 옥상 아래에서 잠든 별들에게서 쉽게 빠져나오지 못했다.
"우리 신부는 나보다 널 더 좋아하는 것 같아!"
초저녁 그의 어깨를 끌어안은 Y의 목소리가 너무 비장해서 그는 아무런 대꾸도 하지 않았다. 다만 한 생각이 스쳐갔을 뿐이다. 원수와 화해할 순 있어도 시인과는 결코 화해할 수 없을 것 같다는 생각을. 그는 담배에 불을 붙였다. 연기에 잠시 가렸던 별똥별은 떠나고 또 떠나고 있었다. 하룻밤 사이에 우주의 젖가슴이 텅 비어버릴 것 같았다.
"아직도 날… 미워해요?"
장미였다. 그는 깜짝 놀라 눈을 비볐다. 장미는 알몸이었다. 춥지 않으냐고 물으니 춥지 않다고 대답했다. 앉아서는 별똥별을 볼 수 없었다. 그는 스키파카를 열어 그 속으로 달빛 같은 장미의 알몸을 받아들였다. 아주 게으른 불꽃놀이를 하듯 별똥별은 잊을 만하면 떠나고 또 떠났다. 장미는 그의 눈동자에 비치는 별똥별을 본다고 중얼거렸다. 그는 조금씩 감기는 눈꺼풀을 밀어 올렸다. 놀랍게도 밤하늘은 그 사이에 막 세수를 끝마친 듯 말쑥하게 벗겨져 있었다. 둥근 탑신을 되찾은 부도도 떠 있었고 석등은 화창에 가득한 따스한 불빛을 내보내 풀을 뜯는 토끼들을 비췄다. 알몸의 장미는 조금씩 그의 몸을 파고들었다. 다시 별똥별 하나가 떠나자 오징어다리를 잡으려는 듯 개 한 마리가 컹컹 짖으며 밤하늘을 가로질러 달려가고 있었다.

이반 언니

서울 출생. 중앙대 문예창작과 졸업.
2001년 단편소설 〈캐츠 아이〉 평사리문학상 대상 수상.
장편소설 〈맨 마지막 남은 이야기〉 〈환상〉 등.
단편소설 〈지하철 예찬〉 〈소년의 방〉 등 발표.

이 빈(李賓). 귀한 손님이라는 뜻

이다. 느이 언니는 이 집안에 귀한 손님으로 오셨다. 귓속에서 웅웅대는 엄마의 나른한 목소리. 오호라, 엄마의 영혼이 내 마음을 두드리고 있는 거야. 언니를 살리라고. 죽으려면 너나 죽으라고. 아래는 낭떠러지. 보기만 해도 머리가 어질어질하다. 언니는 다리가 아픈지 바닥에 주저앉아 연신 하품을 해댄다. 뒤따라 주저앉고 싶은 내 정수리를 겨냥하여 휙휙휙, 거침없이 달려오는 이것들은 다 무엇일까.

아버지가 내 멱살을 잡고 방으로 간다. 엄마는 여보 그러지 말아요, 손으로 귀를 틀어막으며 비명을 올린다. 아버지는 거칠게 방문을 닫고 나서 버럭 고함을 지른다.

— 다시 한번 말해 봐.

— 바보 이반.

아버지의 두툼한 손바닥이 공중을 갈랐다. 불에 덴 듯 뺨이 아팠다.

— 다시 한번 말해 봐.

— 바보 이반.

이번엔 왼쪽 뺨이다. 다시 한번 말해 봐. 나는 독이 올라 외쳤다. 바보 이반. 아버지의 눈이 광기로 번쩍였다. 오른쪽, 왼쪽 사정없이 얼굴이 돌아간다.

— 고아원에 처넣어 버릴 테다. 다시 한번 말해 봐.

나는 공포에 소름이 오소소 돋았다. 눈물로 범벅이 된 얼굴을 치켜들고 정신없이 외쳤다.

— 바보 이반!

— 이 독한 것.

아버지는 침대와 장롱 사이, 쪼그려 앉은 내 앞에 서서 어금니를 꽉 깨물었다. 잠시 시간을 흘려보낸 뒤 무겁게 그 입이 열렸다. 가라앉은 목소리에선 냉기가 돌았다.

— 이번이 마지막이다. 고아원에 보내겠다.

씨근거리며 턱을 치켜들고 바보 이반이라고 말하려는 순간, 보았다. 아버지의 눈언저리는 두려움과 슬픔이 녹아들어 검은 테두리를 두른 듯 보였고 무슨 까닭인지 몸을 미세하게 떨고 있었다. 대답을 기다리는 잠시 동안 아버지의 고개가 서서히 시계 반대 방향으로 15도 가량 기울어져서는 나에 대한 애정을 나타내고 있었다. 무언의, 애원하는 듯한 몸짓. 이상하다. 나는 얼떨떨했다.

— 이 빈 언니요….

아버지는 턱을 떨어뜨리며 긴 숨을 토해냈다.

—그래….

아버지가 축 처진 어깨를 하고 문 쪽으로 걸음을 옮겼다. 손잡이를 돌리기 전 흘끗 돌아보았는데 나는 도저히 그 눈동자의 의미를 해독할 수 없었다.

하객들이 깔깔 웃어대고 있다.

박수를 치며 발을 구르는 사람도 있다. 아홉 살, 어린 나도 웃음이 터져 나왔다. 흰 셔츠에 깔끔한 검정 턱시도를 입은 사촌오빠는 흙 묻은 청바지에 면티를 입고 사람들 앞에서 쉴 새 없이 까불랑대던 사람 같지 않았다. 그러나 결국 사촌오빠는 시치미를 떼고 싶지 않았던 거다. 신부 아버지가 음악에 맞춰 비장한 표정으로 한 걸음 한 걸음 걸어오고 있을 때 단에서 내려와 빠른 보폭으로 신부 쪽으로 가더니 팔을 낚아채어 얼씨구나, 주례선생 앞으로 내달렸다. 그렇잖아도 애지중지 길러온 딸을 뺏기는가 싶어 만감이 교차하던 차에 도중에 딸을 뺏겨버린 중년 남자는 얼굴에 경련을 일으켰다. 하객들 중 하나가 급했군 급했어, 소리를 지르고 여자들은 입을 가리곤 상체를 흔들어가며 웃었다. 아니 이게 웬일입니까. 사회자가 추임새를 넣었다. 화려한 샹들리에와 중앙에 길게 펼쳐진 빨간 주단. 주례사가 끝나고 두 사람이 걸어 나올 때 사촌오빠는 계속해서 히죽히죽 웃었다. 저런 경망스러운 녀석. 옆자리에 앉은 고모가 못마땅한 듯 중얼거렸다. 빨리 끓는 냄비가 빨리… 운운할 때 사회자가 목소리를 높였다. 자아, 하객 여러분 이 새로 태어난 한 쌍의 앞날을 축복해 주십시오. 쩍, 쩍, 손 부딪는 소리가 뜨문뜨문 들리더니 장대비 같은 박수 소리가 식장을 채웠다. 앞자리에 앉은 엄마는 뒤를 돌아보며 눈짓을 했다. 아버지가 빠른 걸음으로 언니와 내 쪽으로 왔다. 서두르자, 늦겠다. 우리 가족은 승용차에 올랐다. 뭐 좀 드시고 가시지요. 차창의 열린 틈새에 얼굴을 갖다 대고 친척 어른 한 분이 말했다. 아아, 아닙니다. 엄마는 웃으며 손을 흔들었다. 아버진 시동을 걸고 급하게 차를 몰아 식장을 빠져나왔다.

성당 안은 알 수 없는 무엇인가가 지배하는가, 눈에 보이지 않는 질량을 지닌 어떤 존재가 분명 떠돌고 있다.

언니는 하품을 하다가 작은 머리를 내 어깨에 기댄 채 잠에 빠져 있다. 사제서품식이라고? 응, 쉿, 조용히 해라. 가까이 다가온 엄마의 얼굴에서 옅은 분 냄새가 났다. 그 냄새는 연한 분홍빛 구름 같은 것을 떠올리게 했지만, 엄마는 내 볼에 입맞춤하는 일 만큼에는 지독히 인색했다. 쉬잇, 조용히. 뒤에 앉은 이모할머니가 깡마른 손으로 나무의자를 타닥타닥 쳤다. 삼촌을 비롯한 남자 여럿이 흰 옷을 입고 바닥에 엎드려있다. 삼촌은 맨 오른편이다. 대주교가 서 있는 쪽으로 머리를 두고 두 손을 모아 이마에 대고 있다. 엄마는 손수건을 꽁꽁 뭉쳐 눈물을 닦았다. 나는 엄마를 잠깐 보다가 다시 삼촌 쪽으로 얼굴을 돌렸다. 오르간 소리에 맞춰 사람들은 성가를 불렀다. …완전한 순종을 의미하는 오체투지. 어린 나는 궁금했다. 최고 학부를 나온 삼촌, 자존심 강한 한 인간을 저토록 온전히 꿇어 엎드리게 하는 힘은 어디에서 오는 것일까. 친척어른들은 또 왜 저토록 숨죽여 우는 건지. 결혼식과 사제 서품식, 그것은 내게 있어 하루 동안의 일이었다.

창문 앞에 내가 서 있다.

보니, 나는 열네 살이다. 나는 이중창의 하나를 걷어낸다. 매운 겨울바람이 창틈으로 날름거린다. 또 하나의 창도 밀어젖혔다. 바람은 무엇인가를 닮았다. 갑옷을 입고 창과 방패를 든 병사들이 말 위에 올라 타 내게로 질주해 오는가, 씩씩하고 거침이 없다. 나는 사나운 바람에 얼굴을 맡겼다. 잘 씻지 않아 튼 뺨이 조금 쓰리다. 우리 집도 이랬으면 좋겠어. 엄마가 씩씩했으면 좋겠다. 엄마는 뚜렷한 병이 없는데도 아픈 사람 같다. 먼지가 내려앉아 권태로워 보이는 창턱엔 지난 여름날 돌아다녔을 파리 한 마리가 죽어 자빠져있다. 도대체 창턱을, 아니 창문을 닦은 적이 있기나 한 걸까. 커튼이 달려 있지 않은 창은 썰렁하다. 집. 집? 이 집에는 꽃병이 없다. 나는 내가 꽃병이 없는 집에 살고 있다는 것을 열네 살 때 알았다. 어느 날 온실에서 자랐을 장미 한 다발을 사 가지고 찾아온 엄마 친구가 말했다. 어머, 꽃병이 없어? 꽃병이 없다니….

어느 곳에나 먼지가 우우 몰려다닌다. 걸레질은 고사하고 비질조차 하지 않은 집은 폐가처럼 온통 먼지를 뒤집어쓰고 있다. 벽지는 곰팡이가 슬고 바닥에는 머리카락이 군데군데 뭉쳐 있다. 나는 종종 잔기침을 했다. 간혹 예고된 방문객이 찾아오는 날이면 엄마는 방 하나를 택해 바닥에 널브러져 있는 온갖 것들을 쑤셔 넣고 열쇠를 돌렸다. 그리고 엄마는 권태에 전 얼굴로 진절머리를 치며 방과 마루를 닦았다. 어쩌다 내가 걸레질이라도 할라치면 방안에 코끼리처럼 누워 있던 엄마는 어느 틈엔가 달려와 잡아 뜯듯 빼앗았다. 하지 마. 왜? 이건 엄마 일이야. 누가 너보고 걸레질 하라든? 엄마는 사납게 눈꼬리를 치켜 올렸다.

— 그럼 도대체 어쩌란 말이야. 난 더러운 게 싫어.

— 내일 대청소를 할 거야.

그러나 엄마는 다음 날도 그 다음 날도 꼼짝도 하지 않았다. 하루 세 끼만 겨우겨우 해낼 뿐이었다. 가정부를 들이지 왜, 너희 집 형편 정도면…. 꽃을 들고 찾아온 아줌마가 엄마의 삐뚜름히 놓인 베개를 고쳐 베어주며 말했다. 가정부? 흐흥. 엄마는 푸석푸석한 얼굴을 손바닥으로 쓸며 웃었다. 왜? 빈이 아빠에게 무슨 문제 있어? 아아니. 엄마는 펄쩍 뛰다시피 도리질을 했다. 안방 윗목에 쪼그리고 앉아 책을 읽는 척하며 두 사람의 대화를 엿듣던 나.

친척 어른들이 다 모였다.

남자는 남자끼리 담배를 입에 문 채 화투를 치고 여자는 여자끼리 이야기를 나누고 있다. 외숙모가 길게 탄식한다. 그래서 내가 그랬지, 우리가 무얼 바라보고 사느냐…, 아아 너무 속상해 하시지 마세요, 그런 일이 뭐 한두 번…. 어이, 이거 이것 좀 비워 와, 화투를 치던 셋째 외삼촌이 재떨이를 치켜 올린다. 외숙모가 가슴께의 브래지어를 잡아 내리며 끙, 일어선다. 저이는 손이 없는가, 들릴락 말락 군시렁댄다. 고기 굽는 냄새가 나고 외갓집 며느리들은 크고 검은 교자상을 받들고 와 마루 중앙에 앉힌다. 사촌들은 사촌들대로 TV 앞에 있거나 딱지치기를 한다. 빈이 언니는 그들 틈에 끼어 새우튀김을 먹고 있다. 자아, 다 돼간다 가만있어, 응? 고등학생인 사촌언니는 빈 언니의 머리카락을 두 갈래로 땋아 도넛 모양으로 동그랗게 말아 올리는 중이다. 누굴 닮았기에, 예쁘기도 해라. 바보만 아니라면… 쯧쯧, 할머니는 담배 연기를 푸우웃, 뿜어내며 혀를 찬다. 곁에 앉은 엄마의 눈가가 붉다. 술 좀 그만 마셔요. 외숙모가 맥주잔을 빼앗는다. 나는 마루 한 구석에 앉아 벽에 등을 기대고 발을 죽 뻗었다. 눈을 감으니 이상하게 어질어질하다. 누나, 애도 이제 영세를 받아야지 않겠어? 누군가 내 머리에 손을 얹으며 옆에 앉았다. 목소리의 주인은 생각할 것도 없이 삼촌이다. 눈을 뜨고 검은 사제복을 입은 삼촌을 봤다. 다른 친척 어른들과 달리 내게 따뜻한 삼촌. 삼촌의 목소리를 듣는 건 3년만의 일이다. 눈물이 핑 돌았다. 엄마는 흐흣, 기운 없이 웃으며 내가 빈이 하나 때문에 정신이 없어놔서… 말끝을 흐렸다.

초등학교는 걸어가기엔 사뭇 멀고 차를 타고 가기엔 너무 가까운 곳에 있었다.

어른들은 빈 언니를 두고 엄마에게 특수학교에 보내지 그랬냐고 말하곤 했다. 그 때마다 엄마는 낯빛이 변하여 우리 빈이가 왜 그런 곳엘…. 조금 생각이 떨어져서 그렇지 다른 아이와 다를 바 없어, 정상인 애들과 부대끼다 보면 나아질 거야, 했다.

한 살 터울인 언니와 나는 서로가 서로에게 그림자였다. 체격도 비슷하고 생김새도 비슷하여 종종 사람들에게 혼동을 일으켰다. 학교에서 나는 언니를 따라다니며 보살펴야 하는 그림자였고 언니는 내 마음 속에 자리한 검은 그림자였다. 6년이란 초등학교 과정은 왜 그리 길던지. 내가 1학년일 때 언니는 2학년, 내가 2학년이 되면 언니는 3학년, 내가 3학… 그만 하자. 언니의 손을 붙들고 함께 버스에 올랐다.

만원 버스다. 10분전에만 나서도 앉아 갈 수 있는데 그 10분을 지체하면 버스는 만원이 되어 달려왔다. 우리는 버스 문에 달랑달랑 매달려 기를 쓰고 올라탔고 안에서 떡 덩어리처럼 붙어있었다. 참으로 불쾌하기 짝이 없는 이 일을 되풀이하지 않기 위해 나는 집에서 꿈지럭대는 언니를 향해 발을 동동 굴렀다. 조금 서두르자고, 응? 먼저 올려 태운 언니가 손잡이를 놓쳐 내 쪽으로 무너지는 바람에 나는 버스에서 굴러 떨어졌다. 보온 도시락 뚜껑이 열리고 길바닥에 반찬이 쏟아져 나왔다. 순식간에 김치 냄새가 주위에 진동했다. 김치는 왜 그리 쉬어 시큼한 냄새를 피워 올리는지. 콩자반이 흩어지고 소시지와 노란 계란말이도 뛰쳐나왔다. 나는 창피해서 붉어진 얼굴로 언니를 노려보았다. 버스 기사가 차를 멈추고 안내양이 내려와 날 일으켰다. 괜찮니? 다친 데 없니? 나는 화가 머리끝까지 올라 도시락을 버려두고 버스에 올랐다. 언니 때문이다. 혼자서는 교실도 못 찾아가는 바보 천치 같은 언니 때문에. 버스에 올라타 언니 곁에 서서 낮게 중얼거렸다. 언니가 죽어버렸음 좋겠어.

언니의 손목을 꺾다시피 잡고 씩씩거리며 교실에 데려다 놓은 뒤 전화를 걸어 엄마에게 새 도시락을 갖다 달라고 했다. 빈이는? 언니는? 엄만 다급하게 언니를 챙겼다. 다칠 뻔한 사람은 바로 나였다.

— 몰라. 내가 언닐 지키는 사람이야? 바보 언니 시중드는 몸종으로 태어났어? 도시락이나 갖다 줘. 그것도 싫음 말어. 엄만 팥쥐 엄마야, 계모야, 내 말이 맞지?

쇳소리를 내며 수화기를 쿵, 내려놓고 너무나도 화가 나서 운동장을 한 바퀴 뜀박질했다. 전화를 건 지 한 시간이 못 되어 엄마가 교실 창문을 두드렸다. 나는 어딘지 머쓱하여 뺏듯이 도시락을 받아 들었다.

— 가. 얼른 가. 언니가 걱정돼서 바람처럼 달려왔구나, 그렇지? 그 바보 등신 이반 언니 제대로 자리에 앉아 있나 하고, 응?

엄마는 웃어 보이려 했지만 입매가 울룩불룩 일그러졌다.

점심시간에 엄마가 급하게 챙겨 온 여름용 납작 도시락 통을 열어 보니 식은 밥을 박박 긁어모은 게 틀림없어 보였다. 딱딱한 밥알을 씹는데 계란말이는 소금을 넣다가 쏟았는지 짜서 먹을 수 없었고 기다란 머리카락 하나가 밥에 엉겨 있었다. 쿵, 뚜껑을 덮던 일들.

내가 이반 언니를 챙기지 않았던 건 아니다.

학년이 올라갈수록 나는 기사처럼 언니를 보호했다. 쉬는 시간이면 수시로 운동장 쪽으로 눈을 돌려 누가 언니를 괴롭히고 있지 않나 살폈다. 피는 물보다 진하고 물은 피보다 범애(汎愛)하다. 나는 내가 언니에 관한 한 물일 수 없다는 점에 가끔씩 분통을 터뜨렸다. 언니가 곤욕을 치를 때마다 똑같이 모욕당한 기분이 됐고 마음속으로 울음을 삼켜야 했다.

아이들은 무지가 빚어낸 악의를 가지고서 사정없이 이반 언니를 괴롭혔다. 사내애들이 스커트를 걷어 올리면 언니는 울었다. 아이들은 가슴이 봉긋 솟기 시작한 언니의 속옷을 벗기려 들었다. 비록 모자라게 태어났지만 언니는 생득적으로 부끄러움을 알았다. 나는 모래를 한 움큼 쥐고 아이들 얼굴을 향해 뿌렸다. 우리 언니를 놀리면 죽여버리겠어. 아이들은 서슬이 시퍼런 내가 달려들면 꽁지가 빠져라 도망갔다. 그러나 뒤를 쫓다 보면 아이들이 결국 나까지 놀려먹고 있다는 사실을 깨닫게 된다.

내가 운동장 한 구석에 앉아 땅 바닥에 부러진 나뭇가지로 낙서를 하고 있다. 누군가 바보 이반, 하면서 어깨를 떼민다. 그때마다 진절머리를 치며 눈에 띄는 대로 돌멩이를 집어 들었다. 달아나는 아이를 쫓는다. 숨이 턱에 찬 나는 돌을 하늘을 향해 던지며 소리 질렀다. 나 미은이다, 이 새끼들아. 우리 언닐 괴롭히면 죽여버리겠다.

보니, 내가 열여섯 살이다.

책상에 엎드려 뭔가 연습장에 끄적대고 있다. 순정 만화의 주인공 아이를 그린다. 순정 만화의 주인공들은 한결같이 다 예쁘다. 등장인물 중 제일 예쁘고 성격도 착한 아이가 언제나 주인공이다. 중학교 졸업반이 된 나는 고등학교에 올라갈 연합고사 때문에 집에 돌아오면 주로 책상 앞에 붙어있다. 연합고사에 붙고 안 붙고를 위한 공부가 아니다. 전국적으로 몇 등을 하느냐가 관건이다. 학교에서의 나는 주인공이다. 전교 1, 2등자리를 지키는 유별남 때문에 학교에서 모르는 사람이 없다. 그러나 집에 오면 주인공이 아니다. 친척집에서도 마찬가지다. 할머니는 불쌍한 내 속새끼, 하며 언니를 끌어안고 무릎에 가만 누이었다. 친척 야유회에 갈 때도 어른들은 빈이는, 빈이는 탔나, 하며 허둥댔다. 야앗, 빈이가 웃는다. 빈아, 이게 그렇게 재밌니? 태엽이 감긴 장난감 피에로가 풀쩍풀쩍 재주를 넘고, 언니가 웃으면 사람들이 따라 웃었다. 나는 턱을 괴고 생각했다. 누구나 제 인생의 주인공이다. 제각각의 주인공들이 만나 평소처럼 주인공 노릇을 하려고 다른 주인공을 떼민다. 떼밀린 주인공은 떼민 주인공을 떼민다. 그 자리에 미움과 균열과 이지러짐이…. 나는 자라는 동안 시시각각 조연으로 길들여졌다. 주인공은 결코 내가 아니다.

한동안 엄마는 이리저리 언니를 이끌고 용하다고 소문난 병원을 찾아다녔다. 크리스천이라면 금기시하는 굿도 했다. 특수학교. 엄마는 초등학교 6년 과정이 끝나갈 무렵 특수학교 진학에 대해 깊이 생각하는 듯했다. 결국 엄마가 내린 결정은 언니의 사회로 나아가는 통로를 차단하는 것이었다.

학교에서 돌아오면 엄마는 종종 언니의 머리카락을 빗질하고 있었다. 마치 인형놀이를 하듯 언니를 씻기고 젖은 머리를 말린 다음 발이 촘촘한 참빗으로 빗기고 또 빗겼다. 어떤 날은 '로미오와 줄리엣' 영화에 나오는 올리비아 핫세처럼 머리칼을 어깨너머 등까지 길게 흘러내리게도 하고 또 어떤 날은 인디언 소녀처럼 두 갈래로 쫑쫑 땋아 놓기도 했다. 화장대 거울을 앞에 두고 두 사람은 킥킥거리며 둘만의 유희를 즐겼다. 창에서 비쳐 들어오는 햇살이 언니의 머리칼에 닿으면 금빛이 돌았다. 언니에게는 그늘도, 비극에 가까운 천진함도 없었다. 깊이를 헤아릴 수조차 없는 엄마의 정성과 보호가 언니의 아름다움을 빚어냈다. 이따금 백화점 쇼핑에서 돌아올 때면 언니는 고급 천에 바느질이 섬세한 옷을 입고 아이스크림을 핥고 있었다. 귀하게 대하면 귀해진다고 빈 언니는 귀해 보였다. 반면 하나에서 열까지 손수 결정하고 개척해 나가야 하는 나는 억센 얼굴로 바뀌어 갔다. 우리는 시간이 갈수록 공통분모를 잃었다.

엄마와 언니는 새로 나온 과자를 메모해 놨다가 사서는 머리를 맞대고 입가에 부스러기를 묻히며 먹기도 했다. 나의 등장은 어색했다. 두 사람은 자신들의 유희에 느닷없이 나타난 훼방꾼을 바라보듯 보았다. 1인용 침대에서 빈 언니를 부둥켜안고 낮잠을 자는 엄마를 보는 것은 흔한 일이었다. 늘 언니를 품에 안고 있던 엄마, 그리고 예쁜 이반 언니.

당뇨는 소리도 없이 사람을 허물어뜨렸다.

언니가 의학계가 천지개벽하지 않는 한 정상인이 될 수 없다는 사실에 승복한 뒤 엄마는 단것을 미친 듯이 입 속으로 가져갔다. 아버지는 당뇨 약도 잘 먹지 않고 드러누워 단팥빵을 씹어 삼키는 엄마에게 험한 눈길을 보냈고 엄마는 그런 아버지에게 당신이 뭐길래, 하는 식으로 뻗댔었다. 당뇨 수치가 올라 인슐린 주사를 맞게 됐을 그 무렵 엄마는 언니 대신 내 몸뚱어릴 으스러져라 껴안았다. 미안해, 미은아. 정말 너한테 너무 미안해. 나는 슬픔이 발끝에서부터 서서히 차오르는 동시에 분심이 생겼다.

— 언니가 귀한 손님이면 그러면 나는? 내 이름은?

— 아름다울 美에 은혜 恩자지.

— 아름다운 은혜? 뭔가 이상하잖아. 잘못 그은 줄 잇기 숙제 같아. 틀린 답이야.

나는 이죽거렸다.

— 언니를 위해서라면 엄만 100미터를 14초에 뛸 사람 같아. 그러나 나를 위해서 뛰라 하면 내가 이렇게 빨리 뛰다 심장이 멎어 빈이를 돌보지 못하게 되면 어쩌나 처언천히 걸어 올 것 같아. 부채질하면서.

— 그렇지 않다. 그렇지 않아.

엄마는 눈시울을 붉혔다. 나는 가슴을 떼밀며 팽 돌아섰다.

언니와 나는 거의 동시에 생리를 시작했다.

빈 언니는 양변기 앞에 서서 말했다.

— 미은아, 휴지로 밑을 닦고 던져 넣어. 저기 물속에 빨간 꽃이 핀 것 같아. 예쁘지? 아주 예뻐. 이렇게 물을 내리면 꽃이 뱅글뱅글 돌아. 아하하.

…저 년을 어쩌면 좋아. 생리도 처리 못하는 저것을. 할머니는 짤막해진 담배를 잘근잘근 씹더니 푸우우웃, 한숨을 내뿜는다. 혀를 끌끌 찬다. 생리할 때면 언니는 옷에 피를 묻히고 돌아다녀 할 수 없이 대형 기저귀를 채웠다. 나는 아기를 돌보듯 언니의 피를 받아냈다.

엄마가 싱크대 앞에 쭈그리고 앉아 배추가 잘 절여졌나, 뒤적거리고 있다. 뒷모습을 바라보다가 내가 와락 덤비듯 등을 덮친다. 그래, 그래. 엄마는 건성건성 머리를 흔든다. 따개비처럼 등에 붙어 분 냄새를 맡는다.

— 지난 번 것보다 조금 맵고 짜게 해.

— 그래 그래.

당뇨 합병증으로 시력이 나빠진 엄마가 말했다. 미은아, 엄마 있지, 죽을까봐 무서워.

엄마는 빈 언니를 돌보는 동시에 성당 일에 열심이다. 레지오 마리애 단원이 되었다. 일주일에 한번 김치를 많이 만들어 일요미사 때 성당 입구에서 팔았다. 수익금은 터를 다지고 있는 새 성당 건립 기금으로 쓰인다. 그때만큼은 엄마에게서 신바람이 돈다. 그러나 집에 돌아오면 지저분한 소파에서 로사리오를 손에 들고 묵주신공을 하다가 돌처럼 굳어져 한참을 앉아 있곤 했다.

공부는 쉽다.

고등학교에 진학해서도 난 줄곧 전교 1, 2 등을 다퉜다. 집에 돌아오면 딱히 할 일이 없다. 심심해서 교과서를 펴고 안의 내용을 공책에 베낀다. 음악을 듣는다. 음악은 해일과 같이 방안의 지저분한 것들을 쓸고 지나갔다. 푸른 물이 넘실거렸다. 음의 파도 속에서 나는 인어처럼 호흡이 자유로웠다. …때때로 언니와 인형 옷 갈아입히기 놀이를 한다. 언니의 지능은 늘 다섯 살 아이 수준이다.

모든 게 쉬웠다. 모든 게 완벽했다. 나는 이과와 문과 과목 모두에 능했다. 선생님은 성적표를 건네며 말하였다. 미은이처럼 모든 과목에 우수한 학생은 개교 이래 드물어. 미은이 좀 닮아 봐라, 이 닭대가리들아. 학교 끝나면 대체 뭣들 하고 돌아다니냐? 줄자 갖고 허리둘레 재냐?

그러나 내 특유의 표정은 교사들의 지적 대상이다. 학교에서 난 결코 웃지 않았다. 물리 교사는 천적이다. 니가 뭐야? 뭐야 그 거북스런 표정은? 물리 교사가 앞에 버티어 서서 옆구리에 끼고 있던 출석부로 머리를 내리친다. 복도를 지나던 국어 교사가 다가와 말한다.

— 아이, 그러지 마세요. 웃기 싫어서 저러는 게 아니라 웃을 일이 없어서… 라기 보다, 저어… 그럼 웃기지 않는데 그냥 억지루 히죽히죽 웃을 수도 없는 거구… 게오르그의 25시 끝 장면도 아니구, 이러실 일이 아니잖아요. 너 뭐 집안에 문제 있니?

— 공부 잘하는 게 계급장이야? '든' 사람보다 먼저 '된' 사람이 돼야지. 얼굴에 미소를 띠란 말이야, 응? 웃어. 웃어.

실컷 미워해라. 나도 날 사랑하지 않으니. 분이 풀리도록 한번 두들겨 패봐. 역성을 들어주던 국어 교사가 가자 팔짱을 끼고 턱을 한껏 치켜들어 물리 교사를 노려보았다. 그는 기가 질려 어깨를 툭 치며 지나갔다. 네 장래가 참으로 걱정되는구나.

학교에서 이반 언니의 존재는 사라졌다. 그림자처럼 따라 붙던 이반 언니는 중학교에서 검은 천이 되어 어깨쯤에서 너울대다가 고등학교가 먼 공동학군에 배정된 후 말끔히 사라졌다. 친구들은 아무리 동급생이라지만 날 어려워했다. 친구? 없다. 혼자 등교를 하고 수업을 받고 돌을 차며 하교를 한다. 말 없고 어두운 포커페이스에게 말을 붙이는 동급생은 없다.

내가 단학선원에 누워 있다.

수련복은 희고 허리께에 검은 띠를 둘렀다. 마룻장에 등을 붙이고 눈물이 귀로 들어가는 것을 막으려 연신 주먹으로 눈물을 닦는다. 이미은씨, 아까 왜 우셨어요? 서른이 좀 안 돼 보이는 사범이 토론 시간에 묻는다.

— 글쎄, 저도 그걸 잘 모르겠거든요?

— 혹시 할아버지 한 분이 머릿속에 어른거리지 않던가요?

— 아뇨?

사범은 어리둥절한 표정을 짓는 내게 허헛, 웃어 보였다.

— 수련을 하다가 우시는 분이 많이 계십니다. 부끄러워하실 것 없어요. 몇 년 전이었든가 오십이 넘으신 신사 분이 우시다가 나중엔 대성통곡을 한 일이 있었지요. 그 과정이 여러분 모두에게 옵니다. 영혼이 맑게 씻기는 과정이니까 울고 싶으시면 눈치 보지 마시고 마음껏 우십시오.

그는 영혼의 무게에 대해 설명했다.

— 영혼에도 무게가 있습니다. 스무 살 이전에 성행위를 하게 되면 영혼의 무게가 가벼워집니다. 이건 현대인의 상식으로는 이해가 잘 안 되는 부분일 겁니다. 그러나 그렇습니다. 물론 갓 태어난 아기들의 경우 영혼의 무게는 같습니다. 그러나 살아나가면서 탁하고 무질서한 생활을 하는 사람과 영적인 성장을 위해 애쓰는 사람 간에는 영혼의 무게에 있어 크게 차이가 나게 됩니다.

책에 씌어있었다. 단전강화훈련을 통해 머리 정수리 부근의 백회가 열리면 몸과 마음을 제 마음대로 움직일 수 있다, 난치병도 고칠 수 있다, 심지어는 혜안이 열려 지나가는 사람들의 전생도 투시할 수 있다. 초능력자가 되면… 언니의 병을 고칠 수 있지 않을까? 쓸쓸한 내면을 갖게 된 나의 전생… 바보 언니를 두게 된 까닭도 알 수 있지 않을까? 등록을 하고 두 달. 나는 첫새벽에 수련장을 찾아 1시간 정도 수련한 뒤 고시공부를 하러 도서관으로 갔다. 열심이었다. 상상도 기대도 열심이었다. 내가 언니의 머리에 손을 얹고 기를 불어넣는다. 언니의 눈에 반짝 총기가 돈다. 미은아, 그 동안 난 뭘 하고 있었던 거니? 언니가 꿈에서 깨어난 사람처럼 감격스러워한다. 언니를 고칠 거야.

보니, 나는 열여덟 살이다.

엄마가 돌아가셨다. 나는 긴 머리를 풀고 하나로 묶었다. 어미 잃은 새끼 짐승 같은 바보 언니의 곡소리에 사람들은 모두 고통스러워했다. 그러나 난 머리가 터질 듯 아파 기절하지 않기 위해 긴장의 끈을 늦추지 않았다. 그날 내 건조한 눈에서는 안광이 뻗어 나와 보는 사람을 찌를 듯했다고 누군가 말했다.

사람들 진을 뺐지. 합병증이 어디 한두 군데 왔어야? 그 무거운 몸을 보따리처럼 끌고 다닐 땐 보는 내가 다 숨이 차더라구. 어찌 보면 하늘로 올라가서 마음이 편할 거야.

…펀치, 펀코말고. 저어 저 병신 딸을 두고 눈은 어찌 감았는가. 하이고, 병신 딸 때문에 속이 썩어 죽은 게지.

예견된 죽음이라서 모두들 그다지 놀라진 않았다. 엄마는 침대에 누워 거의 실명한 눈을 뜨고 팔을 허우적거렸다. 엄마의 유언이었다. 내 손을 붙들고 엄마는 꺽, 꺽, 말했다. 미은아, 언니를 부탁한다 미은아, 언니를 부탁해, …, 절대로 언니 곁을 떠나지 마라. 아버진 아무 말 없이 침통한 얼굴을 들어 엄마의 마지막을 두 눈 뜨고 보아 내었다.

성당의 장례미사는 낯설다. 사람들은 주임 신부의 말에 따라 어느 부분에선 일어서고 어느 부분에선 앉았다. 일어서고 앉았고 일어서고 앉았다. 성가를 부른다. 내 탓이요, 내 탓이요, 내 큰 탓이로소이다. 사람들은 그렇게 말하며 가슴을 쳤다. 할머니는 거무죽죽한 얼굴로 통곡하듯 가슴을 쥐어뜯으며 말했다. 내 큰 탓이로소이다. 내가, 내가 으으읍, 너무 오래 이렇게 살아 있구나.

열세 살 때였던가.

엄마가 상냥한 미소를 머금고 날 바라본다. 넌 코가 예뻐. 내가 왜 느이 아버지와 결혼했는지 아니? 코가 멋있어서야. 이 코의 선… 엄마는 손가락을 들어 내 코의 선을 위에서부터 아래로 천천히 따라 내린다. 이 가운데 약간 튀어나온 부분이 어찌나 지적으로 보였든지. 엄마는 무언가를 찾는 듯 내 얼굴을 빤히 쳐다보다 웃으며 가만히 품에 안았다. 말라죽은 꽃처럼 쓸쓸한 웃음이었다. 나는 며칠 굶은 개처럼 허겁지겁 분 냄새를 맡았다.

— 엄마, 우리도 행복하게 살아. 왜, 왜, 빈 언니 하나 때문에 이렇게 살아야 돼? 왜 늘 집안 분위기가 이래? 난 싫어. 언니만 자식이고 난 자식 아니야? 내가 불행해. 내 마음이 불행해. 엄마 이러지 좀 마. 엄마가 이렇게 처져 있으면 내가 힘들어. 날 위해서라도 웃어 봐. 엄마, 응?

초등학교 6학년이던 그때, 나는 눈물이 많았다. 나는 아버지에게도 매달렸다.

— 첫 정은 달라. 언니가 처음이라서 그럴 거야. 엄마는 충격을 받았고 언니에게서 희망을 거두지 않고 있어.

— 단념하셔야 돼요.

— 어쨌든 그래. 엄마를, 엄마 마음을 존중해 드려라.

— 이해할 수 없어요. 소년 잡지에서 봤는데 미국의 한 행복한 가정이 장애아동을 입양해요. 그리곤 양부모, 양 형, 양 누나, 양 동생들이 저능아인 그 고아의 사회적응을 위해 헌신적으로 돌보지요. 마치 그 애 하나를 위해, 그 애가 속할 곳을 위해 가정을 일으킨 것

처럼요. 왜 그 아이가 집안의 주인공이어야 하죠? 아이는 아주 쬐금 나아지죠. 전 이해할 수 없어요. 아버지는 돈을 벌어 케이크를 사 오고 아이들은 뺨에 하얀 크림을 묻히고, 크리스마스 땐 트리에 장식을 매달아요. 함께 손을 잡고 꽃 박람회를 구경하고 엄마는 아버지가 모는 자동차 옆에서 속도가 너무 빨라요, 좀 천천히 몰아요, 하면서 막내의 운동화 끈을 다시 매어 주는 것, 그게 정상 아닌가요? 주말에는 수영장에 가고 여름에 함께 수박을 깨 먹고 유원지에 가서 사진을 찍고….

— 그만 해라. 기대할 걸 기대해라.

아버지는 신문을 펼치고 활자에 눈을 고정시켰다.

내가 행주로 식탁을 닦고 있다.

식탁을 닦곤 등을 돌려 개수대에 놓인 양푼에 물을 채운다. 행주를 치적치적 빨곤 비틀어 물기를 짠다. 밥을 짓고 국을 끓이고 아침이면 언니를 일으켜 손에 숟가락을 쥐어 주었다. 아버지는 그 모습들을 물끄러미 바라보다가 수저도 들지 않고 출근했다. 아버지의 와이셔츠는 내 서툰 다림질에 후줄근하고 엄마가 떠난 후 체중이 줄었는지 그렇잖아도 휘어 쓸쓸해 보이던 등은 더 휘어 보였다.

고등학교 2학년, 입시 공부에 매달려야 했지만 공부할 시간도 없었고 공부하기도 싫었다. 난 빵점짜리 빈 답안지를 냈고 전교 1등에서 전교 꼴찌로 추락하였다. 꼴찌 성적표를 받아들고 나는 학교에서 처음으로 통쾌하게 웃었다.

외가에서 가정부를 보냈다.

엉덩이가 크고 다리가 짧은 여인네였는데 다리 길이마저 짝짝이인지 작은 오리처럼 뒤뚱거리며 방과 방을 오고 갔다. 일을 하지 않으면 좀이 쑤시는지 쉴 새 없이 쓸고 닦았다. 마당의 수도꼭지에 고무호스를 연결해 총을 쏘듯 담벼락에 물을 분사하기도 했다. 집은 아줌마가 온 지 열흘 만에 딴 집처럼 변했다. 아줌마는 걸레를 손에 쥐고 흡족한 미소를 짓더니 무섭게 몸살을 앓았다. 이틀이 지나자 반짝 털고 일어나 또 미친 듯 집안을 쓸고 닦았다. 나는 엄마의 흔적이 사라지는 것 같은 서운함에 아줌마에게 좀 싫은 소리를 했다. 그래서 내 방만은 엄마의 유품 같은 먼지가 굴러다니고, 머리카락이 뭉쳐 있었고, 그래서 나는 좋았다.

언니가 계단에서 내려오고 있다.

나는 스물세 살. OO대학 법학과 4학년, 이제 곧 졸업이다. 언니는 스물네 살. 그러나 종이 인형처럼 늙지 않는 언니는 아무리 뜯어봐도 열일곱 살 정도로밖에는 보이지 않는다. 계단을 올려다보며 남자친구는 말한다.

— 아름다워. 니 언니가 너보다 낫다, 인물 면에서는.

— 그럼 언닐 가져. 난 평생 언니 시중들며 살고 싶지 않아.

— 난 정상적인 가정을 원해. 그냥 해본 소리야. 질투할 걸 해야지.

그 애는 그렇게 말했다. 나는 그 애가 벌써 가정에 대해 구상하고 있다는 게 우스워 배를 움켜잡고 깔깔댔다. 가족? 가정이라구?

— 난 날 사랑하지 않아. 결코. 집 안에서도 친척집에 가도 어디를 가도 바보 언니에 대한 이야기뿐이야. 어렸을 때부터 버림받은 느낌이었어. 처음엔 불쾌했지만 언제부턴가 그 느낌에 너무나도 익숙해져 나조차도 날 사랑하지 않게 됐어. 나도 날 버렸어. 증거를 보여 줄 수도 있어. 내 몸을 원한다면 가져. 난 내 몸조차 사랑하지 않으니. 엄마는 중학생이 되도록 브래지어를 사 주지 않으셨지. 한 푼 두

푼 용돈을 모아 브래지어를 샀어. 생리 때도 마찬가지였어. 그런데 웃기는구나. 난 결혼할 생각이 전연 없어, 어느 누구와도. 정상적인 가정을 원한다고? 원 세상에.

드디어 나를 찾은 삼촌.

내가 비로소 사회인이 됐을 때였다. 나는 예정된 만남인 듯 침착했고 그 만남이 핵폭탄처럼 날 허물어뜨릴 수도 있음을 예감했다. 뭔가 있어, 뭔가 있다. 몇 년에 한번 꼴로 만날 때마다 삼촌이 뭔가 할 말을 자제하고 있음을 느꼈다. 집 근처 동산에 오르자 삼촌은 땅바닥에 주저앉았다.

어딜 다녀왔는지 사제복은 구깃구깃하고 조금 더러워 보였다. 삼촌은 검은 가죽 가방에서 아주 오래되어 보이는 성경책을 꺼냈다. 책을 넘기기가 무섭게 중간쯤이 쩍 갈라졌다. 책갈피에 끼워 놓은 종이 때문이다. 그것은 접혀져 있다. 삼촌이 부스럭부스럭 종이를 펼친다. 성경책을 찢어 갖고 다니는 사람은 처음 봤다. 삼촌은 그것을 화해의 손수건을 건네듯 내밀었다.

/ 아담이 그 아내 하와와 동침하매 하와가 잉태하여 카인을 낳고 이르되 내가 여호와로 말미암아 득남하였다 하니라 그가 또 카인의 아우 아벨을 낳았는데 아벨은 양치는 자이었고 카인은 농사하는 자이었더라 세월이 지난 후에 카인은 땅의 소산으로 제물을 삼아 여호와께 드렸고 아벨은 자기도 양의 첫 새끼와 그 기름으로 드렸더니 여호와께서 아벨과 그 제물은 열납 하셨으나 카인과 그 제물은 열납 하지 아니하신지라 카인이 심히 분하여 안색이 변하니 여호와께서 카인에게 이르시되 네가 분하여 함은 어찜이며 안색이 변함은 어찜이뇨 네가 선을 행하면 어찌 낯을 들지 못하겠느냐 선을 행치

아니하면 죄가 문에 엎드리느니라 죄의 소원(所願)은 네게 있으나 너는 죄를 다스릴지니라 카인이 그 아우 아벨에게 고하니라 그 후 그들이 들에 있을 때에 카인이 그 아우 아벨을 쳐 죽이니라 여호와 께서 카인에게 이르시되 네 아우 아벨이 어디 있느냐 그가 가로되 내가 알지 못하나이다 내가 내 아우를 지키는 자니이까 가라사대 네가 무엇을 하였느냐 네 아우의 핏소리가 땅에서부터 내게 호소하 느니라 땅이 그 입을 벌려 네 손에서부터 네 아우의 피를 받았은즉 네가 땅에서 저주(詛呪)를 받으리니 네가 밭 갈아도 땅이 다시는 그 효력을 네게 주지 아니할 것이요 너는 땅에서 피하여 유리(流離)하 는 자가 되리라 /

종이를 접혔던 그대로 접어 삼촌에게 내밀었다. 눈에 그래서 뭐 어쨌냐는 물음을 실어 보이며.

— 질투란 감정은 뭘까. 내가 누굴 질투하여 그를 넘어서려 한다 면, 그래서 노력하여 성장한다면, 보다 큰 영적 성장의 씨앗이 된다 면 그 감정은 태양의 편에 서겠지. 그러나 질투가 상대편의 존재를 없애려 든다면, 질투라는 감정에 먹혀 버린다면 그건 어둠에 속한 것이 되겠지. 왜일까? 왜 하느님은 조미료처럼 작은 양의 질투라는 감정을 인간에게 불어넣었을까.

— …….

— 이 빈. 귀한 손님이라는 뜻이다. 느이 언니는 이 집안에 귀한 손님으로 오셨다. 똑똑히 들어둬라. 난 너를 주욱 지켜봐 왔다. 넌 영리하고 강하다. 넌 우리 집안의 숙제를 풀어야 돼. 니 이름 미은 은… 미운 아이라는 뜻이다. 느이 엄마가 그렇게 지었다. 니가 엄마 라고 생각하는 분은 사실은 이모다. 니가 갓난쟁이일 때 팽개쳐 놓

아 넌 폐렴에 걸렸더랬지. 널 미워했어. 다른 이름도 많은데 니 엄마
는 미은이라는 이름을 고집했다. 널,

— 그래요, 절 미워하셨어요.

초점 잃은 눈동자는 허공 어디쯤에 흩어져 있고 목소리는 내가 듣
기에도 지극히 건조했다.

— 종교의 힘으로 네게로 뻗치는 미움을 걷으려 했다. 빈이는…
사실은 니 동생이다. 너보다 6개월 뒤에 태어났어.

— …….

— 니 진짜 엄만 요양원에 있다.

삼촌은 묵묵히 말했다.

— …우리 집안엔 풀어야 할 매듭이 있어. 연탄가스가 방에 스며
들도록 누가 일부러 연탄 뚜껑을 열어 놓았어. 그 때 니 엄만 만삭이
었다. 그리고 저능아가 태어났어. 아마도 뱃속의 태아에게 산소 공
급이 잘 안 됐던 모양이다. 글쎄, 모든 게 운명이겠지. 니 친엄만 차
라리 교도소에 가겠다고 악을 썼다.

아아, 드디어 머릿속에 궁금했던 그림이 그려진다. 외할머니가 머
리칼을 잡아 당겨 요양원에 끌고 간다. 독사 같은 년, 형부의 애를
낳은 것까진 봐주겠다, 그렇다고 제 친언니를 죽이려 해? 내가 독사
새끼를 들였어. 이를 간다.

— 할머닌 혈압이 오르고 안압이 높아져 그때 하마터면 실명을 하
실 뻔하셨다. 막내는 욕심이 많았지. 어찌 보면 사랑에 굶주렸다고
나 할까? 그 여자가 나타나고부터 외갓집은 하루도 편할 날이 없었
다. 삼촌이 여덟 살일 때 웬 아줌마가 네 살 된 여자아이를 데리고
집에 찾아왔어. 그 여자아인, 니 친엄마, 삼촌의 이복동생이지. 그

아줌만 몇 번을 찾아오다가 결국 큰돈을 받고 아이를 두고 갔지. 할머니와 할아버지는 요강을 집어던지며 싸우셨다. 믿어지지 않지? 그 점잖은 두 분이 싸우셨다는 삼촌 얘기가?

삼촌은 후훗, 웃었다.

— 그러니까 삼촌에겐 어머니가 두 분이야. 그 아줌마, 지금 아마 어딘가에 살아 계실 거야. 삼촌의 조부님, 그러니까 네게는 증조부님이 되겠지. 그 가정에도 삼촌이 모르는 쉬쉬, 하는 얘기가 있어. 또 그 위 조상들에게선 또 어떤, 듣지 못한 이야기가 있을 테지. 그리 간단치 않아. 더듬거리며 끝까지 올라가 보면 미움과 분열의 큰 뿌리가 나올 테지. 질투가 빚어낸 살인, 카인과 아벨의 이야기가…. 인간의 역사를 잘 연구해 보면 어떤 모티프가 있어. 또… 태초에 잘못 끼워진 단추를 바로잡으려고 인간의 마음의 문을 두드리는 무엇인가가 있어.

나는 고개를 들고 삼촌의 사제서품식을 떠올렸다. 그때 훅, 가벼운 바람이 깃털처럼 내 얼굴을 훑으며 지나갔다. 분명코 존재하는, 보이지 않으나 질량을 가진 어떤 것.

— 미은아, 제의를 행해라.

— ……?

삼촌은 천천히 손가락을 들어 나를 가리켰다. 그러자마자 마음속에서 쿵, 무너지는 소리가 났다. 심장이 쿵덕쿵덕 뛰었다.

— 아프리카 원주민들이 기우제를 지내듯 신관의 자격으로 의식을 치러라. 속죄 의식을 해라.

— 어떻게 하는 게 속죄하는 의식인가요?

— 글쎄 그건 니 방식대로 해라.

─ 내 방식대로?

─ 그래, 그건 너의 몫이다. 너를 위해 하느님께서 따로 생각해 두신 의식이 있을 거다. 마음을 비우고 그 의식을 니 안에서 꺼내어 봐라.

그래요. 나는 마른침을 삼키며 일어섰다. 그렇군요, 모든 게. 그런데 왜 하느님은 아벨을 편애하신 건가요.

광화문의 널찍한 길.

붉은 보도블록을 하이힐을 신고 내가 걷고 있다. 가난 때문에 대학 진학을 포기하고 은행원이 된 친구가 따라 걸으며 왼쪽 어깨에 걸쳐있던 핸드백을 오른쪽으로 옮긴다.

─ 이런 상상을 해. 긴 칼이 날을 위로하여 놓여있고 내가 그 위로 엎어지는…. 그렇게 죽는. 하루에도 여러 번, 수시로 그런 상상을 해.

─ 왜? 왜 그런 무서운 생각을 해?

동창은 황급히 얼굴을 돌려 나를 보았다. 동창에게 여전히 뾰족한 콧날을 보인 채로 계속 흔들흔들 광화문의 보도블록을 밟아 나아갔다.

─ 그러지 마. 무섭다.

동창이 못 참겠는지 옮기던 발걸음을 뚝, 멈췄을 때 얼굴을 돌려 그 눈 속을 들여다보았다.

─ 뭐가 어쨌다구.

─ 너같이 부러울 게 없는 애가 나같이 살아가는 사람도 있는데 그렇게 그런 말을… 해애?

─ 뭐가 부러운데?

화가 치밀어 휙, 동창의 팔을 잡아끌며 다시 전진했다.

— 우리 이제 그만 만나자.

— 그건 또 왜.

— 나도 널 못 견디고 너도 결국 날 못 견딜 테니까. 불을 보듯 뻔한 일이야.

— 난 그렇지 않아.

— 내가 그래…. 난 혼자가 좋아. 옆에 누가 있어 주는 것 싫어. 그냥 혼자, 늘 혼자 있구 싶어.

— 난… 니가 좋은데?

뒤따라 주저앉은 내 목덜미를 스치며 휙휙휙, 쌀쌀맞게 달려가 버린 이것들은 다 무엇일까. 고개를 수그린 채 양 다리 사이에 손을 끼워 본다. 바람이 제법 차다. 춥다. 가만히 무릎 위에 머리를 누인다.

'…자살하는 이유에는 여러 종류가 있다. 그 여럿 중에 속죄형 자살이 있다. 나는 내 어머니를 대신하여 속죄한다. 요양원에 가서 생모를 기웃거리는 것은 나답지 않아. 나는 나다. 그리고 이것은 의식이야. 이 벼랑에서 떨어지면 저 아래 땅이 입을 열어 이 뜨거운 피를 받아줄 것이다. 언니도 같이 가야 해. 언니의 뜨거운 피도 필요해…. 모든 것을 원점으로 돌리자. 언니야, 우리 같이 내려가서 다시 태어나자.'

나는 살그머니 일어나 벼랑 끝으로 언니를 몰고 갔다. 하나도 아니고 두 딸을 한꺼번에 잃은 아버지는 얼마나 기가 막힐까. 언니는 잠자코 걸었다. 나는 흔들리는 야윈 등을 바라볼 뿐이다. 잘못 된 출생. 언니나 나나. 이 원죄를 주신 하느님 지나치게 감사합니다. 언니

가 벼랑을 향해 섰다. 이 오랜, 오렌지 빛 어둠. 저길 봐 언니. 언니
가 등을 돌리고 선 채 하품을 했다. 내 동생 이반 언니, 가여운 내 동
생. 등을 떠밀려던 순간, 나는 멈칫한다. 갑자기 생각 하나가 끼어들
어 귀에 대고 속살거린다.

'뭔가 이유가 있을 거야. 뭔가 다른 방법이 있을 거야. 이건 너무
쉬워. 정말 이건 너무 쉽다.'

내부에서 살기를 바라는 싱싱한 세포들이 아우성치고 있었다. 눈
을 감고 어금니를 꽉 깨물었다. 손으로 귀를 틀어막고 풀썩 주저앉
았다.

다리가 저려올 즈음 무겁게 몸을 일으켜 언니 손을 붙들고 올라왔
던 길을 다시 내려간다. 방향을 바꿔 내디딘 이 한 걸음의 의미는?
나는 스스로에게 물었다. 언니는 순한 강아지처럼 이끄는 대로 잘
따라온다. 내 사랑 이반 언니. 웃으며 언니의 얼굴을 빤히 들여다보
았다. 언니가 재미있다는 듯 킥킥 웃는다. 마치 이 모든 각본이 짜여
진 태초의 비밀을 다 알고 있다는 듯 머리를 젖히고 웃어대었다. 내
려오다가 산마루에 우두커니 서서 태양을 바라보며 잠시잠깐 있었
다. 태어난 잘못밖에 없는데 부모의 원죄가 나와 언니가 풀어야 할
원죄로⋯. 죽지 않고 살아나 불구가 된 아벨을 죄로 가득한 카인이
돌본다. 손을 붙들고 함께 나아간다. 꼭 한 번의 기회를 준 것이다.
내가 그 옛날 아버지에게 뺨을 맞으며 바보 이반이라 했을 때 아버
지는 마지막 단 한 번 기회를 주겠다고 하였더랬다. 눈물이 뚝 떨어
질 듯한 눈으로 노려보면서.

나는 속삭인다. 이 빈 언니요. 그래, 이 빈 언니. 우리 집안의 귀한
손님, 이 빈 언니. 기회를 받아들여야 한다. 이 귀한 손님을 내가 먹

이고 씻기고, 순결한 발에 입 맞춘다. 한 목숨 다할 때까지. 동시에 나는 등뼈처럼 내 마음 속 깊이 뿌리내린 카인을 용서한다. 안녕, 이 제까지의 미운 아이, 미은아.

스키다시 내 인생

영암 출생. 평택대 사회복지학과 졸업.
2003년 단편소설 〈야간비행〉 서울신문 신춘문예 당선.
단편소설 〈검은 오렌지〉 〈동굴〉 등 발표.

나의 패배는 문자로부터 왔다.

야, 이젠 날 싸부로 인정해라. 지금까지 네 장 찍었다. ㅋㅋㅋ. 지누 새끼는 친절하게 웃고 있는 이모티콘까지 날렸다. 액정화면에 뜬 0(´ˆˆ`)0를 보자 열 받는다. 이런 씹새끼. 그때부터 갑자기 안절부절 못하겠는 게 꼭 코 후비다 라면국물에 빠트린 기분이다. 아무리 생각해도 녀석이 나보다 한 수 위다. 파트너를 정하고 헤어진 게 한 시간도 안 된 거 같은데 벌써 야호라니. 귀신은 뭐하나 저런 새끼 안 잡아가고. 나는 캔 맥주를 흔들고 있는 여자애를 슬쩍 쳐다보았다.

여자애는 캔 맥주에 빨대를 꽂아 마시고 있다. 벌이 대롱으로 꿀 빨아들이는 것 같았다. 살다보면 별스런 일이 많지만 맥주를 빨대로 마시는 여자애는 처음 보았다. 술도 제법 센 편인지 얼굴 색 하나도 변하지 않았다. 벤치에 놓인 캔은 벌써 두 개째였다. 아까부터 공원 매점 아저씨가 내게 눈치를 주고 있다. 안 가냐. 엉, 안 가냐. 그만 가라. 아저씨는 쓰레기를 버리러 나올 때마다 지나가며 잔소리를 늘어놓았다. 그러거나 말거나 나도 이 공원의 엄연한 시민이다. 그리고 무엇보다 선량한 시민이다.

고시생하고 술 살 때는 아무소리 안 하면서 가끔 지누나 다른 애들하고 사려면 꼭 눈치를 준다. 치사한 꼰대. 고시생은 내가 다니는 독서실 총무의 닉네임이다. 올해 서른넷인 그는 결혼도 했고 고시 준비만 오 년째다. 준비 중인 시험도 매번 달라진다. 행시 준비했다가 외무고시 준비했다가 이번에는 사시를 볼까 하기도 한다. 그런데 아무래도 내가 보기에 합격은 힘들 것 같다. 고시 준비한다는 사람이 고시원에 안 들어가고 독서실 총무가 웬 말인가. 또 우리들과 어울리는 짓거리도 그만두어야 한다.

하긴 고시생 눈에 나나 지누도 곱게 보이지는 않을 것이다. 검시 준비한다면서 공부는 안 하고 노는 것은 마찬가지니까 말이다. 암만 생각해도 고시생은 나나 지누처럼 도망자의 냄새가 난다. 우리들은 지겨운 학교로부터 도망쳤는데 고시생은 무엇으로부터 도망쳤을까. 나와 지누는 고등학교에 진학하는 대신 독서실로 등하교한다. 집에는 눈 붙이러, 목욕하러 가끔 들른다. 또 용돈을 받기 위해 갈 때도 있다. 난 일부러 매점 아저씨를 향해 캔 맥주를 쳐들었다. 아저씨가 흰눈으로 나를 흘겨보지만 모른 척한다.

여자애는 멋을 부린답시고 허벅지가 드러나는 짧은치마에 무릎까지 오는 흰 타이즈를 신었다. 검은 구두는 얼마나 닦았는지 헌병 군화보다 더 반짝인다. 헌병이었던 사촌형은 제대할 때 쓰다 남은 구두약을 들고 돌아왔다. 군대 얘기를 해달라고 하면 사촌형은 열심히 군화를 닦았던 일과 견장 줄 손질하던 것만 떠들었다. 학교에 복학해도 그 습관은 못 버리고 구두를 닦는 게 낙이었다. 여자친구를 사귀는 대신 사촌형은 구두를 반질거리며 시간을 보냈다. 사촌형은 졸업하기 전까지 구두를 신을 일이 별로 없었다. 졸업하고 작은 회사에 인턴사원으로 들어갔을 때 반질거리던 구두는 겨우 빛을 보았다.

여자애가 걸친 체크무늬 카디건은 좀 커서 다른 사람 걸 빌려 입은 것 같다. 하긴 내가 신경 쓸 일도 아니다. 아까 호구조사 할 때 언니는 없다고 한 거 같은데. 그 말을 듣고 김이 새버렸다. 여자애도 별로 마음에 들지 않는다. 사실 난 내 또래 여자아이들에겐 관심이 없다. 나보다 나이 많은 여자가 좋다. 많을수록 좋다. 서른이 넘었더라도 괜찮을 것 같다. 고시생을 보면 서른 넘어도 철들지 않은 사람도 많은 것 같으니 세대차이도 별로 나지 않을 것 같다.

고시생은 술만 마시면 지누와 내게 말했다. 여자가 가장 아름다운 때가 언제인지 알아? 서른이 넘은 여자야. 너네 또래 여자아이들을 백날 따먹어 봐도 러너스 하이를 못 느낄 거다. 러너스 하이가 뭐냐? 내가 지누의 옆구리를 찌르며 물어도 새끼는 못 들은 척했다. 그런데 다음날부터 그 말을 아예 입에 달고 살았다.

지누와 내기한 게 없었다면 진작 일어났을 텐데 고문이 따로 없다. 나는 문자가 들어왔나 핸드폰 창을 들여다보았다. 여자애도 제 핸드폰을 들고 연신 문자를 날리고 있다. 손가락 튀는 게 거의 예술이다. 한바탕 문자를 날린 여자애는 캔을 집어 들었다. 눈을 내려 뜨며 빨대를 입에 무는 게 한껏 예쁜 척 폼을 잡지만 솔직히 비린내가 난다. 콩나물 삶을 때 나는 그런 냄새다.

지누 새끼는 그 냄새도 천차만별이라고 떠들었지만 녀석은 아직 모른다. 여인의 향기를 말이다. 그러니까 아직 내 또래 여자아이들에게는 여인의 향기가 없다. 저번에 둘이 같이 '이투마마'를 볼 때 내가 사촌형수를 가리키며 와 괜찮다 했을 때 지누 새끼가 내 뒤통수를 갈겼다. 넌, 저렇게 늙은 여자가 좋냐? 야, 쉰 내 난다. 쉰내. 제 또래 여자만 좋아하는 지누는 결코 모른다. 여자는 스물다섯은 돼야 물렁하던 뼈가 단단히 자리잡고 가슴의 융기와 허리 곡선이 잡힌다는 걸 말이다. 그 나이가 돼야 진짜 여자가 된다. 내 말에 지누 새끼는, 그럼 내가 만나는 애들은 짝퉁이냐 하고 대들었지만 뭐 취향이 다른 걸 인정해주어야 한다. 타인의 취향을 인정하지 않는 데서 갈등이 생기고 싸움이 벌어진다.

솔직히 요즘 인터넷을 돌아다니면 정치인들이 시끄럽게 떠드는 꼴들을 자주 접한다. 그 모습이 웃긴다. 보수니 수구니 진보니 드잡이를 하고 쇼를 벌이는데 정답은 하나다. 타인의 취향을 인정해주면 된다. 그럼 세상이 조용해질 것이다. 이것도 고시생이 술 먹다 열받아 한 소리다. 난 아무래도 고시생에게 단단히 세뇌된 것 같다.

어쩌다 무슨 말을 할 때 이것이 내가 한 소린지 다른 사람이 이미 한 소린지 헷갈릴 때가 많다. 고시생은 말했다. 타인의 취향을 인정해야 한다는 말 참 좋은 말이지만 지키기 힘든 말이다. 지누가 제 또래 여자애들을 좋아하는 건 이해하지만 소위 영계에 침 흘리는 꼰대들은 질색이다. 열일곱밖에 안된 나도 숙성된 여자가 좋은데 그 나이 처먹도록 로리타 콤플렉스에 빠진 새끼들은 뭐냐 말이다. 말이 좋아 로리타지 야동에서 우리 엄마 튀어나올 소리다. 정말 어처구니없는 소리다.

원조교제에 걸려 텔레비전에 윗도리를 뒤집어쓴 꼰대들을 보면 꼭 해주고 싶은 말이 있다. 존나! 재수 없다. 그런데 한편으론 고시생의 말이 갉작인다. 꼰대들이 영계를 좋아하는 것도 따지고 보면 타인의 취향 아닌가. 윗도리를 뒤집어쓰고 있어도 그들도 할 말은 있을 것이다. 아이고, 어렵다.

　그나저나 지누 새끼가 벌써 성공했다니 이번에도 또 쏘아야 하나. 눈앞에 지갑 열리는 소리가 들린다. 먹고 싶은 거 안 사먹고 모은 돈을 써야 할 생각을 하니 살 떨린다. 그러나 눈앞에 전리품을 보지 않은 이상 절대 지갑을 열어서는 안 된다. 저 번에도 그 새끼한테 속은 거 생각하면 이번에는 어림없다.

　여자애는 안주로 사온 마른 오징어에는 거의 손도 대지 않았다. 내가 다리를 찢어 입에 넣고 질겅거린다. 다이어트 중인가. 오징어는 살도 찌지 않는데. 하긴 턱 늘어난다고 마른 오징어를 안 먹는 애들도 있다고 했지. 이럴 줄 알았으면 괜히 사왔다.

　눈을 아래로 내리깔고 있는 여자애는 완전 내숭덩어리 같다. MSN으로 채팅 할 때는 당장 비디오방이라도 갈 것처럼 떠들더니 만나보니 요조숙녀가 따로 없다. 말도 별로 걸지 않는다. 서로 간단한 호구조사를 한 다음 취미에 대해서 얘기한 게 전부다. 눈치가 있다면 이쯤에서 일어나야 하는 게 아닌가 모르겠다. 그러나 조금만 더 있어보자. 나무 의자에 얹힌 엉덩이가 배기기 시작했다.

　혹시 이 애도 나보다 지누가 더 마음에 든 것이 아닐까. 그럴지도 모르겠다. 우선 난 외모부터 지누에게 달린다. 새끼는 키도 훤칠하고 생김새도 권상우 못지않다. 아니 몸이 그렇다는 것이다. 얼굴은 내가 조금 낫다. 물론 지누는 절대 인정하지 않는다. 언제나 내 얼굴 보고 밀가루 발랐냐? 하고 문지른다. 씹새끼. 얼굴이 좀 흰 게 뭔 죈가. 존나 재수 없는 새끼다. 독서실에 나오면 맨 먼저 가방을 던지고 지누가 가는 곳은 헬스장이다. 지누는 공부를 안 하는 날은 있어도 운동을 빼먹지는 않았다. 오죽하면 내가 그 새끼에게 운동중독에 걸렸다고 했을까.

몸짱도 좋고 얼짱도 좋지만 검시는 안 볼 거냐 말이다. 이제 시험은 한 달밖에 남지 않았다. 지누는 이번에 안 되면 여름에 다시 보지 뭐, 하고 태평이다. 야, 네가 언제부터 시험 타령이냐, 짱 난다. 새끼는 나를 보고 느물거렸다. 근데, 너 러너스 하이가 뭔지 물었지? 러너스 하이? 내가 멀뚱거리자 새끼가 덤벨을 내려놓고 러닝머신을 가리켰다. 30분만 달려봐. 최상의 행복감이 뭔지 알 거다. 여자애들하고 그거 하는 것만큼 좋아. 새끼가 또 뻥치고 있는 걸 나는 안다. 아무리 그래도 그렇지 그거 하는 거하고 달리는 거하고 어떻게 같다는 말이냐.

지누는 거울 앞에서 권상우처럼 포즈를 잡았다. 스포츠 팬츠 하나 걸친 배에 왕(王)자가 뚜렷했다. 야, 괜찮지 않냐. 내 몸. 또 아냐? 길거리 캐스팅에 턱 하고 걸릴지. 지누는 뒤로 돌아 삼두박근을 드러내며 히죽거렸다. 새끼, 구라는. 지금이 봄이라 얼마나 다행인지 모른다. 여름이면 지누 새끼는 검은 티셔츠를 입고 그 근육들을 다 드러내고 다닐 것이다. 샘은 나지만 새끼의 근육은 내가 보기에도 멋있다.

휴대폰이 울렸다. 고시생이다. 급한 일이 아니면 잘 때리지 않는 특성상 긴급을 요하는 일이다. 나는 여자애를 쳐다보며 억지로 목소리를 깔고 폴더를 열었다. 여자애도 휴대폰을 들고 열심히 손가락을 놀리고 있다. 문자를 날리는지 손가락이 파다닥 튀었다.

"야, 션. 엄마다. 네 엄마 떴어. 너 거기 어디야?"

"공원 벤치요. 형이 잘 좀 얘기해줘요."

"야, 새끼야. 네 엄마보다 더 급한 일이 어딨다고 지랄이야. 잠시 편의점에 물 사러 갔다고 했으니까 얼른 와라."

"형, 지금 못 간다니까요. 잘 좀 얘기해서…."

"올 때 물 사오는 거 잊지 마."

고시생은 전화를 툭 끊었다. 이럴 때 보면 매정하기가 한여름 냉동고 같다. 지한테 무슨 불똥 튈까봐 몸 사리는 거 보면 잔머리의 대가다. 그런데 어떻게 그런 머리로 아직 고시 1차에서도 번번이 떨어지는지 불가사의다.

여자애는 계속 문자를 날리고 있다. 의도적으로 날 무시하는 행동 같다. 감이 온다. 저 애도 내가 별로인 것이다. 첫 만남 때 몇 초 만에 상대를 알아본다고 하지 않는가. 몸에서 분비되는 페르몬에 의해서 상대방이 내 적인가 동지인가 찰나에 판독한다고 고시생이 말해주었다. 찰나. 고시생은 참 아는 것도 많다. 그런데 사는 데 가장 중요한 돈벌이에는 무능력한 걸 보면 뭐라고 해야 되나.

지누 새끼는 고시생이 없는데서 우리가 절대 닮아서는 안 되는 꼰대 1순위라고 했지만 글쎄 과연 그럴까. 내가 글쎄, 하고 말하자 지누가 야, 새꺄. 그럼 서른 넘어서까지 독서실 총무하고 있을래? 하고 내 머리를 내리쳤다. 지누한테 말은 안 했지만 지금도 잘 모르겠다.

문자 날리는 걸 내가 계속 쳐다보자 여자애는 휴대폰을 접고 배시시 웃는다. 미안하긴 아는 모양이다. 나보다 한 살 많다고 했나. 이름을 못 쓴다고 초등학교를 일년 늦게 들어갔다고 했다. 미련한 계집애. 여자애는 학교를 다니지 않는 내가 하루를 어떻게 보내는지 이것저것 물었다. 학교생활은 따분하고 재미없고 하품이 나온다고 지껄였다. 그건 나도 알고 있는 사실이다. 아니면 왜 내가 학교를 그만두었겠는가. 여자애가 불평하지 않아도 우리나라 학교가 그게 학교냐. 여관이지. 영 교시부터 야자 때까지 자는 애들을 보면 여관이 따로 없다. 숙박비를 안내는 건 좋은데 엉덩이가 좆나게 아프다. 검시만 붙으면 대학도 갈 수가 있는데 뭐 하러 그 따분한 곳으로 돌아가느냐. 여자애는 머뭇거리며 내게 말한다.

"가봐야 될 거 같아요."

문자 날리다 어디서 껀수 잡은 얼굴이다. 그럼 그렇지. 이번에도 지누 새끼에게 졌다. 인정하자. 패배를 인정해야지만 다른 기회가 온다. 그러나 속으로 아쉬움이 남는다. 아직까지 난 한 장도 찍지 못했는데. 지금이라도 한번 말해볼까. 혹 여자애가 싫어하지 않을까.

"서원아 가게? 진우는 안 보이네."

아저씨가 매점 창에서 고개를 내밀고 묻는다. 겨우 안도하는 저 표정이라니. 쉴 새 없이 눈알을 굴려대는 꼴이 우습기도 하지만 딱하기도 하다. 얼마 전에 아저씨는 내 또래 아이들에게 술을 팔았다가 일주일 정지를 먹기도 했다. 마음이 약한지 돈에 약한지 술은 팔지만 언제나 불안한 얼굴이다. 그러나 정작 매점이 문을 닫자 아쉬운 건 우리였다. 일주일간 고시생과 우리는 삭막한 독서실 옥상에서 술을 쪼겠다. 그날 밤하늘의 희부연한 매연 속에서 별은 안타깝게 깜박였다.

별을 보며 뜬금없이 고시생은 우리들보고 스키다시 인생들 같지 않냐고 히히덕거렸다. 스키다시가 무언가. 있으면 좋고 없으면 말고의 음식이 아닌가. 그러니까 들러리 음식이 스키다시 아니냐. 그 말에 펄쩍 뛰며 화를 낸 것은 내가 아니라 지누 새끼였다. 에이, 씨팔. 술맛 떨어지게. 형은 몰라도 쟤와 난 이제 열 일곱이예요. 앞날이 창창한 애들에게 스키다시가 뭐예요, 스키다시가. 쳇. 고시생은 지누의 말을 듣지 못했는지 별을 향해 소주잔을 흔들었다.

지누 새끼는 어떨지 몰라도 난 좀 마음이 쓸쓸해졌다. 스키다시 내 인생. 갑자기 가슴속으로 찬바람이 부는 게 꼭 옥상에 있다고 그런 건 아니었다. 그나마 개 같은 내 인생이 아니어서 다행인가.

독서실을 향해 뛰느라 숨이 턱까지 차올랐다. 앞으로 맨 가방이 덜렁거렸다. 고시생 말대로 오다가 편의점에서 물 한 병을 샀다. 엄마는 총무실 의자에 앉아 저녁 뉴스를 보고 있다. 오늘 따라 장사가 빨리 끝났는지, 아니면 문을 닫고 왔는지 모르겠다. 엄마는 가끔씩 예고도 없이 독서실을 방문한다. 아들을 믿지 않는 것은 치사하다고 누누이 얘기해도 들은 척도 않는다. 엄마는 아들이 궁금해 찾아오지도 못하느냐고 물었다. 하긴 그렇게 말하는 데야 할 말이 없다.

일년 전 중3 때 삼일을 학교에 나가지 않은 적이 있었다. 엄마 가게로 담임이 전화를 했을 때 엄마는 모든 사실을 알았다. 피시방에서 하루 종일 있다가 집으로 들어왔을 때 엄마는 베란다에 쭈그려 앉아 담배를 피우고 있었다. 아버지가 죽은 날 병원 뒤뜰에서 피우던 모습 이후로 처음이었다. 엄마는 손짓으로 나를 불렀다. 엄마가 불을 붙여 내게 내밀었다. 얼떨결에 받아들었지만 감이 안 좋았다.

엄마와 난 어깨를 나란히 하고 앉아 담배를 피웠다. 엄마도 참 특이한 사람이다. 머리에 피도 안 마른 아들 녀석에게 담배를 피우라고 주다니. 내가 담배를 다 태우자 엄마가 입을 열었다. 선생님한테 전화 왔다. 분위기가 수상하다는 것은 눈치 챘지만 꼰대가 기습을 하다니. 니기미. 꼰대한테는 시골 친척집으로 현장학습 간다고 얘기했는데 속지 않은 모양이었다. 비겁하게 엄마에게 전화를 해서 확인을 하다니 말이다.

내가 독서실로 들어서자 엄마가 총무실에서 나왔다. 고시생은 어디로 갔는지 보이지 않았다. 엄마를 보고 어딘가로 꽁지를 뺐을 것이다. 내 자리로 돌아가 청자켓을 벗는데 엄마가 따라왔다. 책상에 붉은 보자기로 싼 찬합이 놓여있다. 엄마가 아무소리 안하고 끈을 풀었다. 김밥이 들어있다.

먹고 싶지 않았지만 나는 꾸역꾸역 김밥을 삼켰다. 엄마를 위해 김밥을 먹어주는 것이 속편하다. 분식집에 가면 살 수 있는 걸 굳이 만들어서 가져오는 게 엄마에게 속편한 것처럼 말이다. 시간이 시간인 만큼 엎드려 자고 있는 아이들도 꽤 되었다. 엄마는 다른 아이들에게 방해가 되지 않도록 목소리를 낮춰 소곤거렸다. 시험이 얼마 안 남았네. 엄마는 언제나 돌려서 말한다. 엄마가 이렇게 말하는 건 좀 공부에 신경 쓰라는 말이다. 나는 김밥을 집어먹으며 고개를 끄덕였다.

엄마는 구식은 아니다. 아들과 맞담배를 피울 정도면 말 다했다. 지금은 비록 꽃가게를 하고 있지만 엄마가 좋아하는 것은 책이었다. 엄마는 대한민국 아줌마들이 열광하는 드라마도 잘 보지 않는다. 여고 때 도내 백일장에 학교대표로 나가기도 했다고 한다. 아버지를 만나지 않았더라면 엄마는 지금쯤 글을 쓰며 살고 있을지도 모르는 것이다. 그런 엄마에게 나 같은 아들이 있다는 건 불운이다. 난 사실 드라마를 좋아한다.

"엄마 가셨나?"

고시생이다. 고시생은 손을 뻗어 김밥을 집어먹었다. 엄마가 가는 걸 자기도 보았을 거면서 굳이 묻는다. 고시생은 엄마를 불편해한다. 엄마가 독서실에 나타나면 자기가 더 안절부절못하는 똥마려운 강아지 꼴이다. 고시생의 표현을 빌리면 왠지 엄마를 보면 죄의식이 느껴진단다. 나를 감시하고 감독해야 할 자신의 본분이 갑자기 확 떠오른다고 했다. 사실인데 뭘 그렇게 돌려 말하는지 모르겠다.

총무실에 있는 섹비디오를 같이 보고 컴퓨터 안에 숨겨둔 최신 야동들을 보여준 것도 고시생이다. 그런 날이면 우리는 형제들처럼 사이좋게 총무실에서 라면을 끓여먹었다. 비 오는 밤이면 졸고 있는 우리들에게 다가와 술 먹자고 부추기는 것도 고시생이다. 고시생은 생수 병뚜껑을 비튼다. 너, 싸돌아다닌다고 한 방 먹었지. 고시생이 내 어깨를 툭툭 친다. 형, 뭐 재밌는 테입 없어요? 흠, 맨 입으로는 안 되지 이따 지누 오면 같이 보자.

고시생은 주머니를 뒤져 이빨 쑤시개를 꺼내 질겅거린다. 홍콩 누아르 같은 포즈지만 벌써 한물이 가도 한참 갔다. 지누도 '이투마마'는 알아도 '영웅본색'은 모른다. 나야 고시생과 같이 봐서 알지만 지누는 안 보았을 게 틀림없다. 지누는 고시생이 없는데서 가끔 말하곤 했다. 우리가 꼰대하고 너무 친한 거 아닐까. 세대차이가 안 나니까 상관없지만. 에이, 모르겠다. 그러나 지누가 놓치고 있는 게 있다. 고시생은 우리가 미워하는 꼰대가 결코 될 수 없다는 걸 말이다.

꼰대가 되기에 고시생은 현실감각이 너무 없다. 철도 들지 않았다. 내가 알기로 결혼하고 고시생이 가정경제를 위해 돈을 벌어본 적은 결코 없다. 독서실 총무로서 번 돈은 그의 담뱃값과 술값과 만화방에서 빌려다보는 판타지 소설로 거의 다 탕진한다. 가끔 그것도 모자라 나나 지누에게 아쉬운 소리를 한다. 지누도 나도 고시생에게 몇 차례 돈을 뜯긴 적이 있다. 그래봤자 푼돈이지만 말이다.

그의 와이프가 지금처럼 보험 일을 하지 않는다면 문제풀이집 사보는 일도 힘들 것이다. 그런데 언제나 궁금한 것이 있다. 고시생은 어떻게 아내를 설득해 아직까지 공부하는 척하고 있는 걸까. 그야말로 '척' 말이다. 몇 년씩이나 무능한 남편을 그냥 봐주고 있는 그 여자가 참 대단하다는 생각이다. 그러다 문득 느껴지는 게 있다. 엄마도 그런 게 아닐까. 고시생의 와이프처럼 그냥 날 믿는 게 아닐까. 검시에 붙고 대학시험에 붙고 사촌형처럼 인턴시험에 붙고 그렇게될 거라고 그냥 믿고 있는 건 아닐까.

그러니까 고시생을 미워할 수가 없다. 술 사달라고 할 때는 얄밉다가도 같은 배를 탄 자로서 측은한 것이 느껴진다. 그래 그럴지도 모른다. 스키다시 인생은 또 다른 스키다시 인생을 알아보는 법이다. 나는 김밥을 맛있게 집어먹는 고시생에게 연민을 느낀다. 책상에 올려놓은 휴대폰이 사정을 한다. 부르르. 지누가 문자를 보냈다. 야, 너 어디냐. 아직도 개하고 있는 건 아니지. 난 지금 여자애 바래다주고 버스 탔다. 한 턱 쏴라. 짜샤. ㅋㅋㅋ.

지누의 전리품을 확인했다. 정말 짱 난다. 새끼의 카메라 폰에는 여자애와 다정하게 어깨를 두르고 있는 사진이 다섯 장 찍혀있다. 마지막 한 장이 조금 화끈하다. 지누가 여자애와 키스하는 모습이다. 어두운 골목에서 찍은 듯 옆얼굴에 그림자가 선명하다. 여자애와 입 맞추며 휴대폰을 높이 쳐들었을 녀석을 생각하면 열 받는다. 만난 지 세 시간 만에 여자애와 입을 맞추다니. 짐승 같은 새끼.

난 여자애와 손을 잡기는커녕 애프터도 없이 헤어졌는데. 지누가 묻는다. 걔 어떻디? 어떻긴 꽝, 폭탄이다. 지누가 느물거리며 웃는 게 더 속이 끓어오른다. 녀석이 한마디만 하지 않았어도 내 손이 날아가지 않았다. 그건 너도 마찬가진데, 뭘. 내게 등짝을 얻어맞은 새끼가 구석으로 도망친다.

그나저나 왜 여자애들은 지누에게 정신을 못 차리는 걸까. 녀석의 표현을 빌리면 떡 벌어진 어깨, 우수어린 눈동자, 저음의 목소리, 깔끔한 매너, 마지막은 근육질의 몸이다. 그러나 내 짐작이지만 녀석의 근육질 몸을 본 여자애들은 결코 없을 것이다. 나나 녀석이나 아직 시퍼런 총각무다. 새끼는 수도 없이 따먹었다고 뻥치지만 글쎄 정말 미지수다. 빈정거리는 내게 지누는 식식거렸다. 야, 누구처럼 비디오로 찍어 온다. 녀석이 으름장을 놓았지만 코웃음 쳤다.

지누가 진짜 여자애와 잤다면 카메라 폰으로 여자애들 얼굴을 찍는 일은 하지 않을 것 같다. 내 생각에도 그건 너무 유치해 보인다. 소개팅에 나가서 여자애 하고 빨리 많이 사진을 찍어오는 사람이 승자라는 것은 솔직히 철부지들이나 하는 짓이다. 내가 만일 진짜 여자하고 잔다면 지누가 좋아하는 놀이는 벌써 그만두었다. 그런데 지누가 아직 카메라 폰 미련을 못 버리는 걸 보면 녀석도 생짜다. 새끼도 아직 딸딸이 단계에서 못 벗어났다는 거다.

지누가 비디오로 찍어온다는 말에도 난 눈 하나 꿈쩍 않는다. 길거리 캐스팅을 노리는 녀석이 함부로 그런 짓을 할 리가 없다. 나중에 정말 인기스타라도 되면 골치 아파지는 것은 제 녀석이다. 비디오가 인터넷에라도 뜨면 누가 제일 손해를 볼까. 그건 굳이 머리 안 굴려 봐도 다 아는 사실이다. 기자회견을 열고 질질 짜고 싶지 않다면 새끼가 그런 짓을 할 리도 없다.

그런데 지누는 정말 모르는 걸까. 이제까지 섹비디오를 찍었던 남자들은 하나도 울지 않았다는 사실을 말이다. 오히려 당당했고 떳떳했다. 사람들 앞에서 죄지은 것처럼 울음을 터트린 것은 여자들뿐이었다. 맙소사! 지누가 모르는 것 같으니 그 얘기를 꼭 해주어야겠다. 카메라 폰에 찍힌 여자애들을 지누가 무슨 용도로 쓸지는 감이 온다. 딸딸이 칠 때 여지없이 녀석의 소도구로 이용될 게 뻔하다.

4월에 치른 검시에 둘 다 떨어졌다. 뻔한 결과였다. 지누도 나도 공부를 하지 않았기 때문이다. 사촌형은 퇴근해서 들어가다가 독서실로 나를 찾아왔다. 옥상에 올라갔을 때 형이 와이셔츠 주머니에서 무언가를 꺼냈다. 십만 원짜리 수표였다. 웬 횡잰가 눈이 번쩍 뜨였다.

사촌형은 내 머리를 쓰다듬었다. 서원아, 기죽은 거 아니지. 무슨 일이든 끝은 반드시 온다. 헌병 생활할 때 정말 힘들더라. 국방부 시계는 언제 멈추나, 언제 바깥세상으로 나가나. 나중엔 날짜 세는 것도 지겨워. 그럴수록 워커에 물 묻혀 반질거리며 닦았다. 군복도 날을 세워 칼같이 다림질하고. 머리가 복잡할 때는 다른 데 한눈을 파는 것도 괜찮아. 하루나 이틀쯤 네가 하고 싶은 걸 해봐라. 역시 날 생각해주는 사람은 사촌형밖에 없다. 지누나 고시생은 언제나 날 못 뜯어먹어 안달인데. 큰돈이 생기자 갑자기 몸에서 힘이 난다. 이래서 사람은 돈이 있어야 하는 모양이다. 지갑 속에 십만 원이 들어가자 세상이 달라 보인다. 하늘이 더 맑아 보이고 나무도 싱그럽고 바람도 상쾌하다.

아침부터 책상에 엎드려 한숨 잤다. 독서실은 조용하다. 발소리가 나서 쳐다보니 지누가 휘파람을 불며 들어왔다. 지누는 가방에서 팬츠가 들어 있는 비닐 백을 꺼냈다. 운동하러 나가려는 모양이다. 역시 공부는 안중에도 없다. 지누는 어깨에다 가방을 걸치고 거들먹거린다. 야, 선. 안 갈래? 녀석이 묻는다. 내가 고개를 흔들자 그래, 잘 해봐라. 지누가 사라지자 독서실이 텅 빈 것 같다. 대여섯 명 나오던 아이들은 검시에 붙거나 다른 독서실로 옮겨버렸다.

아침에 보니까 고시생이 회원모집 종이를 현관문에 붙이고 있었다. 이 골목엔 독서실이 세 군데다. 한마디로 독서실 골목이다. 요즘 불황이라 그런지 독서실도 예전 같지 않다고 고시생은 구시렁거린다. 고시생은 이 골목에서만 오년을 보냈다고 한다. 오년 전에는 독서실도 빈자리가 없을 정도로 잘 되었다고 했다. 그러나 고시생의 그 말을 지누도 나도 믿지 않는다. 이유는 하나다. 우리가 보지 않았기 때문이다. 그리고 고시생을 겪어보니 뻥치는 것도 꼰대들만큼 만만찮다. 우리가 고시생을 꼰대라고 여기는 '유일한' 순간이다. 고시생이 대학 다닐 때 올 장학금으로 공부했다고 하는 말도 우리는 믿지 않는다. 그것도 우리가 보지 않았기 때문이다.

인터넷만 들어가 봐라. 모든 걸 다 보여주는 세상이다. 여자의 엉덩이부터 음부 속, G 스폿까지 다 보여준다. 고시생이 잘 보는 야동을 보면 여자가 사정하는 모습이 나온다. 마치 물총새가 물을 쏘는 것처럼 찍 하고 애액이 나가는데 그걸 보던 지누와 난 입을 딱 벌렸다. 그날 우리는 처음 알았다. 여자도 우리처럼 사정을 한다는 것을 말이다.

우리가 세상을 배우는 곳은 인터넷이다. 지누와 나는 당당하게 말할 수 있다. 우리는 세상을 인터넷으로 배웠다. 학교도 아니고 꼰대들의 말씀도 아닌 것이다. 인터넷은 지누와 나의 거룩한 교실이요, 예배당이다. 물론 인정한다. 때로 인터넷이 과장되고 왜곡되고 비틀어져있는 게 많다는 걸 말이다. 그렇다면 나도 할 말은 있다. 세상엔 음지가 없는가. 어른들은 거짓말을 하지 않는가. 인터넷도 그런 것이다. 양지도 있고 음지도 있다. 세상에 선과 악이 어디 있는가. 사람이 선과 악을 만들뿐이다.

그러고 보니 갑자기 헷갈린다. 이 말은 내가 생각한 말인가. 고시생이 해준 말인가. 그럼 고시생이 갖고 있는 생각도 그가 생각해낸 것인가. 다른 사람의 말을 갖고 온 것인가. 그럼 그 다른 사람의 생각은 그의 생각인가. 아니면 또 다른 다른 사람의 생각을 가지고 온 것인가. 아이고, 골치 아프다. 고시생 말마따나 지금 세상에 자기 생각만으로 사고하는 사람들이 몇이나 있겠는가. 책에서 본 글들, 고매한 교수들이 지껄인 학설, 뉴스만 틀면 나오는 새로운 정보들이 마치 내 생각처럼 주입되고 분석되어 사고로 전환된다.

고시생은 우리들에게 말했다. 그래서 고달픈 거야. 오늘날 사람들이 왜 고달픈지 아냐? 정보는 쏟아지지 익사당하지 않으려면 매일매일 허우적대며 살아야 하거든. 기계가 모든 걸 다해주는 대신 머릿속은 전쟁이 났지. 많이 안다고 꼭 좋은 것은 아니다. 쓸데없는 헛똑똑이들도 많이 나오고. 눈치 없는 지누가 그 헛똑똑이가 형 아니에요, 했다가 고시생에게 머리를 맞은 건 불행이었다.

고시생은 와이프가 와서 밖에 나가고 없다. 오랜만에 갈비 집에 가서 배에 기름칠한다고 좋아라, 나갔다. 나는 주택 골목에 시선을 집중시키고 있다. 언제 그 여자가 나타날지 모르기 때문이다. 시험에 떨어져 기분이 꿀꿀했는데 그 여자를 본 것이다. 사촌형수 같은 눈빛, 풍만한 몸매. 딱 내 이상형이다.

지누 새끼가 난리가 났다. 주말에 로데오 거리에 나갔다가 드디어 길거리 캐스팅을 당했다는 것이다. 고시생과 내가 총무실에서 '짱구는 못 말려'를 보며 킬킬거리는데 지누가 뛰어 들어왔다. 한낮 더위 속을 얼마나 달려왔는지 얼굴이 터진 토마토였다.

고시생과 나는 심드렁한 얼굴로 지누를 쳐다보았다. 그리고 만화책 읽기를 계속했다. 지누의 거짓말보다는 짱구의 재롱이 훨씬 더 재미있다. 우리의 무관심에 화가 났는지 지누가 주머니에서 무언가를 꺼내 책상에 턱 놓는다.

"자, 봐. 보란 말이야. 이 명함을."

그제야 고시생이 명함을 끌어다 본다. 나도 만화책을 덮고 일어난다. 그 보라색 명함엔 검정 글씨로 '뉴 페이스 프로덕션'이라고 적혀있다. 들어본 것도 같고 전혀 낯선 이름인 것도 같았다. 주소가 강남구 서초동 ××빌딩 몇 호라고 적혀있다. 우리가 여전히 시큰둥해하자 지누는 카메라 폰을 열고 그새 찍은 사진을 보여주었다. 프로덕션 인사담당자라는 남자와 함께 거리에서 찍은 사진이었다. 남자는 감색 양복을 입고 머리에 무스를 발라 깔끔하게 넘기고 있었다. 엉성하다는 느낌은 들지 않았다.

"한 달 뒤에 카메라 테스트가 있다고 그때까지 몸 만들래. 그리고 일주일에 다섯 번 연기학원에 나가 발성연습과 연기수업을 받으라는 거야. 이번에 ××영화라고 들어봤지? 그 영화에 고딩 역할을 할 사람이 필요하대. 물론 아직 역할이 주어진 건 아니지만 이제 시작되었다고 보면 돼. 드디어, 드디어 이 지누의 시대가 열리게 되었다는 사실."

"얌마, 한 달 뒤에 2차 검시 있는 거 몰라?"

"새꺄, 지금 그게 문제냐. 검시는 내년에도 두 번 있고. 그 다음해도 두 번 있고. 뭐가 걱정인데. 근데 캐스팅은 한 번이야. 또 온다고 너 장담할 수 있어?"

"너 집에 얘기했어? 그리고 뉴스도 안 보냐. 이런 걸 빌미로 돈 울궈먹는 사람들이 얼마나 많은데 그래. 정말 제대로 된 연예기획사인지도 확인해야 되고. 또…."

나와 지누의 말을 듣고 있던 고시생이 한마디 했다.

"얘기했어요. 엄마 아빠는 검시에만 붙는다면 하래요. 어차피 공부엔 뜻이 없는 거 같다고. 어제 아빠가 알아봤는데 코스닥에 등록된 업체래요. 그곳 통해서 스타 된 사람들도 많고요. 엄마는 어디서 주워 들었는지 그러던 걸요. 스타가 요즘 시대의 영웅이라며? 우리 아들이 영웅이 되면 좋지."

지누는 의기양양해졌다. 눈빛도 빛나고 몸 전체가 반짝반짝했다. 기름이 잘 흐르는 게 딴 사람 같았다. 한번도 본 적 없는 자신감까지 넘쳤다. 보기 드문 일이었다. 여자애들 얘기 말고 녀석이 이렇게 열 올리는 모습을 본 것은 처음이었다. 지누한테 왠지 주눅이 들었다. 나만 그런 게 아닌 모양이었다. 고시생도 천장을 올려다보고 있었다. 지누가 낄낄거렸다. 돈도 많이 들 텐데. 고시생이 걱정스런 말투로 얘기하자 지누가 더 큰 소리로 낄낄거렸다.

하긴 새끼의 웃음을 난 알고 있다. 지누의 아버지는 대기업 이사다. 돈 때문에 아들이 하고 싶어 하는 일을 못하게 하지는 않을 것이다. 그나저나 지누 새끼가 정말 스타가 되면 어떡하지. 이제 나와 놀아주지도 않을 텐데 말이다. 지누는 당분간 자기 모습을 자주 볼 수 없을 거라고 엄살을 부렸다. 운동하고 나서 기획사 근처에 있는 연기학원에 가봐야 한다는 것이다. 하루가 너무 짧다고 너스레를 떨었다.

녀석은 벌써 스타라도 된 양 스케줄이 어떻고 시간이 어떻고 떠들었다. 고시생과 나는 그런 지누를 멀거니 쳐다보았다.

"영화에 나가면 선하고 형하고 크게 쏠게요. 가고 싶은 곳이나, 하고 싶은 거 있으면 미리 생각해두세요."

새끼는 제 말만 다하고 우리의 소감을 묻지도 않고 튀어나갔다. 엄청 바쁘다는 모습이었다. 벌써 지가 스타라도 된 줄 착각이 대단하다. 고시생과 나는 만화책을 들고 다시 보기 시작했다. 그림이 눈에 들어오지 않는다. 지누가 나간 뒤 뭔가 공기의 흐름이 달라졌다. 고시생은 무슨 생각에 잠긴 듯 손톱만 물어뜯고 있다. 살다보니 별일도 다 있다. 지누가 길거리 캐스팅 어쩌고 할 때는 새끼가 여자애들 다 따먹었다는 말만큼 썰렁한 말이었다. 근데 늘 입에 달고 다니던 그 말이 현실이 되어 나타나다니. 꿈은 이루어진다는 말이 정녕 맞는 소리인가.

그리고 보면 지난 번 고시생이 스키다시 인생 어쩌고 했을 때 지누가 화를 버럭 내던 게 떠오른다. 지누는 자신은 스키다시 인생이라고 결코 생각하지 않는다는 거다. 그럼 나와 고시생만 스키다시 인생인가. 나는 고시생을 곁눈질로 훔쳐보았다. 귀를 덮은 머리카락, 새끼손톱만큼 커다란 비듬, 길게 자란 손톱, 회색 트레이닝복. 고시생은 머리를 긁적였다. 오늘따라 그 모습이 유난히 처량해 보인다. 어쩌면 저 모습은 앞으로 십오 년 뒤의 내 모습일지도 몰랐다.

지누는 스포트라이트를 받는 스타가 돼서 대종상도 받고 칸에 가서 레드 카펫을 밟을 때 나는 총무가 돼서 빗자루를 들고 있을지도 모른다. 아이들을 다 내보내고 쓸고 닦고 문을 잠그고 야동을 보고 섹비디오를 보고 딸딸이를 친다. 날 닮아 공부하기 싫어하는 애들과 어울려 새우깡을 집어먹고 만화책을 보고 있을지도 모른다. 아이들이 그 배우 알아요? 물으면 나는 지누 새끼가 잘하는 것처럼 못 들은 척 딴 짓을 한다. 그러다 잠시 후 몰라, 그런 배우 있었어? 엉뚱하게 되묻는다.

갑자기 참을 수 없다는 생각이 들어 벌떡 일어섰다. 밖으로 나와 창틀에 턱을 고인다. 휴대폰 멜로디가 울린다. 문자가 들어왔다. 저, 아시죠? 그때 그. 지금 공원에 있으니 잠깐 나올래여? 아니, 이게 누구야. 그 빨대 아니냐. 황새는 아니더라도 참새라도 만나야 할 형편인가보다. 그나저나 얘는 왜 날 보자고 하는 걸까. 혹시 내게 마음이 있는 건가. 고개를 갸우뚱거리며 공원을 향해 달린다.

"저기, 잘 있었어요?"

"예, 그쪽도요?"

우리는 정중하게 인사를 한다. 오랜만에 만나는 사람처럼 깍듯이 고개까지 숙인다. 여자애는 불러놓고 뜸을 들인다. 행동도 다소곳하다. 휴대폰을 꺼내들고 문자도 날리지 않는다. 술 마시자는 소리도 하지 않는다. 처음 만났을 때 저기, 우리 맥주 마실래요? 하던 때와 사뭇 다르다. 그래도 가슴이 뛰거나 하지 않는다. 눈앞에 사촌형수가 어른거린다. 독서실 건너편 빌라 3층에 사는 여자다. 내가 독서실로 등교할 때마다 여자는 남편을 배웅하는지 골목에서 손을 흔들고 있다. 흰색 소나타가 꽁지에 깜박이를 켜며 우회전을 한다. 긴 생머리와 검은 단추처럼 까맣고 동그란 눈을 가진 여자다.

나와 몇 번이나 눈이 마주쳤는지 모른다. 여자는 내가 빤히 쳐다보자 당황하며 얼굴을 돌렸다. 얼굴이 붉어지는 것도 몇 번 보았다. 가끔 오후에 여자가 외출을 하는지 원피스를 입고 나올 때도 있다. 통통한 팔과 흰 얼굴. 유난히 가는 발목, 터질 것처럼 출렁이는 가슴. 여자는 언제나 나와 마주치면 비둘기같이 깜짝 놀라 도망친다. 어떤 날에는 꿈속에서 사촌형수가 내 몸을 친친 감고 있을 때도 있다. 새하얀 팔과 다리로 내 몸을 조이며 혀로 핥는다. 꿈에서 깨면 팬티가 축축하다.

여자애와 난 벤치에 앉아 나무를 바라본다. 바람이 잎새를 살랑이며 스쳐 지나간다. 딱히 할 말도 떠오르지 않는다. 여자애가 왜 날보자고 했을까. 관심도 없다. 내 머릿속에는 사촌형수의 가슴만 둥둥 떠다닌다. 매점 아저씨가 고개를 내밀고 우리를 보고 있다. 술을 왜 사러 오지 않는지 의문투성이의 얼굴이다.

"저기, 이런 부탁해도 돼요?"

여자애는 파리처럼 두 손을 비빈다. 얘가 갑자기 부담스럽게 왜 이러나. 그래. 좋으면 좋다고 얘기해라. 비록 이루어질 수 없는 비련이지만 내 충분히 너의 말을 들어주리라. 눈앞에 사촌형수가 오락가락하면서도 침이 꼴깍 넘어간다. 귀가 여자애를 향해 크게 열린

다. 망설이지 말고 얘기해, 얘기하란 말야.

"진우, 휴대폰 번호 좀 알려주세요. 아무래도 만나야 할 것 같아요."

"……?"

눈앞으로 지누 새끼가 트로피를 높이 쳐들고 웃고 있다. 녀석을 향해 카메라가 터지고 있다. 펑펑펑. 까만 턱시도를 입고 검정 나비 넥타이를 맨 녀석이 내게 손을 흔든다. 이가 바드득 갈린다. 벤치에서 벌떡 일어나 걸어간다.

여자애가 날 쫓아온다. 저기요, 장난으로 그러는 거 아니에요. 사실 진우가 내 타입이에요. 여자애가 쫓아오며 내게 소리친다. 여자애보다 걸음을 빨리 해 뛰듯이 걷는다. 매점 아저씨가 내게 불을 지른다. 서원아, 오늘은 목 안 축이냐? 아저씨 말을 들은 척도 하지 않고 공원을 빠져나온다. 등 뒤에서 여자애가 내게 소리를 지른다. 왜 내 말을 씹는 거야?

엄마가 웬일인지 모르겠다. 집에 들러 드라마를 보고 있는데 엄마가 나가자고 한다. 초복 보양식을 먹어야 한단다. 지금 한참 클라이맥스를 향해 가고 있는데 짱 난다. 다리에 감고 있던 쿠션을 엄마가 빼앗아 간다. 투덜거리며 엄마를 따라 나선다. 음식점이 즐비한 골목에서 엄마는 태평양 횟집으로 날 데려간다. 일요일이라 그런지 사람들이 엄청나게 많다. 신발이 태평양의 물고기들만큼 흩어져있다.

종업원이 메뉴판을 주고 바삐 사라진다. 눈이 휘둥그러지게 비싸다. 나가서 냉면 한 그릇 먹자는 내 말에 엄마가 고개를 흔든다. 우리 아들, 요즘 더위 먹었는지 의기소침해진 것 같아서 엄마가 한 턱 내는 거야. 많이 먹고 기운 내라고. 엄마들은 모두다 점성술사의 시녀들이 아닐까. 어떻게 알았을까. 엄마는 아직도 자신의 배꼽에 내 탯줄을 붙이고 있는 사람 같다. 떨어져 나온 지 십칠 년이 지났는데도 모든 걸 감지한다. 드륵드륵 특특특. 부모는 자식에게 끊임없이 모스 부호를 친다. 대꾸가 없는 건 언제나 자식이다.

언젠가 나도 내 자식에게 배꼽의 흔적으로 남을 텐데. 갑자기 배꼽이 가려워서 셔츠를 젖히고 긁는다. 엄마 말이 맞다. 갑자기 모든 의욕이 사라졌다. 검시에도 붙기 싫고 대학도 가기 싫고 앞으로 장가도 가기 싫다. 난 언제나 여자에게 채이고 내가 좋아하는 여자는 딴 남자들에게 손을 흔들고 배웅할 것이다. 미래는 지누 새끼만큼 잘나가지도 않고 구겨지고 초라할 것이다.

처음에 나온 건 전복죽이었다. 종업원이 무릎을 꿇고 그릇을 내려놓는다. 푸르스름한 색깔만큼 맛도 닝닝했다. 엄마는 맛있다며 달게 먹는다. 죽이 비자 볼에 담긴 샐러드가 나왔다. 양상추와 브로콜리와 방울토마토를 가늘게 채 썰었다. 샐러드에 마요네즈를 치지 않았다고 하자 엄마가, 이건 오리엔탈 드레싱을 뿌린 거야, 한다. 그리고 어묵 장조림이 나왔다. 어묵 모양이 재밌다. 길고 둥글고 별 모양도 있다. 이어서 고등어구이가 나오고 버터에 볶은 옥수수가 나오고 데친 문어가 나왔다.

미역국이 나오고 새우튀김과 고구마튀김이 접시에 담겨 나왔다. 멍게와 해삼이 썰어져 나오고 굴 무침이 나왔다. 천사채가 무쳐 나오고 시금치 무침과 오징어회무침과 오이소박이가 나왔다. 작은 돌솥에 날치 알을 얹은 밥까지 나온다. 슬슬 짜증이 밀려나왔다. 아니 이렇게 스키다시를 많이 주면 정작 도미 회는 어떻게 먹으라는 소리냐. 엄마도 점점 접시에 담겨 나오는 스키다시를 반 넘게 남기고 있다.

젓가락으로 깨작이고 있는데 도미 회가 사기접시에 가득 담겨 나왔다. 이미 배가 불러서 더 먹고 싶지도 않았다. 엄마가 쌈을 싸서 내게 주었다. 억지로 받아먹었지만 속이 더부룩하다. 나는 상 가득 펼쳐져 있는 접시를 바라본다. 난 오늘 새로운 것을 하나 깨달았다. 스키다시를 먹고 배가 불러도 그것을 먹으러 온 것은 아니다. 엄마와 난 도미 회를 먹으려고 왔다. 스키다시는 그저 스키다시일 뿐이다.

지누 새끼만 난리 난 게 아니다. 드디어 고시생도 미쳤다. 아침 먹고 독서실에 가보니 고시생이 총무실 의자에 앉아 문제집을 풀고 있다. 몇 달 만에 처음 보는 모습이다. 전혀 딴 사람 같다. 얼굴도 말끔하고 단정하다. 언제나 나를 보면 농담 따먹기부터 하는데 웬일인가. 슥 고개를 돌린다. 형, 뭐해요? 하고 총무실로 얼굴을 디밀었지만 왔냐? 하곤 그만이다. 더 이상 뭐라고 대꾸를 하지 않는데 멀거니 서 있기도 그렇다. 내 자리에 가방을 던져두고 창가에 붙어 선다. 지누는 연기학원에 갔고 고시생은 공부를 하고 나는 혼자다. 지누가 없어도 아쉬운 대로 고시생과 놀았는데 이제 그도 배신을 때렸다. 정말 마음잡은 사람처럼 굳은 결의가 보인다.

휴대폰을 들고 들여다본다. 며칠째 문자도 들어오지 않는다. 정말 지누 새끼는 바쁜가보다. 씹새끼. 같이 놀 때는 언제고 이제 나 몰라라 신경도 쓰지 않다니. 그러게 사람을 믿지 말라는 옛 선현들의 말은 틀린 게 하나도 없다. 지누 새끼를 믿느니 매점 아저씨를 믿겠다. 그래도 연기학원에 한번쯤 놀러오라고 그럴 줄 알았는데 빈말도 없다. 분명 그 학원에 얼굴 반반한 여자애들이 잔뜩 있을 것이다. 그래도 그렇지 그토록 나를 모른단 말인가. 난 이제 알았다. 지누가 내게 갖고 있는 관심의 깊이를 말이다. 아니면 어떻게 내 취향을 감쪽같이 까먹을 수 있나.

빌라 삼층의 창문이 열려있다. 모기장을 걷어낸다면 방안이 더 선명하게 보일 것 같다. 아직까지 사촌형수가 보이지 않는다. 어디 외출이라도 한 것일까. 요 며칠 동안 모래사막 같은 내게 단 하나의 위로는 사촌형수였다. 지누가 없어도 고시생이 안 놀아줘도 내겐 그녀가 있다. 뭐하냐? 고시생이 내 옆으로 다가온다. 담배에 불을 붙이고 기지개를 켠다. 너, 공부 안 하냐. 다음 달에 검시 있다며? 고시생이 밖에다 연기를 날린다.

한 대 달라고 하려다가 그만둔다. 나는 누구처럼 치사하지 않다. 이제 나도 여기 그만 둘란다. 고시원 들어가서 제대로 해보기로 했다. 제대로 해보고 안 되면 때려치우기로 했다. 이제 마누라 볼 염치도 없고. 고시생이 깜짝 놀랄 말을 한다. 얌마, 너도 정신 차려. 지누도 지하고 싶은 거 하잖아. 사람은 자기가 하고 싶은 일을 하면서 살아야 돼. 그것이 중요한 거야.

옆 눈으로 고시생을 꼬나보았다. 언제부터 꼰대 같은 말투로 남에게 설교를 했나. 마음을 잡으니 이제 꼰대 노릇이 하고 싶어진 건가. 갑자기 고시생이 멀어 보인다. 내가 알던 그 고시생이 아닌 것 같다. 치사하게 내 주머니를 노리고 담배를 훔쳐가고 술 사달라고 떼쓰던 그 남자는 어디로 갔나. 주머니를 뒤져 담배를 꺼내 핀다. 고시생이 내 어깨를 두드렸다. 우리 지금은 이렇지만 나중엔 혹 아냐? 사시미는 못돼도 알탕은 돼있을지. 고시생이 씩 웃으며 돌아선다.

갑자기 소나기가 쏟아진다. 하늘이 검게 변하더니 투둑, 동전만한 빗방울이 떨어진다. 빌라 옥상으로 누가 달려 올라온다. 얇은 원피스를 입은 사촌형수다. 그녀는 옥상으로 뛰어올라 건조대에 널어놓은 옷을 걷는다. 여자의 원피스는 세찬 비에 금세 젖는다.

커다란 가슴의 굴곡이 그대로 드러나고 다리 사이의 깊은 터널도 보인다. 내 숨이 가빠진다. 손을 뻗으면 그녀에게 가 닿을 것 같다. 그녀의 몽실몽실한 살 냄새가 이곳까지 날아든다. 긴 머리타래도 젖어 등에 달라붙어있다. 여인의 향기에 숨이 막힐 것 같다. 미친 듯 뛰는 심장 박동 소리에 얼굴이 달아오른다. 사촌형수는 옷을 걷어서 팔에 안고 옥상 계단으로 달려간다. 그녀의 가슴이 흔들린다. 내 다리도 흔들린다.

잠시 후 사촌형수의 모습이 3층 거실에 나타난다. 그녀는 젖은 원피스를 벗고 문으로 사라진다. 둥근 엉덩이가 탐스럽다. 내 볼을 꼬집는다. 맞다. 실제 상황이다. 이건 꿈도 아니고 야동도 아니고 영화도 아니다. 잠시 후 나타난 그녀는 몸에 대형 타월을 두르고 있다. 수건으로 머리를 닦던 그녀는 비 떨어지는 창문을 잠깐 쳐다본다. 아슴한 눈길이다. 마치 내가 자신을 훔쳐보고 있다는 걸 알고 있기라도 한 얼굴이다. 귓바퀴가 뜨거워지고 가슴이 벌렁거렸다.

갑자기 그녀가 수건을 확 걷어낸다. 여자가 웃는지 입술이 벌어진다. 커다란 두 개의 젖무덤과 검은 숲이 드러난다. 빗줄기를 사이에 두고 그녀의 눈과 내 눈이 마주친다. 오만 볼트의 전류가 흘러 내 속으로 들어온다. 머리칼이 곤두서고 다리가 휘청인다. 성숙한 여자의 몸은 얼마나 짜릿한가. 사촌형수가 날 향해 손가락을 까닥인다. 어서 오라고 부르는 것 같다. 가슴이 너무 빨리 뛰어 죽을 것만 같다. 다리 사이는 이미 팽창할 대로 팽창해있다. 건드리기만 하면 그대로 터져버릴 것 같다. 총무실을 바라본다. 고시생은 책에 고개를 파묻고 있다. 무슨 일이 일어났는지 전혀 모르는 모습이다.

계단을 달음질쳐 내려온다. 빗속을 마구 달린다. 옷 속으로 파고드는 빗방울이 시원하다. 빌라 앞에 서서 잠시 허둥거린다. 문을 밀었지만 검은 대문은 꼼짝도 하지 않는다. 다람쥐처럼 빌라를 빙빙 돈다. 몇 바퀴나 돌았는지 머리가 어지럽다. 고개를 쳐들고 그녀가 있는 3층을 올려다본다. 빗줄기가 얼굴을 때린다. 눈을 뜰 수가 없다. 여전히 창문은 열려있다. 사촌형수가 지금 날 부르고 있다.

눈에 도시가스 배관 파이프가 보인다. 한 발을 딛고 올라선다. 미끄럽다. 조심조심 몸의 균형을 잡으며 오르기 시작한다. 자칫 미끄러지면 끝장이다. 그러나 지금 내 눈에 보이는 건 사촌형수의 커다란 가슴과 깊은 터널뿐이다. 조금만. 더 조금만. 고지가 저기다. 가서 깃발을 꽂자. 손이 3층 턱에 닿는다. 야호, 스키다시 인생 굿바이다.

대한민국 소설문학상 **여름휴가** (개정판)

전경린 외

편　　저 · 한국문인협회 소설분과
발행처 · 도서출판 **청어**
발행인 · 이영철
등　　록 · 1999년 5월 3일(제22-1541호)

1판 1쇄 인쇄 · 2012년　3월 10일
1판 1쇄 발행 · 2012년　3월 20일

주소 · 서울시 서초구 서초동 1588-1 신성빌딩 A동 412호
대표전화 · 586-0477
팩시밀리 · 586-0478

E-mail · ppi20@hanmail.net
ISBN · 978-89-94638-84-3 (03810)